外国文学名著丛书

〔法〕加缪 / 著

局外人 鼠疫

徐和瑾 / 译

"外国文学名著丛书"编委会

人民文学出版社

Albert Camus
L'ÉTRANGER/LA PESTE
据 Editions Gallimard, Paris 版本译出。

图书在版编目(CIP)数据

局外人　鼠疫/(法)加缪著;徐和瑾译. — 北京:人民文学出版社,2020 (2024.8重印)
(外国文学名著丛书)
ISBN 978-7-02-015842-3

Ⅰ.①局… Ⅱ.①加…②徐… Ⅲ.①中篇小说—法国—现代②长篇小说—法国—现代 Ⅳ.①I565.45

中国版本图书馆 CIP 数据核字(2019)第 247234 号

责任编辑　黄凌霞
装帧设计　刘　静
责任印制　张　娜

出版发行　人民文学出版社
社　　址　北京市朝内大街166号
邮政编码　100705

印　　刷　北京盛通印刷股份有限公司
经　　销　全国新华书店等

字　　数　263千字
开　　本　850毫米×1168毫米　1/32
印　　张　12.625　插页3
印　　数　16001—19000
版　　次　2011年5月北京第1版
印　　次　2024年8月第5次印刷

书　　号　978-7-02-015842-3
定　　价　48.00元

如有印装质量问题,请与本社图书销售中心调换。电话:010-65233595

加缪

出版说明

人民文学出版社自一九五一年成立起,就承担起向中国读者介绍优秀外国文学作品的重任。一九五八年,中宣部指示中国科学院文学研究所筹组编委会,组织朱光潜、冯至、戈宝权、叶水夫等三十余位外国文学权威专家,编选三套丛书——"马克思主义文艺理论丛书""外国古典文艺理论丛书""外国古典文学名著丛书"。

人民文学出版社与中国科学院文学研究所,根据"一流的原著、一流的译本、一流的译者"的原则进行翻译和出版工作。一九六四年,中国社会科学院外国文学研究所成立,是中国外国文学的最高研究机构。一九七八年,"外国古典文学名著丛书"更名为"外国文学名著丛书",至二〇〇〇年完成。这是新中国第一套系统介绍外国文学作品的大型丛书,是外国文学名著翻译的奠基性工程,其作品之多、质量之精、跨度之大,至今仍是中国外国文学出版史上之最,体现了中国外国文学研究界、翻译界和出版界的最高水平。

历经半个多世纪,"外国文学名著丛书"在中国读者中依然以系统性、权威性与普及性著称,但由于时代久远,许多图书在市场上已难见踪影,甚至成为收藏对象,稀缺品种更是一书难求。在中国读者阅读力持续增强的二十一世纪,在世界文明交流互鉴空前频繁的新时代,为满足人民日益增长的美好生活的需要，人民文学出版社决定再度与中国社会科学院外国文学研究所合作，以"网罗经典，格高意远，本色传承"为出发点，优中选优，推陈出新，出版新版"外国文学名著丛书"。

值此新版"外国文学名著丛书"面世之际，人民文学出版社与中国社会科学院外国文学研究所谨向为本丛书做出卓越贡献的翻译家们和热爱外国文学名著的广大读者致以崇高敬意！

"外国文学名著丛书"编委会

二〇一九年三月

编委会名单
(以姓氏笔画为序)

1958—1966

卞之琳　戈宝权　叶水夫　包文棣　冯　至　田德望
朱光潜　孙家晋　孙绳武　陈占元　杨季康　杨周翰
杨宪益　李健吾　罗大冈　金克木　郑效洵　季羡林
闻家驷　钱学熙　钱锺书　楼适夷　蒯斯曛　蔡　仪

1978—2001

卞之琳　巴　金　戈宝权　叶水夫　包文棣　卢永福
冯　至　田德望　叶麟鎏　朱光潜　朱　虹　孙家晋
孙绳武　陈占元　张　羽　陈冰夷　杨季康　杨周翰
杨宪益　李健吾　陈　燊　罗大冈　金克木　郑效洵
季羡林　姚　见　骆兆添　闻家驷　赵家璧　秦顺新
钱锺书　绿　原　蒋　路　董衡巽　楼适夷　蒯斯曛
蔡　仪

2019—

王焕生　刘文飞　任吉生　刘　建　许金龙　李永平
陈众议　肖丽媛　吴岳添　陆建德　赵白生　高　兴
秦顺新　聂震宁　臧永清

目 次

译本序 …………………………………………… *1*

局 外 人

第一部 …………………………………………… *3*
第二部 …………………………………………… *42*

鼠 疫

一 ………………………………………………… *87*
二 ………………………………………………… *145*
三 ………………………………………………… *235*
四 ………………………………………………… *253*
五 ………………………………………………… *325*

译 本 序

　　一九五八年,加缪在谈到自己的作品时说:"是的,我开始撰写自己的作品时,有一个确切的计划:我首先想表达否定。用三种形式:小说为《局外人》,戏剧为《卡利古拉》,哲理为《西西弗神话》。[……]但是[……]我知道人不能生活在否定之中,这点我在《西西弗神话》的序言中说过;我准备表现肯定,也用三种形式:小说是《鼠疫》,戏剧是《戒严》和《正义者》,哲学论是《反抗者》。"由此可见,他的作品可分为两个系列:一是"否定"系列,通常称为"荒诞"系列,代表作为《局外人》,作者表达的是对荒诞的认识,即对人的状况毫无意义的认识;二是批评界所说的"反抗系列",代表作为《鼠疫》,作者认为,不应该仅仅认识到人的生活毫无意义,而应该在这些作品中表达反抗和行动的价值,表达反抗中人们的团结一致以及人们会找到的自身尊严。因此,从《局外人》到《鼠疫》,加缪从表现清醒却又孤独的意识,转而表达对斗争群体的一种确认。

　　《局外人》发表于一九四二年,是加缪发表的第一部小说,当时正值大战期间,作者又几乎默默无闻,这部作品很可能迅速被人遗忘,但实际情况却完全相反,小说的读者越来越多,被誉为佳作,作者则被称为创新作家。

　　这部小说是加缪最著名的作品。在此之前,他曾试图创作小说《幸福之死》,因认为并不成功,故生前没有付梓,到去世后才发表。《幸福之死》内容大致如下:一个青年名叫帕特里斯·梅尔索,杀死了富裕的残废老人,并成功制造假象,使人误以为老人死于自杀。然后回忆凶杀前两天的情况,展现梅尔索平庸的生活。该书第二部中,他追求财产带来的幸福生活,却身患凶杀那天染上的疾病,在小说结尾死去。《局外人》跟《幸福之死》只是稍有相似之处,如次要人物塞莱斯特和埃玛纽埃尔,还有主人公的姓梅尔索(Mersault),即mer(大海)和soleil(太阳),《局外人》中则改为默尔索(Meursault)。

　　《局外人》篇幅不长,分为两个部分:第一部是他在枪杀阿拉伯人前的生活,即自由人的生活,以日记的形式来记叙;第二部是他被捕后对自身的回顾和认识,主要以回忆和内省的形式展现。主人公则从第一部中一个无辜者的客观看法,转为一个被告和罪犯的主观看法。

　　小说的书名"局外人"表示主人公的主要特点,即孤独和独特。默尔索没有突出的个性。这种人物自福楼拜以来并不罕见,加缪也像福楼拜那样,使默尔索具有社会职业,介绍他过去的生活,并使他具有某种心理状态和常用口头语。因此,他并不像罗伯-格里耶的某些人物那样抽象,而是有一定厚度。他的看法和言词只是显得客观,而实际上却充满主观的评价,而且往往是在贬低,有时甚至是夸张的讽刺,如对街上行人的描写,以及对预审法官的描写等。

　　然而,从心理学角度来看,默尔索的表现前后明显矛盾。例如,他跑到车站以赶上长途汽车时显得十分笨拙,而在水里游泳却像优秀运动员,在追赶卡车时则毫不犹豫,而且一跃而上。又如,他在塞莱斯特的饭馆吃晚饭时看到一矮小女子坐在他餐桌旁,并说"很快就把她置之脑后",然而却花了一页的篇幅对这一陌生女子进行描写。同样,默尔索显然应该不喜欢跟别人接触,就像塞莱斯特在法庭审判时说的那样,但星期天整个下午,他却一直在观察街上的行人。

因此,默尔索一方面是有文化的成年男子,雷蒙和萨拉马诺老头都向他请教,他的老板则要提升他去巴黎工作,但另一方面,他却多少有点幼稚,称自己的母亲为"妈妈",对巴黎的印象只有:"很脏。有鸽子和阴暗的院子。那里的人都皮肤洁白。"

另外,默尔索没有确定的身份,他既是他自己,又像是别人。于是,他就不断提出他身份的问题。例如,在法庭审判时,他担心他们会"错把一个人当做另一人来审讯",而在年轻的记者对他注视时,他"感到我在被自己观看"。这种身份的失却也在他狱中把铁饭盒当镜子照时显现出来:"我觉得自己模样严肃,即使我对着饭盒微笑也是如此。我摇晃面前的饭盒。我对着饭盒微笑,但显出的仍是严肃而又忧愁的模样。"其他人也使默尔索肯定了这种想法。例如,在审判时,检察官把他枪杀阿拉伯人跟第二天将审判的杀父案一视同仁,他的律师则不让他说话,他因此理所当然地作出下列反应:"这又是在把我排除在案件之外,把我完全消除,并在某种程度上对我取而代之。"并提出疑问:"那么,到底谁是被告?重要的是被告。我有话要说!"

虽然如此,默尔索并不要求自己有某种个性,相反,他始终声称他跟大家一样:"我想要对他声明,我跟大家一样,跟大家完全一样。"反之,其他人也都跟他一样:"既然我只会有一种命运,既然成千上万的幸运儿像他一样自称是我的兄弟,[……]其他人也是这样,有朝一日会被判处死刑。他也是,他会被判处死刑。如果他被指控杀人,只因在母亲葬礼上没有哭泣而被处决,这又有什么关系?"

然而,对这个自相矛盾的人物,既不能进行心理学或现实主义的分析,也不能进行象征主义的分析,甚至不能跟现代小说中常见的毫无个性的人物相提并论。因此,这个"局外人"可说是无法分类。

显然,《局外人》建立在自然和社会对立的基础之上。一九五五年,加缪在该书美国版序言中写道:"书中的主人公被判死刑,是因为他不会玩这种游戏。从这个意义上说,他是社会的局外人,他生活在这个社会中,游荡于社会的边缘,游荡在他私人生活的郊区,孤独而又淫荡。"他跟外界社会的关系还在两个方面表现出来:一是他不知道社会的准则,甚至还加以拒绝,二是他跟自然环境保持着深厚的关系。正如加缪在上述序言中所说:"《局外人》讲述一个人的故事,此人没有任何英雄姿态,却同意为真实去死,读到这个故事,对这点就不大会看错了。"

弄虚作假的游戏在书中反复出现。在谈到对他的审讯时,默尔索说:"我已在书里看到过类似的描写,觉得这些如同游戏一般。"他在对捷克斯洛伐克的故事作出结论时也说:"不管怎样,我认为这旅客有点咎由自取,认为决不应该弄虚作假。"默尔索不仅否定社会的这种游戏,而且不愿意做这种游戏。他拒绝老板的提议,不想去巴黎的办事处工作后说:"我不想扫他的兴,但我觉得没有理由要改变我的生活。"在玛丽提出要跟他结婚后也是如此:"她于是指出,结婚是一件大事,我回答说:'不是。'"然而,他这种态度并不是对社会准则的故意挑衅和拒绝,而只是一种确认,并且总是带有一种考虑,那就是从不同的角度来观察事物。社会认为对人和事物可以有确定无疑的看法,但他默尔索关心的却是真实,因此总是迟迟不作出自己的判断。

社会准则产生了一系列人人都要遵守的礼仪,不管是葬礼和审判都是如此,甚至连言语也有准则可依。检察长的话是陈词滥调,根本不考虑被告的具体情况。至于默尔索的母亲死后大家对他的慰问,似乎大多是为了尊重社会习俗,而不是出自内心的真实感情。因此,同样的行为会因当时的需要而具有不同的含义。如养老院门房在死者遗体前抽烟无关紧要,但默尔索在母亲遗体前抽烟,却成了不可饶恕的罪名。

由此可见,这个社会看待事物,只是依据社会的准则,有时还会毫不犹豫地违背这种准则。例如,养老院院长明知默尔索把母亲送进养老院是因为无法负担她的生活费用,却在审判时确认他母亲曾责备他把她送进养老院。在法庭上,门房指责默尔索不想跟他母亲的遗体告别,但实际情况却是:"我想马上看到妈妈。但门房对我说,我先得去见院长。"两者一对照,这社会的真实面貌也就暴露无遗。

默尔索跟社会的关系总是有点不大顺畅,相反,他跟自然环境却是十分融洽,特别是跟水,因为水跟愉悦和爱情联系在一起:"海水凉快,我游泳开心。我跟玛丽一起游得很远,我们都感到两人动作协调,心满意足。"即使是常常使他感到无法忍受的阳光,有时也使他感到十分舒服:"她[玛丽]靠着我躺了下来,她的身体和太阳所散发的这两种热气,使我睡着了一会儿。"因此,每当加缪谈论默尔索对真实的渴望时,他就把这个人物跟太阳和自然环境联系起来:他在这部小说美国版序言中说:"默尔索[……]贫穷而又不加掩饰,喜欢不留下阴影的太阳。他并非缺乏敏感,而是因执着而有一种深深的爱,喜爱完美和真实。"还说:"他像石头、风或大海那样存在于阳光之下,而这些事物永远不会撒谎。"

正因为如此,有人把他称为"追求真实的殉道者",读者特别是当时的读者也把他视为"反英雄"。在这世上,他仿佛处于流放之中,并保持自己的习惯,跟别人对他的期待完全不同。然而,他自愿流放,却并不是隐士,而是跟人们经常接触,有许多人也想跟他做伴或成为他的朋友,他们是塞莱斯特、埃马纽埃尔、萨拉马诺、雷蒙、马松……跟玛丽相遇和相恋也说明他对外界的关注。通过这个人物,加缪想要提出人有与众不同的权利。而默尔索的与众不同和别具一格,也恰恰清楚地揭示了这个社会在道德、宗教和司法方面的种种偏见。

作为记者,加缪经常列席法庭审判。他坚决反对死刑,并在这部小说中借此对司法机关进行尖锐的批评。确实,从现实主义角度来看,对审判的叙述缺乏真实性。例如,默尔索的老板不可能不出庭作证,他的律师以正当防卫为理由进行的辩护不可能如此之少,另外,在当时情况下,杀死一个阿拉伯人,也不可能被判死刑。

然而,整部小说的逻辑基础,恰恰就是这种非真实性及其真实效果的结合,而加缪的计划,也是对司法机关及其运行的一种审问。从这个角度来看,加缪妙就妙在塑造了这样一个人物,这个人物有罪是无可争议的,但被判死刑却理由并不充分。这首先是因为他被判死刑并不是因为杀人,而是因为他没有在母亲下葬时哭过。其次是因为审判是按照预先确定的仪式进行的，虽说毫无意义，却又必须遵守。法庭的审判通过默尔索的视角来描写。一方面，他在众人眼里是被告，但另一方面，他虽说被排除在外，"感到自己在此多余"，却是庭审的叙述者，从外面来观察对自己的审判。法官说的话使默尔索感到意外和困惑，而庭长对罪犯的辩护方法也弄不清楚。作者正是通过对庭审的这种描写，来对司法机关进行讽刺和批判。

《局外人》跟《西西弗神话》和《卡利古拉》同时写出，加缪也希望它们同时出版，并把它们称为"三部荒诞作品"，那么，是否可认为《局外人》是用小说来阐述《西西弗神话》中提出的荒诞哲学？荒诞的人物，如陀思妥耶夫斯基《群魔》中的基里洛夫，萨特《恶心》中的罗康坦，《卡利古拉》或《鼠疫》中的塔鲁，都有一种形而上学的追求，而默尔索却没有任何追求，也没有反抗，他的说话和行为也不是为了表明任何观点。正如加缪在《记事本》中所说："跟指导神甫在一起时，我的局外人并没有为自己辩解。他是在发怒［……］另外请注意，我的人物并未前后不一。在这一章中如同在小说其他部分那样，他只是在**回答问题**。"

当然，在小说的末尾，默尔索称自己的一生"荒诞"，这也是这个词在小说中唯一一次出现。然而，加缪对我们说："［默尔索］从不肯定任何事物。"（《记事本》）他的小说这样构思，是为了产生一种不舒服的感觉，并使读者提出各种问题，而不是作出一种现成的回答。对于读后会得出的结论，作者说："结论：社会需要有人在母亲下葬时痛哭；或者是：你被判决，绝不是因为你所认为的罪行。另外，我觉得还会有其他十种结论。"《局外人》是一部模棱两可、含糊不清的小说,因此不可能用来阐述任何一种哲学。

从字面上看,理解这部小说易如反掌。《局外人》中没有深奥的历史知识和文化知识,使用的是日常用语,有时还有儿童语言,没有罕见或疑难词语,句子往往借用口语体,总之,这文本显得一清二楚。人物也毫不掩饰地展现出来,似乎没有对我们隐瞒任何事情。

然而,这种看来简单的语言,却引起众多不同的评论,使人产生各种各样的疑问。例如,萨特认为作者是用虚构作品来表现《西西弗神话》中阐述的荒诞哲学,法国文学批评家罗朗·巴特把它看作"战后第一部经典小说",另一些批评家则认为是新小说的预告。对这些不同的看法,我们可以借用默尔索的律师的话来评述:"全都对,又全都不对!"法国文学批评家热拉尔·热奈特在界定这部作品时也感到十分为难,认为它是一种"外聚焦的同故事叙述"(《叙事的新话语》),也就是说读者因书中使用第一人称而处于人物的意识内部,同时又因为人物无个性而处于其意识外部。由于对这种状况的描写极其矛盾,热奈特只好得出结论:"那我们就不作任何解释,让这种叙事含糊不清。"

对《局外人》无法进行分类,是因为它跟传统的文学准则都不相符,它一方面偏离这些准则,另一方面却又以矛盾的方式将这些通常互不相容的准则结合在一起,如地点和时间的表达以及叙述的形式。

小说的故事发生在确定的地点阿尔及尔,默尔索住在贝尔库尔街区,加缪小时候曾跟母亲一起住在那里。其他几个地点也符合实际情况,如监狱位于高地,从那里可以看到大海。唯一与事实不符的地点是发生枪杀的海滩,在小说中要比实际上离城市近得多。另外,默尔索虽说对时间毫无概念,对地点却有十分清楚的认识。例如,他说"养老院位于马伦戈,离阿尔及尔有八十公里",到海滩"要穿越俯瞰大海的小高地",并说萨拉马诺老头在里昂街遛狗。但他对地点也会有不现实的感觉,如把牢房称为"房间",说"那里已经有好几个囚犯",并说"我在我的**单人牢房**里就像在我家里一样"。另外,每个地点都可能同时有不同的价值,如海滩曾是默尔索和玛丽一起洗海水浴的地方,后来却成了枪杀阿拉伯人的地点,养老院和监狱虽说都不是好地方,却能使默尔索呼吸到泥土的清香。主人公在第一部中是自由人,但所处的空间却大多是封闭的,即使海滩也是如此:"我们仍待在那里一动不动,仿佛周围的一切已把我们封闭起来。"第二部中他已入狱,所处的空间却并不显得十分封闭,因为他不断跟外界接触,通过跟他说话的人,或是通过外面传来的声音。由此可见,小说中的空间,既不是完全客观、真实,也不是完全主观、凭感觉产生,而是把这两者的一些成分结合起来。

  小说中对时间的表现则问题更多,更加矛盾。一方面,默尔索对时间的流逝有着清楚的概念,发生的事件的先后顺序也很容易看出。小说第一部持续的时间为两个星期半,从一个星期四到一个星期日,每一章的时间为一至两天。第二部则有整整一年,最后一轮庭审于六月底结束。虽说时间较长,默尔索仍清楚地记得一些事情发生的时间,如把铁饭盒当镜子照是在入狱五个月之后,另外,他也记得玛丽来探监的大致时间。然而,在时间方面仍有许多模糊不清的地方,如这件事发生的时间,我们最多只能说是在第二次世界大战之后,默尔索的年龄无法确切说出,而他什么时候辍学,什么时候第一次跟玛丽相遇,我们也无从知道。默尔索对未来没有任何计划,仿佛一直生活在现时之中。对过去的事,他可以清楚地记得十一个月前审讯时的一些细节,而对不久前举行的母亲葬礼,却只留有"几个印象"。总之,默尔索重视某些时刻,谈得较多,而我们却认为这些时刻并不重要甚至多余,如描绘塞莱斯特的饭馆里跟他同桌吃饭的矮小女子,而对有些重要时刻却避而不谈,如他母亲葬礼结束时的事。我们也许可以用默尔索在狱中说的话对小说中时间的处理作一总结:"我弄不清楚,这一天天的日子,怎么才会既长又短。日子要过,当然就长,但在拉长之后,这一天天的日子最终就相互混杂在一起。它们因此就失去了自己的名称。"

这部小说的叙述形式,一眼就能看出前后不一致:第一部主要是用日记的形式,而第二部则是在回顾往事。默尔索接到养老院的电报是星期四,他母亲葬礼在星期五举行。第二章开头他醒来时已是星期六,第三章开头是"今天,我在办公室做了很多事",时间则是下一个星期的星期一。这日记是每天在记。第二部是回顾,叙述时间由默尔索确切指出,如第一章末尾,他说:"预审进行了十一个月",不久后又说:"夏天很快被第二年夏天所替代",因此,这叙述看来是在判决之后进行。

这两种叙述形式的结合不仅使人感到意外,而且还显得更加复杂。第一部的日记形式,使人感到并不可信。如默尔索在小说开头说:"我要乘两点钟的长途汽车去,下午即可到达。"但在几行后又说:"我乘上两点钟的长途汽车。"他的日记是否是先写前几行,然后等到第二天晚上回去后再续写?

但他回去后已是筋疲力尽,想"睡上十二个小时",怎么还有精力写出这二十几页日记?另外,在第四章末尾,他"没吃晚饭就躺下睡觉",这一章他又是在何时写出?另外,日记是写给自己看的,而他却要写埃玛纽埃尔"在发货部工作",这显然是说给别人听的。还有,"前一天,我们去了警察分局"显然不是日记,而是回忆录。相反,如果说第二部从总体上说是在默尔索被判死刑后写的,也就是以回忆录的形式来写,小说的最后一章却像是日记:"我第三次拒绝接见指导神甫。我对他无话可说,我不想说话,我很快就会见到他。"另外,这一章开头部分是在神甫来之前写的,而从第115页起,却显然是在神甫来过之后写的,"那天晚上"这四个字可以作证。这种种矛盾只能有一种解释,那就是叙事的不同时刻跟意识的不同时刻相对应,因此《局外人》不可能是撰写的日记或回忆录,而是内心独白的一种特殊形式。这样也就能解释叙述的不合逻辑,用词造句的简朴,以及对口语中使用的复合过去时和并列句的使用。

由此可见,《局外人》可说是各种文学倾向的交汇点,因此是一种终结和一种过渡。这部小说显然是各种技巧的结晶,提出的文学道路虽说不是十分新颖,却也不乏雄心壮志。这部作品的主人公宣告了小说在上个世纪五十年代的认识和危机,新小说派后来承认默尔索是人物的典范,他虽说有姓无名,却已跟无名无姓相差无几。正如罗伯-格里耶在论文集《论一种新小说》中所说:"又有多少读者会记得《恶心》或《局外人》的叙述者的名字?"

应该指出,加缪的这部小说是人物的双重冲突和双重认识的场所。默尔索首先认识到表象和现实之间的差异,后来在狱中则对他自己进行内省。因此,这部小说主要是紧张冲突的场所,而不是虚构的场所。它展示一种复杂而又并非十分清楚的现实,必要时使用隐喻或象征手法。这种认识可能也涉及小说体裁的危机。于是,这部小说就不仅是对默尔索的审判,而且也是对小说体裁的审判。

如果说《局外人》使人发现了一位天才作家,那么,《鼠疫》则宣告一位伟大作家的诞生。"三部荒诞作品"完成之后,当时的形势已不允许采取无动于衷和虚无主义的态度,而要对占领者进行抵抗,加缪也就转入反抗系列的创作。

《鼠疫》的创作经过了长时间的酝酿。一九三八年,加缪就在记事本上写下一些片断,后来用于小说之中。但他真正动手创作这部作品,则是从一九四一年四月开始。该年十月,他开始阅读各种著作,对鼠疫以及历史上发生鼠疫的情况进行了解。一九四二年八月,他开始撰写小说的初稿,于一九四三年九月完成。在其后几个月则对初稿进行重大修改。他决定让一位读者不知道的叙述者来进行叙事,添加格朗和朗贝尔这两个人物,使科塔尔这个人物显得神秘,增加对因鼠疫而引起相爱的人们分离的想法,使小说的结构更加清晰,并删除某些段落的抒情色彩。另外,他经历了战争和德军占领,对作品的某些段落作了补充和修改。小说于一九四七年六月十日出版,立即受到读者的热烈欢迎,出版后三个月已印刷四次,印数达十万册。另外,小说还得到令人羡慕的批评家奖。

《鼠疫》像五幕古典悲剧那样分成五个部分,表示瘟疫流行的各个阶段。第一部第一章是序幕,介绍故事发生地点奥兰的情况,是作为代言人和"历史学家"的叙述者的前言。第一部讲述发现死老鼠以及瘟疫开始流行的情况，时间是四五月份。第二部是在五月至七月，这时城市已经关闭，大家成为鼠疫的囚徒，鼠疫则成为"大家的事情"。当局感到不知所措，市民自发组织卫生防疫队，但夏天（六月）来临，有利于瘟疫的流行。第三部在八月，只有一章，"炎热和疫情达到顶峰"。第四部为九月至十二月，鼠疫"舒适地高居于顶峰之上"。第五部在第二年一二月，鼠疫最终消退，城门重新开放，时间是"二月一个美丽的早晨"。

小说中的鼠疫流行情况，是用统计数字来表现。第一部第二章，四月十六日发现一只死老鼠，四月十七日发现三只，四月十八日在不同地方发现十几只、五十来只、好几百只，四月二十五日发现6231只，三天后则是八千只。然后是人患鼠疫死亡，四月三十日，里厄大夫住宅的门房米歇尔死去，后来死亡人数为二人、二十人、四十人，到第二部第六章，每星期死亡七百人，后来则是一天死124人。第三部描述以越来越快的速度埋葬一车车尸体。到第四章末尾和第五章，统计数字表明，疫情在减退。瘟疫流行的逐渐严重和其后的消退，形成了小说的悲剧结构。

小说的结构还用季节的转换来表示。第一部是在春天，第二部大致在夏天，第四部是秋天，第五部则是冬天。表示季节的则有天气情况，如大雾遮天，市里下起滂沱大雨，五月份炎热初临，夏日的煎熬，六七月间刮起了风，"整个夏末，如同秋雨连绵"，九月份和十月份，"薄雾、炎热和雨水在天空中相继出现"，十月初，"一阵阵暴雨冲刷了条条街道"，十一月万圣节，"冷风不断吹拂"，十一月底，"早晨已变得十分寒冷"，第二年一月初，"上空仿佛跟结冰一般"。这些天气情况，仿佛是瘟疫出现、流行和消退的原因。同时，天气情况也增强了叙事的悲剧色彩。例如，门房死后第二天，"大雾遮天。市里下起滂沱大雨"，门房之死就显得更加重要。又如，帕纳卢神甫第一次讲道时，雨下得越来越大，暴雨击窗的声音使寂静更加突出，具体地展现了天主发怒这一讲道的主题。

在小说的这一总体结构中，作者也常常使用传统小说中的伏笔，为悲剧事件作好准备。例如，在第四部第三章中描写法官奥通之子患病死去之前，塔鲁的笔记本里曾有如下记载："小男孩模样变了。他〔……〕背有点驼，活像是父亲的影子。"塔鲁之死也埋下伏笔，叙述者强调塔鲁笔记本的记载变得相当古怪，"也许是因为疲劳，字迹变得难以辨认"，写到后来，他的"字迹开始歪歪扭扭"。

另外，小说中场景多次相互对应。例如，第二部第三章第一次讲道和第四部第四章第二次讲道相对应，朗贝尔在第二部第九章中找门路想要出城，但并未成功，而在第四部第二章中，他即将取得成功。他在这两次努力中，都跟里厄大夫进行谈话，第一次谈话时，他跟大夫持对抗态度，第二次谈话时，他决定留下跟大夫一起斗争。这些对应的场景，说明帕纳卢神甫和朗贝尔这两个人物从第二部到第四部的思想转变。而第二部第七章和第四部第六章塔鲁和里厄的两次谈话，则表明他们之间的接近和友情。

小说中提到或描写一些人物的死亡，计有门房、奥通之子、里夏尔大夫、帕纳卢神甫、法官奥通、塔鲁和里厄的妻子。其中最激动人心的是奥通之子和塔鲁的死亡，还有扮演俄尔甫斯的演员的死亡。

首先是奥通之子的死亡。这孩子的死促使耶稣会神甫帕纳卢的思想发生变化,同时也产生了书中的一大议题:眼看一个无辜的孩子在痛苦中死去,又如何能相信天主?其次是塔鲁之死,他死在鼠疫杆菌已被战胜之时,说明这世界荒谬。在第四部第六章中,他对里厄讲述自己过去的经历,而这时在第五部第三章中,他沉默寡言,命在旦夕,即将跟朋友永别。最后是扮演俄尔甫斯的演员之死。这演员虽然无名无姓,他的死却有多种意义。一是表明分离,在演出中跟在传记中一样,俄尔甫斯虽说得到冥后普西芬尼的同意,仍无法把欧律狄克从地狱带回人间,二是这出戏每星期演一次,俄尔甫斯都要用优美的音调进行抱怨,而在鼠疫流行期间,奥兰居民也是每星期都在重复同样的生活,三是说明瘟疫无情,连表现虚构作品的演员也不放过。因此,舞台上的演出表现了市内发生的场景,这在作品中称之为套嵌,即在故事中有故事。

一九四三年九月,加缪完成了小说的初稿,但还不知道把小说的题材交给谁来叙述。当时决定由四位叙述者来叙述这一故事:一是里厄的记录,二是塔鲁的笔记,三是文学教授斯特凡的日记,四是由叙述者即作者把这些材料连接起来,但显得十分单调。在定稿中,里厄合并了斯特凡的日记(这一人物也随之消失),取代了作者,结果是观点减少,作品显得更加统一。

然而,"作为这部纪事主题的奇特事件",是由一位隐姓埋名的纪事作家来撰写。于是,这位业余历史学家就隐藏于事实、资料、见证、知心话的后面,而这些材料可以证明他的故事真实可信。

叙述者虽说因谨慎而使用第三人称,却也难免要显示他的存在,如使用法语,使用"我们的同胞们"这样的词语,而法语中"我们的"这个物主代词就排除了所有像朗贝尔和塔鲁那样的外来人。另外还有这样的话,如"这座城市本身丑陋,这点应该承认","我们的同胞们努力工作[……]当然啰,他们也喜欢普通的乐趣,他们喜欢女人,爱看电影、洗海水浴"。因此,不需要作介绍,从字里行间就能看出他的身份。首先,他是男人,是长期住在奥兰的法国人,而且是纯粹的法国人,他不去看望阿拉伯人,只行走在欧洲人居住的街区,提到的是"本市的大教堂",而不是清真寺。

虽说要到小说最后一章才揭示叙述者就是里厄大夫,但在书中有众多迹象表明里厄大夫就是叙述者。例如,叙述者在第一部第一章末尾指出,"他扮演这个角色,就得去收集这部纪事中所有人物的知心话",而书中能做这件事的人,只有贝尔纳·里厄一人。又如,塔鲁在笔记本里描绘了里厄的肖像,而据叙述者看,"这肖像描绘得惟妙惟肖",也说明他就是里厄大夫。另外,叙述者进行议论,把格朗誉为"不爱抛头露面的微不足道的英雄"之后说:"里厄大夫[……]至少持这种看法。"

我们可以看到,小说的叙事往往围绕里厄大夫的活动来进行,第一章的开头往往提到大夫,如:"四月十六日上午,贝尔纳·里厄大夫走出诊所","塔鲁记载的数字准确。里厄大夫对此有所了解"。读者也往往跟他一起和格朗、塔鲁、朗贝尔、帕纳卢等人相遇。另外,我们了解格朗和朗贝尔的活动和思想,只是因为里厄大夫也对此了解,而且加缪总是明确指出这点。例如,在第二部中叙述了朗贝尔为离开奥兰市而进行的一切活动,但这些事里厄大夫全都知道,下面两个插入句可以证明:"根据朗贝尔对里厄大夫提出的分类方法","正如朗贝尔略带苦涩地对里厄说的那样"。由此可见,朗贝尔把自己的活动都告诉了里厄,而书中的叙述则是由里厄转述。在叙述涉及朗贝尔的活动时都会有这种标记,如"有一天,朗贝尔对他说,他喜欢在凌晨四点醒来,并想念自己的城市","他[朗贝尔]获悉确实无法通过合法手段出城之后,曾对里厄说,他决心采取其他手段"等等。

既然书中已有众多迹象表明里厄大夫就是叙述者,那么,又为何要到最后一章才承认这点?对这个问题,小说中作出了回答:叙述者指出,他隐姓埋名,就能采取客观证人的语调,使他的证词变得更加有力。而如果加缪从一开始就让里厄大夫来叙述,他就会使这个人物变成自我吹嘘的英雄,叙事也必然要使用第一人称。而让一个匿名的叙述者来谈论里厄大夫,就可以只谈事实,不谈人物的内心感受,使这个人物变得谦虚谨慎,而在加缪看来,这也是真正的英雄必备的一种优点。另外,用第三人称来写,也就不需要写出他这个"分离者"的痛苦。

然而,初稿中使用四位叙述者的设想,在定稿中仍留下痕迹,最明显的是塔鲁的笔记。这也是叙述者使用的一种材料,使叙事显得更加真实。叙述者认为,"提供另一位证人对前面描述的时期的看法不无裨益",虽说他"似乎对微不足道的小事情有独钟",但他的笔记"仍可为这个时期的纪事提供大量次要的细节",并展示疫城生活"最真实的图像"。塔鲁作笔记并非是为了留给后世,也不是说教和评论,如对逗猫的矮老头和哮喘病老人的描写,他只是对法官奥通有漫画式的描写。

读者从一开始就得知,叙述者是位业余历史学家,因此他对材料的处理也显得随心所欲。他设法使塔鲁这位"危险的竞争者"的笔记,不要给他的纪事蒙上过多的阴影。为此,他采用了下列手法。一是对塔鲁的笔记分散引述,使这另一"纪事"处于次要地位。二是他不仅限制"笔记"的篇幅和出现次数,而且还对其进行审查和评论,说"这种纪事十分特殊",并说其中有"反常的言语和思想"。三是对"笔记"进行压缩,如不谈塔鲁提供的细节,或者把塔鲁记载的话变成间接引语,如"他也继续观察他爱看的那些人物。据说,那个戏弄猫咪的矮老头也活得凄惨"。由此,这些"笔记"的原意有了改变,它们控制在叙述者手里,任凭他如何处理。他不但控制了所有的材料和证词,而且也控制了所有对话,有时完全重写,有时则进行压缩。例如里厄和塔鲁的第一次谈话由里厄大夫全文报导,因为据他看,塔鲁只认为这次长谈"收效甚佳",却觉得没有必要记在笔记本上。当然,这只是作者的一种安排,目的是使叙事更加统一,而不是因为里厄大夫野心勃勃。也正是作者的这种安排,使平庸无奇的格朗在患病后奇迹般康复,而才干出众的塔鲁却一病不起,命赴黄泉。不过,作者也为此写下伏笔:"鼠疫会放过体质羸弱之人,尤其会杀死身强力壮之人。"

为了摈弃抽象概念,为了使鼠疫的景象更加生动,加缪让主要人物承担一个艰难任务,那就是使这个事件具有深刻意义。当然啰,"人不是一种观念",《鼠疫》也不是一部主题小说:格朗、里厄或朗贝尔都不是用来传达一种思想,塔鲁不是用来表达荒诞哲学,里厄也不是用来表达反抗哲学。虽然如此,小说的主要题材仍要由人物来表现,主要有朗贝尔、科塔尔、格朗、帕纳卢神甫、法官奥通、塔鲁和里厄。

朗贝尔是巴黎一家著名报社的记者,被派到奥兰来调查阿拉伯人的生活条件。他是追求个人幸福的青年,城门因鼠疫流行而关闭后,他想方设法离开这城市,以回到巴黎跟心上人团聚。最后事情即将办成,他却感到这样离开可耻,决定留下来跟里厄一起战斗。在鼠疫消退、城门重开之后,他终于跟妻子重逢。他的经历也借鉴了同样是记者的加缪的经历:加缪也曾流放,于一九四二年跟妻子分离,直至法国解放。

科塔尔是个神秘人物,因为他的生活跟其他人物不同。读者认识他是从他自杀未遂开始。他这个人神秘莫测,因为他不仅是酒类代理商,而且以前还犯过事。他在鼠疫流行期间靠走私发财,在鼠疫消退后失望而又沮丧,最后竟疯狂地向行人开枪,结果被警察逮捕。他跟朗贝尔完全相反,受自私心理驱使,拒绝参加卫生防疫工作,在城市解除瘟疫之后就变成了疯子。

格朗是市政府小职员,虽说毫无英雄气概,却"具有默默工作的美德,是推动卫生防疫工作的真正代表"。他也是"分离者",但这种分离跟城门关闭无关,而是因为家境贫困,使妻子离他而去。叙述者谈到他时既幽默又充满感情。他因想不出恰当的词语,无法写申请书,也无法给妻子写一封情书。他想写一部小说,修改了上百次,却只写出第一句话。他的姓格朗,法语为Grand,意为"伟大",似乎跟他的情况完全不同。然而,他做事勤勤恳恳,为人宽厚、正直,看法正确,处事低调,却想使自己的生活具有伟大意义,让别人对他"脱帽致敬",因此,他代表的是某种英雄主义,在作者看来也许是小说中最激动人心的人物。另外,格朗是唯一没有出现在塔鲁的笔记里的人物,他完全在叙述者的掌控之中。

帕纳卢神甫是"博学而又活跃的耶稣会会士",但加缪却使他在许多方面像冉森教派教徒,即严守教义,却十分悲观,认为万能的天主只赐恩于少数选民。他又是学者,是研究圣奥古斯丁的专家,而圣奥古斯丁的思想却是冉森教派的源泉。他在鼠疫流行期间作了两次讲道。第一次讲道时认为鼠疫是天主降灾。但在法官奥通的儿子死后,他的思想发生变化,参加了卫生防疫组织,在第二次讲道时已不像第一次那样纯粹在说教。不久之后,他也患病,却拒绝医生治疗,仍然坚信天主,死后病历卡上写着:"病情可疑",这"可疑"也许同时针对他的信仰。可以说,他第一次讲道反映出德军占领初期法国教会某些领导人的看法,即法国人理应遭到失败;但他参加卫生防疫组织之后,就成了参加抵抗运动的所有天主教徒的代表。

法官奥通是小说中最早出现的人物之一。他循规蹈矩,对自己确信无疑,他一家人就餐的情况,塔鲁在笔记本中作了漫画式的描写。他为人处事铁面无私,在儿子死后才发生变化,对世界的看法变得更加人道。他这个法官在鼠疫流行期间无事可做,就参加卫生防疫工作,最后也患病死去。

塔鲁是除里厄之外在小说中所占据篇幅最多的人物,也是作者让他连续讲述过去经历的唯一人物。他父亲是代理检察长,工作是判处某些被告死刑。他因此参加革命斗争,以跟把谋杀合法化的社会进行斗争。但他发现那些革命者也在杀人,就决定不再杀人,但因此却对自己判处终生流放,这也使他不再相信能使生活有意义的理想,而是只想求得安宁。来到奥兰后不久,鼠疫发生,他主动提出建立卫生防疫组织,跟里厄并肩战斗,最后患病死去。他的追求虽然失败,至少像反抗者那样生活过。

里厄是小说的主人公,处于小说情节的中心,所有主要人物都围绕着他。首先,他头脑清醒,为人正直,在当局想掩盖真实情况之时,第一个说出这瘟疫的名称,并促使当局宣布发生鼠疫和关闭城市。其次是谦虚,他总是认为自己只是做了应该做的事,从不夸耀,甚至不主动请别人给他帮忙,而总是别人提出要给他帮忙。他还多次强调自己的知识和看法有局限性。他在跟另一位医生卡斯泰尔谈到血清是否有用时说:"其实我们对这些都一无所知。"塔鲁问他是否相信天主,他虽然不信,却回答说:"我处在黑夜之中,想要看得一清二楚。"另外,他能理解别人,为人宽厚。即使对自杀未遂的科塔尔,他也不愿给他增添麻烦,对一心想出城的朗贝尔,他虽说不愿相助,却理解记者追求幸福的愿望,对格朗,他并不觉得滑稽可笑,对法官奥通,也不加以批评,他理解塔鲁的悲观失望,他不相信天主,却去听帕纳卢神甫的第二次讲道。后来,塔鲁给他谈了过去的经历,他听了之后说:"我觉得自己不喜欢英雄主义和圣人之道。我感兴趣的是做个男子汉。"

一九五五年,加缪在给罗朗·巴尔特的信中说:"我希望《鼠疫》能被读出多种意义。"首先,这部小说客观地描写了鼠疫在一座城市流行的情景,如发现死老鼠,病人的症状(口渴、高烧、腹股沟淋巴结炎等),城市检疫隔离,居民处于流放状况,采取的卫生医疗措施,以及社会上的种种情况。另外,里厄在第一部第五章中回忆起历史上发生的几次鼠疫,帕纳卢神甫在第二部第三章第一次讲道时也提到以前发生的鼠疫。

其次,这部小说有象征意义,暗示第二次世界大战以及法国人民对德军占领的抵抗,这对一九四七年的读者来说显得更加清楚。小说中许多段落描写的情况,也确实跟德军占领时的情况相同。例如,小说中打电话和通信几乎是不可能的事,这就像当时跟自由区(非占领区)打电话和通信那样。又如实行宵禁,禁止出城,在小说中跟德军占领时期一样,也有逃跑的事发生。当局还采取措施,限止食品和汽油的供应,食品店前于是排起长队,有些老板就提高生活必需品的价格,黑市和走私随之产生。小说中提到奥兰体育场设置的检疫隔离营,则使人想起纳粹德国关押犹太人的监禁营,而把有些街区隔离开来,则是暗指欧洲有些城市中的犹太人聚居区。而叙述者在讲述把尸体送往焚尸炉时,则显然是指纳粹德国当年焚烧成千上万男子、女子和儿童的焚尸炉。欢庆城市摆脱鼠疫和哀悼鼠疫受害者的场景,则使人想起法国解放的情景。正如加缪在给罗朗·巴尔特的信中所说:"《鼠疫》明显的内容是欧洲对纳粹主义的抵抗斗争。"

最后,这部小说还有哲学上的意义,那就是指出这世上的荒谬之处。生活在许多方面毫无意义,人只要封闭在自己的习惯之中就是如此。小说中叙述者说,奥兰这座城市,"人们既会在那里百无聊赖,又会竭力养成习惯",人们努力工作,设法多赚钱,并"把其他时间用来打牌、喝咖啡和聊天"。这"习惯"二字在书中多次出现,并成为平庸的同义词,这种平庸有时是心甘情愿,有时则为生活所迫。这习惯表示没有计划和未来,是死亡的一种形式。鼠疫流行之后,使这种不断重复的生活显得更加突出。例如,朗贝尔只好反复听《圣詹姆斯医院》这张唱片,电影院不断重放同一部影片,演出《俄尔甫斯与欧律狄克》的剧团被迫留在市里,"几个月来,每逢星期五,本市歌剧院里就响起俄尔甫斯音调优美的抱怨和欧律狄克毫无用处的呼喊"。"重新开始"这四个字也就在书中多次出现:"清晨,他们又回到灾祸之中,也就是回到墨守成规的生活之中。"

当然,重新开始也会有肯定的意义,只要是重新开始斗争,以便使生活有意义。格朗不断重写他小说的第一句话,里厄不断给病人治疗,卡斯泰尔不断研制血清,朗贝尔不断想办法出城,而据朗贝尔说,鼠疫,"这是要重新开始"。但这种不断进行的斗争,却往往白费力气。斗争不断重新开始,这也是人生没有意义的一个方面。小说也因此具有悲剧性,而加缪的悲剧性则具有荒谬的形象。从表面上看,《鼠疫》中的人物最终取得了胜利,但实际上并非如此:塔鲁在疫病被战胜时死去,里厄失去了朋友和爱妻。尤其是,"鼠疫杆菌永远不会死亡也不会消失"。然而,《鼠疫》中的世界并非令人绝望,对荒谬的反抗使生活有了意义和理由,也使书中的人物令人敬重。

《鼠疫》的译本,最早出自顾梅圣(署名顾方济)、徐志仁的手笔,由林秀清(署名林友梅)校阅,一九八〇年由上海译文出版社出版。林老师当年曾对我说,请顾老师翻译此书,是因为他对天主教熟悉。书中帕纳卢神甫是"博学而又活跃的耶稣会会士",理应是天主教徒,当时阿尔及利亚信奉的是天主教,对信奉的至高神的称谓是"天主",而由于天主教跟东正教和新教并列为基督教三大派别,所以书中的教徒称为 chrétiens(基督教徒)。帕纳卢神甫第二次讲道时,谈到了 la Mercy,顾老师译为"赎俘会修道院",我虽说相信顾老师的译法,但也需要加以核实。手头的纸质辞书中均未找到这个词,最后在网上找到这修会的全称为 Notre Dame de la

Rédemption des Captifs de la Merci,是为解救被撒拉逊人关押的许多基督教徒而在西班牙建立，所以应取顾老师的译名。另外，在翻译中，也看出顾译本的另一优点，那就是对医学术语的翻译准确无误。顾老师生前是上海第二医科大学（现为交通大学医学院）法语教授，对医学术语熟悉，即使有疑问，也可请教校内的专家教授。我曾受顾老师委托多次参加卫生部出国进修考试法语试题的命题工作，对该校教师这方面的专长十分了解。如书中 bubons 一词，《新法汉词典》上释义为"腹股沟淋巴结炎"，顾译为"腹股沟腺炎"，更加确切，又如 ganglions mésentériques，可译为"肠系膜淋巴结"和"肠系膜神经结"，顾译选择后者。当然啰，这次既然重译，也应该在对原文的理解和表达方面作出自己的努力，以不辜负顾老师和林老师生前对我的教诲和期望。

　　加缪的这两部小说，虽说都阐述某种哲理，却并非在纯粹说教，而是使用独特的艺术手法，具有很强的感染力，这也是它们畅销的一个主要原因。对这两部作品的分析，主要参考法国伽利玛出版社一九九六年版本后附的资料，感谢责编黄凌霞女士在寄来小说正文复印件的同时，也寄来这些资料的复印件。另外还参考米歇尔·马雅尔（Michel Maillard）《加缪》（纳唐出版社，1993年），玛丽-奥迪尔·安德烈（Marie-Odile André）《加缪的〈局外人〉》（小说十个片断分析，阿提埃出版社，1991年），贝尔纳·阿吕安（Bernard Alluin）《加缪的〈鼠疫〉》（阿提埃出版社，1996年）等专著。其实，对作品分析，也是对作品的深入理解，对准确翻译一些词语颇有帮助。书中译名则主要参考《大辞海·外国文学卷》（上海辞书出版社，2006年）等辞书。摩纳哥朋友克里斯蒂安娜·布洛-拉巴雷尔(Christiane Blot-Labarrère)和法国朋友安德烈·拉巴雷尔(André Z. Labarrère)夫妇,在得知我接译这两部小说之后,主动提出愿为我解答疑难,先后解答了《局外人》的十几个问题和《鼠疫》的五十几个问题,在此谨表衷心的感谢。

译　者

二〇一〇年九月于海上凉城

局 外 人

第 一 部

一

今天,妈妈死了。可能是昨天,我不清楚。我收到养老院发来的电报:"令堂仙逝。明日葬礼。肃此电达。"说得一点也不清楚。也许是昨天。

养老院位于马伦戈,离阿尔及尔有八十公里。我要乘两点钟的长途汽车去,下午即可到达。这样,我能在夜里守灵,并于明晚回来。我向老板请了两天假,有这种借口,他无法拒绝。但他显得不高兴。我甚至对他说:"这不是我的错。"他没有回答。我就想不该对他说这话。总之,我不需要请他原谅。反倒他应该向我表示慰问。但到后天,他看到我戴孝,一定会对我表示慰问。现在仿佛妈妈还没死。相反,等下葬之后,这就像归档的案件,显得更加真实可信。

我乘上两点钟的长途汽车。天气很热。我在塞莱斯特的饭馆里吃了饭,就像平时那样。他们都非常为我难过,塞莱斯特对我说:"母亲只有一个。"我离开时,他们把我送到门口。我有点厌烦,因为我得上楼去埃玛纽埃尔家,去借黑领带和黑纱。他伯父在几个月前去世了。

我跑着去车站,以赶上长途汽车。这样急着奔跑,再加上汽车颠簸和汽油味,还有公路和天空的反光,也许是因为这些,我才觉得昏昏沉沉。一路上差不多都在睡觉。我醒来时,发现自己靠在一个军人身上,他朝我微笑,问我是否来自远方。我只说"是的",不想再多说一句。

养老院离村庄有两公里路。我是走着去的。我想马上看到妈妈。但门房对我说,我先得去见院长。当时院长正忙着,我等了一会儿。在这段时期里,门房一直在说话,然后我见到了院长:他在办公室里接待了我。他是个矮小的老头,身上佩戴荣誉勋位勋章。他用明亮的眼睛看了看我。接着,他跟我握手,但时间很长,我不知该如何把手抽出。他看了一份档案,并对我说:"默尔索太太是三年前入院的。您是她唯一的赡养者。"我觉得他有点责备我,就开始对他解释。但他打断了我的话:"您不用给自己辩解,亲爱的孩子,我看过您母亲的档案。您无法负担她的生活费用。她需要有护工照料。您工资微薄。不管从哪方面看,她在这儿都更加幸福。"我说:"是的,院长先生。"他补充道:"您知道,她有一些朋友,是跟她年纪相同的老人。她跟他们会有同样的兴趣,是另一个时代的一些兴趣。您年轻,她跟您在一起会感到厌烦。"

确实如此。妈妈在家时,总是默不作声地注视着我。进养老院后的前几天,她经常哭泣。但那是因为习惯问题。几个月后,如果要把她接出养老院,她就会哭泣。这也是习惯问题。正因为这个原因,我去年几乎没来这儿。但也因为这样要占用我星期天的时间,另外还得花费力气,去赶长途汽车,买车票,路上得走两个小时。

院长又对我说了些话。但我几乎不再去听他说话。然后他对我说:"我想您想看到您的母亲。"我站了起来,但什么话也没说,他带我朝门口走去。在楼梯上,他对我解释说:"我们把她搬到了小陈尸室,是为了不让其他人受到惊吓。每当院里有老人去世,其他人在两三天内就会神经过敏。这就使服务工作变得困难。"我们穿过一个院子,院子里有许多老人在三五成群地聊天。我们走过时他们就不吭声了。我们过去后,他们又开始交谈。就像鹦鹉在唧唧喳喳学舌。走到一幢小屋门口,院长跟我告辞。"我失陪了,默尔索先生,我在办公室等您。一般来说,葬礼定在上午十点。我们考虑到,这样您可以给亡母守灵。最后说一句,您母亲似乎经常向院友们表示,希望按宗教仪式下葬。我已对此做好安排。但我想让您知道。"我对他表示感谢。妈妈不是无神论者,但生前从未想到过宗教。

我走进小屋。只见大厅十分明亮,墙壁用石灰粉刷过,顶上是玻璃天棚。厅里放有椅子和呈×形的支架。大厅中央两个支架上放有一口棺材,已盖上盖子。棺材上只看到螺丝钉闪闪发亮,并未拧紧,在刷成褐色的棺木上十分醒目。棺材旁边,有个阿拉伯女护士,身穿白大褂,头戴颜色鲜艳的方巾。

这时,门房从我后面进来。他想必是跑来的。他说话有点儿结巴:"棺材已给盖上,但我得把盖上的螺丝旋出,让您能看到她。"他要走近棺材,但我把他拦住。他对我说:"您不想看?"我回答说:"是的。"他不再说话,但我感到尴尬,觉得我不该这么说。片刻之后,他看了看我,然后问我:"为什么?"但并无责备之意,仿佛想了解其中的原因。我说:"我不知道。"于是,他捻捻白色的小胡子,说话时没看着我:"我理解。"他眼睛漂亮,颜色淡蓝,脸色略显红润。他拿来一把椅子给我坐,自己在我靠后一点的地方坐下。女护士站了起来,朝门口走去。这时,门房对我说:"她有梅毒下疳。"我听不明白,就朝女护士看了一眼,看到她眼睛下面有一条绷带,绕头一圈。在鼻子处,绷带是平的。在她脸上看到的只有白色绷带。

她走了以后,门房说:"我失陪了。"我不知道自己做了什么手势,但他留了下来,站在我背后。后面有人使我感到拘束。大厅里充满着傍晚的艳丽阳光。两只大胡蜂在玻璃顶棚上嗡嗡作响。我感到十分困倦。我对门房说话,但并未把头转向他:"你在这儿已有很长时间了吧?"他立即回答说:"五年了。"仿佛他一直在等我问他。

接着,他说了许多话。在他看来,如果有人对他说,他将终身在马伦戈养老院当门房,他会感到十分惊讶。他六十四岁,又是巴黎人。这时,我打断了他的话:"啊,您不是本地人?"我随即想起,他在带我到院长办公室以前,就曾对我说起我妈妈。他对我说,必须尽快把我妈妈下葬,因为在平原天气很热,而这个地方尤其炎热。正是在那时,他告诉我他曾在巴黎生活,很难遗忘那个城市。在巴黎,有时能在遗体旁守灵三四天之久。在这儿可不能待这么久,想到已经要跟在殡车后面跑了,就感到不舒服。当时他妻子对他说:"别说了,这种事不该告诉先生。"老头脸红了,并表示道歉。我调解般地说:"没事儿,没事儿。"我觉得他说得对,也说得有趣。

在小陈尸室里,他告诉我,他是因为贫穷才进养老院的。他感到自己身强体壮,就毛遂自荐当了门房。我对他指出,其实他是养老院收养的人。他对我说不是这样。此前我听到他说话的方式,已经感到惊讶,因为他说到院里收养的人,总是说"他们""其他人",有时候也说"老人们",而在这些人中,有些人年纪并不比他大。当然啰,这不是一回事儿。他是门房,在某种程度上,他有权管理他们。

那女护士在这时进来。夜幕突然降临。夜色很快在玻璃顶棚上变得漆黑。门房开了灯,我因突然出现的亮光而感到刺眼。他请我到食堂去吃晚饭。但我肚子不饿。于是他提出要给我端来一杯牛奶咖啡。我很喜欢喝牛奶咖啡,就表示同意,片刻之后,他端着一个托盘回来。我喝了。我于是想抽烟。但我犹豫不决,因为我不知道是否能在妈妈的遗体前抽烟。我思考之后,觉得这毫无关系。我递给门房一支烟,我们就抽了起来。

有一个时候,他对我说:"您知道,您母亲大人的朋友们也要来守灵。这是院里的习俗。我得去搬些椅子、弄些清咖啡来。"我问他是否可以关掉其中一盏灯。灯光照在白墙上,使我感到疲倦。他对我说关不掉。开关是这样装的:灯要么全开,要么全关。我不再去对他多加注意。他出去后又回来,把椅子都摆好。其中一把椅子上,他叠放着一圈杯子,中间放着咖啡壶。然后,他在我对面坐下,是在我妈妈的另一边。女护士也坐在大厅里面,背对着我。我看不到她在做什么事。但从她手臂的动作来看,我可以猜出她在织毛线。大厅里很舒服,咖啡使我感到暖和,通过开着的大门,飘进来一股夜晚和花卉的气味。我觉得自己迷迷糊糊地睡了一会儿。

一阵窸窣声把我吵醒。我闭上眼睛之后,觉得这厅里更加白得发亮。我前面没有丝毫阴影,每件物体、每个角落和所有的曲线都清楚地勾画出来,但十分刺眼。就在这时,妈妈的朋友们走了进来。他们一共有十来个人,在耀眼的灯光下静静地移动。他们坐下时,没有一把椅子发出嘎吱的声响。我看着他们,如同从未看到过人那样。他们的脸部和衣着的细节,我是尽收眼底。然而,我没有听到他们的声音,很难相信他们确实存在于世。女人几乎全都系着围裙,腰束带子,使肚子鼓得更高。我还从未注意过,老太太的肚子能鼓得多高。老头几乎个个干瘪,而且都拄着拐杖。在他们的脸上使我感到惊讶的是,我看不到他们的眼睛,只是见到一堆皱纹中有一点暗淡的亮光。他们坐下之后,大多朝我观看,拘谨地点了点头,嘴唇都被吃到无齿的嘴里,我弄不清他们是在跟我打招呼,还是脸上肌肉在抽搐。我还是觉得他们在跟我打招呼。这时,我发现他们都坐在我对面,是在门房周围,并摇晃着脑袋。我一时间产生奇特的印象,认为他们是来对我进行审判。

不久之后,一个女人哭了起来。她坐在第二排,被前面一个女院友挡住,我无法看清。她低声哭泣,哭得很有节奏:我觉得她会哭个不停。其他人好像都没有听到她哭。他们心灰意懒,闷闷不乐,默不做声。他们看着棺材或他们的手杖,或是随便看着什么东西,但他们只盯着一样东西看。那女人还在哭。我十分奇怪,因为我不认识她。我真希望不再听到她哭。但我不敢对她这样说。门房朝她俯下身子,跟她说了话,但她摇摇头,含糊不清地说了些什么,然后又按原来的节奏继续哭。于是,门房来到我身边。他在我旁边坐下。过了很久,他对我说时没看着我:"她跟您母亲大人很要好。她说这是她在这儿唯一的朋友,并说她现在已没有朋友。"

我们就这样待了很长时间。那女人的叹息和抽噎声越来越稀少。但她时常用鼻子吸气。最后她不做声了。我已不再困倦,但感到疲劳和腰疼。这时,我感到难受的是所有这些人默默无语。我只是有时听到一种奇怪的声音,但弄不清是什么声音。时间一长,我终于猜出是几个老人在咂嘴,发出这种奇特的啧啧声。他们在专心思考,因此没有察觉这事。我甚至有一种感觉,即躺在他们中央的死者,在他们眼里毫无意义可言。但我现在觉得,这是一种错误的感觉。

我们都把门房拿来的咖啡喝掉。后来的事我就不知道了。夜晚过去。我现在想起,我当时曾在一时间睁开眼睛,看到老人们都在蜷缩着睡觉,只有一个老人没睡,他下巴支在拄着拐杖的手背上,两眼盯着我看,仿佛只是在等我醒来。过后,我又睡着了。我醒来是因为腰越来越疼。晨光渐渐在玻璃顶棚上显露。片刻之后,有个老人醒来后老是咳嗽。他把痰吐在一块方格大手帕上,每吐一口如同拔树那样吃力。他把其他人都给吵醒了,门房说他们应该走了。他们站了起来。这次守灵累得他们面如土色。他们出去时,使我感到十分意外的是,他们都跟我握了手,仿佛这一夜我们虽然没说过一句话,却在感情上更加亲近。

我感到疲倦。门房把我带到他的房间,我进行了简单的漱洗。我又喝了牛奶咖啡,味道很好。我走出房间时,天已大亮。在马伦戈和大海之间的山丘上,天空一片红色。海风越过山丘,把一股咸味带到这儿。这一天看来天气晴好。我去乡下已是很久以前的事了,我感到,如果没有妈妈这件事,我去那儿散步会有多么快乐。

我在院子里等待,待在一棵法国梧桐下面。我呼吸着泥土的清香,不再感到困倦。我想起办公室里的那些同事。在这个时候,他们起床要去上班:对我来说,这一直是最为难熬的时刻。我又对这些事略加思考,但这时一幢幢楼里响起铃声,使我不由分神。窗子里传出一阵乱哄哄的声音,不久就平静下来。太阳在天上微微升高;我的脚开始被晒得发热。门房穿过院子后对我说,院长要见我。我去了他的办公室。他让我在几张纸上签名。我看到他身穿黑色上装,下面穿条纹长裤。他拿起电话听,然后对我说:"殡仪馆职员来了已有一会儿了。我去请他们来盖棺。在盖棺前,您是否要再看您妈妈一眼?"我说不用了。他在电话里压低声音命令道:"费雅克,您告诉他们,可以去盖棺了。"

然后他对我说,他将参加葬礼,我对他表示感谢。他在办公桌后面坐下,把双腿交叉。他告诉我,送葬的只有我和他两人,以及值班的女护士。一般来说,院友们都不应参加葬礼。他让他们守灵。他指出:"这是人道的问题。"但这一次,他已准许我妈妈的一位老友"托马·佩雷兹"跟随出殡队伍一起去。说到这里,院长微微一笑。他对我说:"您要知道,这是一种略带孩子气的感情。但他和您母亲几乎是寸步不离。在院里,大家都跟他们开玩笑,并对佩雷兹说:'她是您的未婚妻。'他听了就笑。这种玩笑让他们高兴。确实,默尔索太太去世,他十分难受。我觉得不应该不准他去。但是,根据保健医生的建议,我昨天不准他守灵。"

我们默默无语,一起待了很长时间。院长站了起来,朝办公室窗外观望。有时,他进行观察:"马伦戈的本堂神甫已到。他提前到了。"他告诉我,要走到村里的教堂,至少得走三刻钟。我们走到楼下。本堂神甫和两个侍童待在屋前。一个侍童手拿香炉,神甫朝他俯下身子,以调节银链的长短。我们来了之后,神甫直起身来。他称我为"我的孩子",并对我说了几句话。他进了屋,我跟随其后。

我忽然看到,棺材盖上螺丝钉已经拧紧,并看到厅里有四个黑衣人。我同时听到院长对我说,殡车已停在大路上等候,并听到神甫开始祈祷。从这时起,事情都进行得十分迅速。那四个人拿着柩衣朝棺材走去。神甫、侍童、院长和我走了出去。门前有一位女士,我并不认识。院长对她介绍说:"默尔索先生。"我没有听清这位女士的名字,只知道她是护士代表。她面无笑容,点了点瘦长的头。然后,我们站成一排,让遗体过去。我们跟在抬棺材的人后面,走出了养老院。门前停着殡车。殡车呈长方形,漆得发亮,活像文具盒。殡车旁站着殡葬司仪,此人个子矮小,穿得滑稽可笑,还有一个举止做作的老头。我看出他是佩雷兹先生。他头戴圆顶宽檐软毡帽(棺材抬出门时,他把帽子脱下),身穿一套西服,长裤呈螺旋形落在鞋面上,戴着小小的黑领结,而衬衫的白领却很大。他嘴唇颤抖,鼻子上全是黑点。他纤细的白发下露出奇特的耳朵,耳朵摇晃,如有粗糙折边,呈血红色,而脸色却十分苍白,使我印象深刻。殡葬司仪让我们各就各位。神甫走在前面,然后是殡车。殡车周围是四个黑衣人。后面是院长和我,最后则是护士代表和佩雷兹先生。

天上已充满阳光。天空开始使大地感到沉重,气温迅速升高。我不知道我们为何等待很长时间后才出发。我穿着深色衣服,感到很热。那矮老头原来戴着帽子,这时又把帽子脱下。我稍稍朝他转过头去,看着他,院长就跟我谈起了他。院长对我说,我母亲和佩雷兹先生经常在傍晚去散步,一直走到村子,由一名护士陪同。我环顾田野。一排排柏树延伸到天边的山丘,透过柏树,只见这块土地红棕色和绿色相间,稀疏的房屋点缀其中,显得十分漂亮,我立刻理解妈妈当时的心情。在这个地方,傍晚想必是忧伤的休憩。而今天,漫溢的阳光照得这景色颤抖,使其变得毫无人情,令人沮丧。

我们开始上路。这时,我发现佩雷兹的腿有点瘸。殡车渐渐加速,这老头就落到后面。殡车周围有一人也给落下,现在跟我并排走着。我感到意外的是,太阳竟升高得如此之快。我发现田野里早已响起昆虫的鸣叫声和草丛的簌簌声。汗水在我面颊上流淌。我没戴帽子,就用手帕扇风。这时,殡仪馆职员对我说了句话,但我没有听清。与此同时,他右手把鸭舌帽帽檐微微抬起,用左手拿着的手帕擦了擦头顶。我对他说:"怎么样?"他指着天连声说道:"晒得真厉害。"我说:"是的。"片刻之后,他问我:"那里面是您母亲?"我又说:"是的。""她年纪老吗?"我回答说"就是这样",因为我不知道她确切的年龄。后来他就不做声了。我转过头去,看到佩雷兹老头落在我们后面五十来米远的地方。他急忙往前赶,手里拿着毡帽摇晃。我也看了看院长。他走路的样子十分端庄,没有任何多余的动作。他额头上渗出几滴汗水,但他没有去擦。

我感到出殡队伍的行进速度有所加快。我周围的田野依然明亮,沐浴在阳光之中。天空亮得刺眼。有时,我们走在一段新修好的公路上。太阳把柏油路面晒得裂开。脚踩下后就陷进去,留下了果肉般光亮的裂口。在殡车上方,车夫戴的煮硬的牛皮帽,仿佛曾在这黑泥般的柏油里鞣过。我感到有点头晕,只见天空是蓝白相间,周围则全是黑色,有裂开口子的柏油路黏糊糊的黑色,有身上穿的衣服暗淡的黑色,还有殡车漆成的黑色。烈日当空,殡车的皮革和马粪的气味,油漆的气味和焚香的气味,以及彻夜未眠的疲倦,使我的视觉和思想都模糊不清。我再次回头望去:我感到佩雷兹似乎已十分遥远,隐没在一片热气之中,后来我无法再看到他。我用目光寻找他,看到他已离开公路,并穿越田野。我也发现,公路在我前面转弯。我看出佩雷兹对地形熟悉,正在抄近路走,以赶上我们。他在转弯处追上了我们。后来,我们又把他给丢了。他还是穿越田野,就这样反复走了多次。而我则感到热血在太阳穴里奔腾。

其后的事情都进行得极其迅速、确实而又自然,因此我现在对那时的记忆已荡然无存。只记得一件事:在村子的入口处,护士代表跟我说了话。她说话声音奇特,跟她的脸并不相称,这声音悦耳,却在颤抖。她对我说:"要是走得慢,就会中暑。但如走得太快,又会汗流浃背,进了教堂就会着凉。"她说得对。真是不知如何是好。我还留有那天的几个印象,如佩雷兹的那张脸,就是他最后一次在村子附近追上我们的时候。他既紧张又难受,大滴眼泪落在面颊之上。但由于脸上皱纹条条,眼泪竟流不下来,有时扩散开来,有时聚在一起,在这张变形的脸上形成一片水光。还有教堂以及人行道上的村民,公墓的一座座坟墓上老鹳草的红花,佩雷兹晕倒了(他活像散了架的木偶),撒在妈妈棺材上的血红色泥土,以及混在土中的白色树根,还有人群,说话的声音,村庄,在一家咖啡馆前等待,马达不停的隆隆声,以及长途汽车进入阿尔及尔灯火通明的街区时我心里的喜悦,因为我想到,我即将上床睡觉,可以睡上十二个小时。

二

我醒来时才明白,我向老板请两天假时,他为什么显得不高兴:今天是星期六。我当时可把这事给忘了,但在起床时想了起来。我的老板自然想到,加上星期天,我就有四天假期,这样的话,他当然不会高兴。但是,一方面,妈妈下葬是在昨天而不是今天,并不是我的错,另一方面,不管怎么说,星期六与星期天都是我的休息天。当然啰,尽管如此,我仍然理解我老板的心情。

我勉强起床,因为昨天确实很累。我刮脸时在想,今天要干什么,我决定去洗海水浴。我乘有轨电车前往港口海水浴场。在那里,我跳入航道。有许多年轻人。我在水里看到了玛丽·卡多纳,她以前在我的办公室里当打字员,我当时曾想打她的主意。我现在觉得她当时也对我有意。但她不久后辞职了,我们就没能亲近。我帮她爬上一个浮筒,并顺手摸了她胸部。我还在水里,可她已俯卧在浮筒上。她朝我转过头来。她头发盖住眼睛,在那里笑。我也爬上浮筒,待在她旁边。天气很舒服,我像开玩笑那样让头往后仰,枕在她肚子上。她什么也没说,我就这样躺着。我眼望天空,只见蓝天金光。我感到玛丽的肚子在我颈背下微微起伏。我们似睡似醒,在浮筒上待了很久。当太阳晒得太热时,她跳进水里,我则跟随其后。我追上了她,用手搂住她的腰,我们就一起游泳。她总是在笑。在码头上,我们把身上擦干时,她对我说:"我晒得比您黑。"我问她晚上是否想去看电影。她又笑了,并对我说,她想去看费尔南代尔①的一部影片。我们穿好衣服后,她看到我系黑领带,显得十分惊讶,问我是否在戴孝。我对她说,

---

① 费尔南代尔(1903—1971),法国喜剧演员。拍摄的影片有一百多部,其中七部由法国喜剧大师帕尼奥尔导演。主要有《昂热尔》《再生草》《掘井人的女儿》以及《唐·卡米罗的小天地》等。

我妈妈死了。她想知道是什么时候死的,我就回答说:"是在昨天。"她稍稍往后一退,但并未发表任何看法。我想对她说,这不是我的错,但我没说出来,因为我想到,我已对老板说过这话。这话毫无意义。不管怎样,人总是会有点错。

晚上,玛丽已把这些事全都忘记。这部影片有时滑稽可笑,而且也实在太蠢。她的腿靠在我腿上。我抚摩她的乳房。电影快结束时,我拥吻了她,但没有尽兴。出去后,她来到我家。

我醒来时,玛丽已经走了。她跟我说过,她要去姨妈家。我想到今天是星期天,我感到厌倦:我不喜欢星期天。于是,我在床上翻了个身,在长枕头上闻玛丽的头发留下的咸味,我一直睡到十点钟才醒。然后,我抽了几支烟,但仍躺在床上,一直躺到中午十二点。我不愿像平时那样到塞莱斯特的饭馆去吃饭,因为他们肯定会对我提出问题,而我不喜欢这样。我煮了几个鸡蛋,就在这盘子里吃了,没吃面包,因为我已经吃完,也不愿下楼去买。

午饭后,我感到有点无聊,就在套间里转悠。妈妈在这儿时,这套间十分合适。现在,我一个人住显得太大,我只好把餐厅里的桌子搬到我卧室里来。我只是在这个房间里过日子,里面有几把草垫有所塌陷的椅子、一个镜子发黄的大立柜、一张梳妆台,以及一张铜床。其他房间都弃而不用。过了一会儿,为了做点事,我拿起一张旧报纸来看。我把克鲁申盐业公司的一则广告剪了下来,贴在一本旧练习簿上,我感兴趣的剪报都贴在这本子上。我也洗了洗手,最后,我走到阳台上。

我的卧室朝向这郊区的大街。下午天气晴朗。但路面泥泞,行人稀少,却仍然匆忙。先是看到几家人在散步,两个小男孩穿着海魂衫和过膝的短裤,衣服笔挺,样子有点拘谨,还有一个小女孩,头戴粉红色大蝴蝶结,脚穿擦得锃亮的黑皮鞋。母亲走在孩子后面,她身材高大,穿着栗色真丝连衣裙,父亲个子矮小,又弱不禁风,我看到过。他头戴扁平狭边草帽,戴蝴蝶领结,拿着手杖。我看到他跟妻子在一起,知道街区里为何说他优雅。不久之后,郊区的一个个年轻人走过,他们头发油光锃亮,系大红领带,穿奇装异服,上衣小口袋上绣花,脚穿方头皮鞋。我觉得他们是去市中心看电影,因此这么早就出来。他们急忙去乘电车,还大声笑着。

他们过去后,街上行人渐渐稀少。我觉得,各个剧场的演出均已开始。街上只剩下了一个个店铺老板和一只只猫。街道两边的榕树上方,天空无云,但并非光彩夺目。在对面的人行道上,一个香烟店老板搬出一把椅子,放在门口,跨坐其上,双臂搁在椅背上。刚才满载乘客的一辆辆电车,现在几乎空无一人。香烟店旁是"皮埃罗之家"小咖啡馆,侍者正在空荡荡的厅里,用木屑把地板擦干净。这确实是星期天的景象。

我把椅子倒转过来,像香烟店老板那样放着,因为我觉得这样坐更舒服。我抽了两支香烟,回屋拿了一块巧克力,又回到窗口吃了起来。不久之后,天色变得阴暗,我以为夏天暴雨将临。不过天气渐渐转晴。但一片片乌云飘过时,如同下雨的预兆,使街道变得阴暗。我仰望天空,待了很长时间。

五点钟,有几辆电车在嘈杂声中驶来。电车把一群群观众从郊区的体育场送回来,他们有的站在踏板上,有的扶着栏杆。后面几辆电车则载着运动员,我是从他们的小手提箱看出来的。他们大声喊叫、歌唱,说他们的俱乐部会永世长存。

好几个运动员跟我打招呼。其中一个还对我叫喊:"我们战胜了他们。"我也说"对",并点了点头。从这时起,小汽车开始蜂拥而至。

天色又稍有变化。屋顶上的天空变成淡红色,黄昏开始降临,条条街道热闹起来。出游者陆续回来。我在其他人中认出了那位优雅的先生。他家的孩子们哭着或是让父母拖着走。街区的那些电影院,几乎立即把观众的人流倾泻到街上。在观众中,年轻人的手势比平时更加坚决,我想他们是看了一部惊险片。从城里的电影院回来的观众到得稍晚。他们似乎更加严肃。他们也不时笑笑,但显得疲倦,像在遐想。他们待在街上,在对面的人行道上走来走去。街区的姑娘们都不戴帽子,她们相互挽着胳臂。小伙子们设法跟她们迎面而过,他们开起了玩笑,姑娘们听了转过头去直笑。有好几个姑娘我认得,她们跟我打了招呼。

这时,路灯突然点亮,夜空中初升的星星为之黯然失色。看着人行道上行人和灯光的变化,我感到眼睛疲倦。路灯把潮湿的路面照得发亮,而定时驶过的电车,则把反光映照在发亮的头发、微笑的面容或银手镯上。过了一会儿,电车更加稀少,树木和路灯上方已是漆黑一片,街区在不知不觉中变得空无一人,直至第一只猫慢慢地穿过再次空旷的街道。我于是想到该吃晚饭了。我长久地靠在椅背上,感到脖子有点疼。我上街去买了面包和果酱,做了菜,站着吃饭。我想在窗口抽支烟,但空气已变凉,我感到有点冷。我把窗全都关上,回来时在镜子里看到桌子的一端,上面放着我的酒精灯和几片面包。我想到,这星期天依然过得疲劳,想到妈妈现已安葬,我将要重新开始工作,总之,生活并未有任何变化。

三

今天,我在办公室做了很多事。老板对我和蔼可亲。他问我是否太累,还想知道我妈妈有多大年纪。我说"有六十来岁",是为了不出错,我不知道他为何显出宽慰的样子,并认为事情已经了结。

我桌上放着一大堆提货单,都要我来处理。在离开办公室去吃午饭前,我洗了手。中午,我非常喜欢这样的时刻。晚上,我在这种时刻就不大喜欢,因为能转动的公用毛巾已经湿透。我曾在有一天跟老板指出。他对我回答说,他也感到遗憾,但这毕竟是无关紧要的小事。我在十二点半跟埃玛纽埃尔一起出去了一会儿,他在发货部工作。办公室朝向大海,我们一时间观看了港口里的货轮,太阳把港口照得火烫。这时,一辆卡车开来,发出链条的哗啦声和马达的轰隆声。埃玛纽埃尔问我"要不要去",我就跑了起来。卡车超过了我们,我们在后面直追。我被淹没在噪声和灰尘之中。我什么也看不见了,只感到是在拼命奔跑,周围是绞车、机器,以及在地平线上晃动的桅杆和我们沿路看到的一个个船体。我首先抓住卡车,并一跃而上。然后,我帮埃玛纽埃尔上车坐下。我们俩都气喘吁吁。卡车在码头高低不平的路面上颠簸,沉浸在尘土和阳光之中。埃玛纽埃尔笑得喘不过气来。

我们来到塞莱斯特的饭店时汗流浃背。他一直在那儿,大腹便便,腰系围裙,蓄着白色小胡子。他问我是否"过得还可以"。我对他说是的,并说我饿了。我很快吃完饭,还喝了咖啡。然后我回到家里,睡了一会儿,因为我酒喝得太多,醒来时想要抽烟。时间已晚,我跑着去赶一辆电车。我整个下午都在干活。办公室里很热,傍晚出来时,我愉快地回家,沿着码头慢慢地走着。天空呈绿色,我感到高兴。不过,我还是直接回家,因为我想煮土豆吃。

上楼时,我在阴暗的楼梯上撞到萨拉马诺老头,他跟我住在同一层楼。他牵着狗。他跟狗一起生活已有八年。这猎犬①有皮肤病,我觉得是原虫性肠肝炎使它的毛几乎脱得精光,皮肤上布满棕色的痂盖和硬皮。萨拉马诺老头长期跟狗一起生活,同住一个小房间,最终变得跟狗很相像。他脸上有淡红色痂盖,黄毛稀少。而那条狗则像主人那样驼背曲腰,口鼻前伸,脖子伸长。他们似乎属于同一种类,但却相互厌恶。每天两次,上午十一点和下午六点,老头都要出去遛狗。八年以来,他们一直没有改变散步的路线。可以看到他们沿着里昂街②走,那狗拖着老头走,最后萨拉马诺老头绊了一跤。他于是就对狗又打又骂。狗吓得趴在地上,让人拖着走。这时,由老头来拖着狗走。过一会儿,狗忘掉之后,再次拖着主人走,并再次挨打挨骂。于是,他们俩都待在人行道上,四目对视,狗是怕,人是恨。天天如此。狗要撒尿,老头不让它撒完就拉它走,这猎犬就边走边在地上撒下一滴滴尿液。狗偶然在屋里撒尿,就又要挨打。就这样过了八年。塞莱斯特总是说"真不幸",但实际上,谁也弄不清楚。我在楼梯上遇到萨拉马诺时,他对狗说:"坏蛋!脏货!"狗则在呻吟。我说了声

---

① 原文为 épargneul,是布列塔尼猎犬、皮卡第猎犬、法国猎犬、德国猎犬等八种猎犬的总称。
② 从里昂街可看出,默尔索住在贝尔库尔街区,加缪幼年时曾在那里住过。

"晚安",但老头仍然在骂。我就问他,狗对他干了什么。他没有回答我。他只是说:"坏蛋！脏货！"我见他朝狗俯下身子,猜出他正在对狗的颈圈进行调整。我提高嗓门又问了一遍。他没有把头转过来,只是强忍怒火对我回答说:"它老是这样。"然后,他就拖着狗走了,那狗趴在地上被拖着走,一面发出呻吟般的叫声。

正在这时,跟我住在同一层楼的另一位邻居走了进来。街区里都说他是吃软饭的。然而,有人问起他的职业,他就说是"仓库管理员"。总的说来,他不大讨人喜欢,但他常跟我说话,有时他到我家里来坐一会儿,因为我愿意听他说话。我觉得他说的事情很有趣。另外,我也没有任何理由不跟他说话。他名叫雷蒙·森泰斯。他长得相当矮小,肩膀宽阔,鼻子像拳击手那样塌陷。他总是穿着得体。他在谈到萨拉马诺时也对我说:"如果不是这样不幸就好了！"他问我,这事我是否感到厌烦,我回答说没有。

我们走到楼上,我要跟他离别时,他对我说:"我家里有香肠和葡萄酒。您是否愿意跟我一起吃点喝点？……"我想到这样我就不用自己做饭,就同意了。他也只有一个房间,还有一间厨房,但没有窗子。他床的上方有个白色和粉红色的仿大理石天使塑像,以及一些体育冠军照片和两三张裸女画片。房间很脏,床没铺好。他先点上煤油灯,然后从口袋里拿出肮脏的纱布,开始包扎右手。我问他是怎么回事。他跟我说,他跟一个家伙打了一架,那家伙想找他麻烦。

"您知道,默尔索先生,"他对我说,"这不是因为我凶狠,而是我火气大。那个人对我说:'你要是男人,就从电车里下来。'我对他说:'你别闹。'他就说我不是男人。于是,我就下了电车,并对他说:'够了,最好到此为止,要不我就把你打得稀巴烂。'他对我回答说:'凭什么?'于是,我就揍了他一顿。他倒在地上。我要把他扶起来。他却在地上踢我几脚。我就用膝盖把他压住,打了他两记耳光。他脸上都是血。我问他是否受够了。他对我说:'够了。'"

森泰斯一面说,一面用纱布包扎。我坐在床上。他对我说:"您看,不是我去找他。是他来惹我。"确实如此,这我承认。于是,他告诉我,他想就这件事征求我的意见,他说我是一条汉子,见过世面,能给他帮忙,并说以后他会成为我的朋友。我什么也没说,他又问我,我是否愿意做他的朋友。我说无所谓,他显出高兴的样子。他取出香肠,在炉子上煮好,接着摆好酒杯、盘子、刀叉和两瓶葡萄酒。做这些事时,他都默不作声。然后我们坐了下来。吃饭时,他给我讲了他的事。他先是犹豫片刻。"我认识了一位女士……可以说是我的情妇。"跟他打架的那个人,是这个女人的弟弟。他对我说,他曾包养这个女人。我什么也没说,但他立刻作了补充,说他知道街区里的流言飞语,但他问心无愧,他是仓库保管员。

"说到我这个事,"他对我说,"我发现有欺骗行为。"他给她的钱恰好够她维持生活。他自己替她付了房钱,每天给她二十法郎伙食费。"三百法郎房钱,六百法郎伙食费,不时送一双袜子,这样就要花费一千法郎。这位女士又不工作。但她老是说我太抠,说我给她的钱不够用。可我总是对她说:'你为什么不去打个半天工?这样的话,你就不用我来替你操心这些小事了。这个月我给你买了一套衣服,每天给你二十法郎,替你付了房钱,而你呢,每天下午都跟你的女友们一起喝咖啡。你用咖啡和糖招待她们。我呢,我给你钱。我待你不薄,可你却以怨报德。'但她不去工作,她老是说钱不够用,于是我就发现她在骗我。"

他于是告诉我,他看到她手提包里有一张彩票,她无法向他解释是怎么买来的。不久之后,他在她那儿看到"一张当票",证明她在当铺里当了两只手镯。在此之前,他不知道她有这两只手镯。"我清楚地看出她在骗我。于是,我就跟她分手。但我先打了她一顿。然后我才戳穿她。我对她说,她一心只想玩物取乐。您可以理解,默尔索先生,我是这样对她说的:'你没看到世上的人都在羡慕我给予你的幸福。你以后自会知道,你现在是多么幸福。'"

他把她一直打到出血。以前他不打她。"以前我打她,可说是轻手轻脚。她稍稍叫喊。我就关上百叶窗,然后罢手,总是这样。但现在,我可是动了真格。我觉得对她惩罚得还不够。"

他于是跟我解释,说是因为这事,他需要别人给他出个主意。他停止说话,去调节即将烧完的灯心。我一直在听他说。我喝的酒将近有一公升,觉得太阳穴发烫。我抽着雷蒙的香烟,因为我的香烟已经抽完。最后几辆电车驶过,带走了郊区现已遥远的嘈杂声。雷蒙继续在说。他感到烦恼,"是因为他对他的姘头还有感情"。但他想惩罚她。最初,他想把她带到一家旅馆,把"风化警察"叫来,制造一件丑闻,让她像妓女那样在警察局登记入册。后来,他向几个黑社会的朋友讨教。他们没想出任何办法。但正如雷蒙向我指出的那样,参加黑社会还是十分值得。他把情况告诉他们之后,他们就建议在她脸上"留个记号"。但是,他不想这样做,他要考虑一下。在此之前,他想问我有什么主意。不过,在问我之前,他想知道我对这件事有何看法。我回答说,我没有任何看法,但我觉得这事有趣。他问我是否认为她在骗他,而我呢,我确实感到她在骗他,至于我是否认为应该惩罚她,如果我处在他的地位会怎么做,我就对他说,这永远无法知道,但我理解他为何要惩罚她。我又喝了点酒。他点了一支香烟,跟我说出他的想法。他想给她写一封信,"像用脚踢她一样狠,同时又要说得她后悔"。然后,如果她回来,他就跟她睡觉,并在"刚要完事时"把唾沫吐在她脸上,并把她赶出门外。我认为,用这种办法,她确实将受到惩罚。但雷蒙对我说,他觉得自己写不好这封信,想请我代笔,由于我没有吭声,他就问我是否觉得马上写有难处,我回答说没有。

他喝完一杯酒,就站了起来。他把盘子和我们吃剩的少许冷香肠推开。他仔细擦干净桌上的漆布。他从床头柜的一个抽屉里拿出一张方格纸、一只黄信封、一支红木杆蘸水笔和一瓶方形紫墨水。他把那女人的姓名告诉我,我从而看出,她是个摩尔人。我把信写好。信写得有点随意,但我尽量让雷蒙满意,因为我没有理由让他不满意。然后,我把信大声念给他听。他听我念,一面抽烟一面点头,然后,他请我再念一遍。他十分满意。他对我说:"我知道你见过世面。"我起先并未发现他在用"你"来称呼我。他说出"现在,你是我真正的朋友"这句话时,这样的称呼才使我印象深刻。这话他又说了一遍,我就说:"是的。"做不做他的朋友,对我来说无所谓,而他似乎确实想交我这个朋友。他把信封好,我们把酒喝完。然后,我们抽了一会儿烟,一句话也没说。外面十分安静,我们听到一辆汽车驶过。我说:"时间不早了。"雷蒙也这样认为。他发现时间过得很快,从某种意义上说,也确实如此。我困得想睡,但又难以站起身来。我想必显得疲倦,因为雷蒙对我说不该泄气。起初我没听明白。他就对我解释说,他听说我妈妈死了,但这事迟早都会发生。这也是我的看法。

我站了起来,雷蒙跟我紧紧地握了握手,并对我说,男人之间,总会相互理解。我走出他家,把门关上,在漆黑的楼梯平台上逗留片刻。屋子里一片寂静,从楼梯井深处传来阴暗、潮湿的气息。我只听见自己的血液在耳边击打的嗡嗡声。我纹丝不动地站着。但在萨拉马诺老头的房间里,那条狗在低沉呻吟。

四

这个星期,我工作一直很好。雷蒙来过,并对我说,他已把信寄出。我跟埃玛纽埃尔一起去看了两次电影,他总是看不懂影片里发生的事。于是就得给他解释。昨天是星期六,玛丽来了,我们是事先说好的。我见到她,很想跟她发生关系,因为她身穿红白两色条纹的漂亮连衣裙,脚穿皮凉鞋。可以看出她乳房坚挺,皮肤被太阳晒成棕色,那张脸就像一朵鲜花。我们乘上一辆公共汽车,前往离阿尔及尔几公里远的海滩,海滩处于悬崖峭壁的环抱之中,岸边是一排芦苇。下午四点的太阳不是太热,但海水暖和,微波在懒散而又长久地荡漾。玛丽教我一种游戏。在游泳时,迎着浪尖喝足水含在嘴里,然后转过身来,把水朝天吐出。于是就形成一条泡沫构成的花边,在空中逐渐消失,或者像温热的雨水般重又落到我的脸上。但片刻之后,我的嘴就被咸味的海水弄得发烫。玛丽于是游到我的身边,在水里跟我紧紧地贴在一起,她把嘴贴在我的嘴上。她的舌头舔得我的嘴唇感到清凉,于是,我们抱着在水里翻滚了一会儿。

我们在海滩上穿好衣服,玛丽用发亮的眼睛看着我。我拥吻了她。从这时起,我们不再说话。我搂着她,我们急忙去乘公共汽车,回到我家,双双跳到我的床上。我让窗开着,感到夏夜在我们棕色的皮肤上游动,真是舒服。

那天上午,玛丽待着没走,我对她说,我们共进午餐。我到街上去买了肉。回到楼上时,我听到雷蒙的房间里有女人的说话声。过了一会儿,萨拉马诺老头开始骂狗,我们听到木楼梯上响起鞋底声和爪子的声音,还有"坏蛋!脏货!"的骂狗声,他们走到了街上。我跟玛丽说了老头的事,她笑了。她穿着我的一套睡衣,把袖子都卷了起来。她笑起来后,我又想跟她发生关系。过了一会儿,她问我是否爱她。我对她回答说,这毫无意义,但我觉得不爱。她显出难受的样子。但在做饭时,谈到一些小事,她又笑了起来,笑得我又拥吻了她。正在这时,雷蒙的房间里传来争吵的声音。

起先听到女人刺耳的说话声,接着雷蒙在说:"你对我做了错事,你对我做了错事,我要教你怎么对我做错事。"响起几个沉闷的声音,那女人尖叫起来,叫得十分可怕,楼梯平台上立刻挤满了人。玛丽和我也走了出去。那女人仍然在叫,雷蒙也仍然在打。玛丽对我说真可怕,我没有回答。她要我去叫警察,但我跟她说,我不喜欢警察。然而,一个警察跟三楼的一个房客一起来了,那房客是管子工。警察敲了房门,里面就没有声音了。他敲得更响,过了一会儿,那娘儿们哭了起来,而雷蒙则把门打开。他嘴上叼着一支香烟,显出嬉皮笑脸的样子。那娘儿们冲到门口,对警察说雷蒙打了她。警察问她:"你叫什么名字?"雷蒙作了回答。警察说:"你跟我说话时,把香烟从嘴里拿掉。"雷蒙犹豫不决,看了我一眼,又抽了一口。这时,警察使劲打了他一记耳光,出手很重。那支香烟顿时落到几米远的地方。雷蒙脸色骤变,但他什么也没说,然后他谦恭地问,是否能把烟头拾起来。警察说可以,并作了补充:"下一次你得记住,警察可不是布袋木偶。"在此期间,那娘儿们一直在哭,并反反复复地说:"他打了我。他是姑爷仔。"雷蒙就问:"警察先生,说一个男人是姑爷仔,这是否合法?"但警察命令他"闭嘴"。于是,雷蒙朝那娘儿们转过身去,并对她说:"你等着,贱人,咱们后会有期。"警察叫他住口,说那娘儿们应该离开,而他要待在家里,等待警察局的传讯。他还说,雷蒙醉得浑身发抖,应该感到羞耻。这时,雷蒙对他解释说:"我没有喝醉,警察先生。我只是在您面前发抖,这是不可避免的事。"他关上门,大家就都走了。玛丽和我做好了午饭。但她不饿,几乎全给我吃了。她是一点钟走的,我就睡了一会儿。

大约在三点钟时,有人来敲我的门,是雷蒙走了进来。我仍躺在床上。他在我床边坐下。他一时间没有吭声,我就问他,他的事是怎么闹起来的。他对我说,他想怎么干就怎么干了,但她打了他一记耳光,于是他就揍了她。其余的事,我都看到了。我对他说,我觉得现在她已受到惩罚,他应该感到满意。这也是他的看法,而且他看到,警察这样做是白费力气,丝毫不能改变她挨打这一事实。他还说,他对那些警察十分了解,知道该如何对付他们。他于是问我,当时警察打了他耳光,我是否曾期待他还手。我回答说,我当时无所期待,不过我并不喜欢警察。雷蒙显得十分高兴。他问我是否愿意跟他一起出去。我就下了床,并开始梳头。他对我说,我得给他作证。我觉得无所谓,但我不知道该说些什么。据雷蒙说,只要说那娘儿们对他做了错事。我就同意给他作证。

我们来到街上,雷蒙请我喝了杯白兰地。后来,他想打一盘台球,我输得很可惜。然后他想去逛妓院,但我说不去,因为我不喜欢。于是,我们慢吞吞地走回去,他对我说,他十分高兴,能对情妇进行惩罚。我觉得他对我很热情,并觉得这段时间过得愉快。

我在远处看到,萨拉马诺老头待在门口,显得烦躁不安。我们走到近前时,我看到狗不在他身边。他四处观望,在原地转来转去,企图看清黑暗的走廊里的东西,含含糊糊地说出毫不连贯的话,又开始用红色的小眼睛朝街上搜索。雷蒙问他是怎么回事,他没有立即回答。我模糊地听到他低声在骂"坏蛋,肮货",并依然烦躁不安。我问他狗在哪里,他粗声粗气地对我回答说狗跑掉了。然后,他突然口若悬河般说了起来:"我把它带到旧校场,就像平时那样。有许多人,是在集市的木棚周围。我停下来看《逃生之王》。我要离开时,狗就不在了。当然啰,我早就想给它买个较小的颈圈。但我从未想到,这脏货会这样走掉。"

于是,雷蒙对他解释说,狗可能迷了路,它会回来的。他给老头举了几条狗的例子,说它们走了几十公里,只是为了找到自己的主人。尽管如此,老头显然更加烦躁不安。"但他们会把它抓走,你们要知道。如果有人把它收养就好了。但这是不可能的,它有痂盖,人人讨厌。警察会把它抓走,肯定会这样。"我于是对他说,他应该到警察局招领处去看看,狗在的话付点钱就会还给他。他问我付钱多不多。我不知道。

于是,他勃然大怒:"要为这脏货付钱。啊!让它去死吧!"接着,他开始对它咒骂。雷蒙笑着走进屋子。我跟着他进去,我们在楼梯平台上分手。片刻之后,我听见老头的脚步声,他敲了我的门。我把门打开后,他在门口待了一会儿,并对我说:"请您原谅,请您原谅。"我请他进来,但他不愿意进来。他看着自己的鞋尖,他两只布满痂盖的手在颤抖。他问我时没有看我:"您说说,默尔索先生,他们不会把我的狗抓走吧?他们会把它还给我的。不然的话,我该怎么办呢?"我对他说,警察局招领处保管丢失的狗的时间为三天,过了这时间就由他们自行处理。他默默地看了我一眼,然后,他跟我说:"晚安。"他关上自己的房门,我听到他在里面走来走去。他的床嘎吱响了一下。一种奇特而又轻微的声音从隔墙传来,我听出是他在哭。我不知道自己为什么想起了妈妈。但明天早上我得早起。我肚子不饿,因此没吃晚饭就躺下睡觉了。

五

雷蒙把电话打到我办公室。他对我说,他的一个朋友(他曾跟这个朋友说起我)邀请我到阿尔及尔附近的海滨木屋去过星期天。我回答说我很想去,但我已答应那天跟一个女友一起过。雷蒙立即说,他也请我女友去。因为他朋友的妻子会很高兴在一群男人中找到女伴。

我想立刻把电话挂上,因为我知道老板不喜欢有人从城里给我们打电话。但雷蒙要我过一会儿再挂,并对我说,他原可以在晚上向我转达这邀请,但他还想告诉我其他事情。他曾整天被一群阿拉伯人盯梢,其中有他以前的情妇的弟弟。

"你今晚回家时,如果在住房附近看到他,请你告诉我。"我对他说一言为定。

片刻之后,老板让人来叫我,我当时觉得有点烦,因为我以为他会叫我少打电话多干活。但完全不是这么回事。他对我说,他要跟我谈一个计划,但只是初步的想法。他只是想了解一下我对这个问题的看法。他计划在巴黎设立办事处,处理当地的业务,直接跟大公司做生意,他想知道我是否愿意去那里工作。这样我就可以在巴黎生活,每年又有部分时间可以外出旅行,"您年轻,我觉得您应该会喜欢这种生活。"我说是的,但我心里觉得无所谓。他就问我是否有兴趣改变生活,我回答说生活永远无法改变,不管怎样,各种生活全都一样,在这里生活,我也觉得不错。老板显出不高兴的样子,并对我说,我总是答非所问,说我没有雄心壮志,这样做生意就会失败。我于是就回去工作。我不想扫他的兴,但我觉得没有理由要改变我的生活。我仔细考虑下来,觉得自己并非不幸。我在读大学时,有许多雄心壮志。但在辍学之后,我很快就懂得,这些其实都不重要。

晚上,玛丽来找我,问我是否愿意跟她结婚。我说我无所谓,如果她想结婚,我们可以结婚。她于是想要知道我是否爱她。我又像上次那样回答了她,说这事毫无意义,但我也许并不爱她。她就问:"那你为什么要娶我为妻?"我对她解释说,这事无关紧要,说如果她想要结婚,我们就可以结婚。另外,这要求是她提出的,我只是说同意而已。她于是指出,结婚是一件大事,我回答说:"不是。"她沉默片刻,默默地看了看我。然后她又开始说话。她只想知道,如果另一个女人跟我有着同样的关系,也提出同样的建议,我是否会表示同意。我说:

"当然会同意。"于是她心里在想,她是否爱我,而我却无法对此有所了解。她再次沉默片刻,然后低声说我这个人怪,说她也许是因为这点才爱上我的,但我可能会在有朝一日因同样的原因而使她感到厌倦。我无话可说,没有做声,她就微笑着挽起我的手,说她想跟我结婚。我回答说,她什么时候想结婚,我们就马上结婚。我于是把老板的建议跟她说了,玛丽对我说,她很想到巴黎去看看。我告诉她,我在巴黎住过一段时间,她就问我巴黎怎样。我对她说:"很脏。有鸽子和阴暗的院子。那里的人都皮肤洁白。"

然后,我们出去散步,从条条大街穿过城市。街上的女人都很漂亮,我问玛丽是否注意到了。她对我说是的,说她对我有了解。一时间,我们不再说话。但我希望她跟我待在一起,我对她说,我们可以一起去塞莱斯特的饭馆吃晚饭,她说很想去,但她有事。我们走到我住房附近,我跟她道别。她看了看我说:"你就不想知道我有什么事情?"我很想知道,但我没有想到这点,她因此显出责怪我的样子。这时,她看到我尴尬的样子,就又笑了起来,并把身子朝我靠了过来,给我送上她的吻。

我在塞莱斯特的饭馆吃了晚饭。我开始吃饭后,进来一个奇特的矮小女子,她问我是否可以坐在我的餐桌旁。当然可以。她手势急促,又不连贯,眼睛雪亮,小脸宛如苹果。她脱掉收腰上装,坐了下来,急躁地看了菜单。她叫唤塞莱斯特,立刻用清晰而又急促的声音把菜都点好。在等待冷盆端来时,她打开手提包,拿出一张方形小纸和一支铅笔,先把饭钱算好,然后拿出小钱包,加上小费,把钱放在面前。这时端来冷盆,她当即迅速吃完。在等下一道菜端来时,她又从提包里拿出一支蓝铅笔和一本介绍本周广播节目的杂志,她十分仔细,几乎把所有的节目都做了记号。那本杂志有十几页,因此在吃饭期间,她继续细心地做着这件事。我吃完饭后,她仍在认真地做记号。然后,她站起身来,穿上收腰上装就走了,动作仍像机器那样准确无误。我无事可干,也走出饭馆,跟在她后面走了一会儿。她走在人行道边上,走得极其迅速而又稳当,使人难以置信,她笔直往前走,没有回头。我最后无法看到她,就往回走。我觉得她这个人很怪,但很快就把她置之脑后。

我看到萨拉马诺老头在我家门口。我请他进去坐坐,他告诉我,他的狗丢了,因为在警察局招领处没有。那里的职员对他说,狗也许被车给轧死了。他当时问,在各个警察分局能否查到此事。他们对他回答说,这种事不会记录在案,因为每天都会发生。我对萨拉马诺老头说,他可以再养一条狗,但他不无道理地向我指出,他已习惯跟那条狗一起生活。

我蹲在床上,萨拉马诺则坐在桌前的一把椅子上。他面孔对着我,两只手放在膝盖上。他戴着那顶旧毡帽。在他发黄的小胡子下面的嘴里,一点点说出含含糊糊的话。我感到有点厌烦,但我无事可做,也不想睡觉。为了找话说,我就问起他的狗。他对我说,他是在妻子去世后养那条狗的。他很晚才结婚。年轻时,他想要搞戏剧:在团里,他是部队轻喜剧团的演员。他最终却进了铁路部门,但他并不后悔,因为他现在有一小笔退休金。他跟妻子在一起并不幸福,但总的来说,他跟她一起过已经非常习惯。他妻子死后,他感到十分孤独。于是,他便问车间里的一个同事要了一条狗,那条狗当时还很小。他得用奶瓶喂它。但狗的寿命比人短,因此他们最终一起衰老。"它脾气不好,"萨拉马诺对我说,"我们常常吵嘴。但它仍然是一条好狗。"我说是良种犬,萨拉马诺就显出高兴的样子。他又说:"它患病之前,您还没有见到过它呢。它最漂亮的是全身的皮毛。"狗得了这种皮肤病之后,每天晚上和早上,萨拉马诺都要给它涂药膏。但在他看来,狗真正的疾病是衰老,而衰老是无法治好的。

这时,我打了个哈欠,老头对我说他要走了。我对他说,他可以再待一会儿,并说我为他丢失狗的事感到烦恼:他因此对我表示感谢。他对我说,我妈妈很喜欢他的狗。在谈到她时,他称之为"您可怜的母亲"。他在想,我在母亲去世后想必十分难过,但我没有回答。他于是告诉我,说得很快,脸色尴尬,说他知道街区里对我评价不好,因为我把妈妈送进了养老院,但他对我了解,知道我很爱妈妈。我回答说,但我现在仍不知道当时为什么这样回答,我说我在此之前,一直不知道别人在这方面对我评价不好,但我觉得送她进养老院理所当然,因为我没钱请人照顾妈妈。"另外,"我还说,"她早就跟我无话可说,独自待着也很无聊。""不错,"他对我说,"在养老院,至少可以找到朋友。"然后,他起身告辞。他想去睡觉。现在,他生活发生了变化,他真不知道以后该怎么过。这时他悄悄向我伸出了手,我认识他之后他是第一次这样做,我感到他皮肤上有痂盖。他莞尔一笑,在走之前对我说:"我希望今天夜里那些狗别叫。我总是以为是我的狗在叫。"

六

星期天,我沉睡难醒,得要玛丽叫我、推我才会醒来。我们没吃早饭,因为我们想早点儿去洗海水浴。我感到茫然若失,脑袋也有点疼。我的香烟有一股苦味。玛丽嘲笑我,因为她说我"哭丧着脸"。她身穿白布连衣裙,披着头发。我对她说,她很漂亮,她高兴地笑了。

要下楼时,我们敲了雷蒙的门。他对我们回答说,他正要下去。走到街上,我由于疲倦,也因为我们没有打开百叶窗,充满阳光的白昼朝我袭来,如同打了我一记耳光。玛丽高兴得蹦蹦跳跳,不断说天气多好。我感到舒服了一点,发现自己肚子饿了。我跟玛丽说了,她对我指了指她的漆布手提包,里面放着我们俩的游泳衣和一条毛巾。我只好等待,我们听到雷蒙关门的声音。他穿着蓝色长裤和白色短袖衬衫。但他戴了顶扁平狭边草帽,玛丽看到后笑了起来,他的前臂雪白,上面长着黑色汗毛。我见了有点讨厌。他下楼时吹着口哨,样子十分得意。他对我说"你好,老弟",并称玛丽为"小姐"。

前一天,我们去了警察分局,我证明那娘儿们对雷蒙"做了错事"。他受到一次警告,就完事了。他们没有对我的证词加以核实。在门口,我跟雷蒙谈了这件事,然后我们决定去乘公共汽车。海滩不是很远,但乘车去到得更快。雷蒙认为,他的朋友看到我们到得早会感到高兴。我们正要走,雷蒙突然对我做了个手势,要我看看对面。我看到一群阿拉伯人背靠在香烟店的橱窗上。他们默默地看着我们,但以他们的方式看,仿佛我们是石头或枯树。雷蒙对我说,左起第二人就是他说的那个家伙,并显出忧心忡忡的样子。他又说,不过现在事情已经了结。玛丽听不大懂,就问我们是怎么回事。我对她说,一些阿拉伯人对雷蒙有怨气。她希望我们立刻离开。雷蒙挺直身子,并笑着说,得赶快走。

我们朝车站走去,车站有点远,雷蒙告诉我,那些阿拉伯人没有跟着我们。我回头观看。他们仍在原来的地方,仍然无动于衷地看着我们刚刚离开的地方。我们乘上车。雷蒙看来已完全放心,他不断对玛丽开玩笑。我感到他喜欢她,但她几乎没有搭腔。有时,她笑着看看他。

我们在阿尔及尔郊区下车。海滩离车站不远。但要穿越俯瞰大海的小高地才能到达海滩。高地上布满发黄的石块和白色阿福花,展现在已蓝得刺眼的天空上。玛丽用力摆动漆布手提包,把花瓣散落在地,觉得十分有趣。我们从一排排小别墅之间穿过,别墅的栅栏呈绿色或白色,有几幢别墅跟阳台一起隐匿在柽柳树下,另外几幢周围没有树木,只有石头。在走到高地边缘之前,已经能看到纹丝不动的大海,以及稍远处一个巨大岬角,在清澈的水中昏昏欲睡。轻微的马达声在宁静的空气中响起,一直传到我们耳边。我们看到,在遥远而又明亮的海面上,一艘小小的拖网渔船在往前行驶,却又难以察觉。玛丽采了几朵鸢尾花。我们下坡去海边时,看到已经有几个人在洗海水浴。

雷蒙的朋友住在海滩尽头的一座小木屋里。木屋背靠悬崖,房屋前面的桩柱已在水中。雷蒙把我们向他朋友作了介绍。他朋友名叫马松。此人身材高大,虎背熊腰,他妻子矮胖,面目和善,说话巴黎口音。马松立刻叫我们不要拘束,说他有油炸鱼,鱼是在当天早上捕到的。我对他说,我觉得他屋子非常漂亮。他告诉我,他星期六、星期天以及所有的假日都是在这里过的。他又说:"你们跟我妻子会合得来。"确实,他妻子已在跟玛丽谈笑。这时,我也许第一次产生这种想法,那就是我要结婚。

马松想去洗海水浴，但他妻子和雷蒙不想去。我们三人走了下去，玛丽立刻跳进水里。马松和我等了一会儿。他说话很慢，我发现他有个习惯，不论说什么，前面都要加上"我还要说"，即使他其实对他说的话并未作任何补充。谈到玛丽，他对我说："她真棒，我还要说，她真可爱。"后来，我就不再注意这个口头语，因为我一心品尝阳光赋予我的舒适感觉。沙石开始在脚下变热。我很想下水，却又迟疑不决，但我最后对马松说："下水，好吗？"我跳进水里。他也慢慢走进水里，等到站立不稳才跳进去。他游蛙泳，游得很差，因此我就丢下他去跟玛丽会合。海水凉快，我游泳开心。我跟玛丽一起游得很远，我们都感到两人动作协调，心满意足。

在大海，我们仰躺在水面上，我脸朝天空，阳光驱散最后几片水幕，水流入我的口中。我们看到马松回到海滩，躺下晒太阳。远远望去，他显得庞大。玛丽希望我们一起游。我就游到她后面，抱住她的腰，她用手臂划水，我用脚击水相助。轻轻的击水声在上午一直伴随着我们，直至我感到疲倦。于是，我放开玛丽，游着回去，我按正常方式游泳，呼吸随之顺畅。在海滩上，我卧伏在马松旁边，把脸埋在沙中。我对他说"很舒服"，他也看法相同。过了一会儿，玛丽来了。我翻过身来，看着她走来。她浑身黏附着海水，头发拖在后面。她靠着我躺了下来，她的身体和太阳所散发的这两种热气，使我睡着了一会儿。

玛丽推醒了我，并对我说，马松已经回屋，该去吃午饭了。我立即站了起来，因为我肚子饿，但玛丽对我说，从今天早上起我还没有拥吻过她。确实如此，而我也想吻她。她对我说："来吧，下水。"我们跑着过去，以投入首批涌来的碧波之中。

我们用蛙泳游了几下,她靠在我身上。我感到她的腿夹住了我的腿,我想跟她做爱。

我们回屋时,马松已在叫唤我们。我说我肚子很饿。他立刻对他妻子说,他喜欢我这样。面包很好吃,我狼吞虎咽般吃掉那份油炸鱼。接着端来的是肉和炸土豆。我们吃饭时都没有说话。马松不时喝酒,并不断给我倒酒。喝咖啡时,我脑袋有点儿沉,我就抽了很多烟。马松、雷蒙和我,我们打算八月份一起在海滩过,费用共同负担。玛丽突然对我们说:"你们知道现在是几点钟?现在十一点半。"我们都感到惊讶,但马松说,我们饭吃得很早,并说这也合情合理,因为吃午饭的时候,也就是肚子饿的时候。我不知道为什么玛丽听了会发笑。我现在觉得,她当时酒喝得有点过多。马松于是问我,是否愿意跟他一起在海滩散步。"我妻子每天都要睡午觉。我呢,我不喜欢睡。我得要出去走走。我总是对她说,这样对健康更加有益。但这毕竟是她的权利。"玛丽说,她留下来帮马松太太洗碗碟。那矮小的巴黎女人说,为此,得把男人都赶出去。我们三个就走了出去。

这时可说是烈日当空,直射沙滩,海面上的反光十分刺眼。海滩上已空无一人。高地边上俯瞰大海的一座座木屋里,传出了刀叉盘碟的声音。石头的热气由地而起,使人几乎喘不过气来。雷蒙和马松先是谈了些我不知道的事和不认识的人。我看出他们早已相识,而且有一段时间曾在一起生活。我们朝海边走去,然后在海边散步。有时,一个海浪冲得更远,把我们的布鞋弄湿。我一无所思,因为这太阳照在我没戴帽子的头上,使我处于半睡半醒的状态。

这时,雷蒙对马松说了句话,我没有听清楚。但与此同时,我看到在离我们很远的海滩尽头,有两个穿司炉蓝工作服的阿拉伯人,正朝我们这里走来。我对雷蒙看了一眼,他对我说:"就是他。"我们继续走着。马松问,他们怎么会一直跟踪我们到这儿。我想,他们想必看到我们乘车时拿着海滩用品包,但我什么也没说。

这两个阿拉伯人慢慢地往前走,但已离我们很近。我们并未改变脚步,但雷蒙说:"万一打起来,你马松对付第二个。我来收拾我的对头。如果再来一个,就由你默尔索来处理。"我说:"行。"马松把双手伸进口袋。我现在觉得,晒得发烫的沙石如烧红一般。我们迈着同样的脚步朝这两个阿拉伯人走去。我们之间的距离以相同的速度减少。我们相距几步远时,这两个阿拉伯人停下脚步。马松和我也放慢了脚步。雷蒙直接朝他的对头走去。我没有听清他对那个人说了些什么,但见那人显出要动手的样子。于是,雷蒙先动手打他,并立刻叫唤马松。马松就朝给他指定的那个人走去,狠狠地打了他两下。那个阿拉伯人脸朝下倒在水里,就这样待了几秒钟的时间,脑袋周围冒出气泡。这时,雷蒙也打了那个家伙,只见那人满脸是血。他朝我转过身来,并说:"你看着他会拿出什么。"我对他叫道:"小心,他手里有刀!"但雷蒙的手臂已给刀划开,嘴上也给划破。

马松往前一跳。但另一个阿拉伯人已站了起来,走到拿刀的那个家伙后面。我们不敢动弹。他们慢慢后退,但仍看着我们,并用刀来威胁,使我们无法接近。他们看到自己有路可退,就迅速逃跑,而我们仍站在太阳底下纹丝不动,雷蒙则紧握着流血的手臂。

马松立刻说,有个大夫每星期天都在海滩上度过,就住在高坡上。雷蒙想马上去找那大夫。但他一开口说话，血泡就从嘴上的伤口里冒出。我们扶着他尽快回到木屋。到了那里，雷蒙说他伤口不深，可以自己去找医生。他跟马松一起去了，我待在屋里，把发生的事说给两个女人听。马松太太哭了，玛丽的脸色十分苍白。我给她们说这事，感到厌烦。我最后不做声了，就望着大海开始抽烟。

将近一点半时，雷蒙跟马松回来了。他手臂已包扎好，嘴角贴着橡皮膏。大夫对他说这伤不要紧，但雷蒙显得十分忧郁。马松想要引他发笑。但他仍然没有说话。他后来说要到海滩上去，我问他要去哪儿。马松和我都说要陪他去。他就勃然大怒，把我们骂了一顿。马松说不该惹他生气。但我还是跟着他出去。

我们在海滩上走了很长时间。现在骄阳似火，在沙滩和海面上是铄石流金。我感到雷蒙知道要去哪儿，但也许是我看错。在海滩尽头，我们最终走到一个泉眼处，泉水在一个大悬崖后面的沙地上流出。在那里，我们遇到跟我们打架的那两个阿拉伯人。他们躺着，身上穿着油迹斑斑的蓝色司炉工作服。他们显得十分平静，可说是满意。我们来了之后也没有丝毫变化。刺伤雷蒙的那个家伙一声不吭地看着他。另一人一面在吹一段芦苇秆子，一面用眼角瞟着我们，不断吹出三个音符。

在这段时间里，只有阳光和这种沉默，还有泉水淙淙和芦苇秆子吹出的三个音符。后来，雷蒙把手伸进放手枪的口袋，但对方并未动弹，他们仍然四目对视。我发现吹芦苇秆子的那个家伙脚趾叉得很开。雷蒙一面用眼睛盯着对手，一面问我："我要把他干掉吗？"我心里在想，如果我说不要，他就会发火,肯定会开枪。我只是对他说:"他还没有对你说话。这样开枪会显得不大光彩。"在沉默和炎热之中,又听到泉水和芦苇秆子的声音。后来雷蒙说:"那么,我先骂他,他要是还口,我就把他干掉。"我回答说:"就这样。但要是他不拿出刀子,你就不能开枪。"雷蒙开始有点恼火。另一个阿拉伯人仍在吹芦苇秆子,他们都注视着雷蒙的一举一动。我对雷蒙说:"别这样。你还是跟他单打独斗,你把枪给我。要是另一个一起来打,或者他把刀拿出来,我就把他干掉。"

雷蒙把枪给了我,阳光在枪上闪亮。然而,我们仍待在那里一动不动,仿佛周围的一切已把我们封闭起来。我们圆睁双眼看着对方,这里一切都停顿下来,停顿在大海、沙滩和阳光以及芦苇秆子和泉水的沉寂之间。我这时心里在想,我可以开枪,也可以不开枪。但突然间,这两个阿拉伯人往后退,逃到了悬崖后面。于是,雷蒙和我就往回走。他显得心情舒畅,谈起回去的公共汽车。

我陪他一直走到木屋,他登上木梯时,我待在第一个梯级前面,脑袋被太阳晒得嗡嗡直响,想到要吃力地爬上楼梯,还要跟两个女人说话,不禁感到气馁。但天气炎热,耀眼的阳光如雨水般从天而降,我纹丝不动地待着也感到难受。待在这儿或是离开全都一样。片刻之后,我又开始朝沙滩走去。

沙滩仍被晒得灼热耀眼。大海在沙滩上喘气,只见细浪卷起,呼吸急促而又困难。我慢慢地朝悬崖走去,感到前额被太阳晒得发胀。这热气都压在我身上,阻止我往前走。每当我感到强劲的热气扑面而来,我就咬紧牙关,在裤袋里紧握双拳,全身处于紧张状态,以战胜太阳以及它使我感到的这种模糊不清的醉意。沙石上、白色贝壳上或碎玻璃上射出的每一道光剑,都使我牙关紧咬。我走了好长时间。

我看到远处悬崖上有一小块阴暗的岩石,周围因阳光和海上尘雾而形成耀眼的光晕。我想到悬崖后面清凉的泉水。我想要再次听到淙淙泉水声,想要避开太阳、劳累和女人的哭泣,最终想要找到阴凉之处可以休息。但我走到近前时,却看到雷蒙的对头已回到那里。

他独自一人。他仰面躺着,双手枕在脑后,前额处于悬崖的阴影之中,但身体都在阳光的照耀之下。他的蓝色司炉工作服冒着热气。我感到有点意外。在我看来,这事已经结束,我来到这里时并未想到此事。

他看见我后,立刻稍稍直起身来,并把手伸进口袋。我自然就握住上衣口袋里雷蒙的手枪。于是,他又往后躺下,但没有把手从口袋里伸出。我离他很远,有十来米的距离。我可以看出,他不时眯缝着眼睛看着我。但他的形象往往是在我眼前灼热的空气中舞动。海浪仍然发出懒散的声响,但比中午时分更为平静。太阳依旧,同样的阳光照在延伸到这里的同样的沙滩上。这白昼保持不变,已有两个小时,白昼在沸腾的金属海洋里抛锚,已有两个小时。在地平线上,一艘小轮船驶过,我在视野边上看出它这个黑点,因为我一直看着那个阿拉伯人。

我心里在想,我只要转身走开,事情就会结束。但整个海滩都被太阳晒得颤动,从后面向我压来。我朝泉眼走了几步。阿拉伯人没有动弹。不管怎样,他还离我很远。也许是因为他脸上的阴影,他像是在笑。我等待着。太阳晒得我面颊发烫,我觉得一滴滴汗水积在眉毛上。这太阳跟我安葬妈妈的那天一模一样,我像那天那样,感到额头难受,皮肤下的血管

40

都在一起跳动。这样炎热,我无法忍受,就往前移动。我知道这样做很愚蠢,知道往前走一步无法避开太阳。但我往前走了一步,仅仅走了一步。这时,阿拉伯人并未直起身子,却把刀子拿出,在阳光下用刀对准我。阳光在钢刀上反射出来,如同闪亮的光剑直刺我的前额。与此同时,积聚在眉毛上的汗水一下子流到眼睛上,蒙上厚厚一层温热的水帘。我的眼睛因被汗帘遮挡而无法看到。我只觉得太阳如铙钹般压在我额头上,而从刀子射出的光剑,仍然模糊不清地呈现在我面前。这灼热的光剑刺坏我的睫毛,刺得我的眼睛疼痛。于是,一切都开始摇晃。大海呼出一大口热气。我感到天门敞开,以让天火降落。我全身紧张,握紧手枪。扳机扣动,我触及光滑的枪托,这时响起生硬而又刺耳的声音,一切都在这枪声中开始。我把汗水和阳光抖掉。我知道自己打破了这一天的平衡,打破了海滩上非同寻常的寂静,我在这海滩上曾经幸福。接着,我又对着那不动的身体开了四枪,打进去的子弹并未出来。我仿佛在厄运之门上急促地敲了四下。

第 二 部

一

我被捕后,立即被审讯多次。但这些审讯都时间不长,问的是身份问题。第一次在警察分局,我的案件似乎无人感兴趣。八天之后,预审法官恰恰相反,好奇地对我进行打量。但一开始,他只是问了我的姓名和住址、我的职业以及我出生的时间和地点。然后,他想知道我是否请了律师。我说没有,并问他是否一定要请律师。他说:"干吗要问?"我回答说,我认为我的案件十分简单。他微笑着说:"这是一种看法,然而,有法律规定。即使您不请律师,我们也要给您指定一位。"我认为司法机关管这些细枝末节的事,使人十分方便。我把这看法对他说了。他同意我的看法,并得出结论,认为法律制定得很好。

起初,我没把他当一回事儿。他是在一个挂有窗帘的房间里见我的,他的办公桌上只有一盏灯,照亮他让我坐的那把扶手椅,而他自己则待在阴暗之处。我已在书里看到过类似的描写,觉得这些如同游戏一般。相反,在我们谈话之后,我对他进行观察,看到他面目清秀,蓝眼睛深陷,身材高大,长长的小胡子呈灰色,头发浓密,几乎花白。我觉得他非常通情达理,总的说来讨人喜欢,虽说不时因神经性抽搐而噘嘴。我走出房间时,甚至想跟他握手,但我马上想起自己杀过人。

第二天,一位律师来监狱看我。他是个矮胖子,相当年轻,头发梳理整齐。虽然天气很热(我没穿外衣),他仍穿着深色西装,戴上浆过的硬折领,系的领带奇特,有黑白两色粗条纹。他把夹在腋下的公文包放在我床上,作了自我介绍,并对我说,他已研究过我的案卷。我的案件棘手,但他并不怀疑会胜诉,只要我对他信任。我对他表示感谢,他对我说:"我们现在来谈问题的要害。"

他在我床上坐下,并对我解释说,他们已了解我的私人生活。他们已经知道,我母亲不久前已在养老院去世。于是他们在马伦戈进行了调查。预审法官们获悉,在妈妈葬礼那天,"我显得无动于衷"。我的律师对我说:"您要知道,对您询问此事,我感到有点尴尬。但此事十分重要。如果我找不到任何解释,这将是对您指控的重要证据。"他希望我助他一臂之力。他问我那天是否感到难过。这个问题使我感到十分惊讶,我觉得如果要我提出这个问题,我会感到十分尴尬。然而我回答说,我已有点不大习惯回顾往事,因此很难向他提供这方面的情况。我当然很爱妈妈,但这事毫无意义。人只要智力健全,都或多或少地希望自己所爱的人死去。说到这里,律师打断了我的话,并显得烦躁不安。他要我保证不说这话,不在审讯时说,也不对预审法官说。然而,我对他解释说,我生性如此,我身体的需要往往会使我感情失常。我在安葬妈妈那天十分疲劳,困得只想睡觉。因此,我对当时发生的事并未觉察。我可以确定无疑地说,我希望妈妈最好不要死去。但我的律师并未显出高兴的样子。他对我说："这样说还不够。"

他进行思考。他问我是否能说，我在那天克制了我自然的感情。我对他说："没有，因为这是假话。"他样子古怪地看了看我，仿佛我使他感到有点讨厌。他几乎是不怀好意地对我说，不管怎样，养老院的院长和职工将作为证人被听证，并说"这可能会使我十分难堪"。我对他指出，这事跟我的案件没有关系。但他只是对我回答说，我显然从未跟司法机关打过交道。

他走时显出生气的样子。我真想把他留下，并对他解释，说我希望他同情我，并不是为了得到更好的辩护，而是——如果我可以这样说的话——自然产生的想法。尤其是我看到我使他感到局促不安。他并不理解我的想法，对我有点抱怨。我想要对他声明，我跟大家一样，跟大家完全一样。但实际上，说这些话用处不大，而且我也懒得去说。

不久之后，我又被带到预审法官面前。时间是下午两点，这一次他的办公室光线明亮，只是因挂有薄纱窗帘而变得有所柔和。天气很热。他叫我坐下，并彬彬有礼地对我说，我的律师因为"临时有事"而无法前来。但我有权不回答他的问题，并等我律师来时再回答。我说我可以独自回答。他用手指按了桌上的电钮。一个年轻的书记员走了进来，几乎就坐在我的背后。

我和预审法官都端坐在扶手椅上。审讯开始。他先是对我说，有人说我性格内向、沉默寡言，他想知道我对此有何看法。我回答说："这是因为我从未有要紧的事要说。于是我就默不作声。"他像第一次那样微微一笑，承认这理由最为充分,并补充说:"另外,这也无关紧要。"他停了一下,看了看我,然后突然挺直身子,十分迅速地对我说:"我感兴趣的是您。"我对他这话的意思不大理解,就没有回答。他又说:"在您的行为中,有些事我弄不明白。我相信您会帮助我搞清楚。"我说事情都十分简单。他非要我把那天的事再说一遍。我就把上次给他说的事又说了一遍:雷蒙,海滩,洗海水浴,打架,又是海滩,小泉眼,太阳,还有开了五枪。我每说一句,他都说:"好,好。"我说到倒在地上的尸体,他就表示赞同地说:"好。"而我把同样的故事再说一遍,感到厌烦,我觉得自己从未说过这么多的话。

沉默片刻之后,他站起来对我说,他想要帮助我,说我使他感兴趣,并说借助于上帝的帮助,他会为我做些事。但在此之前,他还想对我提出几个问题。他没有转弯抹角,而是直接问我是否爱妈妈。我说:"爱,就像大家一样。"书记员在此之前打字一直很有规律,这时想必按错按键,因为他慌慌张张,只好回过去重打。预审法官的问题看起来仍然没有必然的联系,他于是问我,我是否连开五枪。我想了一下说,我先开了一枪,几秒钟之后又开了四枪。他就问:"在第一次开枪之后,您为什么要等待片刻才第二次开枪?"这时,我眼前再次展现火红的海滩,并感到额头被太阳晒得滚烫。但这次我没有回答。接着是一阵沉默,预审法官显得烦躁不安。他坐了下来,用手在头发里乱搔,把胳膊肘支在桌上,稍稍朝我俯下身子,显出奇特的神色:"为什么,为什么您朝倒在地上的尸体开枪?"对这个问题,我也不知该如何回答。法官用双手捂着额头,又重提他的问题,声音有点变样:"为什么?您必须告诉我。为什么?"我仍然一声不吭。

突然，他站起身来，大步走向办公室的一边，在一个文件柜里拉出一个抽屉。他从抽屉里拿出一个带耶稣像的银质十字架，朝我走来，一面晃动着十字架。他用截然不同、几乎是颤抖的声音叫道："您是否认得这个东西。"我说："认得，当然认得。"于是，他十分迅速而又充满热情地对我说，他相信天主，并相信任何人罪孽不管如何深重，都可以得到天主的宽恕，但要得到天主宽恕，人就要在悔过时变得跟孩子一样，心灵空无一物，准备接受任何思想。他的身子都俯在桌上。他挥动十字架，几乎就在我的头顶上。说实话，我对他的推理难以理解，首先是因为我感到热，在他的办公室里又有几只大苍蝇停在我脸上，而且还因为他使我感到有点害怕。我同时看出，这样滑稽可笑，因为罪犯毕竟是我。但他继续在说。我基本上听懂了，那就是在他看来，我的供词中只有一点不清楚，那就是我为什么等待片刻后才开第二枪。其实一切都十分清楚，但这点他并不理解。

我正要对他说，他非要这样问没有道理：这最后一点并非如此重要。但他打断了我的话，最后一次对我进行劝告，他挺直身子，问我是否信仰天主。我回答说不信。他气愤地坐了下来。他对我说，这是不可能的，并说所有人都信仰天主，即使对天主不屑一顾的人也都信仰。这就是他的信念，他一旦对此怀疑，他的生活就会失去意义。他大声叫喊："您是否希望我的生活失去意义？"在我看来，这事跟我无关，我把这想法对他说了。但这时他已从桌子的另一边把十字架上的基督像拿到我的眼前，并毫不理智地大声说："我是天主教徒，我请求基督原谅你的错误。你怎么能不相信他是为你而受苦？"我清楚地发现，他在用"你"来称呼我，但我已感到厌烦。

房间里愈来愈热。像以前一样,我想要摆脱一个人,就几乎不去听他说话,就装出赞同的样子。我感到意外的是,他显得扬扬得意地说:"你看,你看。你不是信天主了?不是要把心里话说给他听?"我当然再次说"不是"。他顿时倒在扶手椅上。

他显得十分疲倦。他默默地待了一会儿,在这段时间里,打字机因没跟上我们的谈话,还在打最后几句话。然后,他对我注视片刻,表情有点伤心。他低声说:"我从未见到过像您这样顽固不化的灵魂。来到我面前的罪犯,见到这痛苦的形象都要哭泣。"我想要回答,这正是因为他们是罪犯。但我想到,我也跟他们一样。这是我无法产生的一种想法。于是,法官站起身来,仿佛向我表示,审讯已经结束。他显得有点不耐烦,只是问我对自己的行为是否感到后悔。我思考后说,与其说真正后悔,不如说我感到有点厌烦。我觉得他没有听懂我的话。但那天的事也就到此收场。

后来,我经常见到预审法官。只是我每次都由我的律师陪同。他们只是要我把以前说过的某些问题说得更加明确。或是预审法官跟我的律师讨论控告我的罪名。但实际上,他们在这些时候从未关心过我。不管怎样,审讯的调子已逐渐改变。看来法官已不再对我感兴趣,他似乎已在某种程度上把我的案件结案。他不再跟我谈论上帝,我也没有再次看到他像第一天那样激动。结果是我们的谈话变得更为亲切。提几个问题,跟我的律师略加交谈,一次次审讯就此结束。用法官的话来说,我的案件进展正常。有几次,在谈到一般性问题时,他们让我一起谈。我开始感到轻松。在这些时候,没有人对我凶狠。事情都进行得十分自然,安排得完美无缺,装模作样也极其审慎,因此我产生"亲如一家"的滑稽感觉。我现在可以说,预审进行了十一个月之后,我感到惊讶的是,我从未像这些罕见的时刻那样高兴的是,法官每次把我送到他办公室的门口,就拍拍我的肩膀,并亲热地对我说:"今天就到此结束,反基督先生。"然后我由警察带走。

二

有些事,我一直不喜欢说。我关进监狱几天之后,就知道我以后不会喜欢谈论这一段经历。

后来,我觉得这种反感无足轻重。实际上,在前几天,我不像真的在坐牢:我在模糊地等待某个新的事件发生。只是在玛丽第一次也是最后一次来探监之后,监狱生活才真正开始。有一天,我收到她的来信(她对我说,他们不准许她再来,因为她不是我的妻子),从那天起,我在我的单人牢房里就像在我家里一样,感到我的生活将在这里结束。我被捕那天,先是被关在一个房间里,那里已经有好几个囚犯,大部分是阿拉伯人。他们看到我进去笑了起来。接着他们问我犯了什么罪。我说杀了一个阿拉伯人,他们就不吭声了。但片刻之后,暮色降临,他们告诉我应该如何铺我睡觉的席子。把席子的一端卷起来,可以当枕头用。几只臭虫整夜都在我脸上爬。几天之后,我被关进单人牢房,睡在一张木板床上。牢房里有一个木制马桶和一个铁脸盆。监狱坐落在城市的高地上,我从一扇小窗可以看到大海。有一天,我正抓住窗上的栅栏,脸朝着阳光,一个看守进来对我说,有人来探监。我想是玛丽。果然是她。

我去探监室,得穿过一条长长的走廊,然后走上楼梯,最后穿过另一条走廊。我走进一间十分宽敞的大厅,大厅由一扇大窗射进的阳光照亮。大厅被两道大栅栏在长的一边一分为三。栅栏之间有八至十米宽的空间,把探监者和囚犯隔开。我看到玛丽在我对面,身穿面料有条纹的连衣裙,脸晒成棕褐色。我旁边有十来个囚犯,大多是阿拉伯人。玛丽周围都是摩尔人,左右两边是两个女人:一个是矮小的老太太,身穿黑衣,嘴唇紧闭,另一个是肥胖的女人,没戴帽子,说话声音很响,说时指手画脚。由于两个栅栏之间距离很大,探监者和囚犯说话只好提高嗓门。我走进大厅,就听到嘈杂的说话声在高大、光秃的墙壁之间回响,而强烈的阳光从天上射到玻璃窗上,然后又射到厅里,使我感到头昏脑涨。我的单人牢房更为安静、阴暗。我得要几秒钟的时间,才适应大厅里的噪音和亮光。我最终清楚地看到亮光中显现的每一张脸。我发现一个看守坐在走廊尽头,在两道栅栏之间。大部分阿拉伯囚犯及其家人都面对面蹲着。他们没有大喊大叫。虽然声音嘈杂,他们低声说话仍能相互听到。他们沉闷的低语声从低处响起,仿佛构成了他们头顶上进行的各种谈话的通奏低音。我朝玛丽走去时,很快就发现了这些情况。这时,她已把身体贴在栅栏上,尽量朝我微笑。我觉得她非常漂亮,但我不知该如何向她说出我的看法。

"怎么?"她大声对我说。——"怎么,就这样。"——"你好吗?你需要的东西都有吗?"——"好,都有。"

我们都不吭声了,玛丽仍在微笑。那个胖女人对着我旁边的人在吼叫,那人想必是她丈夫,他个子高大,头发金黄,目光坦率。他们是在继续已开始的谈话。

"让娜不想要他。"她使劲叫喊。——"是的,是的。"那男的说。——"我对她说,你出来后还会雇用他,但她不想要他。"

玛丽也在叫喊,说雷蒙向我问好,我就说:"谢谢。"但我的声音被我旁边的男人盖了下去,他在问"他是否好"。他妻子笑着说"他从未像现在这样好"。我左边是个矮小的青年,两手纤细,一声不吭。我发现他对面是个矮小的老太太,他们俩相互注视。但我没有时间再去观察他们,因为玛丽对我叫喊,叫我要抱有希望。我说:"不错。"同时我看着她,真想在她裙子外面搂住她的肩膀。我想要抚摸这轻薄的衣料,我不太清楚,除了摸到这衣料之外,我还要抱有什么希望。但这也许正是玛丽想要说的,因为她仍在对我微笑。我只看到她发亮的牙齿和眯着笑的眼睛。她又叫喊:"你一定会出来,我们就结婚!"我回答说:"你相信吗?"但我说这话只是没话找话说。于是她十分迅速并且仍然大声地说"相信",说我会被宣告无罪,我们还会去洗海水浴。但另一个女人也在吼叫,说她把一个篮子留在书记室里。她列举放在篮子里的所有东西。得要去核实一下,因为那些东西都很贵。我另一边的那个人和他母亲仍在相互对视。阿拉伯人的低语声仍在我们下面响起。外面的阳光仿佛在窗子上膨胀。

我感到有点不舒服,想要离开。噪声使我感到难受。但另一方面,我还想看到玛丽。我不知道当时过了多少时间。玛丽跟我谈了她的工作,她不断在微笑。低语声、叫喊声和谈话声交织在一起。唯一沉默的孤岛在我旁边,是相互对视的矮小青年和老太太。阿拉伯人被一个个带走。第一个人出去后,其他人几乎都不吭声了。矮小的老太太走近栅栏,与此同时,一个看守向她儿子做了个手势。那儿子说:"再见,妈妈。"她把手伸进栅栏的两根铁条之间,向他轻轻地摆摆手,摆动得缓慢而又长久。

她出去时,一个手拿帽子的男人走了进来,在她的座位上坐了下来。一个囚犯被带了进来,他们开始热烈交谈,但压低声音,因为大厅里又变得十分安静。有人来带走我右边那个人,他妻子对他说话时没有压低嗓门,仿佛她没有发现这时已不再需要大喊大叫:"好好照顾自己,你要小心。"然后轮到我了。玛丽做了拥吻我的手势。我走之前转过头去观看。她一动不动地待着,脸贴在栅栏的铁条上,仍然在强颜欢笑。

不久之后,她给我写了信。我一直不喜欢谈论的事情,就从这时起开始发生。不管怎样,对这些事都不能有丝毫夸大,而我要做到这点,却比别人更加容易。我被羁押初期,最难受的是我的一些想法如同自由人一样。譬如说,我想去海滩,想要下海。想到首批冲到我脚掌的海浪的声音,想到我身体进入海水之中,以及我在水中解脱的感觉,我突然感到我监狱的墙壁近在咫尺。但这种感觉只持续了几个月的时间。后来,我就只有囚犯的想法。我等待每天到院子里放风或是我律师的来访。我把其他时间也安排得很好。我常常在想,如果让我住在枯树的树干里,不做别的事情,只是观看天上花卉般的图案,我也会逐渐感到习惯。我会等待飞鸟掠过或云彩会聚,就像我在此等待我律师的奇特领带出现,如同在另一个世界里,我耐心地等待星期六来临,以便拥抱玛丽的身体。然而,仔细一想,我并不是在枯树里面。有些人比我更加不幸。这还是妈妈的一种想法,她常常这样说,并说对任何事情,最后都会感到习惯。

另外,我平常不会想得这样远。前几个月十分难熬。但正是因为我做出努力,我才顺利度过这些时光。譬如说,我想要搞到一个女人,感到十分痛苦。这很自然,我还年轻。我从未专门想到玛丽。但我在想一个女人,想所有的女人,想我认识的所有女人,想我爱恋她们的种种情况,想得我牢房里充满了这些女人的形象,充满了我的种种欲望。从某一方面说,这使我心理失衡。但从另一方面说,这样可以消磨时光。我最终赢得了看守长的同情,他在开饭时都陪同厨房的伙计前来。是他首先跟我谈起了女人。他对我说,这是其他囚犯首先抱怨的事。我对他说,我跟他们一样,并说我认为这种待遇并不公正。他说:"但正是为了这事才把你们关进监狱。"——"怎么,是为了这事?"——"当然啰,自由嘛,就是这事!你们被剥夺了自由。"我从未想到这点。我对他的话表示同意。我对他说:"不错,否则惩罚什么?"——"是的,您理解这些事。其他人都不理解。但他们最终自我安慰。"然后,看守长就走了。

还有香烟的问题。我进监狱时,他们拿走了我的皮带、鞋带、领带以及我口袋里的所有东西,特别是香烟。进入单人牢房,我立刻要求他们把香烟还给我。但他们对我说,监狱里禁止吸烟。前几天十分难熬。也许这事使我最为沮丧。我吸着从床板撕下的一块块木头。我整天都想呕吐。我不知道为什么不让我抽烟,抽烟对任何人都没有害处。后来我得知这也是一种惩罚。但这时不抽烟已成为我的习惯,这种惩罚也就不再是对我的惩罚。

除了这些烦恼的事,我并不是极其不幸。主要的问题还是如何消磨时间。我最终不再感到厌烦,那是在我学会回忆之后。我有时想起我的房间,我想象从房间一个角落开始走,列举出走一圈又回到原处会看到的一件件物品。起初,这事很快就做完。但每次我重做一遍,花的时间就多了一点。因为我想起每件家具,想起放在每件家具上的每个物品,以及每个物品的细枝末节,如有什么镶嵌和裂痕,或是边上有什么缺损,是什么颜色或有什么纹理。与此同时,我试图不要搞乱我列举物品的次序,并且不要有丝毫遗漏。因此,几个星期之后,我可以花费几个小时的时间,只是用来清点我房间里的东西。这样,我越是进行思考,就有越来越多未被重视和已被遗忘的东西从我记忆中出现。我于是得知,一个人即使只生活过一天,也可以毫不难受地在监狱里度过百年岁月。他会记住许多东西,不会感到无聊。从某种意义上说,这也是一种优点。

还有睡眠问题。起初我夜里睡不好,白天根本就睡不着。后来我夜里渐渐睡得好了,白天也能睡着。我可以说,在最后几个月里,我一天要睡十六至十八个小时。这样,我只剩下六个小时要消磨,用来吃饭、大小便,进行回忆,还有捷克斯洛伐克人的故事。

在我的草垫和床板之间,我找到一张旧报纸,几乎黏附在草垫的布料上,颜色发黄,已变得透明。报上刊登一则社会新闻,缺少开头部分,但想必发生在捷克斯洛伐克。一个男人离开捷克的村庄,想发财致富。二十五年之后,他有钱了,带着妻子和一个孩子回到故乡。他母亲和妹妹在自己的村子里开了家旅馆。为了让她们感到惊喜,他把妻子和孩子留在另一家旅馆,他自己来到他母亲的旅馆,他进去时,他母亲没有把他认出。为开玩笑,他要了一个房间,把自己的钱都让她们看到。夜里,他母亲和妹妹用榔头把他砸死,以夺取他的钱财,并把他的尸体扔进河里。第二天早晨,他妻子来了,不知道昨夜发生的事情,就说出了这旅客的身份。他母亲上吊自杀。他妹妹投井而死。这个故事,我想必读了几千遍。一方面,这事难以置信。另一方面,却又合情合理。不管怎样,我认为这旅客有点咎由自取,认为绝不应该弄虚作假。

这样,睡觉、回忆、读这则社会新闻以及白昼和黑夜交替出现,时光就这样流逝。我曾在书中读到,在监狱最终会失去时间的概念。但这对我来说意义不大。我弄不清楚,这一天天的日子,怎么才会既长又短。日子要过,当然就长,但在拉长之后,这一天天的日子最终就相互混杂在一起。它们因此就失去了自己的名称。对我来说,只有"昨天"或"明天"这两个词才有意义。

有一天,看守对我说,我已关了五个月,这话我相信,但并不理解。在我看来,我牢房里不断出现的是同样的日子,我做的也是同样的事情。那天看守走后,我用铁饭盒当镜子照。我觉得自己模样严肃,即使我对着饭盒微笑也是如此。我摇晃面前的饭盒。我对着饭盒微笑,但显出的仍是严肃而又忧愁的模样。白天结束,这是我不想谈论的时间,这时间没有名称,这时夜晚的嘈杂声从监狱各个楼层的寂静行列中响起。我走近天窗,在夕阳的光线中再次观赏自己的模样。这模样仍然严肃,既然我此时此刻严肃,那又有什么可奇怪的呢?但与此同时,我几个月来第一次清楚地听到自己说话的声音。我听出这就是在漫长的日子里我耳边响起的声音,我因此得知,这段时间里我一直在自言自语。我于是想起妈妈葬礼时那个女护士所说的话。不,出路是没有的,谁也无法想象监狱里的夜晚是怎样的夜晚。

三

  我可以说,夏天很快被第二年夏天所替代。我知道,天气乍热之后,我会有新的情况发生。我的案件定于重罪法庭最后一轮庭审时审理,而最后一轮庭审将于六月底结束。辩论开始时,外面骄阳似火。我的律师对我肯定地说,辩论的时间最多两三天。他又说:"另外,法庭会很忙,因为您的案件并不是这一轮庭审中最重要的案件。接下来要审一桩杀父案。"

  上午七点半,他们来提我,囚车把我送到法院。两名法警把我带到一个阴凉的小房间里。我们坐在门旁等待,可以听到门后面有说话声、叫唤声、椅子挪动的声音以及搬移家具的嘈杂声,使我想起街区的节庆,在音乐会结束之后,大家搬移大厅里的桌椅,以便能在里面跳舞。两个法警对我说,得等到开庭才能去,其中一人递给我香烟,我谢绝了。他在片刻之后问我"是否害怕"。我回答说不怕。从某种意义上说,我甚至有兴趣看到案件的审理。我一生中从未有机会看到审理案件。另一个法警说:"不错,但最终你会感到疲倦。"

  过了一会儿,小铃声在房间里响起。于是,他们替我取下手铐。他们把门打开,叫我进入被告席。大厅里挤满了人。虽然挂有窗帘,阳光还是从一些地方渗入,里面的空气已经闷热。窗子全都关着。我坐了下来,两个法警站在我的两边。这时,我看到面前有一排面孔。这些脸都看着我:我看出他们是陪审员。但我无法说出这些脸之间有何区别。我当时只有一个印象:我就像是在有轨电车上的一排座位前面,这些不知其名的乘客都在窥视新上车的乘客,以发现他的可笑之处。我现在清楚地知道,这种想法幼稚可笑,因为他们寻找的不是可笑之处,而是罪行。不过,这区别不是很大,不管怎样,这是我当时的想法。

这大厅窗子紧闭,又有这么多人,我感到有点头昏脑涨。我又朝法庭观看,但没有认出任何一张脸。我现在认为,我一开始并未想到,大家蜂拥而至是为了看到我这个人。平时,大家对我并不关注。我得动一下脑筋才明白,我是人群拥挤的原因。我对法警说:"人真多!"他对我回答说,这是因为各报刊登了消息。他把站在陪审员席位下面一张桌子旁边的一伙人指给我看。他对我说:"他们在那儿。"我问:"是谁?"他又说:"是报社的人。"他认识其中一名记者,那记者这时看到了他,就朝我们这边走过来。这个人年纪已老,样子讨人喜欢,面孔有点怪怪的。他跟法警握手时十分热情。我这时发现,大家都在相互见面,互相叫唤并进行谈话,就像在俱乐部里,同一个圈子里的人相遇都感到高兴。我也弄清楚了自己为什么有一种奇特的感觉,即感到自己在此多余,有点像擅自闯入者。然而,那记者面带微笑地对我说话。他对我说,他希望我一切顺利。我对他表示感谢,他又说:"您要知道,我们把您的案件宣传得有点儿过火。夏天是报纸的淡季。只有您的案件和杀父案还值得谈谈。"接着,他指给我看一个矮个子,是在他刚才离开的那伙人中间,活像是肥胖的白鼬,戴着硕大的黑边眼镜。他对我说,那个人是巴黎一家报社的特派记者:"不过他不是为您而来。但由于他负责报道杀父案,报社要他兼管您的案件。"说到这儿,我又差点儿向他表示感谢。但我想到,这样未免滑稽可笑。他亲切地对我摆摆手,就离开了我们。我们又等了几分钟时间。

我的律师来了,他身穿律师的长袍,由许多同事簇拥。他朝记者们走去,跟他们一一握手。他们说说笑笑,显得无拘无束,直到法庭里铃声响起。大家都回到自己的座位。我的律师走到我面前,跟我握了手,叫我回答问题要简短,不要主动发言,其他事情由他来解决。

我听到左边有椅子后移的声音,看到一个身材瘦长的男人,身穿红色长袍,戴着单片眼镜,坐下时把长袍仔细折起。这是检察官。一位执达员宣布开庭。与此同时,两台大电扇发出隆隆的声音。有三个法官,两个穿黑袍,另一个穿红袍,拿着案卷走了进来,他们迅速走向俯瞰大厅的审判台。穿红袍的法官坐在中间的扶手椅上,把他的直筒无边高帽放在面前,用手帕拭了拭他小巧的秃顶,宣布审讯开始。

记者们已手握钢笔。他们都显得无动于衷,表情略带嘲讽。然而,其中一个记者,年纪特别轻,身穿灰色法兰绒服装,系蓝色领带,把笔放在面前,朝我观看。在他略显不匀称的脸上,我只看到两只眼睛十分明亮,他目不转睛地对我仔细观看,却又丝毫没有显出确切的表情。而我则有了一种奇特的感觉,感到我在被自己观看。也许是因为这样,同时也因为我不知道法庭里的规定,我对后来发生的事都弄不大清楚,如陪审员抽签,庭长对律师、检察官和陪审团提问(每次提问,陪审员的脸都同时转向法官),迅速朗读起诉书,我听出其中的地名与人名,然后又对我的律师提问。

但庭长说,他将传讯证人。执达员念了一些人的名字,引起了我的注意。在这刚才还模糊不清的人群中,我看到证人一个个站了起来,然后从边门出去,他们是养老院院长和门房、托马·佩雷兹老头、雷蒙、马松、萨拉马诺和玛丽。玛丽悄悄向我做了个不安的手势。我还在感到奇怪,先前怎么没有看见他们,这时读到最后一个名字,塞莱斯特随之站了起来。在他身边,我认出是那个在饭馆里吃过饭的矮小女子,身穿收腰上装,显得利索而又坚决。她盯着我看。但我没有时间多加考虑,因为庭长已开口说话。他说真正的辩论即将开始,认为无须要求听众保持安静。在他看来,他的责任是公正地引导一个案件的辩论,他想对案件进行客观的研究。陪审团将主持正义,并作出判决,不管怎样,如发生意外事件,他将命人清场。

厅里越来越热,我看到在场的人都在用报纸当扇子扇。用报纸扇风,就持续不断地发出轻微的声响。庭长招了招手,执达员拿来三把用稻草编的扇子,三位法官立刻扇了起来。

对我的审讯随即开始。庭长对我提出问题时心平气和,我甚至觉得有点亲切。他还是要我说出自己的身份,我虽然感到厌烦,但想到这样做其实理所当然,因为如错把一个人当做另一人来审讯,后果就会极其严重。接着,庭长又开始说出我所做之事,每说三句就要问我:"是这样吗?"我每次都回答说:"是的,庭长先生。"这是我律师叫我这样说的。说这事的时间很长,因为庭长说得十分详细。在这段时间里,记者都在记录。我感到最年轻的记者和像机器人那样的小个子女人在看着我。像坐在有轨电车一排座位上那样的陪审员都面向庭长。庭长咳嗽一声,翻阅案卷,扇着扇子朝我观看。

他对我说,他现在要谈几个问题,表面上看跟我的案件无关,但很有可能关系十分密切。我知道他又要谈到我妈妈,同时感到这事使人极为厌烦。他问我为何要把妈妈送进养老院。我回答说,是因为我没有钱请人来照顾她。他问我,这样做我个人是否感到心里难受。我回答说,我妈妈和我,都已不再期望得到对方的照顾,也不期望得到其他任何人的照顾,我们都已习惯我们的新生活。庭长于是说,他并不想强调这个问题,并问检察官是否有别的问题要问我。

检察官的背略微朝着我,说话时没有看着我,他说由于得到庭长的准许,他想知道我当时独自回到泉眼,是否想杀死那个阿拉伯人。我说:"不是。""那么,为什么带着枪,为什么恰恰是回到那个地方?"我说这纯属偶然。检察官用险恶的语气说:"暂时就说这些。"其后说的话有点模糊不清,至少我是这样看的。经过私下磋商,庭长宣布庭讯结束,证人的证词推迟到下午听取。

我没有时间仔细考虑。我被带走,登上囚车,回到监狱吃饭。没过很长时间,我刚觉得疲倦,就有人来提我;一切都重新开始,我被带到同一个大厅,面前是同样的面孔。只是厅里比上午要热得多,犹如奇迹出现一般,每个陪审员、检察官、我的律师和几个记者也都拿着草扇。年轻的记者和小个子女人仍坐在那里。但他们没扇扇子,仍然默默地看着我。

我擦了擦脸上的汗水,当我听到叫唤养老院院长时,才对这地方和我自己的处境有所意识。有人问他,我妈妈是否常常抱怨我,他说是的,但又说抱怨自己的亲人,是养老院里的老人比较普遍的怪癖。庭长请他明确说出,我妈妈是否曾责备我把她送进养老院,院长又说是的。但这次他没有作任何补充。他对另一个问题回答说,他对我在葬礼那天的平静感到意外。有人问他,他说的平静是指什么。院长于是看了看自己的鞋尖,并说我不想跟我妈妈遗体告别,我一次也没有哭过,葬礼之后我立刻离开,没有在妈妈的坟前默哀。还有一件事使他感到意外:殡仪馆的一个职员告诉他,我不知道我妈妈的年龄。一时间大家都默不作声,庭长问他说的是否是我。院长没有听清问题,就对庭长说:"这就是法律。"然后,庭长问检察官是否有问题要问证人,检察官大声说:"哦!没有了,这已足够。"他说话声音响亮,朝我这里看的目光又是得意扬扬,我因此在这么多年之后,第一次愚蠢地想要哭泣,因为我感到这些人对我是多么厌恶。

庭长问陪审团和我的律师是否有问题要问,然后听养老院门房的证词。门房跟其他人一样,重复了同样的仪式。他走来时看了看我,然后把眼睛转开。他回答了向他提出的问题。他说我不想跟我妈妈的遗体告别,说我抽了烟,睡了一觉,并喝了牛奶咖啡。这时我感到,整个大厅被什么事情激怒,我第一次觉得自己有罪。庭长请门房把我喝牛奶咖啡和抽烟的事再说一遍。检察官看了看我,眼睛里闪现讽刺的目光。这时,我的律师问门房是否跟我一起抽烟。但检察官站了起来,激烈反对这个问题:"罪犯是多么可恶,这种方法又是多么拙劣,想要给指控的证人抹黑,使证词显得无足轻重,但实际上却依然无可置疑!"尽管如此,庭长还是请门房回答这个问题。老头样子尴尬地说:"我清楚地知道我当时做错了。但我不敢拒绝先生请我抽的烟。"最后,庭长问我有什么补充。我回答说:"没有,只想说证人说得不错。确实,当时是我请他抽烟。"于是,门房看了看我,显得有点惊讶,也有几分感激。他犹疑片刻后说,牛奶咖啡是他请我喝的。对此,我的律师得意地叫了起来,并说陪审员都会作出判断。但检察官的咆哮声却在我们头顶上响起,他说:"不错,陪审员先生们都会作出判断。但他们会得出结论,一个局外人可以请他喝咖啡,但一个儿子理应在他生母的遗体前加以拒绝。"门房回到自己的座位。

轮到托马·佩雷兹作证时,一名执达员一直扶着他走到证人席。佩雷兹说,他只是认识我母亲,他只看到过我一次,是在葬礼那天。法官问他,我在那天做了什么事,他回答说:"你们可以理解,我当时极其难过。因此,我什么也没有看到。我是因为难过才没有看到。因为这对我来说非常难过。我甚至昏了过去。因此,我没能看到这位先生。"检察官问他是否看到我哭过。佩雷兹回答说没有。这次轮到检察官说:"陪审员先生们都会作出判断。"但我的律师感到气愤。他问佩雷兹,其语气在我看来夸张,他问他是否看到我没有哭。佩雷兹说:"没有。"大家都笑了起来。我的律师卷起一只衣袖,用不容置辩的口气说:"这就是这次审讯的形象。全都对,又全都不对!"检察官显得无动于衷,用铅笔戳着他案卷的一个个标题。

休庭五分钟时,我的律师对我说,一切进展顺利,然后听到塞莱斯特为被告辩护。为被告辩护,就是为我辩护。塞莱斯特不时朝我这边观看,把手里的一顶巴拿马草帽转来转去。他身穿崭新的西装,有几个星期天他就是穿着这套西装跟我一起去看赛马的。但我觉得他当时没戴活硬领,因为他只是用一个铜纽扣扣住衬衫的领口。法官问他,我是否是他的顾客,他说:"是的,但也是朋友。"问到他对我的看法,他回答说我是男子汉;问他这是什么意思,他说大家都知道这是什么意思;问他是否发现我孤僻,他只承认我从来不说废话。检察官问他,我是否按时付饭钱。塞莱斯特笑了,并说:"这是我们之间鸡毛蒜皮的小事。"法官还问及他对我犯的罪有何看法。他于是用双手扶着栏杆,可以看出他已胸有成竹。他说:"在我看来,这是一件不幸的事故。不幸的事故,大家都知道这是怎么回事。这会使你防不胜防。不错!在我看来,这是一件不幸的事故。"他想要讲下去,但庭长对他说,他说得很清楚,并向他表示感谢。这时,塞莱斯特待在那里有点发愣。但他表示还有话要说。法官请他讲得简短一些。他又说这是不幸的事故。庭长对他说:"是的,这已经说过。但我们在此是要审理这类不幸的事故。我们向您表示感谢。"塞莱斯特耗尽自己的才智,表现出极大的善意,就朝我转过身来。我觉得他眼睛发亮,嘴唇颤抖。他像是在问我,他还能做些什么。我什么也没说,也没做任何手势,但我生平第一次想要拥吻一个男人。庭长又请他离开证人席。塞莱斯特回到旁听席上坐下。在其后的庭讯时,他都坐在那里,身子稍稍前倾,两个胳膊肘支在膝盖上,手里拿着巴拿马草帽,法庭上说的话他听得一字不漏。玛丽走了进来。她头戴帽子,依然漂亮。但我更喜欢她长发披肩。从我所在的地方,我可以感到她乳房轻盈,看出她那总是微微鼓起的下嘴唇。她似乎十分紧张。法官立刻问她是什么时候认识我的。她说出她在我们公司工作的那个时期。庭长想知道她跟我是什么关系。她说是我的女友。她对另一个问题回答说,她确实将要跟我结婚。检察官正在翻阅案卷,这时突然问她是从什么时候起跟我发生关系的。她说了日期。检察官神情冷漠地指出,就是在我妈妈去世的第二天。然后,他神色略带嘲讽,但又不想过于讽刺这种微妙的处境,就说他十分理解玛丽的顾忌,但是(他的语调随之变得更加严厉),他的职责要求他凌驾于社会习俗之上。他因此请玛丽把我遇到她那天的事做个概述。玛丽不愿意讲，但见检察官非要她讲，就说出我们洗海水浴、看电影以及一起回到我住宅这些事。检察官说，玛丽在预审中提出证词之后，他查看了那天放映的影片。他又要玛丽自己说出那天放的是哪部影片。她吓得几乎失声，说是费尔南代尔的一部影片。她的话刚说完，厅里立刻鸦雀无声。检察官于是站了起来，神情十分严肃，说话的声音使我觉得他真的激动了，他用手指着我慢慢地说："陪审员先生们，这个人在他母亲去世的第二天去洗海水浴，开始发生不定期的男女关系，并去看喜剧影片取乐。我不需要再对你们多说一句。"他坐了下来，厅里仍然鸦雀无声。但玛丽突然号啕大哭，她说事情不是这样，还有其他情况，是有人强迫她说出跟她的想法截然不同的话，并说她对我非常了解，我没有做过任何坏事。但执达员在庭长的示意下把她带走，庭讯继续进行。

接着是马松作证，他说我为人正直，甚至可以说我是好人，但几乎没人在听。然后，萨拉马诺指出，我以前对他的狗很好，他在回答一个关于我母亲和我的问题时说，我跟妈妈已无话可说，我因此把她送进了养老院，他的话也几乎没人在听。萨拉马诺说："应该理解，应该理解。"但看来无人理解。他被带走。

接着是雷蒙最后作证。雷蒙稍稍对我做了个手势，并立刻说我是无辜的。但庭长说，请他说出的不是判断，而是事实。他请雷蒙等待提问。法官要他说出他和被害人的关系。雷蒙趁此机会说，被害人恨的是他，因为他打了他姐姐的耳光。但庭长问他，被害人是否有理由恨我。雷蒙说我去海滩纯属偶然。检察官于是问他，成为这悲剧的起因的那封信，怎么会出自我的手笔。雷蒙回答说,这也事出偶然。检察官反驳说,在这件事中,人的良心已因偶然而受到众多伤害。他想要知道,雷蒙打情妇的耳光时我没有出手,是否事出偶然,我到警察分局为他作证,是否事出偶然,我在作证时说的话纯属讨好,是否也事出偶然。最后,检察官问雷蒙有什么生活来源,因雷蒙回答说是"仓库管理员",他就对陪审员说,众所周知,这个证人从事淫媒的行当。我是他的同谋和朋友。这是最为下流无耻的悲剧,因罪犯是道德上的魔鬼而变得更加惨重。雷蒙想要为自己辩护;我的律师也提出抗议,但法官对他们说,必须让检察官把话说完。检察官说:"我要作的补充不多。他是否是您的朋友?"他对雷蒙这样问。雷蒙说:"是的,他是我的朋友。"检察官就对我提出同样的问题,我看了看雷蒙,他没有把目光转开。我回答:"是的。"于是,检察官转向陪审团,并说:"这个人在他母亲去世的第二天,去干了极其放荡无耻的事,因微不足道的原因而杀了人,以便了结一桩伤风败俗的事情。"

说完后他坐了下来。但我的律师已忍无可忍,他举起双臂,袖子因此滑落,露出上了浆的衬衫的褶痕,并大声叫嚷:"他受到控告,究竟是因为埋葬了母亲还是杀了人?"大家都笑了起来。但检察官又站了起来,他披上长袍说,必须像这位可敬的辩护人那样天真,才能感到这两种事情之间有着深刻、动人和本质的联系。他铿锵有力地大声说:"是的,我指控这个人在埋葬母亲时怀有一颗杀人犯的心。"这句话看来对听众影响巨大。我的律师耸了耸肩,擦了擦额头上的汗。但他看来已经动摇,我感到事情的进展对我不利。

庭讯结束。在走出法院登上囚车时,我在一时间闻出夏天傍晚的气息,看出夏天傍晚的色彩。在这滚动的黑暗监狱里,我仿佛在疲倦之中,一一听出我喜欢的城市在我感到心满意足的某一时刻的种种熟悉的声响。报贩在轻松的气氛中的叫卖声,街心花园里最后一批鸟叫声,卖三明治的商人的叫唤声,有轨电车在城市高处的街上转弯时发出的呻吟,夜幕降临港口前天空的嘈杂声,这些声音又为我勾画出我闭着眼睛也能走的路线,这条路线我在入狱前十分熟悉。不错,在这个时刻,我在很久以前曾感到心满意足。当时我要做的事,总是容易惊醒却又无梦的睡眠。然而,情况已经改变,在等待第二天到来时,我回到的是自己的单人牢房。仿佛夏天的空中勾画出熟悉的道路,既可以通向监狱,也可以通向无邪的睡眠。

四

即使坐在被告席上,听到别人谈论自己仍然有趣。在检察官和我的律师进行辩论时,我可以说,他们对我的谈得很多,也许谈得更多的是我而不是我的罪行。另外,他们的辩词是否截然不同?律师举起双臂,承认我有罪,但认为情有可原。检察官伸出双手,揭发罪行,但认为不可原谅。然而,有一件事隐约使我感到局促不安。我虽然心事重重,有时却想要说话,但我的律师却对我说:"您别开口,这样对您的案件更为有利。"从某种程度上说,他们处理这个案件仿佛跟我无关。事情都在我没有参与的情况下进行。他们对我的命运作出决定,却没有征求我的意见。我有时真想打断大家的话,并想说:"那么,到底谁是被告?重要的是被告。我有话要说!"但仔细考虑之后,我又觉得无话可说。另外,我应该承认,你使别人感到的兴趣,不会持续长久。譬如说,检察官的辩词,很快就使我感到厌烦。只有跟主旨无关的只言片语、手势或大段议论,才使我感到惊讶或引起我的兴趣。

如果我理解正确,他的主要想法是,我杀人是有预谋的。他至少试图证明这点。正如他自己所说:"我会对此作出证明,先生们,而且会作出双重的证明。首先是用事实的耀眼光线,然后用这个罪恶的灵魂的心理向我提供的暗淡亮光。"他概述了我妈妈去世后的那些事实。他回顾了我的冷漠,不知道妈妈的年龄,第二天就跟一个女人一起去洗海水浴,去电影院看费尔南代尔的影片,最后跟玛丽一起回家。我当时没有立刻理解他的意思,因为他总是说"他的情妇",而我却认为她是玛丽。然后,他谈到雷蒙的事。我觉得他对事情的看法不够清楚。他说的话倒还符合事实。我伙同雷蒙写信,以便把他的情妇引出来,让一个"道德败坏"的男人去折磨她。我在海滩上挑衅雷蒙的冤家对头。雷蒙受了伤。我要他把手枪给我。我独自回到海滩,以使用手枪。我按计划打死了阿拉伯人。我等待片刻。"为确保事情完成",我又开了四枪,开枪时从容不迫,确信无疑,可说是经过深思熟虑。

"事情就是这样,先生们,"检察官说,"我给你们讲述了事情的来龙去脉,说明此人在对事情了如指掌的情况下如何最终杀人。我强调的是这一点。"他说,"因为这不是一桩普通的杀人案,不是一种轻率的举动,即你们认为情有可原、可以减轻罪行的举动。这个人,先生们,这个人聪明。你们听到了他说的话,对吗?他知道如何回答问题。他知道词语的价值。因此我们不能说,他在行动时并不清楚自己在干什么。"

我听着他说,并听到他认为我聪明。但我不大理解,一个普通人的优点,怎么会成为控告一个罪犯的主要罪状。至少这事使我感到惊讶,我就不再去听检察官说,到后来我听到他说:"这个人是否表示过后悔?从来没有,先生们。在预审过程中,这个人对自己骇人听闻的罪行一次也没有显出沉痛的样子。"这时,他把脸转向我,用手指指着我继续对我大加指责,可我却不大清楚他为什么这样说。也许我不得不承认他说得对。我对自己的行为不是十分后悔。但他的指责如此激烈,却使我感到惊讶。我真想诚恳地乃至友好地对他解释,说我对自己做过的事从未有过真正的后悔。我关心的总是即将发生的事,关心的是今天或明天。但是,他们现在使我处于这种状况,我当然不能用这种口气对别人说话。我无权显出亲热的样子,无权抱有良好的愿望。我因此还想听检察官说话,因为他开始谈论我的灵魂。

他说他曾对我的灵魂发生兴趣,但他对陪审员先生们说,他在其中一无所获。他说我实际上没有灵魂,没有任何人性,也没有众人保存在心中的任何道德准则。他又说:"也许我们不能因此而责备他。他不能得到的东西,我们就不能责怪他没有这种东西。但现在是在法庭上,宽容的消极作用应该化为正义的作用,这更难做到,却更为高尚。尤其是现在看到,此人心中空无一物,会变成社会堕落的深渊。"于是,他谈起我对妈妈的态度。他把在辩论时说的话又说了一遍。但他谈这件事的时间要比谈我罪行的时间长得多,而且极其冗长,结果我感到的只有那天上午的炎热。直到检察官停顿片刻,然后,他又以十分低沉而又深信不疑的声音接着说:"就在这法庭上,先生们,明天将要审判最为伤天害理的罪行:杀父案。"据他说,这种残杀简直无法想象。他敢说人类的正义会对此严惩不贷。但他不怕说出,这个罪行使他感到的厌恶,跟他对我冷漠的厌恶几乎不相上下。在他看来,在精神上杀死生母的人,跟亲手杀死生父的人一样,也应被排除在人类社会之外。不管怎样,前者在为后者的行为作好准备,在某种程度上预告后者的行为,并使其合法化。他提高嗓门继续说:"我确信,先生们,如果我要说,坐在这被告席上的人,也犯有本庭明天将要审判的杀人罪,你们决不会认为我的想法过于大胆。他理应受到相应的惩罚。"至此,检察官擦了擦脸上发亮的汗水。他最后说,他的职责是痛苦的,但他会坚决去完成。他说,我不承认社会最基本的准则,因此已跟社会毫不相干,并说我不知道人心的基本反应,就不可能去相信人心。他说:"我请求你们砍下此人的脑袋,并请你们要心情轻松。因为我虽说在漫长的职业生涯中曾请求对一些罪犯处以死刑,但从未像今天这样感到这艰巨的职责得到补偿和阐明,因为我意识到这是不可抗拒的神的旨意,也因为我对这张人脸感到厌恶,我在这张脸上看到的只有残酷无情。"

检察官坐下后,厅里沉默良久。我因炎热和惊讶而晕头转向。庭长咳嗽几声,用十分低沉的声音问我是否有补充。我站了起来,想要说话,就随口说出我当时并不想打死那个阿拉伯人。庭长回答说,这是一种确认,并说他仍然没弄清我的辩护方法,因此在听取我律师的意见之前,希望我能确切地说出我行为的动机。我说话很快,有点语无伦次,也意识到自己滑稽可笑,我说当时是因为太阳的缘故。大厅里响起了笑声。我的律师耸了耸肩,法官立刻让他发言。但他说时间已晚,他发言需要几个小时,要求推迟到下午再讲。法庭同意了他的要求。

下午,巨大的电扇仍在搅动着厅里浓重的空气,陪审员们都朝同一个方向扇着五彩缤纷的小扇子。我觉得我的律师的辩护词会没完没了地说下去。但在有一个时候,我在听他说,因为他当时说:"我确实杀了人。"然后,他用这种语气说下去,每当谈到我时都说"我"。我感到十分惊讶。我向一个法警俯下身子,问他这是什么原因。他叫我别说话,并在片刻后补充说:"所有的律师都这样说。"我认为,这又是在把我排除在案件之外,把我完全消除,并在某种程度上对我取而代之。但我现在觉得,我当时已离这个法庭十分遥远。另外,我觉得我的律师滑稽可笑。他很快就为挑衅进行辩护,然后也谈起我的灵魂。但我觉得他的才能比检察官逊色得多。他说:"我也对这个人的灵魂感兴趣,但跟检察院的这位杰出代表相反,我对此有所发现,并且可以说,我看到这灵魂犹如一本翻开的书。"他从中看到,我为人正直,有固定的工作,工作任劳任怨,对雇用我的公司忠心耿耿,受到众人的喜爱,并同情别人的痛苦。在他看来,我是个孝子,在能力许可时一直赡养自己的母亲。最后,我希望老母能过上舒适的生活才把她送进养老院,而我的条件则无法使她过上这种生活。他又说:"我感到惊讶的是,先生们,有人竟对这家养老院议论纷纷。因为如果必须证明这种机构实用和重要,就得要说是国家在对其补贴。"只是他没有谈到葬礼的事,我感到这是他辩护词的不足之处。由于所有这些长句、所有这些白天以及谈论我灵魂的这些漫长的小时,我觉得一切都变得如同无色的水,我在这水中感到晕眩。

最后,我现在只记得,在我的律师继续发言时,一个卖冰的小贩吹响的喇叭声,从街上传来并穿过一个个大厅和一个个法庭,一直传到了我的耳边。我的脑中显现过去生活的种种回忆,那种生活已不再属于我,但我曾在其中得到我最最微不足道和最最难以忘却的快乐:夏天的气味,我喜爱的街区,傍晚的某种天空,玛丽的笑声和连衣裙。我在这地方所做的毫无用处的事,全都涌上我的喉咙,我着急的只有一件事,那就是让他们把事情结束,让我能回到牢房去睡觉。我几乎没有听到我的律师在最后大声说,陪审员们决不会让一个因一时糊涂而失足的诚实劳动者去送命,并要求对我的罪行减刑,因为我将会悔恨终身,我无疑已受到极大的惩罚。这时休庭,我的律师坐了下来,显得筋疲力尽。但他的同事都过来跟他握手。我听到他们说:"妙极了,亲爱的。"其中一人甚至要我作证,并对我说:"怎么样?"我表示同意,但我的恭维是虚与委蛇,因为我实在太累了。

这时,外面天色渐暗,已不是十分炎热。我听到街上的某些嘈杂声,得知已是温馨的傍晚。我们都在这里等待。我们一起等待的事,只跟我一人有关。我又环顾大厅。一切都跟第一天一模一样。我跟穿灰色上衣的记者和像机器人那样的女子目光相遇。这使我想起,在审讯过程中,我一直没有朝玛丽观看。我并未把她忘记,但我要做的事实在太多。我看到她坐在塞莱斯特和雷蒙之间。她悄悄对我做了个手势,意思是说"总算结束",我看到她的脸上有点不安,却在微笑。但我感到自己的心已关闭,因此连对她的微笑也无法回答。

法官们又回来了。庭长迅速向陪审员们念了一系列问题。我听到"犯有杀人罪"……"预谋杀人"……"可减轻罪行的情节"。陪审员都走出大厅,我被带到我曾经等待过的小房间里。我的律师来看我:他说话滔滔不绝,说时比以前更有信心、更加亲切。他认为事情会进展顺利,我坐几年牢或服几年苦役就会出来。我问他,如果判决对我不利,是否有可能撤销原判。他对我说不可能。他的策略是不提出结论,以免使陪审团反感。他对我解释说,像这种案件,不能徒劳无益地不服判决而提出上诉。我觉得这是显而易见的事,也就听从了他的意见。如果冷静思考,这也是理所当然的事。不然的话,会浪费过多纸张。我的律师对我说:"不管怎样,还可以上诉。但我确信结果会对您有利。"

我们等待良久,我觉得等了将近三刻钟。过了这段时间,铃声响起。我的律师在离开我时说:"庭长即将宣读答辩。在宣读判决时才让您进去。"一扇扇门发出吱嘎的声音。一些人在楼梯上跑上跑下,我听不出他们是在附近还是在远处。然后,我听到一个沉闷的声音在厅里宣读。铃声再次响起,房间的门随之打开,厅里的沉默朝我袭来,是沉默,还有我产生的奇异感觉,因为我看到年轻的记者把目光从我身上移开。我没有朝玛丽那边观看。我没有时间去看,因为庭长用奇特的方式对我说,我将在广场上被斩首示众,是以法国人民的名义。我这时才感到,我看出所有人脸上流露出来的是什么感情。我现在觉得这是尊重。法警对我和颜悦色。律师用手握住我的手腕。我这时一无所思。但庭长问我是否有补充。我考虑了一下说:"没有。"于是,我就被带走。

五

我第三次拒绝接见指导神甫。我对他无话可说,我不想说话,我很快就会见到他。我此刻感兴趣的是逃脱这断头台,是想知道这不可避免的事是否能绝处逢生。他们给我换了牢房。在这间牢房，我躺下后能看到天空，并且只能看到天空。我每天的时间都用来观看天空这张脸，看着它的脸色从白昼转为黑夜。我躺着，把双手枕在脑袋下面等待。我不知有多少次想过，死刑犯中是否有人逃脱过这无情的断头台，冲破警察的警戒线，在处决前逃之夭夭。我于是责备自己未曾对描写处决的故事予以足够的注意。我们总是应该关心这些问题。我们决不会知道将来会发生什么事情。像大家一样，我曾在报上看到过一些报道。但肯定会有一些专著，而我却一直没有兴趣去阅读。在这些专著里，我也许会看到越狱的故事。我就会知道，至少有那么一次，命运之轮停了下来，而有了这种无法阻止的预谋，偶然和运气改变了某件事，但仅仅只有一次。只有一次！从某种意义上说，我觉得这对我已经足够。剩下的事我的心会去处理。各家报纸经常谈论对社会欠的债。根据它们的说法，这债必须偿还。但这只能使人浮想联翩。重要的是越狱的可能，是跳出无情的惯例，是能使希望成真的狂奔。当然啰，希望也是在狂奔中被子弹击倒在街角。但经过仔细思考，我决不会有这种好事，所有的条件都不允许我这样，我又得回到这断头台上。

我虽说心怀善意，却无法接受这傲慢的事实。因为，证明这事实的判决和这判决在宣读后被坚定不移地执行，这两者之间极不相称，显得滑稽可笑。这判决如在二十点而不是在十七点宣读，很可能会大相径庭，这判决由一些更换衬衣的男人作出，而且相信法国(或德国，或中国)人民这样并不确切的概念，我觉得正因为如此，这样的决定就显得很不严肃。然而，我不得不承认，这决定从作出之时起，其影响就变得确定无疑,如同我身体靠着的这堵墙壁。

我在这些时候想起,我妈妈常对我讲的关于我父亲的一件事。我没有见过父亲。我对这个人的确切了解,也许只有妈妈对我讲的这件事:他去看处决一个杀人犯。他想到去看杀人,就感到不舒服。但他还是去了,回来时,他在上午连连呕吐。于是,我对父亲有点厌恶。现在我懂了,他这样理所当然。我以前怎么会没有看出,什么事也没有比执行死刑更为重要,我怎么会没有看出,这是唯一真正会使男人感兴趣的事情!如果我有朝一日能走出这监狱,每次执行死刑我都会去看。我现在觉得,我当时错了,不该想到这种可能性。因为我想到自己将在有一天清晨获得自由,站在一排警察的警戒线后面,可以说是站在另一边,想到自己作为旁观者来看热闹,并会在其后呕吐,我想到这些,一阵恶毒的愉悦不禁涌上心头。但这样想并不理智。我不该放任自流,去作这些假设,因为在片刻之后,我感到如同寒风刺骨,赶紧在被窝里缩成一团。我牙齿格格作响,无法克制自己。

当然啰,人不可能永远理智。譬如说,我有几次在制定法律草案。我对刑罚制度进行改革。我发现,主要的问题是要给被判刑的犯人一个机会。一千个人中有一次机会,也足以把许多事情安排妥当。因此,我觉得可以找到一种化合物,服用后可杀死受刑者(我想到的是受刑者),而且是十拿九稳。要让他知道,这是先决条件。因为我经过仔细考虑,并心平气和地对事情进行研究,看出断头台的缺点是没有给犯人任何机会,一点机会也不给。总之,一旦决定,受刑者必死无疑。这如同归档的案件,决定的组合,谈妥的协议,无法进行更改。如果机器意外失灵,那就重新再来。因此,烦恼的问题,是死刑犯希望机器运转正常。我说的是不完善的方面。从某种意义上看确实如此。但从另一种意义上看，我不能不承认，良好的组织的全部秘密就在这里。总之，死刑犯不得不在精神上予以合作。他希望一切运转正常。

我也不得不看到，在此之前，我对这些问题的想法并不正确。我在很长一段时间里认为——我也不知道是什么原因——上断头台得要从台阶走到台上。我觉得这是因为一七八九年大革命，我的意思是说，是因为别人教我或让我认识到对这些问题应有的看法。但有一天早晨，我想起刊登在报上的一张照片，展现的是一次引起轰动的处决。实际上，断头机就放在地上，极其简单。它比我想象的要窄小得多。非常奇怪，我到现在才想起这事。我感到惊讶的是，照片上的断头机看上去像精密仪器，做工精细，闪闪发光。我对自己不了解的东西，总会有夸张的想法。相反我应该看出，一切都十分简单：这机器跟朝它走过去的死刑犯处于同一水平面上。他走到它跟前，如同走到另一个人面前。这也是令人烦恼的事。登上断头台像是升天，人会这样想象。但这机器摧毁一切：人被杀死，并不引人注目，但有点可耻，却又准确无误。

还有两件事我也一直在思考：黎明和我的上诉。但我听从理智，设法不再去想这些事。我躺了下来，仰望天空，竭力对天空感兴趣。它变成绿色，是在黄昏时分。我再作努力，以改变我的思路。我听着自己心脏的跳动声。我无法想象，这声音在如此长的时间里一直伴随着我，竟会在有一天停止。我从未有过真正的想象力。但我试图想象出这心跳声不再在我头脑中继续响起的那个时刻。但想不出来。黎明或我的上诉仍在脑中。我最终在想，最合乎情理的办法是不要强制自己。

他们是在黎明时分来的,这我知道。因此,我每天夜里都在等待黎明的到来。我一直不喜欢遇到猝不及防的事。如果我有事情发生,我更希望自己有所准备。因此,我最终只在白天睡一会儿,而在夜里,我始终耐心等候着窗玻璃上的天空开始发亮。最难熬的是天快亮的时候,我知道他们通常是在这时动手①。午夜过后,我一直在等待和窥探。我的耳朵从未听到过这么多的噪音和这么细微的声响。另外,我可以说,我在这段时期里算是走运,因为我从未听到过脚步声。妈妈以前常说,人要倒霉也不会事事倒霉。我在监狱里同意这种看法,是因为这时天空变得绚丽多彩,新的一天又来到我的牢房。因为我可能会听到脚步声,我的心脏就会分崩离析。即使最轻微的走动声也会使我冲到门口,即使我把耳朵贴在木门上,发狂地等待着,直至听到自己的呼吸声,我害怕听到这呼吸变得粗声粗气,活像狗在嘶哑地喘气,但我的心脏毕竟没有分崩离析,我又可以多活二十四个小时。

我整天在考虑我的上诉。我觉得自己已从这种想法中获益匪浅。我想象能用这想法得到什么结果,并从思考中获得巨大收获。我总是作出最坏的设想:我的上诉被驳回。"那么,我就得死。"显然比别人死得更早。但大家都知道,这样活着并不值得。其实,我并非不知道,三十岁死还是七十岁死,是无关紧要的事,因为不管你几岁死,其他男男女女照样活着,几千年都是如此。总之,没什么比这事更加清楚。反正

---

① 在法国,可在嫌疑犯家里对其逮捕的法定时间为早晨六点,这也是警方突然提审犯人的时间。

死的人都是我，不管是现在死还是二十年之后才死。此时此刻，我在思考时有点难受，是在想到未来二十年的生活时，我感到心里产生一种可怕的跳跃。但我只好压制这种跳跃，并想象我一旦活到二十年后会有什么想法。死了之后，怎么死和什么时候死就无关紧要，这是明摆着的。因此（难就难在要看到这"因此"二字所表示的理性思考的全部含义），我的上诉如被驳回，我就应该接受。

这时，只是在这时，我才可以说有了权利，并允许自己去作第二种假设：我获得缓刑。令人烦恼的是，我必须稍稍克制血脉和肉体使两眼狂喜的剧烈冲动。我必须设法克制这种呼喊，并使其变得理智。我作出这一假设时，甚至必须表现得合情合理，使我在第一种假设中更有可能逆来顺受。我做到这点之后，就获得一小时的平静。这点还是值得重视。

正是在这样的时刻，我再次拒绝接见指导神甫。我躺在那里，从金黄的天色看出夏日的黄昏将临。我刚放弃上诉，可以感到血液在我身上流动正常。我不需要见指导神甫。很长一段时间以来，我第一次想到玛丽。她已有好几天没有给我写信。那天晚上，我进行思索，并在心里想，她当死刑犯的情妇，也许已感到厌倦。我也想到她可能病了或死了。这十分正常。既然除了两人现已分开的肉体有关系之外，我们俩没有其他任何关系，也没有其他任何事会使我们相互思念，我怎么会知道她的情况呢？另外，从这时起，对玛丽的回忆会使我感到无关紧要。她死了，就不再使我感兴趣。我觉得这很正常，就像我清楚地知道，我死后，别人就会把我忘记。他们本来跟我就没有关系。我甚至不能说，这样想令人难受。

正在这时，指导神甫进来。我看到他时，身体微微颤抖。

他发现了这点,叫我不必害怕。我对他说,他通常是在另一时间来的。他对我回答说,这是十分友好的拜访,跟我上诉毫无关系,他对此也一无所知。他在我的小床上坐下,请我坐在他的旁边。我谢绝了。我觉得他样子还是十分和善。

他坐了一会儿,手放在膝盖上,低头看着自己的双手。他的手细长而又结实,使我联想到两只灵巧的动物。他慢慢地用两只手相互搓了搓。然后,就这样待着,头仍然低着,而且待了很长时间,使我一时间感到已把他忘却。

但他突然抬起头来,正面看了看我,并说:"您为什么每次都拒绝见我?"我回答说我不信天主。他想知道我是否对此确信无疑,我说我对此无需考虑:我觉得这个问题并不重要。他于是身体后仰,背靠墙壁,两手平放在大腿上。他几乎不像是在对我说话,他指出,人有时以为自己确信无疑,实际上却并非如此。我没有吭声。他看了看我,然后问我:"您对此有何想法?"我回答说有这个可能。不管怎样,我也许不能肯定自己真正感兴趣的是什么事,但我完全能肯定自己不感兴趣的是什么事。他对我说的事,我恰恰不感兴趣。

他把目光移开,仍保持这种姿势,他问我,我这样说是否因为过于绝望。我对他解释说,我并不绝望。我只是害怕,这是理所当然的事。他指出:"天主会给予您帮助。我见到过跟您情况相同的人,他们都回到了天主身边。"我承认这是他们的权利。这也证明他们有时间这样做。至于我,我不要别人帮助,而要我对不感兴趣的事感兴趣,我缺少的正是时间。

这时,他两手做出生气的手势,但他挺直身子,理好长袍上的皱褶。他理完后,称我为"我的朋友":他对我这样称呼,并非是因为我是死刑犯;在他看来,我们都被判了死刑。但我打断了他的话,并说这不是一回事,而且这无论如何也不能看成一种安慰。他表示同意:"当然如此。但您今天不死,以后也会死的。到那时会遇到同样的问题。您将会如何对待这可怕的考验?"我回答说,我会像现在这样来对待这种考验。

他听到这话就站了起来,两眼对我直视。这种把戏我了如指掌。我常常用这种办法跟埃玛纽埃尔或塞莱斯特戏耍,一般来说,是他们把目光移开。指导神甫也对这种手法十分精通,我立刻明白他的意图:他的目光并未抖动。他对我说话时声音也没有颤抖:"您难道不抱任何希望?您活着时,难道要抱有您灵魂和肉体会全都死亡的想法?"我回答说:"是的。"

于是,他低下脑袋,重新坐下。他对我说,他怜悯我。他认为,一个男人无法忍受这种生活。而我只是感到,他开始使我感到厌烦。我也转过身去,走到天窗下面。我把肩膀靠在墙上。我不大跟得上他的思路,但听到他又开始对我提问。他说话的声音不安而又急促。我知道他感到激动,我听他说时就更加注意。

他对我说,他确信我的上诉会得到同意,但我身负罪孽的沉重压力,必须将其摆脱。据他说,人类的正义微不足道,天主的正义至关重要。我指出,是前者判处了我的死刑。他对我回答说,这并未因此而洗刷我的罪孽。我对他说,我不知道什么是罪孽。别人只告诉我,说我是罪犯。我有罪,我要付出代价,别人不能再对我有其他任何要求。这时,他又站了起来,我心里在想,这牢房如此狭小,他是否想活动一下,因为他别无选择:要么坐下,要么站起。

我眼睛盯着地上看。他朝我走了一步就停下,仿佛不敢再往前走。他望着天窗上铁条之间的天空。他对我说:"您错了,我的孩子,我们可以对您有更多的要求。我们也许会对您提出这种要求。"——"那么是什么要求?"——"我们会要求您去看。"——"看什么?"

神甫环顾周围,他回答时,我突然发现他的声音已显得十分厌倦:"这些石块都流出汗水般的痛苦,这我知道。我每次看到它们,都会感到焦虑不安。但我在内心深处知道,你们中最为不幸的那些人,都看到这些阴暗的石块里显现出一张神的脸。我们要求您看的,就是这张脸。"

我有点生气。我说我看着这些墙壁已有好几个月了。我对它们,要比对这世上任何人或任何事物更为了解。也许在很久以前,我曾想在上面看到一张脸。但这张脸有着阳光的色彩和欲火:那是玛丽的脸。我白费力气,未能看到。现在完了。不管怎样,我没有看到有任何东西从这流汗般的石块里显现出来。

指导神甫略显伤心地看了看我。我现在整个身子都靠在墙上,阳光照在我的前额上。他说了些话,我没有听到,他十分迅速地问我是否允许他拥吻我,我回答说:"不行。"他转过身去,朝墙壁走去,慢慢地把手放在墙上,并低声说:"您难道是这样喜爱这人世间的?"我没有回答。

他背对着我站立良久。他待在这里使我感到压抑和恼火。我想要请他离开,让我独自待着,但他朝我转过身来,像爆发那样突然大声地说:"不,我无法相信您的话。我可以肯定,您曾希望过另一种生活。"我对他回答说当然如此,但这希望并不比希望发财、希望游得更快或希望嘴长得好看更加重要。这些希望都属于同一类型。但他打断了我的话,并想知道,我如何想象这另一种生活。于是,我对他叫了起来:"是一种我能回忆起现在这种生活的生活。"我立刻又对他说,我已感到厌烦。他还想跟我谈天主,但我走到他跟前,想最后一次跟他解释,说我剩下的时间已不多。我不想用天主来浪费这时间。他想要改变话题,问我为什么称他为"先生",而不是称他为"我的父亲"。这下我可恼火了,我就对他回答说,他不是我的父亲:他跟其他人一样。

他把手放在我肩上说:"不对,我的孩子。我是您的父亲。但您不可能知道这点,因为您有一颗迷失的心。我要为您祈祷。"

这时,我不知是为了什么,我觉得自己身上有什么东西爆裂。我放开嗓子拼命叫喊,我对他进行辱骂,我叫他不要祈祷。我抓住他长袍的领子。我把埋藏在内心深处的话都对他倾诉出来,说时蹦蹦跳跳,时而快乐时而气愤。他不是显出确信无疑的样子吗?但是,他的任何确信都抵不上女人的一根头发。他甚至不能肯定自己活着,因为他活着如同死人一般。我仿佛两手空空,但我对自己确信,对万物确信,比他更加确信,我确信自己的生和即将来临的死。是的,我只有这种确信。但至少我抓住了这个真理,如同这真理把我抓住那样。我以前有理,现在还有理,我一贯有理。我曾以这种方式生活,我也能以另一种方式生活。我做了这事,没做那事。我没做某一件事,却做了另一件事。然后呢?仿佛我在这段时间里一直在等待着我将会被证明无罪的时刻和黎明的到来。什么都不重要,我清楚地知道是什么原因。他也知道是什么原因。在我所度过的这荒诞的一生中,有一种模糊不清的活力,越过那些尚未来到的年月,从我遥远的未来朝我这里升起,这活力经过之处,把别人在我生活中那些跟未来的年月同样不真实的年月里向我作出的种种建议都变得一模一样。他人之死,一位母亲的爱,跟我有什么关系?既然我只会有一种命运,既然成千上万的幸运儿像他一样自称是我的兄弟,那么,他们的上帝,他们选择的生活和命运,跟我又有什么关系?他理解吗?他难道理解?大家都是幸运儿。世上只有幸运儿。其他人也是这样,有朝一日会被判处死刑。他也是,他会被判处死刑。如果他被指控杀人,只因在母亲葬礼上没有哭泣而被处决,这又有什么关系?萨拉马诺的狗跟他妻子一样重要。机器人般的矮小女人,跟马松所娶的巴黎女人或者跟想要嫁给我的玛丽一样有罪。雷蒙跟比他更好的塞莱斯特一样也是我的朋友,这又有什么关系?玛丽今天给另一个默尔索送去香吻,这又有什么关系?他这个被判死刑的人难道理解,是从我遥远的未来……我大声说出所有这些话,感到喘不过气来。但在这时,有人已把指导神甫从我手里夺走,并且看守们对我进行威胁。但神甫让他们冷静下来,并默默地对我注视片刻。他眼睛里全是泪水。他转身就走了。

他走了之后,我安静下来。我疲惫不堪,扑倒在床上。我觉得我当时睡着了,因为我醒来时星光满面。乡村的噪音一直传到我的耳边。夜晚的气味、泥土的清香和盐的咸味使我鬓角清凉。这沉睡的夏夜美妙的平静,如潮水般涌入我的心中。这时,黑夜将尽,汽笛鸣响。这声音预告,有些人将前往另一世界,即我现在已感到无关紧要的世界。很长时间以来,我第一次想到妈妈。我觉得现在终于理解,她为何要在晚年找个"未婚夫",为何她要玩"重新开始"的游戏。在那边,在那边也是如此,在这生命渐渐消失的养老院周围,傍晚如同忧伤的休憩。跟死亡近在咫尺时,妈妈想必在那里感到解脱,准备把生活从头到尾再过一遍。任何人,任何人都无权为她哭泣。我也是这样,我也感到自己准备把生活从头到尾再过一遍。仿佛这勃然大怒消除了我的痛苦和希望,面对这布满预兆和星星的夜空,我首次向这温柔而又冷漠的世界敞开心扉。我体会到这世界跟我如此相像,又是如此亲如手足,因此感到自己过去幸福,现在仍然幸福。为使一切都显得完美,为使我不再感到如此孤独,我只能希望被处决那天观者如潮,并对我发出憎恨的喊叫。

鼠　疫

一种囚禁生活用另一种囚禁生活来表现,跟实际存在的任何事用并不存在的某件事来表现同样合乎情理。

——丹尼尔·笛福[1]

① 这题词引自英国作家笛福(1660—1731)的小说《鲁滨孙飘流记》(1721),说明本书叙述的事具有寓意。这种因鼠疫(奥兰并未在二十世纪四十年代中的某一年发生瘟疫)而过的"囚禁生活",表现的是欧洲曾长年遭受的战乱。

作为这部纪事主题的奇特事件,于二十世纪四十年代某一年发生在奥兰①。通常认为,这些事不该在那里发生,发生在那里有点反常。初次见到的印象,奥兰确实是一座普通的城市,只是法国在阿尔及利亚滨海的一个省②。

这座城市本身丑陋,这点应该承认。它表面平静,但要发现它在各个方面跟许多商业城市的不同之处,就得花费一定的时间。譬如说,一座城市没有鸽子、树木和花园,无法看到鸟儿振翅,无法听到树叶飒飒作响,这样平淡无奇的地方,如何才能使人想象出来?在这里,四季的变化只能从天上看出。宣告春天来临的只有清新的空气,或是小贩从郊区运来的一篮篮鲜花;这是在市场上出售的春天。夏天,烈日始终烧烤着过于干燥的房屋,在墙上蒙上一层灰色的灰尘;于是,人们只能紧闭百叶窗,生活在阴影之中。但到秋天,则是倾盆大雨,遍地泥泞。晴天只有在冬天出现。

了解一个城市的简便办法,是了解人们如何在其中工作、恋爱和死亡。在我们这座小城里,也许是因为气候的影响,这些事情的进行都显得狂热而又心不在焉。这就是说,人们既会在那里百无聊赖,又会竭力养成习惯。我们的同胞们努力

---

① 奥兰的阿拉伯文名为瓦赫兰。
② 当时阿尔及利亚是法国领地,而不是殖民地,并分为阿尔及尔、奥兰和君士坦丁三个省。

工作,但总是为了发财致富。他们尤其喜欢经商,用他们的话来说,他们首先要做生意。当然啰,他们也喜欢普通的乐趣,他们喜欢女人,爱看电影、洗海水浴。但是,他们十分理智,把这些娱乐活动都安排在星期六晚上和星期天,在一星期的其他日子里则设法多赚钱。傍晚,他们离开办公室,定时在咖啡馆相聚,在同一条大道上散步,或者待在自己的阳台上。年轻人欲望强烈而又短暂,年龄大的人如有坏习惯,则不外乎参加滚球协会的活动和联谊会的宴会,以及去俱乐部打牌,下大赌注碰碰运气。

也许有人会说,这并非是我们这个城市的特点,并说我们同时代的人通常都是这样。今天,看到人们从早到晚工作,然后把其他时间用来打牌、喝咖啡和聊天,也许是极其自然的事情。但是,在有些城市和地方,人们却不时在怀疑别的事情。一般来说,这并未改变他们的生活。只是有过怀疑,总是会有好处。相反,奥兰显然是没有怀疑的城市,也就是十分现代的城市。因此,没有必要明确指出我们这里的人相爱的方式。男人和女人或是在称之为做爱的行为中迅速欢娱,或是养成长期两人相处的习惯。这两个极端之间的中间状况并不多见。这也不是独特之处。在奥兰跟在别处一样,由于缺乏时间和思考,人们只好在不知不觉的情况下相爱。

我们这座城市的更为独特之处,是死亡会遇到困难。不过,说困难并不恰当,说不舒服倒更加确切。生病总是不会舒服,但在有些城市和地方,你生病会有人相助,你几乎可以放任自流。病人需要别人对他温柔,喜欢有所依靠,这十分正常。但在奥兰,气候恶劣,商务繁忙,景色乏味,黄昏转瞬即逝,娱乐十分高雅,这些都要求有健康的身体。病人在那里十分孤独。大家可以想象,一个垂危之人,如同掉入陷阱,身处几百面热得噼啪作响的墙壁后边,而在此时此刻,一大批人都在听电话或在咖啡馆里,谈论汇票、提货单和贴现。大家自会明白,在死神突然降临一个干燥的地方时,即使在现代条件下死亡,会是多么的难受。

这些情况也许能使人对我们的城市有清楚的了解。尽管如此,我们不应对任何事物加以夸张。必须指出的是,这个城市及其生活都显得乏味。但一旦习惯养成,日子就过得毫无困难。既然我们的城市恰恰赞许习惯的养成,情况可说是尽善尽美。从这个角度来看,生活也许并非十分有趣。但至少我们这里看不到混乱的现象。而且我们的居民坦率、友好而又勤劳,一直理所当然地赢得旅游者的尊重。这座城市并不秀丽,又没有树木和活力,最终却使人感到安宁,你会在那里沉入梦乡。但是,还应该说句公道话:它如同镶嵌在无与伦比的景色之中,四周是光秃秃的高原,高原由阳光灿烂的丘陵环绕,前面是线条秀丽的海湾。令人遗憾的只有一点,那就是建造的城市背对海湾,因此就无法看到大海,得要去寻找才能看到。

说到这里,大家就不难相信,我们的同胞们怎么也不会想到,这一年春天会发生一件件小事,我们到后来才明白,这些小事正是我们打算在此写成纪事的一系列严重事件的先兆。这些事实在某些人看来十分自然,在另一些人看来却难以置信。但不管怎样,一位纪事作者无法考虑到这些矛盾。他的任务只是说"这事已经发生",因为他知道这事确实已经发生,知道这事关系到全体居民的生命,知道几千名目击者将会由衷地认为,他说的事情千真万确。

另外,叙述者——大家到时候会知道他是何人——有资格做这种工作,只是因为他偶然收集到一定数量的证词,并因当时的情况而卷入他想叙述的种种事件之中。这就使他能做历史学家所做之事。当然啰,历史学家即使是业余的,也总是掌握一些资料。因此,这个故事的叙述者也有自己的资料:首先是他自己的见证,其次是别人的见证,因为他扮演这个角色,就得去收集这部纪事中所有人物的知心话,最后是最终落到他手中的文字资料。他打算在必要时从中取材,并在看中时加以利用。他还打算……但也许现在应该中止评论,并不再使用谨慎的言辞,而是直接讲述故事。讲述前几天的事需要仔仔细细。

四月十六日上午,贝尔纳·里厄大夫走出诊所,在楼梯平台中央踢到一只死老鼠。他随即把这小动物一脚踢开,并未多加注意,就走下楼梯。但走到街上,他想到这老鼠死得不是地方,就回来把此事告诉门房。看到年老的米歇尔先生的反应,他更加感到自己的发现有异乎寻常之处。他只是觉得这老鼠死在那里奇怪,而门房却认为这是件丑闻。另外,门房的态度十分坚决:这屋里绝不会有老鼠。大夫对他肯定地说,在二楼楼梯平台上有一只,可能已经死了,但说了也没用,米歇尔先生仍然确信无疑。这屋里没有老鼠,因此这老鼠一定是有人从外面带进来的。总之,这是恶作剧。

当天晚上,贝尔纳·里厄站在屋子的走廊里,上楼前在拿钥匙时,看到走廊的阴暗角落里突然爬出一只大老鼠,只见它爬得蹒跚,身上的毛全都湿了。那老鼠停了下来,似乎想要站稳,然后朝大夫跑过来,再次停下,在原地转了个圈,轻叫一声,最终倒在地上,从微微张开的嘴里吐出鲜血。大夫对它仔细观察片刻,然后上楼回家。

他想的不是那只老鼠。它吐出的血又使他心事重重。他妻子患病已有一年,明天要前往山区的一家疗养院。他见她按照他的吩咐,躺在他们的卧室里。她是在为旅途的劳顿做好准备。她在微笑。

"我感觉很好。"她说道。

大夫看着她朝他转过来的脸,她的脸处于床头灯的亮光之下。她年已三十,面有病容,但在里厄看来,这张脸仍然青春焕发,也许是这微笑消除了其他缺点。

"你现在能睡就睡,"他说,"护士十一点来,我送你们去乘十二点的火车。"

他轻轻地吻了吻她湿润的前额。她微笑着目送他到房门口。

第二天是四月十七日,八点钟时,门房在大夫走过时把他拦住,指责恶作剧的人把三只死老鼠放在走廊中央。他们想必是用大型捕鼠器捕获的,因为老鼠浑身是血。门房已在门口待了一些时间,他拎着死老鼠的脚,想用讽刺挖苦的办法让那些坏蛋现身。但毫无结果。

"噢,这些坏蛋!"米歇尔先生说,"我最终一定会把他们逮住。"

里厄感到困惑,决定先去外围街区出诊,他最穷困的病人都住在那里。这些街区收垃圾的时间要比其他街区晚得多,他的汽车沿着这街区一条条尘土飞扬的笔直道路行驶,在人行道旁一个个垃圾箱边上掠过。在他驶过的一条街上,他看到大约有十二只老鼠被扔在菜皮和破布堆上。

他看到第一个病人躺在床上,住房临街,既是卧室,又用作餐厅。这是个西班牙老人,神色严肃,皱纹满脸。他面前的被子上放着两只锅子,里面盛满鹰嘴豆。大夫进来时,病人坐在床上,有点挺直的身子往后一仰,想要重新发出老哮喘病人生硬的喘息声。他妻子拿来一只面盆。

"嗯,大夫,"病人在打针时说,"它们出来了,您看到了吗?"

"是的,"那女的说,"邻居捡到三只。"

老头搓着手。

"它们出来了,所有垃圾箱里都能看到。是饿死的!"

后来,里厄轻而易举地得知,整个街区都在谈论老鼠。出诊结束后,他回到家里。

"楼上有您的一封电报。"米歇尔先生说。

大夫问他是否又见到老鼠。

"啊!没有,"门房说,"我监视着,您明白。这些畜生就不敢来。"

电报通知里厄,他母亲将于明天到达。她在儿媳妇离家养病期间来料理儿子的家务。大夫走进家门,见护士已经到了。里厄看到妻子站着,身穿裙套装,面施脂粉。他对她微笑。

"不错,"他说,"非常好。"

片刻之后,到了火车站,他把她安置在卧铺车厢里。她看着车厢。

"对我们来说,这太贵了,是吗?"

"应该这样。"里厄说。

"那老鼠的故事是怎么回事?"

"我不知道。这事奇怪,但一定会过去的。"

然后,他十分迅速地对她说,他请她原谅,他本该照顾她,他以前对她太不关心。她摇摇头,仿佛要他别说下去。但他又补充道:

"你回家时,一切都会更好。我们将从头开始。"

"是的,"她说时眼睛发亮,"我们将从头开始。"

片刻之后,她把背朝向他,转身去看窗外。月台上,人们挤来挤去,相互碰撞。机车里蒸汽的嘘嘘声传到他们的耳边。他叫唤妻子的名字,她转过头来,他见她泪流满面。

"别这样。"他柔声柔气地说。

泪水中笑容重现,但有点勉强。她深深地吸了口气:

"你走吧,一切都会好的。"

他把她抱在怀里,然后他在月台上,在窗玻璃外面,他只看到她在微笑。

"多多保重。"他说。

但她已听不到他的话。

在出口处附近的月台上,里厄碰到了预审法官奥通先生,他搂着小儿子的手。大夫问他是否出去旅行。奥通先生身材高大,一头黑发,既像是以前所说的社交界人士,又像是殡仪馆的殡葬人员。他的回答亲切而又简短:

"我在等奥通太太,她去看望了我的家人。"

机车汽笛鸣响。

"老鼠……"法官说。

里厄朝火车移动的方向走了几步,但又转过身来,朝出口处走去。

"是的,"他说,"这没什么关系。"

当时的情况他只记得是有一个列车员经过,腋下夹着一只箱子,里面全是死老鼠。

当天下午门诊开始时,里厄接待了一个青年,据说是记者,上午已经来过。他名叫雷蒙·朗贝尔。朗贝尔身材矮小,肩膀宽阔,神色果断,眼睛明亮而又聪明,身上的服装为运动衣式样,看来生活富裕。他开门见山,说明来意。他在为巴黎一家著名报社调查阿拉伯人的生活条件,想要得到关于他们卫生状况的资料。里厄对他说,他们的卫生状况不好。但他在详细谈论之前想要知道,这位记者是否能实话实说。

"当然可以。"对方说。

"我的意思是说,您是否能进行全面谴责?"

"全面谴责,不行,我还是得这样说。但我在想,这样的谴责可能会毫无根据。"

里厄慢条斯理地说,这样的谴责可能会毫无根据,但他提出这个问题只是想知道,朗贝尔的见证是否能做到毫无保留。

"我只能接受毫无保留的见证。因此,我决不能用我的资料来支持您的见证。"

"这像是圣茹斯特①的话。"记者微笑着说。

里厄说时没有提高嗓门,他说对此一无所知,但这是对自己生活的世界感到厌倦的人说的话,不过,这个人喜爱自己的同胞,并决定要对不公正和让步断然拒绝。朗贝尔耸了耸肩,瞧着大夫。

"我觉得我理解您的话。"他最后说着站起身来。

大夫把他送到门口:

"我感谢您能对事情这样看。"

朗贝尔显出不耐烦的样子。

---

① 圣茹斯特(1767—1794),法国大革命时期雅各宾派领导人之一。出身律师家庭。一七八九年发表讽刺诗《奥尔甘》,积极投身革命。一七九〇年参加全国结盟节,成为罗伯斯比尔的忠实支持者。一七九一年底发表《法国大革命和宪法的真谛》而闻名。次年九月选入国民公会。十一月在国民公会首次发表演说,要求判处路易十六死刑。一七九三年五月三十日进入救国委员会,曾猛烈攻击吉伦特派,主张建立革命政府,实行恐怖政策。曾支持罗伯斯比尔镇压埃贝尔派和丹东派。坚决反对妥协和让步。热月政变中跟罗伯斯比尔一起被处决。

"好吧,"他说道,"我知道了,请原谅我打扰您。"

大夫跟他握了手,并对他说,现在城里发现许多死老鼠,对此可以写一篇有趣的报道。

"啊!"朗贝尔欢呼起来,"这事我感兴趣。"

十七点,大夫又出去出诊时,在楼梯上跟一个仍然年轻的男子迎面相遇,此人体型粗壮,面孔肥胖,眼睛凹陷,浓眉如两道横杠。他曾好几次在西班牙舞蹈演员家里遇到过此人,那些舞蹈演员住在这幢楼的顶层。此人名叫让·塔鲁,这时在专心抽一支香烟,同时在出神地观赏他脚边的一只老鼠,老鼠临死前在一个梯级上作最后的抽搐。他抬起头来,用灰色的眼睛朝大夫观看,目光平静但有点专注,他向大夫问好,并说,老鼠这样出现是一件奇怪的事情。

"是的,"里厄说,"但这事最终会使人感到厌烦。"

"在某种意义上,大夫,只是在某种意义上是这样。我们从未见到过这样的事,就是这样。但我觉得这事有趣,是的,确实有趣。"

塔鲁用手把头发往后掠,又对现已不动的老鼠看了一眼,然后对里厄微微一笑:

"但总而言之,这主要是门房的事。"

这时,里厄正好看到门房站在楼前,背靠大门旁边的墙壁,他那通常充血的脸上显出厌倦的表情。

"是的,我知道,"米歇尔老头对里厄说,后者告诉他有新的发现,"现在看到它们两三只一起出现。但在其他屋子里也是这样。"

他显得沮丧而又心事重重。他不由自主地用手搓着脖子。里厄问他身体如何。门房当然不能说他身体不好。他只是感到不大舒服。在他看来,是因为心情不佳。这些老鼠使他受到打击,等老鼠消失之后,事情就会大大好转。

但第三天四月十八日上午,大夫把母亲从火车站接回来,发现米歇尔先生的脸色更加难看:从地窖到顶楼,十几只老鼠倒在一个个楼梯上。邻近房屋的垃圾箱里装满了老鼠。大夫的母亲听到这消息后并未感到惊讶。

"这种事常会发生。"

她身材矮小,满头银发,黑眼睛显得温柔。

"很高兴又见到了你,贝尔纳,"她说,"这些老鼠丝毫不会使我扫兴。"

他表示同意;确实,跟她在一起,什么事都总是显得轻而易举。

但里厄仍给市镇灭鼠办公室打了电话,他认识这个办公室的主任。这位主任是否已听说这些老鼠在光天化日之下大量死亡?梅西埃主任已听说此事,并且在他那离码头不远的办公室里发现了五十来只老鼠。他正在考虑这事是否严重。里厄也无法确定此事,但他认为,灭鼠办该采取行动了。

"是的,"梅西埃说,"但要有命令。如果你认为确实值得去做,我可以设法请上级下达命令。"

"这随时值得去做。"里厄说。

他的女用人刚才告诉他,她丈夫工作的那家大工厂里,已捡到好几百只死老鼠。

不管怎么说,大约在这个时期,我们的同胞们开始感到不安。因为从十八日起,各家工厂和仓库里已出现几百只死老鼠。在有些时候,人们只好把老鼠杀死,因为它们垂死挣扎的时间过长。但是,从边缘街区一直到市中心,在里厄大夫经过

99

的所有地方,在我们同胞们聚居的所有地方,老鼠都堆积在垃圾箱里,或是躺在排水沟里,形成长长的一串,等待人们去清除。从那天起,晚报都抓住此事,并问市政府是否准备采取行动,考虑过采取哪些紧急措施,以保证市民能免遭这令人厌恶的侵袭的伤害。市政府并未有过任何打算,也没有进行过任何考虑,但先是召开市议会会议进行讨论。命令已对灭鼠办公室下达:每天凌晨捡死老鼠。捡完之后,办公室派两辆车将死老鼠运往垃圾焚化厂烧掉。

但在其后几天,情况更加严重。捡到的老鼠数目不断增加,每天清晨的收获也越来越多。从第四天起,老鼠开始大批出来死在外面。它们从屋子的角落、地下室、地窖和阴沟里爬上来,蹒跚地排列成长长的队伍,摇摇晃晃地来到光亮之处,在原地转圈,然后死在人的脚边。夜里,在走廊里或小街上,都会清楚地听到它们临死前的轻微叫声。在市郊,早上可看到它们躺在排水沟里,尖嘴上带有小小的血迹,有些身体肿胀并已腐烂,有些身体僵硬,胡子依然翘着。在城里,可在楼梯平台上或院子里看到堆放着一小堆死老鼠。有时,老鼠也孤零零地死在行政机关的大厅里、小学的风雨操场上和咖啡馆的露天座上。我们的同胞们大惊失色,竟在城里最热闹的地方也发现老鼠。阅兵场、环城大道和滨海大道也不时受到污染。死老鼠在凌晨被清扫之后,白天又逐渐在市里出现,而且数量越来越多。在人行道上,夜间散步者不止一人会踩到刚死的老鼠尚未僵硬的尸体。我们的房屋如同种在大地上的植物,这时大地仿佛在用体液进行清洗,让体液升到疖子和脓血的表面,而在此之前,疖子和脓血一直在大地里面折磨它。我们只要看看我们这座小城是如何惊讶,它在此之前是如此平静，在几天内却烦躁不安，如同身体健康的男人，稠密的血液突然发生了变化！

情况变得极其严重，以致朗斯多克情报所（收集情报和资料，收集任何题材的各种情报）在无线电广播的免费消息中宣布，光是二十五日一天，就捡到并烧毁六千二百三十一只老鼠。这个数字使每天在市内看到的情景有了清楚的概念，大家就更加心慌意乱。在此之前，大家只是在抱怨一件令人有点厌恶的偶然事件。现在人们发现，这种现象虽说还不能确定其规模，也无法找到其根源，却具有某种威胁性。只有患哮喘病的西班牙老人仍然搓着手反复在说"它们出来了，它们出来了"，说时流露出老年人的快乐。

但在四月二十八日，朗斯多克情报所宣布，捡到的老鼠大约有八千只，城里的忧虑因此达到了顶峰。有人要求采取强硬措施，有人对当局进行谴责，有些人在海边有房屋，已在谈论准备迁居那里。但情报所在第二天宣布，这一现象突然消失，灭鼠办公室捡到的死老鼠数目可以忽略不计。这城市于是松了口气。

但在当天中午，里厄大夫把汽车停在他住宅前面，看到门房从街道的一头往前走，十分吃力，只见他耷拉着脑袋，手臂和两腿叉开，样子活像牵线木偶。老人挽着一位神甫的手，大夫认出了这位神甫。这是帕纳卢神甫，是博学而又活跃的耶稣会会士，大夫曾见到过几次，神甫在本市德高望重，即使对宗教态度淡漠的人也对他十分敬重。他等着他们走过来。米歇尔老头眼睛发亮，呼吸嘘嘘作响。他觉得很不舒服，想出来呼吸点新鲜空气。但他的颈部、腋窝和腹股沟疼痛难忍，就只好回去，并请帕纳卢神甫扶着他。

"有一些肿块,"他说,"我可能用力太猛。"

大夫把手伸出车门,用手指触摸米歇尔伸过来的头颈底部;里面长了个木结般的东西。

"您躺下休息,量一下体温,我下午来看您。"

门房走后,里厄问帕纳卢神甫对老鼠的事有何看法。

"哦!"神甫说,"这应该是一种瘟疫。"他说时,眼睛在圆圆的眼镜后面露出微笑。

午饭后,里厄正在把疗养院通知他妻子已到达的电报再看一遍,同时听到电话铃响。是他以前的一个病人打来的,这个人是市政府职员,请他去出诊。他长期患有主动脉瓣狭窄症,因为贫穷,里厄为他免费治疗。

"是我,"他说,"您还记得我吧。但这次是为别人。您赶快来,我邻居家出了点事。"

他说话的声音像是喘不过气来。里厄想到了门房,但决定在之后再去看他。几分钟后,他来到外围街区的费德尔布街,进入一幢低矮房屋的大门。他在阴凉而又气味难闻的楼梯中央遇到了约瑟夫·格朗,就是那个职员,这时下楼来接他。这个人五十来岁,蓄黄色小胡子,身材高大,背有点驼,肩膀狭窄,四肢细长。

"现在好点了,"他朝里厄走来时说,"我刚才以为他完了。"

他擤了擤鼻涕。在三楼也是最高一层楼,里厄看到左边的门上用红粉笔写着:"请进,我上吊了。"

他们走了进去。绳子从吊灯上垂下,下面一把椅子已经翻倒,桌子被推到一个角落。但绳子悬在空中。

"我及时把他解下。"格朗说。他似乎总是在推敲词句,虽说他说的话极其平常。"我当时正要出去,听到了嘈杂的声音。我看到门上的字,怎么跟您说呢,我还以为是个闹剧。但他发出的呻吟声奇特,简直是吓人。"

他搔着头说:

"依我看,这种事想必痛苦。我自然就进去了。"

他们推开一扇门,站在门口,只见房间明亮,但陈设简陋。一个矮胖的男子躺在铜床上。他用力呼吸,并用充血的眼睛看着他们。大夫停下脚步。在呼吸的间歇,他仿佛听到老鼠的轻微叫声。但房屋的角落里并没有动静。里厄走到床边。这个人不是从高处掉下,也不是突然掉下,因此脊椎并未损坏。当然啰,有点窒息的感觉。得要拍一张 X 光片。大夫给他打了一针樟脑油,说过几天就会痊愈。

"谢谢,大夫。"这人压低声音说。

里厄问格朗是否已报告警察分局,这职员显得尴尬。

"没有,"他说,"哦!没有。我当时想,最要紧的是……"

"那当然,"里厄打断了他的话,"那就由我去报告。"

但在这时,病人显得焦躁不安,在床上坐了起来,并表示反对,说他身体很好,去报告毫无必要。

"您要冷静,"里厄说,"这不是个案件,请相信我,我必须去报告。"

"哦!"对方说。

然后,他往后倒在床上,开始抽噎起来。格朗一时间摸着自己的小胡子,这时走到他身边。

"好了,科塔尔先生,"他说,"您要设法理解。可以说,大夫是有责任的。譬如说,您如果又想要这样……"

但科塔尔热泪盈眶地说,他不会再这样干,他只是一时糊涂才干了这事,他现在只希望大家让他安静。里厄开了药方。

"那就这样定了,"他说,"这事咱们不谈了,我两三天后再来。但您别再干蠢事了!"

在楼梯平台上,他对格朗说,他不得不去报告,但他会要求警察分局局长过两天再来进行调查。

"今天夜里得看着他。他是否有家属?"

"我不清楚,不过我可以亲自守夜。"

他摇着头。

"他也一样,您要看到,我跟他不能算认识。但人得要相互帮助。"

在屋子的条条走廊里,里厄不由朝隐蔽的角落一一观看,并问格朗,老鼠是否已在他所在的街区完全消失。这个职员对此一无所知。有人确实曾对他说过这事,但他对街区的传闻不是十分在意。

"我有其他事要操心。"他说。

这时,里厄已在跟他握手告别。他急于要去看望门房,然后给妻子写信。

叫卖晚报的报贩说,老鼠的侵袭已经停止。但里厄看到,他的病人半个身子伏在床外,一只手捂着腹部,另一只手按在脖子周围,这时正在呕吐,像要把五脏六腑都呕出来,把浅红色的胆汁吐在垃圾桶里。门房气喘吁吁,用力吐了很长时间,才重新躺了下来。他体温升到摄氏三十九点五度,颈部淋巴结和四肢全都肿大,侧腹部有两处浅黑色斑点,正在不断扩展。他现在抱怨体内疼痛。

"里面像是在烧,"他说,"这混蛋在烧我。"

他嘴里仿佛全是煤炱,说话含糊不清。他把眼球突出的眼睛转向大夫,眼睛因头疼而流出泪水。他妻子忧虑地看着里厄,但大夫仍然一声不吭。

"大夫,"她说,"他得了什么病?"

"什么病都有可能。但现在还无法确定。今天晚上之前要限制饮食,并服用清血药。要让他多喝水。"

这时,门房正好口干舌燥。

回家后,里厄打电话给同行里夏尔,他是本市一位名医。

"没有,"里夏尔说,"我没有发现任何异乎寻常的情况。"

"没有伴有局部发炎的高烧?"

"啊,那倒是有的,有两个淋巴结异常肿胀的病例。"

"肿得不正常吧?"

"嗯,"里夏尔说,"说正常,您知道……"

晚上,门房一直在说胡话,体温高达摄氏四十度时,还在抱怨老鼠。里厄试用固定性脓肿处理。在松节油烧灼时,门房号叫不已:"啊!这些坏蛋!"

淋巴结肿得更大,摸上去硬得像木头。门房的妻子急得像发疯一样。

"您要守夜,"大夫对她说,"有情况就给我打电话。"

第二天四月三十日,已经暖和的微风在潮湿的蓝天下吹拂。这风带来远郊的花香味。早晨,条条街道上的嘈杂声,似乎比平时更加响亮和欢快。我们这座小城,摆脱了一星期里的暗自担惊受怕,这一天整个城市都出现大地回春的景象。里厄收到妻子的来信后感到放心,就心情轻松地下楼,来到门房家里。果然,清晨病人的体温降到摄氏三十八度。他身体虚弱,但仍在床上微笑。

"大夫,他好点了,对吗?"病人的妻子说。

"还得等一下再看。"

但到中午,体温一下子高达摄氏四十度,病人胡话不断,并且又开始呕吐。颈部淋巴结碰到就疼,门房似乎想把脑袋伸到离身体尽可能远的地方。他妻子坐在床脚边,双手放在被子上,轻轻地握住病人的双脚。她看着里厄。

"您听着,"大夫说,"他必须隔离,并进行特殊治疗。我去给医院打电话,我们用救护车把他送去。"

两小时后,在救护车里,大夫和门房的妻子俯身看着病人。从他那布满蕈状赘生物的嘴里,说出了片言只字:"老鼠!"他脸色铁青,嘴唇蜡黄,眼皮呈铅灰色,他呼吸时有时无,十分短促,被淋巴结疼痛折磨得像在受磔刑,他蜷缩在小床上,仿佛想用小床把自己包裹其中,或者如同地下有什么东西在不断召唤他,于是,门房在无形的压力下渐渐窒息身亡。他妻子哭了。

"难道就没有希望了,大夫?"

"他死了。"里厄说。

可以这样说,门房之死标志着充满令人困惑的迹象的时期业已结束,而另一个更为艰难的时期则已开始,在这后一个时期,初期感到的意外渐渐变为惊惶失措。我们的同胞从此有了这种了解,但在以前却从未想到过,我们这座小城竟会成为老鼠死在阳光之下、门房死于怪病的特定地点。从这一点来看,他们犯了错误,他们的想法需要纠正。如果事情到此结束,那么,习惯无疑会占据上风。但是,我们同胞中的另一些人,并非都是门房和穷人,却走上了米歇尔先生首先走的那条路。从这时起,人们开始害怕,同时也开始思考。

但是,在详述新发生的事件之前,叙述者认为,提供另一位证人对前面描述的时期的看法不无裨益。这位证人是让·塔鲁,我们已在这故事的开头部分相遇,他定居奥兰是在几星期之前,并一直住在市中心一家大旅馆里。从表面上看,他依靠自己的收入生活,似乎相当富裕。但是,虽说市民们渐渐跟他融洽相处,却无人能说出他来自何方,也说不出他为何来此。在所有的公共场所都能遇到他。早春一到,就多次看到他在海滩上,他常在海里游泳,显得十分快乐。他是个老好人,总是面带微笑,似乎对所有正当的娱乐都很喜欢,但并未沉湎其中。实际上,他众所周知的唯一习惯,是经常去看望西班牙舞蹈家和音乐家,这些人在本市数量众多。

不管怎样说,他那些笔记也是这段困难时期的一种纪事。

但这种纪事十分特殊,似乎对微不足道的小事情有独钟。初次看来,大家会认为塔鲁竭力把人和事物看得微不足道。在一片慌乱之中,他努力成为历史学家,却记载不能算是历史的事情。大家也许会对这种偏爱感到遗憾,并认为这是因为他心肠冷酷。尽管如此,他那些笔记仍可为这个时期的纪事提供大量次要的细节,这些细节自有其重要性,但因稀奇古怪,大家就没有过早地对这位有趣的人物作出评价。

让·塔鲁开始做记录是在他到达奥兰那天。这些记录从一开始就表明,他对住在这座如此丑陋的城市里有一种奇特的满足感。记录里可看到他对市政厅门前一对铜狮的详细描述,以及他对市内无树、房屋粗俗和城市布局荒谬所作的宽厚评论。塔鲁还记载了他在电车里和街道上听到的大段对话,但并未加以评论,只有对稍后听到的涉及一个名叫"康普斯"的人的谈话作了评论。塔鲁听到的是两个电车售票员的谈话。

"你对康普斯很熟悉。"一个售票员说。

"康普斯?是长黑色小胡子的高个子吧?"

"是他。他以前是在铁路上扳道岔的。"

"是的,没错。"

"但他死了。"

"啊!什么时候死的?"

"是在出了老鼠的事之后。"

"啊!他得的是什么病?"

"我不知道,是发高烧。另外,他身体并不强壮。他腋下有脓肿。他没顶住。"

"但他看上去跟大家毫无区别。"

"不,他的肺弱,他还参加俄尔甫斯铜管乐队。一直在吹短号,那玩意儿伤神。"

"啊!"另一个最后说,"生了病,就不该吹短号。"

在做了这些记录之后,塔鲁在想,康普斯为何不顾明显的切身利益而参加铜管乐队?他因什么深层原因而冒着生命危险去参加周日游行演奏?

然后,塔鲁似乎对他窗子对面阳台上经常出现的景象印象良好。他的房间朝着一条横向小街,街上有几只猫在墙壁的阴影下睡觉。但每天午饭之后,在全市都热得昏昏欲睡之时,一个小老头出现在街道对面的一个阳台上。他白发梳理整齐,身穿军装式服装,直挺挺地站着,显得十分严肃,他用"咪咪,咪咪"来叫唤猫咪,声音既冷淡又柔和。那些猫抬起困得发白的眼睛,仍然没有动弹。老头撕了些小纸片朝街上扔下去,那些猫被这群白蝴蝶所吸引,走到街道中央,并犹豫不决地把爪子伸向最后落下的那些纸片。小老头于是朝那些猫吐口水,吐得有力而又准确。如果口水吐中目标,他就笑了。

最后,塔鲁似乎对本市的商业特色着迷,城市的市容、繁华乃至娱乐,似乎都由商务的需要所决定。这种特点(笔记里使用的就是这两个字)得到塔鲁的赞赏,他的一段赞颂的评语甚至以感叹句结尾:"终于大开眼界!"这位旅客在那天的记录,只有在这些地方才似乎显示出他的个性。但要看出其中的意义和重要性,却并非易如反掌。譬如说,塔鲁在记述旅馆的出纳员因发现一只死老鼠而写错账目之后,用比平常潦草的笔迹加上下面的话:"问题:不想浪费时间,该怎么办?答案:到时间的长河中去体验。方法:几天的时间都在牙科医生的候诊室里度过,而且要坐在一把不舒服的椅子上;星期天下午在自己阳台上度过；听别人用自己不懂的语言做讲座；选择距离最长、最不方便的铁路线旅行，在火车里当然得站着；在剧院的售票处前排队但不买票，以及做诸如此类的事。"但在出现这些反常的言语和思想之后，笔记本里立刻开始详细描写本市的一辆辆有轨电车，描写它们小船般的外形、模糊不清的色彩和惯常的肮脏，这些评论的结尾是"这引人注目"，但这话说明不了任何问题。

不管怎样，塔鲁还是对老鼠的事提供了如下情况：

"今天，对面的小老头感到困惑。街上已见不到猫咪。它们确实已销声匿迹，原因是各条街上都发现大量死老鼠。据我看，猫是不会吃死老鼠的。我记得我养的几只猫就讨厌死老鼠。它们想必跑到地窖里去了，但小老头仍然感到困惑。他头发梳理得没有以前整齐，人也没有以前那样精神。他显得不安。片刻之后他就进去了。但他进去前又吐了一次口水，只是没有目标。

"今天，市里有一辆有轨电车停驶，因为车里发现一只死老鼠，也不知是怎么上车的。两三个妇女下了车。人们把死老鼠扔掉。电车又开走了。

"在旅馆里，值夜班的男子诚实可信，他告诉我，他认为所有这些老鼠会带来灾难。'老鼠离船时……'我对他回答说，在船上时确实如此，但在城市里，这种情况还从未有人进行核实。然而，他深信不疑。我问他，据他看会发生什么灾难。他说不知道，因为灾难无法预料。但如发生地震，他也不会感到奇怪。我承认有这个可能，他就问我，是否会对此感到不安。

"'我唯一感兴趣的事，'我对他说，'是内心得到安宁。'

"他表示对我的话完全理解。

"在旅馆的餐厅里,有一家人十分有趣。父亲瘦长,身穿带硬领的黑衣。他脑袋中间秃顶,左右两边长出两绺灰发。他圆圆的小眼睛冷酷无情,鼻子细长,嘴巴横阔,活像是驯养的猫头鹰。他总是第一个来到餐厅门口,然后侧身让小如黑鼠的妻子进去,她进去时后面跟着一男一女两个小孩,穿得像两只训练有素的小狗。他走到自己的餐桌前,等妻子坐下后才入座,两只小狗最后才爬上高高的椅子。他用'您'来称呼妻子和孩子,却对妻子说出彬彬有礼的刻薄话,对两个继承人,则是他说了才算数:

"'尼科尔,您的表现极其讨厌!'

"小女孩想要哭出来。这必然如此。

"今天上午,男孩因老鼠的事非常兴奋。他想在吃饭时说两句。

"'吃饭时不谈老鼠,菲利普。我以后不准您再说出这两个字。'

"'您父亲说得对。'黑鼠说。

"两只小狗埋头去吃狗食,猫头鹰点头表示感谢,但毫无意义。

"尽管有这种良好的榜样,本市对老鼠的事仍然谈者甚多。报纸已介入此事。本地新闻专栏通常内容繁多,现在却全都是报导抨击市政府的运动:'这些啮齿目动物的腐尸可能会带来的危害,我们的市政官员是否知晓?'旅馆经理不再去谈其他事情。但他也感到恼火。在一家体面的旅馆的电梯里发现老鼠,在他看来是不可理解的事。为安慰他,我对他说:

"'大家都处境相同。'

"'确实,'他对我回答说,'我们现在跟大家都一样。'

"是他跟我谈起这令人意外的高烧的前几个病例,大家现已对高烧感到不安。他那些收拾房间的女佣,已有一人得了这种病。

"'但可以肯定,这种病是不会传染的。'他连忙解释。

"我对他说,我对这事毫不在乎。

"'啊!我看出来了。先生跟我一样,先生是宿命论者。'

"我根本没有提出过这种看法,再说,我也不是宿命论者。我把这话跟他说了……"

从这时起,塔鲁开始稍微详细地在笔记本里谈论这种尚未知晓的高烧,公众中已有人对此感到担心。他记载说,小老头终于在老鼠消失后找到他那些猫,耐心地校正他口水吐出的方向,他还作了补充,说这种高烧病例已能举出十几例,患者大多死亡。

作为资料,我们最后转述塔鲁对里厄大夫描绘的肖像。据叙述者看,这肖像描绘得惟妙惟肖:

"看来有三十五岁。中等身材。肩膀结实。脸型近于长方。眼睛忧郁、诚实,但下颌骨突出。鼻子高而端正。黑头发剃成短发。嘴角微翘,嘴唇厚实,几乎时刻紧闭。他有点像西西里农民,只见他皮肤被晒黑,长着黑色汗毛,总是穿深色衣服,但跟他十分相配。

"他走路飞快。他走到人行道下面时步伐不变,但在走到马路对面的人行道时,三次中有二次是轻轻跳上。他在开汽车时心不在焉,常常让转弯指示器竖着,即使转弯后也不放下。从不戴帽子。显得胸有成竹。"

塔鲁记载的数字准确。里厄大夫对此有所了解。门房的尸体被隔离后,他曾打电话给里夏尔,询问腹股沟淋巴结炎的情况。

"这事我一点儿也弄不明白,"里夏尔当时说,"两人死亡,一人在四十八小时内死亡,另一人在三天内死亡。那天上午,我在离开后面那个人时,他的所有症状都像是在康复。"

"如果您见到其他病例,请通知我。"里厄说。

他还给几位医生打了电话。经过这样的调查,他获悉在几天内出现二十来个类似病例。几乎全都置人于死命。于是,他请求奥兰市医师工会会长里夏尔对新发现的病人实施隔离。

"但我对此无能为力,"里夏尔说,"必须由省里采取措施。再说,又有谁对您说过有传染的危险?"

"没有人对我说过,但这些症状令人担心。"

然而,里夏尔认为"自己无权办理"。他能做到的,只是把这一情况报告省长。

但在他们谈话时,天气正在变坏。在门房死后第二天,大雾遮天。市里下起滂沱大雨,但时间不长;暴雨之后则是酷热。海水不再呈深蓝色,并在大雾弥漫的天色下,发出银色或铁灰色的刺目闪光。这春天湿热,使人不由思念炎夏。这座建在高原上形似蜗牛的城市,可以说不面向大海,萎靡不振而又忧心忡忡。在一堵堵灰泥墙中间,在橱窗布满灰尘的条条街道之间,在肮脏的黄色有轨电车里面,大家都感到有点像天空的囚徒。只有里厄的那个老病人哮喘没有发作,为这种天气而兴高采烈。

"这像蒸笼,"他说,"但对支气管有好处。"

这确实像蒸笼,活像是在发一次烧。整个城市都在发烧,这至少是里厄大夫在那天上午挥之不去的印象,当时他去费德尔布街参加对科塔尔自杀未遂事件的调查。但有这种印象,在他看来并不理智。他认为这是他烦躁不安、心事重重的结果,并认为当务之急是理清自己的想法。

他到达那里时,警察分局局长还没有到。格朗在楼梯平台上等他,他们决定先去格朗家,把门开着。这位市政府职员住两套间,陈设十分简单。里面只看到一个白木书架,上面放着两三本词典,还有一块黑板,上面写的字没擦干净,还能看出"花径"二字。据格朗说,科塔尔昨夜睡眠良好。但今天早上醒来时,他感到头疼,无法动弹。格朗显得疲倦和烦躁,在屋里踱来踱去,把桌上装满手稿稿纸的厚厚的文件夹打开后重又合上。然而,他对大夫说,他跟科塔尔并不熟悉,但认为他有一小笔财产。科塔尔是个怪人。有很长一段时间,他们只是点头朋友,只在楼梯上碰到时打个招呼。

"我只跟他谈过两次话。几天前,我在楼梯平台上打翻了我带回家的一盒粉笔。有红粉笔和蓝粉笔。这时,科塔尔正好从家里出来走到楼梯平台,就帮我把粉笔捡了起来。他问我这些颜色不同的粉笔有什么用处。"

格朗就对他解释说,他想重新学点拉丁文。高中毕业后,他的拉丁文差不多都还给老师了。

"是的,"他对大夫说,"有人对我肯定地说,学拉丁文对深入了解法语的词义有帮助。"

他就把拉丁文单词写在黑板上。他用蓝粉笔把有性、数、格变化和有动词变位的词尾重抄一遍,并用红粉笔抄写永远不变的词根。

"我不知道科塔尔是否真的听懂了,但他看来很感兴趣,并要我给他一支红粉笔。我感到有点意外,但毕竟……我当然无法猜到,这粉笔是用来实施他的计划。"

里厄询问第二次谈话的内容。这时,警察分局局长在秘书陪同下到了,他想先听听格朗的陈述。大夫发现,格朗在谈到科塔尔时,总是把他称为"绝望者"。他有时甚至使用"致命的决定"这样的词语。他们讨论了自杀的动机,格朗在词语的选择上显得吹毛求疵。最后,大家决定使用"内心抑郁"这几个字。局长询问,从科塔尔的态度中是否丝毫也无法看出他所谓的"决定"。

"他昨天敲过我的门,"格朗说,"来问我要火柴。我把自己那盒火柴给了他。他表示歉意,并对我说,邻里之间嘛……然后他向我保证,他一定把火柴还给我。我叫他别还了。"

局长问这位职员,是否觉得科塔尔古怪。

"我觉得他的古怪之处,是他像是要跟我谈话。但我当时正在工作。"

格朗把脸转向里厄,神色尴尬地补充说:

"是我自己的工作。"

局长想去跟病人见面。但里厄认为,最好先让科塔尔对这次来访有个思想准备。他走进房间时,科塔尔只穿着浅灰色法兰绒衣服坐在床上,神色焦虑地朝门口观看。

"是警察局来的?"

"是的,"里厄说,"您别紧张。办完两三道手续,您就没事了。"

但科塔尔回答说,这毫无用处,另外他不喜欢警察。里厄显出不耐烦的样子。

"我也不喜欢警察。要按规定并迅速回答他们的问题,才能一次过关。"

科塔尔不吭声了,大夫转身朝门口走去。但这个矮子已在叫唤他,等他来到床边,就抓住他的双手:

"他们不能伤害一个病人,一个上过吊的人,大夫,对吗?"

里厄对他注视片刻,然后对他肯定地说,这种事从未发生过,他来这儿就是为了保护自己的病人。科塔尔似乎不再紧张,于是,里厄请警察分局局长进来。

局长对科塔尔宣读了格朗的证词,并问他能否确切说出他行为的动机。科塔尔没有看着局长,只是回答说,"内心抑郁,正是这样"。局长追问他是否还想这样做。科塔尔怒气冲冲地回答说不想再这样干了,他只希望别人不要来打扰他。

"我要对您指出,"局长生气地说,"现在是您在打扰别人。"

里厄做了个手势,双方都没有多说一句。

"您想想,"局长在出去时叹了口气,"自从大家谈论这高烧以来,我们还有更重要的事情要做……"

他问大夫,这情况是否严重,里厄说他对此一无所知。

"是天气在作怪,就是这样。"所长做出结论。

确实是天气在作怪。白天的时间渐渐过去,手上的东西都变得越来越黏,里厄则感到他每出诊一次,心里就更加害怕。就在那天晚上,市郊的老病人有个邻居,用手压着自己的腹股沟,边说胡话边呕吐。他的淋巴结比门房的要大得多。其中一个淋巴结已开始出脓,很快就像烂水果那样流出脓来。里厄回家后给省药品仓库打了电话。他在当天的工作日志上只是写着:"答复说没有。"这时,其他地方已有人叫他去诊治类似的病例。显然必须切开脓肿。只要用手术刀划个十字,淋巴结里就流出脓血。病人都像被五马分尸一般流着血。但斑点出现在腹部和腿部,一个淋巴结不再出脓,却随即肿大。病人大多在难闻的臭味中死去。

报纸在出现老鼠的事时连篇累牍,这时却只字不提。这是因为老鼠死在街道上,而人死在房间里。报纸只管街道上的事。但省政府和市政府开始进行考虑。如果每个医生遇到的病例不超过两三个,那么,就不会有人想到要行动。其实,只要有人想到要计算这种病例的总数就行了。计算出总数会使人瞠目结舌。没过几天,死亡病例就成倍增加,而关心这种怪病的人们一眼看出,这显然是真正的瘟疫。正在这时,里厄的一位年尊辈长的同行卡斯泰尔决定来看望他。

"当然啰,里厄,"他对里厄说,"您知道这是什么病?"

"我在等化验结果。"

"我可知道。我也不需要化验。我有一段时间曾在中国行医,二十几年前,我曾在巴黎见到过几例类似病例①。只是当时大家都不敢说出它的真实名称。公众舆论,神圣不可侵

---

① 指一九一八年至一九二〇年,巴黎发现数百例类似病例,首先是在拾荒者中发现,因病死亡者不到三十人。为避免居民恐慌,该病被称为"9号病",而不是称为鼠疫。

犯:不能恐慌,尤其不能恐慌。另外,正如一位同行所说:'这不可能发生,大家都知道,这种病在西方已经绝迹。'是的,这事大家都知道,只有死人不知道。得了,里厄,您跟我一样清楚这是什么疾病。"

里厄在思考。从诊室的窗口,他望着在远处环抱海湾的悬崖崖肩。天空虽然呈蓝色,但不大明亮,并在下午随着时间的流逝而渐渐暗淡。

"是的,卡斯泰尔,"里厄说,"这几乎无法相信。但似乎很像鼠疫。"

卡斯泰尔站起身来,朝门口走去。

"您知道别人会这样来回答我们,"老医生说,"那就是:'这病已在温带地区绝迹多年。'"

"绝迹,那是什么意思?"里厄耸了耸肩问道。

"不错。您可别忘记:差不多在二十年前,在巴黎还有过。"

"好的。但愿今天的情况不会比当年严重。但真是难以相信。"

"鼠疫"这两个字,刚才首次说出。说到这里,暂且不提待在窗口的贝尔纳·里厄,而让叙述者说出大夫犹豫不决和感到意外的原因,因为他的反应跟我们大多数同胞大同小异。确实,天灾人祸是人间常有的事,但当灾祸降临你头上时,你却难以相信这真的是灾祸。人世间发生过多少次鼠疫,就有多少次战争。然而,鼠疫和战争都使人措手不及。里厄大夫措手不及,如同我们的同胞那样,因此,对他的犹豫不决应该表示理解。也应该理解他为何焦虑不安,同时又信心十足。战争爆发时,人们会说:"这仗打不长,老是打下去就太愚蠢了。"无疑,战争确实是太愚蠢了,但却不会因此而迅速结束。蠢人总是执迷不悟,人只要不老是在为自己着想,就会发现自己在做蠢事。在这方面,我们的同胞跟大家一样,他们是在为自己着想,换句话说,他们是人文主义者①:他们不相信会有天灾。天灾无法跟人匹敌,于是大家就认为,天灾并不现实,只是一场很快就会消失的噩梦。但噩梦并非总是会消失,而在接连不断的噩梦之中,消失的却是人,首先是人文主义者,因为他们没有采取预防措施。我们的同胞们,罪孽并不比其他人深重,他们只是忘记应该谦虚而已,他们认为自己还会有

---

① 人文主义是贯穿于资产阶级文化中的一种基本的价值理想和哲学观念。它强调以人为"主体"和中心,要求尊重人的本质、人的利益、人的需要、人的多种创造和发展的可能性。

种种应付办法,也就是说天灾不可能发生。他们继续做生意,准备出去旅行,并且有自己的看法。他们怎么会想到,鼠疫将使他们前程毁掉,旅行取消,讨论中止?他们自以为自由自在,但只要天灾降临,谁也不会自由。

里厄大夫虽然在他朋友面前承认,确实有少数散居各处的病人,在毫无预兆的情况下于不久前死于鼠疫,但他仍然认为这种危险并不现实。只是在你行医之后,就会对痛苦有一种看法,想象力也较为丰富。大夫凭窗观看这座并未发生变化的城市,心中只是稍稍感到称之为不安的"前途堪忧"。他竭力在思想中把自己对这种疾病所了解的情况汇集在一起。一些数字浮现在他脑海之中,于是他心里在想,历史上有过三十来次鼠疫大流行,大约有一亿人死亡。但一亿人死亡,又是怎么回事呢?你打过仗,才有点知道死一个人是怎么回事。既然死一个人只有亲眼目睹才会觉得触目惊心,那么,散布在历史上各个时期的一亿具尸体,只是想象中的一缕青烟。大夫想起君士坦丁堡流行的鼠疫,据普罗科匹厄斯①记载,当时一天就有一万人死去。死者一万,是一座大型电影院观众人数的五倍。必须做这种比较。在五座电影院门口把出来的观众集中起来,把他们带到城市的一个广场上,并把他们成堆杀死,这样就看得比较清楚。在这堆无名氏尸体上,至少可以认出几张熟悉的面孔。但这种事当然无法做到,另外,谁又会看

---

① 普罗科匹厄斯(约499—约562),东罗马帝国历史学家。生于恺撒利亚(在今巴勒斯坦)。随贝利萨留出征,到过北非、意大利、波斯等地。曾在君士坦丁堡宫廷担任要职。所著《秘史》《查士丁尼皇帝征战记》颇具史料价值。在后一部著作中,他记载查士丁尼皇帝(527—565年在位)统治下君士坦丁堡于五四一年发生的鼠疫。

出一万张熟悉的面孔？况且，像普罗科匹厄斯这样的人不善于计算，这是众所周知的事。七十年前，广州有四万只老鼠死于鼠疫，然后瘟疫才波及居民①。但在一八七一年，还没有计算老鼠的办法。当时只计算出大约的数字，显然有可能出错。然而，一只老鼠身长三十厘米，四万只老鼠要是头尾相连，就会……

这时，大夫心烦意乱。他遐想联翩，他不该这样。有几个病例，不能说是瘟疫流行，只需采取一些预防措施。但必须重视已知的情况：昏迷和虚脱、眼睛发红、口腔污秽、头疼、腹股沟腺炎、极度口渴、谵语、身上出现斑点、体内有撕裂感，而出现这些症状之后……出现这些症状之后，里厄大夫不由想起了一句话，这句话恰恰是他手册里罗列症状的最后一句话："脉搏变得十分细弱，身体稍稍一动就突然死亡。"是的，在出现这些症状之后，病人就命若悬丝，而四人中有三人——这是确切的数字——会迫不及待地做出这难以觉察的动作，然后命赴黄泉。

大夫仍在凭窗观看。窗外春光明媚，而室内还回荡着"鼠疫"这两个字的声音。这个词不但具有科学赋予的含义，而且包含着一长串与这座灰黄色城市并不协调的非同寻常的图景，此时此刻，这城市还不大热闹，只能说嘈杂而不能说喧哗，但总的来说是欢快而又忧郁，如果这两者可以并存。如此与世无争的平静气氛，可以轻而易举地否定瘟疫在旧时的图

---

① 实际上是指一八九四年发生在广州的鼠疫，瑞士裔法国细菌学家亚历山大·耶尔森就是在这一年发现鼠疫杆菌的。叙述者在年份上的这一错误，是因为书中的鼠疫暗指对德国的战争，而一八七一年则是普法战争发生的年份。

景已经重现:雅典在瘟疫流行时①鸟雀无影,中国的城市里堆满了默默无声的垂死病人,马赛的苦役犯们把浑身脓血的尸体堆在一个个坑里,普罗旺斯地区为阻挡鼠疫的狂飙筑起了高墙②,雅法及其丑陋的乞丐③,君士坦丁堡医院里硬泥地上潮湿、腐烂的床铺,被钩子拖出来的一个个病人,黑死病猖獗时期医生都戴着口罩,如同狂欢节时戴的面具④,活着的人们在米兰的公墓里交媾⑤,惊恐万状的伦敦城里的一车车死尸⑥,以及日日夜夜到处都不停地传来人们的喊叫声。不,这一切都还不够强烈,不足以扰乱这一天的安宁。从窗外,忽然

---

① 指公元前四三〇年至前四二七年雅典发生的鼠疫。当时的情况可参见古希腊历史学家修昔底德(约前460—约前400)的《伯罗奔尼撒战争史》。

② 一七二〇年至一七二一年鼠疫肆虐期间,普罗旺斯地区死了十二万人,苦役犯被招去清除并埋葬堆在街上的尸体。为阻止法国东南部流行的瘟疫扩散,国王采取强硬措施,筑起路障,派武装士兵和民兵守卫,他们获准可对企图越过路障的任何人开枪。另外,还在罗讷河和迪朗斯河汇合处的锡斯特龙,建造一堵高两米长达一百公里的"鼠疫墙"。

③ 雅法是特拉维夫-雅法的一部分,是巴勒斯坦的阿拉伯城市,位于特拉维夫郊区,现属以色列。一七九九年,拿破仑包围并占领该市。该市当时瘟疫流行,法军因此大量死亡。法国画家安托万·让·格罗(1771—1835)曾任拿破仑随军画家,其作品《拿破仑看望雅法城的鼠疫患者》(1804)展现了当时的情景,该画现藏卢浮宫。

④ 在十八世纪以前,医生认为鼠疫通过空气传染,就身穿漆布做的大褂,戴着装有消毒剂的口罩。黑死病来自中国,由热那亚双桅战船带到马赛,一三四七年至一三五三年流行欧洲,使两千五百万人丧命,约占欧洲总人口的四分之一。

⑤ 鼠疫曾于一五七五年和一六三〇年两次使米兰市受到沉重打击。意大利作家曼佐尼(1785—1873)曾在长篇历史小说《约婚夫妇》(1827)中提到,这座鼠疫流行的城市具有"生活狂热"的特点。十分凑巧,本书人物塔鲁说城市里有"生活激情",以致跟米兰人一样在墓边纵欲。

⑥ 一六六五年伦敦发生鼠疫。当时的情况取自丹尼尔·笛福的小说《大疫年日记》(1722)。

传来一辆无法看到的有轨电车的丁当声,刹那间消除了残忍和痛苦的景象。唯有在星罗棋布的灰暗房屋尽头的大海,才是这世上动荡不安、永无宁日的见证。里厄大夫望着海湾,不由想起卢克莱修①描述的柴堆,那是雅典人受到瘟疫袭击之后在海边架起的。他们夜里运来尸体,但柴堆上位置不够,活着的人就用火把当武器打了起来,以便在柴堆上安放自己亲人的尸体,他们宁愿打得头破血流,也不愿扔掉自己亲人的尸体。大家可以想象,在平静而又阴暗的海边,柴堆吐出淡红色的火苗,而在火把的搏斗之中,只听见黑夜里噼啪作响,火星四溅,恶臭的浓烟升向全神贯注的天公。大家就怕……

但这种令人眩晕的想象,在理智面前站不住脚。不错,"鼠疫"这两个字已经说出;不错,此时此刻,瘟疫正在把一两个人拖垮、击倒。但没什么关系,瘟疫会停止蔓延。必须做的事,是明确承认应该承认的事实,消除无益的阴影,并采取恰当的措施。然后,鼠疫才会停止蔓延,因为瘟疫不能想象出来,或者说不能假想出来。如果鼠疫停止蔓延,而这又是最有可能发生的事,那么,一切都会正常。如果情况恰恰相反,大家也会知道瘟疫是怎么回事,以及是否有办法控制它,然后再战胜它。

大夫打开窗户,城市的喧闹声突然响了起来。从隔壁的一家工厂,传来锯木机短促而又重复的咝咝声。里厄精神为之一振。这里才可靠,在日常的工作之中。其他事物都系于毫发,系于微不足道的活动,不能加以重视。主要是要做好自己的本职工作。

---

① 卢克莱修(约前98—前55),古罗马诗人、哲学家。著有哲学长诗《物性论》六卷,该书最后一卷描述公元前四三〇年雅典发生鼠疫的情况。

里厄大夫想到这里,有人通报约瑟夫·格朗来访。这位政府职员兼管各种事务,却仍被定期调到统计处去管户口。他因此要统计死亡人数。他生性乐于助人,就同意把统计报告的副本亲自送到里厄家中。

里厄看到格朗跟邻居科塔尔一起进来。这位职员挥动着手中一张纸。

"数目增加,大夫,"他说,"四十八小时死了十一个人。"

里厄跟科塔尔打了个招呼,问他感觉如何。格朗解释说,科塔尔非要来向大夫致谢,并对他给大夫带来的麻烦表示道歉。但里厄在看统计表。

"行,"里厄说,"也许应该下决心说出这疾病的真实名称。在此之前,我们还在原地踏步。你们跟我来,我要去化验室。"

"是的,是的,"格朗跟着大夫下楼梯时说,"应该说出事物的真实名称。但这个名称是什么?"

"我不能告诉您,另外,您知道了也没用。"

"您看,"职员微微一笑,"说出来也不是那么容易。"

他们朝阅兵场走去。科塔尔一直没吭声。街道上开始熙来攘往。我们这地方转瞬即逝的黄昏,已经在夜幕前退却,首批星星已出现在依然清晰可见的天空。片刻之后,条条街道上亮起路灯,使整个天空显得暗淡,而谈话的声音似乎提高了一个音调。

"请原谅,"格朗走到阅兵场街角时说,"我得去乘无轨电车。我晚上的时间神圣不可侵犯。就像我家乡的人所说:'决不能拖到明天的,是……'"

里厄已经注意到出生于蒙特利马尔①的格朗有一种癖好,喜欢引用家乡的成语,说完后再加上一些并非借用的平庸词语,如"梦幻时刻"或"仙境般的灯火"。

"啊!"科塔尔说,"确实这样。晚饭之后,休想把他从家里拉出来。"

里厄问格朗是否在家里给市政府工作。格朗回答说不是,他在为自己工作。

"啊!"里厄随口说出,"这事有进展吗?"

"这事我已干了好几年,当然有。虽说从另一方面看,进展不是很大。"

"这到底是什么事?"里厄停下脚步问。

格朗说得含糊不清,一边把大耳朵上的圆帽戴戴好。但里厄依稀听出,是涉及个性发展的问题。这时,这位职员已离开他们,正急忙用碎步在马恩大道的榕树下上行。走到化验室门口,科塔尔对大夫说,他想去找他,向他请教。里厄正在各个口袋里找那张统计表,就请他到诊所来,但后来又改变了主意,说他明天要到他的街区去,顺便在傍晚时去看他。

跟科塔尔分手时,里厄发现自己在想格朗。他想象格朗处于鼠疫流行之时,不是这次并不严重的瘟疫,而是历史上的

---

① 蒙特利马尔是法国东南部德龙省城市。该市位于蒙特利马尔盆地,属罗讷河谷地,是法国的水果之乡。

一次大瘟疫。"在这种情况下,他这种人会幸免于难。"他想到自己曾在书上看到,鼠疫会放过体质羸弱之人,尤其会杀死身强力壮之人。大夫越想下去,就越觉得这位职员显得有点神秘。

初看起来,约瑟夫·格朗确实在举止上完全跟市政府小职员一模一样。他高大、瘦弱,身体在宽大的衣服里晃荡,他买的衣服特别宽大,因为他觉得这样更加耐穿。他下牙床的牙齿大多没掉,但上牙床的牙齿已全都掉光。他微微一笑,主要是上唇抬起,口腔活像个黑洞。另外,他走路如同神学院学生,善于贴墙而行、悄悄进门,有一股地窖的酒味和烟味,又其貌不扬,因此大家都会看出,他只能坐在办公桌前,专心致志地核实城里浴室的收费标准,或者为年轻的公文拟稿员撰写清除生活垃圾的新收费标准的报告而收集参考资料。甚至在毫无偏见的人看来,他也似乎生来就是当市政府临时辅助工的料,干的是默默无闻而又不可或缺的工作,日薪为六十二法郎三十生丁。

他在就业登记表上的"专长"一栏里确实是这样填写的。二十二年前,他获得学士学位,因为没钱,无法深造,就接受了这一工作,据他说,单位里曾使他产生希望,觉得很快就会被"正式聘用"。只是要经过一段时间的考核,要能证明他有能力处理市政管理中的种种棘手问题。后来,有人向他保证,说他一定能升任公文拟稿员的职位,他也就能过上宽裕的生活。当然啰,约瑟夫·格朗做事情的动力并非是雄心壮志,他用苦笑来证明这点。但是,能通过正当的手段来保证自己的物质生活,从而能问心无愧地从事自己喜爱的工作,他对这样的前景可说是梦寐以求。他接受推荐给他的这份工作,有着正当的理由，可说是对一种理想的忠诚。

　　这种临时工他已干了多年，生活费用也已大幅上涨，格朗的工资虽说经过几次普调，却仍然微薄。他曾向里厄抱怨此事，但看来无人予以重视。这里可看出格朗的独特之处，或者至少是他的一个特点。其实，他即使不能说这是他应得的权利，因为他对此没有十分的把握，但至少可以说这是领导向他作过的保证。但是，当初聘用他的办公室主任已去世多年，而他这个职员也已不记得，当时的许诺到底是怎么说的。总之，主要是约瑟夫·格朗不知该用什么词语去表达。

　　正是这个特点，把我们这位同胞描绘得惟妙惟肖，这点里厄已注意到。也确实因为这点，他才一直没有写出他始终想写的申请书，也没有根据这种情况的需要去走门路。据他说，他感到特别不想用他并不坚持的"权利"二字，也不想用"许诺"二字，因为这样就意味着他在讨债，显得大胆放肆，跟他担任的微不足道的职务不大相称。另一方面，他又不愿使用"照顾""请求""感激"等词语，认为这样写有失他个人的尊严。就这样，由于无法找到恰当的词语，我们这位同胞就继续担任默默无闻的职务，直到上了年纪。另外，也是据他对里厄大夫说，他实际上发现，他的物质生活仍有保证，只要量入为出就行。他因此承认，出任市长的本市工业巨头喜欢说的一句话十分正确，这位市长铿锵有力地宣称，总而言之（他特别强调这个词，因为道理就在这个词上），总而言之，从未看到有人饿死。不管怎样，约瑟夫·格朗所过的跟苦行僧相差无几的生活，最终使他完全消除这方面的忧虑。他还在寻找恰当的词语。

　　在某种意义上，他的生活完全可以称之为一种榜样。他这种人凤毛麟角,在本市或其他地方都是如此,这种人勇敢地维护着他们美好的感情。他对自己谈论不多,却显示出今天的人们不敢承认的那种善良和爱心。他毫无愧色地承认,他喜爱自己的侄子和姐姐,姐姐是他现在唯一的亲人,他每两年都要去法国看望她一次。他承认,想到他年轻时就已去世的双亲,他就会感到忧伤。他直言不讳地说,他最喜欢自己街区里的一个自鸣钟,每天傍晚五点会响起柔和的钟声。但是,为表达如此简单的激情,想出一个字他都要花费九牛二虎之力。总之,这种词语的困难成了他最大的忧虑。"啊!大夫,"他说,"我真想学会表达思想!"他每次遇到里厄时都这样说。

当天傍晚,大夫看着这职员离开时突然恍然大悟,知道格朗说这话是什么意思:他无疑在写一本书,或者是诸如此类的东西。里厄终于走到化验室,在化验室里,这种想法使他放心。他知道这种印象愚蠢,但他实在无法相信,一座城市连默默无闻的公务员也会有令人敬仰的癖好,而鼠疫却恰恰会出现在这座城市。确实,他没有想到这种癖好会出现在鼠疫流行的地方,并因此认为,实际上鼠疫在我们同胞中间不会长命。

第二天,里厄提出坚决的要求,虽被认为不合时宜,但省里仍因此同意召开卫生委员会会议。

"确实,居民感到不安,"里夏尔承认,"另外,风言风语也在夸大实际情况。省长对我说:'你们要是愿意,就抓紧去办,只是不要声张。'另外,他确信这不过是虚惊一场。"

贝尔纳·里厄用车把卡斯泰尔送到省府。

"您是否知道,"卡斯泰尔对里厄说,"省里没有血清了?"

"我知道。我已给药库打了电话。药库主任大吃一惊。这得从巴黎运来。"

"我希望时间不会太长。"

"我已经发了电报。"里厄回答说。

省长和蔼可亲,但容易激动。

"先生们,我们开会吧,"他说,"我是否要把情况简要地介绍一下?"

里夏尔认为没有必要。医生们都了解情况。问题在于弄清该采取哪些措施。

"问题在于,"老卡斯泰尔冷不丁地说,"要弄清这是否是鼠疫。"

两三位医生惊叫起来。其他人似乎在犹豫。省长吓得一跳,不由转身朝门那边观看,仿佛想核实那扇门是否已把骇人听闻的事挡在屋里,没让它传到走廊里去。里夏尔则声称,在他看来,不必惊慌失措;这是一种伴有腹股沟淋巴结肿大并发症的高烧,现在也只能这样说,在科学上跟生活中一样,作出一切假设都是危险的。老卡斯泰尔平静地咬着发黄的小胡子,一面抬起头来,用明亮的眼睛看了看里厄。然后,他把和蔼的目光转向与会者,指出他十分清楚这是鼠疫,但要公开承认此事,当然就必须采取无情的措施。他知道,其实正是这点使同行们畏缩不前,因此为让他们放心,他还是愿意接受不是鼠疫的假设。省长激动起来,并且宣称,不管怎样,这都不是考虑问题的好办法。

"重要的是,"卡斯泰尔说,"不是这种考虑问题的方法是否好,而是它能使人深思。"

见里厄一声不吭,大家就询问他的看法:

"这是一种伤寒性高烧,但伴有腹股沟腺炎和呕吐。我做过腹股沟肿块切开手术。我送去化验,化验室认为其中有鼠疫特有的粗短形杆菌。但要说得全面,还得加以说明,细菌的某些特异变化,跟通常对其形态的描述不符。"

里夏尔强调指出,因此我们还可以犹豫观望,几天前已开始进行一批化验,至少得等化验的统计结果出来后再说。

"一种细菌,"里厄沉默片刻后说,"要是能在三天的时间里使脾脏肿大三倍,使肠系膜神经结肿到橘子那样大,并具有糊状物的质地,就不容许我们再犹豫观望。传染源正在不断扩大。疾病按这样的速度蔓延,如果未能制止,就有可能在两个月内使城里的一半居民丧生。因此,你们把它称为鼠疫或发育热都无关紧要。重要的只有一点,你们必须阻止这疾病使城里的一半居民死去。"

里夏尔认为不应该把事情看得一团漆黑,并认为疾病的传染尚未得到证实,因为他那些病人的亲属都还十分健康。

"但其他亲属也有死亡,"里厄指出,"当然啰,不会人人都被染上,不然的话,死亡人数就会无限增加,人口就会以惊人的速度减少。这不是把事情看得一团漆黑。问题是要采取预防措施。"

然而,里夏尔想要对情况作出归纳,并提醒大家说,如果这疾病未能自行停止蔓延,要使它停止蔓延,就必须采取法律规定的重要预防措施,但要这样做,就必须公开承认这是鼠疫,而现在对此还无法完全肯定,因此就需要多加考虑。

"问题不在于弄清,"里厄强调指出,"法律规定的预防措施是否重要,而是弄清是否有必要采取这些措施,使一半居民不至于送命。其余都属于行政事务,而我们的体制恰好设置了省长的职位,以处理这些问题。"

"毫无疑问,"省长说,"但我需要你们正式确认这是一场鼠疫。"

"即使我们没有确认,"里厄说,"这疾病仍然会使一半居民丧生。"

里夏尔插话时有点激动。

"事实是,我们这位同行相信是鼠疫。他对症候群的描述可以证明。"

里厄回答说,他并未描述过症候群,他描述的是他亲眼目睹的情况。他看到的是腹股沟腺炎、斑点、带谵语的高烧,以及四十八小时内死亡。里夏尔先生是否能负责地断言,即使不采取严厉的预防措施,瘟疫也会停止蔓延?

里夏尔犹豫不决,并看了看里厄:

"请把您的想法老实告诉我,您是否肯定这是鼠疫?"

131

"您问题提得不恰当。这不是词语问题,而是时间问题。"

"您的想法想必是,"省长说,"即使不是鼠疫,也应该采取鼠疫流行期间的预防措施。"

"如果我非得有个想法,那就是这个想法。"

医生们进行商议,里夏尔最后说:

"那我们就必须负起责任,把这疾病当做鼠疫来处理。"

这话受到热烈的赞许。

"这是否也是您的看法,亲爱的同行?"里夏尔问。

"我觉得怎么说无关紧要,"里厄说,"我们只需说,我们处理此事,不应该根据一半居民不会丧命的设想,因为如果这样想,一半居民就真的会遭殃。"

里厄在大家怏怏不乐的气氛中离去。片刻之后,他来到市郊,闻到油炸食品的香味和尿臭味,一个女人腹股沟鲜血淋漓,发出死亡的惨叫,并把脸朝他转过来。

会议后第二天,高烧又使病人数目稍有增长。这情况还见了报,不过报导时轻描淡写,因为报上只是对此作了些许暗示。但在第三天,里厄还是看到了省政府迅速张贴的一些白纸小布告,布告贴在城里最为隐蔽的角落。从布告里很难清楚地看出当局已直面当前的形势。采取的措施并不严厉,似乎十分迁就一种愿望,即不想使舆论界感到不安。省政府的决定确实从一开始就宣称,奥兰地区出现了几例危险的高烧症,但目前还不能肯定是否会传染。这些病例的特征,还不足以使人真正担忧,因此,居民无疑会保持冷静。尽管如此,省长出于大家都能理解的谨慎,采取了一些预防措施。这些措施旨在立即消除瘟疫的任何威胁,理应得到理解和执行。因此,省长确信,居民们一定会同心同德,对他个人的努力予以通力合作。

布告接着宣布总体措施,如在下水道喷射毒气进行科学灭鼠,对食用水进行严格检查。布告要求居民严格保持清洁卫生,最后请身上发现跳蚤者到市立诊所进行免费检查。另一方面,各个家庭必须申报医生确诊的病例,并将病人送到医院的特设病房进行隔离。这些病房安置专门设备,因此病人治疗的时间最短,康复的可能性最大。几个补充条款则规定,必须对病人的卧室以及运输车辆进行消毒。其他规定,只是要求病人的亲属进行体检。

里厄大夫突然转身,离开布告栏,又朝他的诊所走去。约瑟夫·格朗在等他,看到他后又把双臂举起。

"是的,"里厄说,"我知道,数字又上去了。"

昨天,市里死了十来个病人。大夫对格朗说,他也许会在今晚去看他,因为他要去看望科塔尔。

"您做得对,"格朗说,"您去看他,对他有好处,因为我觉得他变了。"

"怎么回事儿?"

"他变得有礼貌了。"

"他以前难道没有礼貌?"

格朗犹豫不决。他不能说科塔尔没有礼貌,这样说并不公正。这个人内向,沉默寡言,举止有点粗野。待在房间里,在一家小饭馆吃饭,外出相当神秘,这就是科塔尔的全部生活。他的公开身份是酒类代理商。每隔一段时间就有两三个人来访,想必是他的顾客。他晚上有时去看电影,是在他家对面的电影院里。这位市政府职员还发现,科塔尔似乎最喜欢看警匪片。在各种场合,这个代理商都孤僻、多疑。

据格朗说,这些情况都有了很大变化:

"我不知该怎么说,但我的印象是,您要看到,他想跟大家和睦相处,想跟大家打成一片。他常常跟我说话,请我跟他一起出去,我又不能老是拒绝他。另外,我对他感兴趣,总之,我救过他一命。"

从企图自杀那天起,科塔尔就不再有任何人来访。在街上和商店里,他都设法博得别人的同情。对食品杂货店老板说话,从未有人像他这样和蔼可亲,而在香烟店老板娘说话时,也从未有人像他这样听得津津有味。

"这香烟店老板娘,"格朗指出,"真是毒如蛇蝎。我把这话对科塔尔说了,但他对我回答说是我看错了,说她有好的方面,应该善于发现。"

有两三次,科塔尔请格朗去城里的豪华饭馆和咖啡馆。他已成了这些地方的常客。

"那里舒服,"他说,"而且,那里的顾客都有教养。"

格朗发现,这些地方的工作人员对这位代理商特别殷勤,并看到科塔尔留下的小费过多,就明白了其中的原因。工作人员为答谢而对他热情相待,科塔尔则显得心领神会。有一天,饭馆的侍应部主任送他到门口,帮他穿上大衣,科塔尔就对格朗说:

"这伙计很好,他可以证明。"

"证明什么?"

科塔尔犹豫片刻:

"嗯……证明我不是坏人。"

此外,他的情绪常常会突然变化。有一天,食品杂货店老板没有以前那样热情,他回到家里就勃然大怒。

"这个坏蛋,跟其他人一起去死吧。"他反复说。

"哪些其他人?"

"所有其他人。"

格朗还在老板娘的香烟店里看到一个奇怪的场面。在一次活跃的谈话中,老板娘谈到不久前逮捕的一个人,这次逮捕在阿尔及尔引得人们议论纷纷。罪犯是年轻的商店职员,他在海滩上杀死了一个阿拉伯人。

"要是把这些败类通通关进监狱,"老板娘说,"好人就可以松一口气。"

但她无法把话说下去,因为这时科塔尔突然激动起来,冲出香烟店,连一句道歉的话也没说。格朗和老板娘都把双臂一摊,莫名其妙地看着他跑掉。

后来,格朗还向里厄指出科塔尔性格的其他变化。科塔尔一直崇尚自由主义的观点。他喜欢说"大鱼总是吃小鱼"就是明证。但一段时间以来,他只买奥兰的正统派报纸,而且还在公共场所看这种报纸,使人不得不认为他有点故意炫耀。同样,他病愈起床后没过几天,就请格朗在去邮局时替他给一个远房姐姐寄每月贴补的一百法郎。但格朗正要出门时,他又说:

"给她寄两百法郎吧,让她有个惊喜。她认为我从来不想到她,事实是我非常爱她。"

最后,科塔尔跟格朗有过一次奇特的谈话。科塔尔对格朗每天晚上做的事感到好奇,就询问格朗,格朗只好回答他的问题。

"不错,"科塔尔说,"您在写书。"

"您想这样说也可以,但这事更加复杂。"

"啊!"科塔尔大声说,"我很想做您这样的事。"

格朗显出意外的神色,科塔尔就结结巴巴地说,当艺术家想必能摆平许多事情。

"为什么?"格朗问。

"那是因为艺术家比别人的权利更多,这大家都知道。别人依从他的事情会更多。"

"唉,"里厄在布告贴出的那天早上对格朗说,"老鼠的事把他弄得晕头转向,就像其他很多人那样,就是这样。或者是他害怕高烧。"

格朗回答说:

"我不是这样看的,大夫,您要是想听听我的看法……"

灭鼠车在他们窗子下面经过,发出响亮的排气声。里厄没有说话,等到对方能听到他的话时,才漫不经心地询问格朗的看法。对方一本正经地看着他。

"他这个人,"格朗说,"在责怪自己做了什么错事。"

大夫耸了耸肩。正如警察分局局长所说,还有其他重要的事情要做。

下午,里厄跟卡斯泰尔进行交谈。血清尚未运到。

"另外,"里厄问,"血清是否有用?这杆菌很奇特。"

"哦,"卡斯泰尔说,"我不同意您的看法。这些生物总是模样独特。但实际上是一回事。"

"这不过是您的假设。其实我们对这些都一无所知。"

"当然啰,这是我的假设。但大家都这样想。"

这一天,大夫每次想到鼠疫,就感到有点头晕,而且越来越厉害。他最终承认自己也感到害怕。他两次走进顾客盈门的咖啡馆。他跟科塔尔一样,感到需要有人间的温暖。里厄觉得这样做愚蠢,但却使他想起曾答应去看望那位代理商。

傍晚,大夫看到科塔尔坐在他餐厅的桌子前面。他进去后,看到桌上放着一本翻开的侦探小说。但黄昏已深,在夜色降临时看书想必困难。一分钟前,科塔尔很可能是在半明半暗之中坐着沉思。里厄询问他的身体状况。科塔尔坐下时低声说他身体很好,要是他能肯定没有人来过问他,他的身体会更好。里厄对他指出,人不能总是生活在孤独之中。

"哦!不是指这个。我说的是找你麻烦的那种人。"

里厄没有吭声。

"我不是这种情况,您得注意。我刚才在看这本小说。有个可怜的家伙,在早晨突然被捕。有人在过问他的事,他却一无所知。他们在办公室里谈论他,把他的名字记在卡片上。您认为这样做是对的?您认为他们有权对一个人做这种事?"

"这要看是什么情况,"里厄说,"从某一方面说,他们确实没有这种权利。但这一切都是次要的。人不能长期闭门不出。您应该出去走走。"

科塔尔似乎感到恼火,并说他一直在外面,如有必要,整个街区都可以为他作证。即使在街区之外,他认识的人也不少。

"您是否认识建筑师里戈先生?他是我的朋友。"

房间里越来越暗。市郊的这条街道热闹起来,路灯被点亮,外面响起低沉而又轻松的欢呼声。里厄走到阳台上,科塔尔也跟着出来。在周围的各个街区,就像我们市里每天晚上那样,都有微风传来人们的低语声和烤肉的阵阵香味,吵吵嚷嚷的年轻人涌到街上,街上渐渐充满一种无拘无束的嘈杂声,欢快而又芬芳。夜里,看不见的轮船传来响亮的汽笛声,海上浪涛声响起,走动的人群发出嘈杂的喧哗声,这个时刻,里厄以前十分熟悉而又喜爱,但今天却因他知道的种种情况而使他感到压抑。

"能开灯吗?"他问科塔尔。

房间里有了亮光,这矮子立刻眨眨眼睛,看了里厄一眼。

"请告诉我,大夫,我要是病了,您是否会把我转到您所在医院的科室里治疗?"

"怎么不会呢?"

科塔尔就问,以前是否逮捕过在诊所或医院里治病的人。里厄回答说看到过这种情况,但是否逮捕,得看病人的身体状况。

"我呢,"科塔尔说,"我相信您。"

接着,他问大夫,他是否能搭大夫的车到城里去。

在市中心各条街道上,行人已没有刚才那么多,灯光也更加稀少。一些孩子还在门口玩耍。大夫按科塔尔的要求,把车停在一群孩子前面。他们正在一面玩跳房子游戏,一面大声叫喊。其中有个孩子,黑头发梳得平伏,头路清楚,脸蛋很脏,他用吓唬人的明亮眼睛盯着里厄看。大夫把目光移开。科塔尔站在人行道上,跟里厄握手道别。这位代理人说话声音沙哑,而且发音困难。他有两三次朝后面观看。

"大家都在谈论瘟疫。是否真有瘟疫,大夫?"

"人总是在谈论,这十分自然。"里厄说。

"您说得对。另外,要是死了十来个人,那就是世界末日了。我们可不要这个。"

马达已在隆隆作响。里厄的手放在变速杆上。但他又朝那孩子观看,孩子仍然一本正经而又平静地盯着他看。那孩子冷不丁地张嘴朝他微笑。

"我们到底要什么呢?"大夫问,同时朝孩子微笑。

科塔尔突然抓住车门,在逃跑前用哽咽而又愤怒的声音叫喊:

"要地震,而且要真的!"

但地震并未发生,第二天,里厄只是走遍本市各个角落,跟病人家属谈判,并同病人进行讨论。里厄从未感到自己的职业有过如此沉重的压力。在此之前,病人们都给他的工作提供方便,并对他诚心相待。但现在大夫首次感到他们说话吞吞吐吐,对自己的病情捂捂盖盖,并显出惊讶而又不信任的神色。对这种斗争,他还没有习惯。将近晚上十点时,里厄把车停在他最后出诊的哮喘病老人门前,从车座上出来时十分费力。他停留片刻,观看阴暗的街道,以及漆黑的天空中时隐时现的星星。

哮喘病老人坐在床上。他似乎呼吸更加顺畅,这时数着鹰嘴豆,把它们从一个锅拿到另一个锅里。他接待大夫,显出喜悦的神色。

"那么,大夫,是霍乱啰?"

"您是从哪里听来的?"

"从报上,广播里也这么说。"

"不,不是霍乱。"

"不管怎样,"老头极其激动地说,"那些自命不凡的人实在过分!"

"您别去相信那套。"大夫说。

他已对老头进行检查,他们这时坐在这破旧的饭厅中央。不错,他害怕。他知道,就在这市郊,有十来个因患腹股沟腺炎而蜷缩着身子的病人,等待他明天上午去看病。在施行过腹股沟腺切开手术的病人中,只有两三个病人病情有所好转。大多数病人都得住院,而他知道,住院对穷人来说意味着什么。"我不愿让他去当他们的试验品。"一个病人的妻子这样对他说。这病人不去当他们的试验品就会死去,事情就是这样。已采取的那些措施是不够的,这十分明显。至于配备"特殊设备"的病房,他非常清楚,那是两幢独立的房屋,其他病人被匆忙撤走,窗缝都给堵住,房屋周围设有防疫警戒线。

瘟疫如未能自动停止蔓延,也不可能被政府想出来的措施所战胜。

然而,就在当天晚上,官方发布的公报依然乐观。第二天,朗斯多克情报所宣称,对省政府采取的措施反应平静,申报病情的病人已有三十来个。卡斯泰尔打电话问里厄:

"那两座楼里有多少床位?"

"八十。"

"市里的病人肯定不止三十个吧?"

"有些人害怕,但更多的人是没时间申报。"

"埋葬尸体是否有人监督?"

"没有。我给里夏尔打了电话,说必须采取全面的措施,而不是空话连篇,还必须筑起一道真正的壁垒来防止瘟疫,否则就什么事也别干。"

"他怎么说呢?"

"他对我回答说,他无权决定。我看人数还会增加。"

过了三天,两幢楼里确实住满了病人。里夏尔听说要把一所小学改成临时性医院。里厄等待疫苗运来,同时给病人切开腹股沟腺排脓。卡斯泰尔又去查阅他那些古书,并长时间泡在图书馆里。

"老鼠死于鼠疫或类似疾病,"他得出结论,"它们传布了几万只跳蚤,如不及时制止,这些跳蚤传播疾病的速度会以几何级数增加。"

里厄没有吭声。

这时,天气看来稳定下来。太阳晒干了最近几次大雨留下的水洼。漂亮的蓝天洋溢出金黄的阳光,飞机的轰鸣声在炎热初临时响起,在这个季节,一切都使人感到安宁。但在四天之内,高烧症却有四次突飞猛进,死亡人数分别为十六人、二十四人、二十八人和三十二人。在第四天,当局宣布把一所幼儿园改为临时性医院。我们的同胞们在此以前仍在用玩笑来掩饰他们的不安,现在在街上似乎显得更加沮丧和沉默。

里厄决定给省长打电话。他说:

"这些措施是不够的。"

"我有统计数字,"省长说,"这些数字确实令人担忧。"

"不只是令人担忧,而且一清二楚。"

"我去要求总督府下达命令。"

里厄当着卡斯泰尔的面把电话挂了:

"下达命令!"他说,"还得有想象力。"

"那血清呢?"

"这星期一定运到。"

省政府由里夏尔出面请里厄写一份报告,递交殖民地首府①,并要求下达命令。里厄在报告里描述了病人的临床症状,并提供数字。当天的统计数为死亡四十人。据省长说,他从第二天起要亲自抓这个工作,以强化已制定的措施。强制申报和隔离措施继续执行。病人的住房应该封闭并进行消毒,病人亲属应接受检疫隔离,埋葬病人尸体的工作由市里组织,具体情况大家会在下文中看到。过了一天,血清由飞机运到。这些血清能满足正在治疗的病人的需要。但如果瘟疫蔓延,血清就会不够。对里厄的电报的答复是,应急库存业已告罄,现已重新开始生产血清。

在这段时间里,春天已从近郊降临市场。几千朵玫瑰在

---

① 即阿尔及尔,但当时阿尔及利亚不是法国殖民地。

沿人行道设摊的卖花商贩的篮子里凋谢,甜美的玫瑰花香在整个城市飘浮。从表面看,丝毫没有变化。有轨电车在高峰时间仍然满载乘客,在其他时间则是空荡荡的,十分肮脏。塔鲁仍在观察矮老头,矮老头仍旧朝猫咪吐口水。格朗每天晚上回家做神秘的工作。科塔尔在到处兜风,预审法官奥通先生仍带着一家人出去。年老的哮喘病人仍在给他的鹰嘴豆搬家,有时会遇到记者朗贝尔,他神色安详,只顾自己。晚上,条条街道上仍然熙熙攘攘,电影院门前排着长队。另外,瘟疫似乎在退缩,几天里统计出的死亡人数只有十来个。但接着,瘟疫的牺牲品又急剧增加。在死亡人数再次达到三十来人的那天,贝尔纳·里厄看着省长递给他的官方发来的电报,并说:"他们怕了。"电文为:"请宣布发生鼠疫。关闭城市。"

一

从那时起，鼠疫可以说已成为我们大家的事情。在此之前，虽说这些怪事使大家感到意外和不安，我们每个同胞仍然尽力在各自的岗位上从事自己的工作。这种情况无疑会继续下去。但城市一旦关闭，他们就立刻发现，连同叙述者在内，大家都已在一条船上，必须适应这种情况。因此，一种个人的感觉，如同跟心上人分离的感觉，从最初几个星期开始，就突然成为一批人的共同感觉，并跟害怕这种感觉一起，成为这种长期流亡生活的主要痛苦。

确实，关闭城市最明显的后果之一，是对此毫无思想准备的人们，突然处于分离的状态。母亲和子女、夫妻以及情侣，几天前还以为是暂时分开，他们在火车站月台上拥吻时，只说了两三句叮嘱的话，因为他们肯定能在几天或几个星期之后重逢，他们怀着人类愚蠢的信心，因为这离别几乎没有影响他们对日常事务的关注，但现在，他们突然发现这分离将长期持续下去，既不能重逢，也不能互通信息。因为本市已在省政府发布命令前几个小时关闭，当然对特殊情况无法加以考虑。可以说，疾病突然入侵产生的第一个结果，是迫使我们的同胞们在行事时如同没有个人感觉一般。法令开始实施那天的前几个小时里，省政府被一群申请者纠缠不休，他们有的打电话，有的找公务员，以陈述种种情况，这些情况应该受到关心，但却又无法加以考虑。实际上，我们需要有好几天时间才能认识到,我们的处境毫无商量的余地,"通融""照顾""破例"这些词已经毫无意义。

我们甚至连通信这种微不足道的乐趣也被剥夺。一方面,本市确实已跟我国其他地方断绝正常的交通往来,另一方面,又颁布一道法令,禁止任何通信来往,以防止信件传播瘟疫。起初,几个幸运者还能在城门口说服守卫的哨兵,让他们向城外发送信件。这还是在宣布瘟疫流行后的前几天,当时,卫兵会产生同情心是十分自然的事情。但过了一段时间之后,这些卫兵已对情况的严重确信无疑,就拒绝承担这种后果所带来的难以估量的责任。最初允许打长途电话,结果公用电话亭里挤满了人,电话线路也拥挤不堪,有几天电话通讯完全中断,后来又受到严格限制,只有在死亡、出生和婚姻等紧急情况下才能打电话。于是,电报就成为我们跟外界联系的唯一方法。一些人因智慧、感情和肉体关系密切,这时只好从一封用大写字母写成的十个词组成的电报中,去寻找过去水乳交融的种种迹象。但由于电报里能用的常用语确实已迅速用完,长期的共同生活或痛苦的激情,就概述为定期相互发送的习惯用语,如:"我好。想你。爱你。"

然而,我们中有些人仍坚持写信,他们为跟外界通信,不断在想方设法,但最终却总是显得虚幻。即使我们想出的有些办法取得成功,但我们对信件是否能寄到却一无所知,因为我们没有收到回信。于是,我们在几个星期的时间里,只好反复写同一封信,重抄同样的呼唤,这样过了一段时间之后,最初出自我们内心的肺腑之言,竟变得毫无意义可言。但我们仍然机械般地抄写这些词语,试图用这些死气沉沉的句子来表达我们艰难的生活。我们最终感到,与其用这种内容贫乏而又固执的独白,与其用这种跟墙壁进行的枯燥对话,还不如用电报进行约定俗成的呼唤。

几天之后,谁也无法出城已是不言而喻的事了,大家就想到要问,是否准许瘟疫流行前出去的人回来。经过几天考虑,省政府做出肯定的回答。但省政府又明确指出,不管怎样,回来的人都不能再次出城,他们有回来的自由,但没有出去的自由。这样一来,有几个家庭,虽说为数不多,仍对情况做出轻率的估计,把谨慎置于脑后,一心想跟亲属重逢,就请他们乘此机会回来。但是,被鼠疫所困的人们很快明白,他们这样做无疑把亲人置于危险的境地,就情愿忍受离别的痛苦。在疾病流行最为猖獗的时候,只有一例可以证明,人类的感情胜过对受折磨死亡的恐惧。这并非像大家期待的那样,是一对热恋的情侣凌驾于痛苦之上。而是老大夫卡斯泰尔及其妻子,他们是结婚多年的老夫老妻。卡斯泰尔太太在发现瘟疫前几天去了邻近城市。这对夫妻谈不上是世上幸福家庭的典范,叙述者也可以说,直至今日,这对夫妻十有八九无法肯定,他们对这场婚姻是否满意。这次分离十分突然,而且时间又长,使他们清楚地感到,他们别鹤孤鸾,实在无法生活,而跟这霍然明朗的事实相比,鼠疫就显得微不足道。

这是绝无仅有的例外。大多数情况是,分离显然只能跟瘟疫同时结束。而对我们大家来说,感情就是我们的生活,我们自以为对感情十分了解(前面已经说过,奥兰人感情纯朴),而感情正在展现新的面貌。有些丈夫和情人,以前对妻子和女伴完全信任,这时却发现自己心里嫉妒。有些男人认为自己在爱情上风流成性,现在却变得忠贞不渝。一些儿子生活在母亲身边,以前几乎对她视而不见,现在看到母亲脸上出现一道皱纹,回想起种种往事,就感到极其不安和悔恨。这种突然的分离无可指责,何时重逢又无法预料,使我们处境窘迫,成天回想起曾近在眼前但现已远在天边的亲人,也只能望洋兴叹。实际上,我们承受着双重的痛苦,首先是我们自己的痛苦,然后是不在城里的儿子、妻子或情妇在我们想象中的痛苦。

如果情况不同,我们的同胞们就会更起劲地在外面寻欢作乐,以打发时间。但与此同时,鼠疫使他们无所事事,只好在阴郁的市里转来转去,日复一日地沉湎于令人失望的回忆之中。因为他们的散步毫无目的,总是会经过同样的街道,而在这样一座小城里,他们以前跟现已不在身边的亲人一起走过的往往就是这些街道。

因此,鼠疫给我们的同胞们带来的首先是流放。叙述者相信,他可以在此代表众人写出他自己在当时的感受,因为这种感受也是我们许多同胞的感受。不错,流放的感觉,正是我们经常感到的空虚,是一种确切的激情,即胡思乱想,想要使时光倒流,或者希望时间过得更快,是灼热的记忆之箭。有时,我们让自己的想象自由驰骋,很高兴听到亲人回家的门铃声,或是楼梯上熟悉的脚步声,在这些时刻,即使我们情愿忘记火车已经停驶,即使我们做好安排,在旅客乘晚上的快车就能到达我们街区的时候待在家里等候,这种游戏也不能一直做下去。总会有这样的时刻,我们清楚地发现火车并未到达。于是我们知道,我们的分离将会持续下去,我们应该尽量把时间安排好。从此之后,我们又过起囚徒般的生活,我们只能想念过去,即使我们中有几个人向往未来,他们也会迅速放弃这种向往,至少是尽可能迅速放弃,因为他们感到最终会因想象而受到伤害,并相信想象的人都会受到这种伤害。

尤其是,我们的同胞们很快就改掉了一种习惯,即使在大庭广众之下也是如此,那就是估计他们的分离会持续多长时间。是什么原因呢?这是因为最悲观的人们如把时间定为六个月,但在他们提前把这未来六个月的全部痛苦忍受殆尽之后,好不容易才使自己有勇气来接受考验,并屏足最后一股劲,以便毫不动摇地忍受已熬过这么多天的痛苦,然而,他们有时会遇到一位朋友,会在报上看到一个通知,会在一时间发生怀疑,或突然有远见卓识,这样他们就会产生一种想法,那就是没有理由认为这疾病流行的时间不会超过六个月,也许会超过一年,或者时间更长。

这时,他们的勇气、意志和耐心顿时崩溃,他们觉得永远无法再从这坑里爬出。因此,他们迫使自己不再想何时能得到解脱,不再去展望未来,而是永远耷拉着脑袋。但是,这种谨慎,这样逃避痛苦和闭门拒战,当然是得不偿失。他们决不希望精神就这样崩溃,并设法加以避免,但与此同时,他们确实也失去了这些时刻,这些时刻十分常见,他们可以想象将来跟亲人团聚的景象,以便把鼠疫置之脑后。这样,他们就置身于深渊和顶峰中间,像是在天上飘浮,而不是在地上生活,被抛弃在方向不明的日子和徒劳无益的回忆之中,成为漂泊的幽灵,他们要获取力量,就只能心甘情愿地扎根于他们痛苦的土地。

因此,他们感受到所有囚犯和所有流放者内心的痛苦,那就是活在毫无用处的回忆之中。他们不断进行思考的过去,只有后悔的味道。他们确实想添加在这过去中的,是他们跟自己现在期待的男人或女人在一起时能做却没有做的一切,同样,他们囚徒般生活的各种情况,即使相当愉快,他们也会在其中加入不在身边的亲人,因为他们当时的情况并不能使他们心满意足。我们对现状失去耐心,把过去视同仇敌,对未来感到绝望,我们活像是因人间的法律或仇恨而生活在铁窗后面的囚徒。最后,要逃避这种难以忍受的休假,唯一的办法只有在想象中让火车重新行驶,使门铃在每个小时都反复响起,但门铃却固执地一声不响。

如果这是流放,那么在大多数情况下,是流放在自己家中。虽说叙述者了解的只是所有市民的流放,他也不应该忘记者朗贝尔这样的人,这些人和其亲人的痛苦更大,因为他们在旅行中意外遇到鼠疫流行而滞留市里,既远离无法相聚的亲人,又远离自己的家乡。在众人的流放之中,他们的流放最为痛苦,因为虽说时间的流逝使他们跟大家一样感到焦虑,他们关注的还有空间,并不断撞在一堵堵墙上,这些墙把他们所在的鼠疫流行地区跟他们远离的家乡隔开。大家看到整天在尘土飞扬的市里闲逛的自然是他们,他们默默地呼唤着只有他们才熟悉的傍晚,以及他们家乡的清晨。于是,他们用难以捉摸的迹象和令人困惑的信息来维持自己的痛苦,如群燕飞翔、黄昏露珠或太阳偶然遗弃在僻静街道上的奇光异彩。外部世界总是能消忧解愁,而他们却视而不见,非要沉湎于过分逼真的幻想之中,并全力追寻对一块土地的种种印象,这块土地上有一缕光线、两三座小丘、一棵喜爱的树木和几张女人的脸蛋,对他们来说,这样的环境无法取代。

最后专门来谈谈情侣的情况,他们最为有趣,叙述者也许更加适合谈论他们;这些情侣还有其他的忧虑,其中值得一提的是悔恨。这种处境确实能使他们以客观而又热情的态度来考虑自己的感情。在这种条件下,他们的缺点没有被他们自己清楚地看出,是十分罕见的事。他们第一次有这样的机会,是因为他们已难以确切地想象出不在身边的情人的所作所为。于是,他们抱怨自己对情人的时间安排一无所知,并责怪自己态度轻率,没有去了解这个情况,而且还假装认为,对恋人来说,心上人的时间安排并非是一切快乐的源泉。从这时起,他们就能轻而易举地回顾自己的爱情,并看出其中的不足。平时,我们全都知道,不管是有意知道还是在无意中得知,爱情都可以锦上添花,而我们却多多少少有点心安理得,情愿让我们的爱情保持在平庸的状态。但是,回忆的要求更高。这个从外界袭击我们全城的灾难后果严重,它给我们带来的不仅是我们不该忍受而且可以表示愤慨的痛苦。这灾难也促使我们让我们自己痛苦,并使我们心甘情愿地痛苦。这是疾病转移人们的注意力并且把事情搅乱的一种方法。

因此,每个人都得独自面对苍天,安于得过且过的生活。时间一长,这种普遍的放任自流,可能会锻炼人的性格,但现在却使人们变得目光短浅。譬如说我们某些同胞,这时成了另一种奴隶,在为晴天或雨天效犬马之劳。从他们的模样来看,他们仿佛是首次直接受到天气好坏的影响。一见金色阳光,他们就喜气洋洋,而遇到下雨天,他们的脸上和思想上就浓雾密布。几个星期前,他们还不至于如此软弱,还没有这样不理智地显得奴颜婢膝,因为他们在面对这世界时并非孤立无援,而且在某种程度上,跟他们一起生活的人在他们的天地中还有一席之地。而从这时起,情况已完全不同,他们显然在听任变幻莫测的老天的摆布,也就是说,他们莫名其妙地感到痛苦并抱有希望。

在这种极其孤独的情况下,最终谁也无法指望邻居的帮助,每个人都忧心忡忡地独自待着。如果我们中偶然有人想要说出心里话或谈出自己的某种情感,他听到的回答不管如何说,基本上都会使他感到不快。他于是发现,对方跟他说的不是一回事儿。他说的话确实是他在时日漫长的思虑和痛苦中产生的,他想要传递的图像,是他用期待和激情之火长时间烹调制成。而对方恰恰相反,想象出的是一种通常会有的情感,是在市场上贩卖的痛苦,是一种寻常的忧郁。对方的回答不管出于善意还是心怀叵测,总是会显得虚假,因此还是不听为好。或者至少是那些无法忍受沉默的人,既然其他人不能真正以诚相见,他们就只好采用市场上说的话,说话也像平常那样,谈普通朋友和社会新闻,可说是一种每日新闻。这样,极其真实的痛苦就常常用谈话中的陈词滥调来表达。只有付出这种代价,鼠疫的囚徒们才能赢得门房的同情或是引起听众的兴趣。

然而,最重要的是,这些焦虑不管多么痛苦,这空虚的心不管负担多重,我们仍然可以说,这些流放者在鼠疫流行初期是一批幸运儿。确实,在市民开始恐慌之时,他们一心在想的仍然是他们期待归来的亲人。在大家都感到忧伤之时,爱情的自私心理却使他们得到保护,他们即使想到鼠疫,也只是因为鼠疫有可能使他们的离别变成永别。这样,在瘟疫肆虐之时,他们却带来一种有益健康的消遣,被人看作是镇定自若的表现。他们的绝望使他们免于惊慌失措,他们的不幸自有好处。譬如说,如果他们中有人因疾病而丧命,那也几乎总是在他防不胜防之时。他跟一个影子在心里长时间交谈之后,直接被扔进死寂的黄土之中。他什么也来不及考虑。

我们的同胞们想办法适应这突然出现的流放生活,在此期间,鼠疫的流行使城门有人把守,使驶往奥兰的船只改变航向。自从城门关闭之后,没有一辆车开进城里。从那天起,大家感到汽车仿佛在原地转圈。港口也呈现奇特景象,只要站在高处的大道上就能看到。港口以前十分繁忙,因此成为沿海重要港口之一,而现在却突然变得十分清静。几艘轮船在接受检疫隔离,现在还停泊在那里。但是在码头上,大吊车已无货物可吊,轻便轨道上翻斗车全都往侧面翻倒,酒桶或麻袋孤零零地堆着,这一切都说明,贸易也已因鼠疫而丧失生命。

尽管呈现出这些非同寻常的景象,我们的同胞们显然还难以理解所发生的事情。大家有着共同的感觉,如分离或害怕,但大家仍然把自己的私事置于首位。还没有人真正接受疾病流行这一事实。大部分人主要感到自己的习惯已被打乱,或自己的利益受到损害。他们因此而感到不快或生气,但这种情绪无法用来抵御鼠疫。譬如说,他们最初的反应是责怪当局。报上刊登了这种批评("已经采取的措施,是否能适当放宽?"),但省长的答复却出乎意料。在此之前,各家报纸和朗斯多克情报所都从未得到过官方对疾病的统计数字。现在,省长却每天把统计数字送交情报所,并请该所每周公布一次。

然而,即使如此,公众也并未立即作出反应。鼠疫流行第三周公布的死亡人数为三百零二人,但并未使人浮想联翩。一方面,这些人可能并非全都死于鼠疫。另一方面,城里没有人知道平时每周的死亡人数。本市人口为二十万。大家都不知道这种死亡率是否正常。还有数字的精确性,虽说意义明显,却从未有人关心。可以说,公众缺少的是比较的材料。只是时间一长,看到死亡人数在增加,公众舆论才看出事情的真相。第五周死亡三百二十一人;第六周死亡三百四十五人。死亡人数增加至少有说服力。但增加的人数还不够多,因此我们的同胞们虽然不安,却仍觉得事出意外,这确实令人伤心,但毕竟是暂时现象。

他们仍在各条街上来来往往,仍然坐在咖啡馆露天座上。总体上说,他们不是懦夫,谈话时玩笑多于诉苦,并装出一副轻松模样,对显然是暂时的不便欣然接受。面子总算保住。但将近月底时,大约在祈祷周里——这将在下文中谈到——我们城市的面貌发生了更加严重的变化。首先,省长对车辆行驶和食品供应采取了措施。食品供应受到限制,汽油实行配给制。还要求节约用电。只有生活必需品才从公路和空运抵奥兰。这样,行驶的车辆就逐渐减少,直至几乎完全停驶。豪华商店很快就关门大吉,其他商店的橱窗里也挂起无货的告示,而顾客仍在门口排着长队。

这样,奥兰就呈现出奇特的景象。步行者增加,即使在低峰时间,许多人因商店或某些办事处关门而无所事事,把各条街道和咖啡馆挤得水泄不通。目前他们还没有失业,而是在休假。将近下午三点时,奥兰天空蔚蓝,使人产生错觉,以为市里在过节,因此交通停止、商店关门,使群众游行队伍得以通过,并让市民拥上街头,以参加庆祝活动。

电影院自然利用这普遍的休假,因此生意十分兴隆。但影片已在省里停止周转。两星期后,各家影院只好交换影片,又过了一段时间,电影院最终都只能放映同一部片子。但他们的收入却并未减少。

最后是咖啡馆,由于酒类贸易在市里占据首位,酒类有大量库存,因此咖啡馆也能满足顾客的需要。说句实话,大家是在豪饮。一家咖啡馆贴出"美酒杀菌"的广告,烧酒能防止传染病的想法,公众原来就觉得合情合理,现在公众舆论就更是深信不疑。每天凌晨两点左右,数量众多的醉鬼被赶出咖啡馆后拥上街头,散布乐观的言论。

但所有这些变化,从某种意义上说都显得非同寻常,而且出现得极其迅速,因此要把它们看作正常和持久的现象,并非易如反掌。结果是,我们仍把个人的情感置于首位。

城门关闭两天之后,里厄大夫从医院出来时遇到了科塔尔,科塔尔抬头朝他观看,显出满意的神气。里厄见他脸色不错,就向他表示祝贺。

"是的,身体完全好了,"那矮子说,"请告诉我,大夫,这该死的鼠疫,嗯! 情况开始严重起来。"

大夫承认了这点。对方不无庆幸地指出:

"不能说瘟疫现在就会停止。什么都会乱套。"

他们一起走了一会儿。科塔尔说,他的街区有个食品杂货店大老板,储存了不少食品,准备高价卖出,有人前来接送他去医院,发现他床底下放有罐头食品。"他死在医院里。鼠疫可不会付钱。"科塔尔脑子里有许多故事,有真的也有假的,都跟鼠疫有关。譬如有人说,一天上午,在市中心,有个男人有患鼠疫的症状,他病得胡言乱语,一头冲到外面,朝首先遇到的女人扑去,一面把她抱在怀里,一面大叫他得了鼠疫。

"好吧!"科塔尔指出,说时语气亲切,跟他接着说的话并不相称,"我们都会变成疯子,肯定如此。"

同样,在当天下午,约瑟夫·格朗最终对里厄大夫说出自己的心里话。他在办公桌上看到里厄太太的照片,就看了看大夫。里厄回答说,他妻子正在外地治疗。"从某种意义上说,"格朗说,"这是一种运气。"大夫回答说,这无疑是一种运气,并说只希望他妻子康复。

"啊!"格朗说,"我明白了。"

自从里厄认识他以来,他第一次口若悬河地说了起来。他虽说还在寻找词语,却几乎总是能找到适合的字眼,仿佛他早已想好他这时在说的话。

他结婚很早,妻子是他家附近的穷苦姑娘。他可以说是为了结婚才辍学就业的。让娜和他都从不走出他们的街区。他去她家里看望她,让娜的父母觉得这沉默寡言、举止笨拙的追求者有点好笑。她父亲是铁路工人。他在休息日总是坐在窗边的一个角落里,像是若有所思,一面观看街上人来车往的景象,一面把粗大的双手平放在大腿上。她母亲总是忙于家务。让娜帮母亲干活。让娜长得瘦小,格朗见她穿过马路,总要为她担心。车辆跟她相比,俨然是庞然大物。有一天,在一家圣诞节礼品店前,让娜看着橱窗赞叹不已,往后一仰靠在他身上,并说:"多漂亮呀!"他则握住她的手腕。就这样,他们俩定了终身。

接下来的事,据格朗说十分平常。跟大家一样:他们结了婚,还有点爱情,并且工作。工作忙碌,就忘了爱情。让娜也得工作,因为办公室主任没有信守诺言。听到这里,得要有点想象力才能理解,格朗的话是什么意思。他身体劳累,就放任自流,越来越沉默寡言,因此没能使年轻的妻子相信他还爱她。一个男人忙于工作,生活贫困,前途逐渐黯淡,吃晚饭时默默无语,这样的环境中爱情没有位置。也许让娜已感到痛苦。但她还是留下没走:有时,人会在不知不觉中长期痛苦。一年年就这样过去。后来,她走了。当然,她并非独自一人走的。"我以前非常爱你,但现在我累了……我离开时并不感到幸福,但要重新开始,并不需要幸福。"这是她写给他的信的大致内容。

约瑟夫·格朗也感到痛苦。他原本可以重新开始,正如里厄对他指出的那样。但他没有信心。

只是他一直在想念她。他很想给她写封信为自己辩解。"但是,要写也难,"他说,"我早就想写了。我们在相爱时,不说话也能互相理解。但人不会永远相爱。在某个时候,我应该想出些话来把她留住,但我未能做到。"格朗用方格子手帕擤了擤鼻涕。然后他又擦了擦小胡子。里厄看着他。

"请原谅,大夫,"这老头说,"但又怎么说呢?……我信任您。跟您在一起,我就会说话。说了我就激动。"

显然,格朗心里想的事跟鼠疫毫不相干。

晚上,里厄给他妻子发了电报,说城市已经关闭,并说他身体很好,她应当继续注意保养,他想念她。

城门关闭三个星期之后,里厄看到医院门口有个青年在等他。

"我想,"那青年说,"您认得出我。"

里厄觉得跟他见过面,但仍然迟疑不决。

"我是在这些事情发生前来的,"对方说,"是来向您了解阿拉伯人的生活条件。我叫雷蒙·朗贝尔。"

"啊！不错,"里厄说,"那么,您现在有很好的题材可以报道了。"

对方显得烦躁不安。他说他不是为这事来的,他来是想请里厄大夫帮忙。

"我十分抱歉,"他补充说,"但我在这座城市里一个熟人也没有,遗憾的是,我们报社在这里的通讯员又是个笨蛋。"

里厄请他一起走到市中心一家诊所,因为他有一些事情要吩咐别人去做。他们沿着黑人居住区的条条小街下行。傍晚临近,过去在这个时候,市里十分喧闹,现在却静得出奇。几声军号声在金光犹存的天空中响起,只是说明军人还在装模作样执行军务。在这段时间里,他们沿着陡坡般的条条街道走着,两旁是摩尔式房屋蓝色、赭石色和紫色的墙壁,只见朗贝尔在说话,而且十分激动。他把妻子留在巴黎。确切地说,还不是他妻子,但跟妻子是一回事儿。城市关闭之后,他立即给她发了电报,起初他以为这是临时性措施,他也只是想跟她通讯联系。他在奥兰的同行都对他说,他们对此束手无策。邮局把他打发走,省政府的一位女秘书则当面耻笑他。他排队等了两个小时,最后获准发了电报,上面写着:"一切安好。不久见面。"

但今天早上起来时,他突然想到,他毕竟不知道这样会持续多长时间。他决定离开这里。由于他是经推荐而来(干他这一行,自有方便之处),因此能见到省政府办公室主任,他对主任说,他跟奥兰没有关系,没必要留下来,他来此纯属偶然,因此有充分理由获准离开,即使出去后必须接受检疫隔离。主任对他说,他对此十分理解,但又不能破例,并说他再研究一下,但总之情况严重,无法作出任何决定。

"总而言之,"朗贝尔说,"我不是这个城市的居民。"

"毫无疑问,但不管怎样,我们还是希望瘟疫流行的时间不要太长。"

最后,他试图安慰朗贝尔,并对他指出,他可以在奥兰找到有趣的题材进行报道,而且只要仔细考虑,任何事情都有好的一面。朗贝尔耸了耸肩。他们已走到市中心。

"真是蠢话,大夫,这您知道。我不是为写报道而生。也许我生来是为了跟一个女人共同生活。这不是十分正常吗?"

里厄说,不管怎样,这显然都合情合理。

在市中心的条条大道上,已没有通常的人群。几个行人急忙朝远处的住宅走去。无人露出微笑。里厄心里在想,这是今天朗斯多克情报所发布通告的结果。二十四小时之后,我们的同胞们又会希望重燃。但在当天,这些数字还会一清二楚地留在人们的记忆之中。

"这是因为,"朗贝尔出其不意地说,"她跟我认识不久,但我们情投意合。"

里厄没有吭声。

"我打搅您了,"朗贝尔接着说,"我只是想问您,是否能给我开个证明,证明我没有身患这可恶的疾病。我想这也许能让我派上用场。"

里厄点头表示同意,这时一个小男孩撞到他的腿上,他慢慢地把男孩从脚上扶起。他们又往前走,走到了阅兵场。榕树和棕榈树树枝,布满灰色尘土,纹丝不动地垂着,树木中央竖立着共和国塑像,布满尘土,十分肮脏。他们在塑像前驻

161

足。里厄见脚上蒙上一层微白尘土,就先后用双脚在地上蹬踏。他看了看朗贝尔。记者的毡帽稍稍往后戴着,衬衫领子上纽扣解开,系着领带,胡子没剃干净,显出固执而又赌气的样子。

"请您相信,我理解您的心情,"里厄最后说,"但您的理由并不充分。我不能给您开这个证明,因为实际上我并不知道您是否患有这种疾病,还因为您即使现在没有患病,我也不能证明您走出我诊所直至走进省政府的这段时间里不会患病。另外,即使……"

"另外,即使什么?"朗贝尔问。

"另外,即使我给您开了这张证明,您也派不了任何用场。"

"为什么?"

"因为在这座城市里,跟您情况相同的人有几千个,但他们都不能被放出去。"

"但如果他们本人没有患上鼠疫呢?"

"有这个理由还不够。这种事很愚蠢,我很清楚,但这事跟我们都有关系。这样的事必须接受。"

"可我不是这里的人!"

"从现在起,唉,您跟大家一样,也是这里的人。"

朗贝尔生气了:

"这是个人道的问题,我可以对您发誓。两个情投意合的人像这样分开意味着什么,您也许无法体会到。"

里厄没有立即回答。他后来说,他觉得他能体会到这点。他竭力希望朗贝尔能跟妻子重逢,希望天下有情人都能团聚,但现在有政府的法令和法律,又有鼠疫流行,他的任务是做他应该做的事。

"不,"朗贝尔痛苦地说,"您不会明白。您是在讲大道理,您生活在抽象概念之中。"

里厄抬头看着共和国塑像,并且说,他不知道自己是否在讲大道理,但他说的是显而易见的事,这两者不一定是一回事儿。记者整了整领带:

"那么,这就是说,我必须另想办法?但是,"他挑衅般地接着说,"我一定会离开这座城市。"

大夫说,他对此仍然理解,但这事跟他无关。

"不,这事跟您有关,"朗贝尔突然大声地说,"我到您这儿来,是因为有人对我说,您在作出决定时起了很大作用。我于是就想,您对自己促成的决定,至少可以破一次例。但您对这事无动于衷。您没有想到过其他任何人。您没有考虑过两地分居的人。"

里厄承认,从某种意义上说,这话没错,他当时不想考虑这些情况。

"啊!我看出来了,"朗贝尔说,"您就要说为公众服务这类话了。但公众利益是由每个人的幸福构成的。"

"好吧,"里厄说时似乎已不像刚才那样心不在焉,"有这回事,但也有其他事,不必作出判断。但您生气是不对的。如果您能解决这个问题,我会感到极其高兴。只是有些事情,是我的职责不允许做的。"

对方不耐烦地点点头:

"是的,我生气是不对的。我这样还耽误了您很多时间。"

里厄请记者把进行活动的情况告诉他,并请他不要对他记恨。肯定会有一个计划，使他们能走到一起。朗贝尔突然显得不知所措。

"这点我相信，"他沉默片刻后说，"是的，我不由自主地相信这点，尽管您对我说了这些话。"

他犹豫不决地说：

"但我无法对您表示赞同。"

他把毡帽往下拉到前额上，并快步离开。里厄看到他走进了让·塔鲁下榻的旅馆。

片刻之后，大夫摇了摇头。这位记者迫不及待地追求幸福，这样做是对的。但他对记者责备，这样做是否也是对的？"您生活在抽象概念之中。"他在医院里度过的这些日子，鼠疫流行速度加快，每星期平均要杀死五百人，这难道真的是抽象概念？不错，在灾难之中确实有抽象和不现实的成分。但在抽象开始要杀你时，你还是得去管管抽象。里厄只知道这事并不是最容易办的。譬如说，要领导他负责的这所临时性医院（这样的医院现在已有三所）就不容易。他把诊室对面的房间改成病人接收室。屋里挖了个加臭药水的水池，水池中央用砖砌了个小平台。病人被抬到平台上，迅速脱掉衣服后扔进池里。病人身体洗过后擦干，穿上医院的粗布衬衫，送到里厄那里，然后再送进一间病房。他们只好利用一所学校的操场，现在那里共有五百张病床，几乎都有病人。每天上午，里厄亲自主持病人的入院工作，还给病人接种疫苗，切掉腹股沟肿块，然后还要核实统计数字，并回来进行下午的诊治工作。他最后在晚上出诊，回到家里已是深更半夜。前一天夜里，他母亲把年轻的里厄太太的电报递给他时，发现大夫的双手在颤抖。

"是的，"他说，"但只要坚持，我就不会这样神经紧张。"

他身体强壮，能吃苦耐劳。实际上，他还没有感到疲劳。但他的出诊，已使他感到难以忍受。一旦诊断出患瘟疫的高烧，就得把病人迅速送走。于是就真的要开始讲抽象的大道理，并出现困难，因为病人家属知道将要跟病人永别，不管病人会治愈还是死去。"行行好吧，大夫！"洛雷太太说，她女儿在塔鲁下榻的旅馆当女佣。这话是什么意思？他当然同情。但这样对谁都没有好处。必须打电话通知。救护车的铃声很快就传来。邻居们起初开窗观看。后来他们就急忙关窗。于是就开始抗拒、流泪、劝说，总之是说抽象的大道理。在这些因高烧和焦虑而热得像热锅般的套间里，出现了一幕幕狂乱的场面。但病人仍被抬走。这时里厄才能离开。

最初几次，他只是打电话通知，不等救护车开来就朝其他病人家里跑去。但病人亲属就关上家门，他们情愿跟鼠疫单独相处，而不愿跟患病的亲人分离，因为他们现已知道分离的结果。叫喊、命令、警察的干预，后来则出动军队，病人才被抢走。在前几个星期里，里厄只好留下，等到救护车来了再走。后来，每个医生在出诊时都有一名志愿督察陪同，里厄就能从一个病人家里赶到另一个病人家里。但在最初一段时间，每天晚上都像今晚一样，他走进洛雷太太家里，只见小套间里饰有扇子和假花，接待他的是病人的母亲，她似笑非笑地对他说：

"我真希望这不是大家在说的那种高烧。"

他则掀开病人的被子和衬衣，默默地观察病人腹部和大腿上的红斑，以及肿大的淋巴结。母亲看她女儿大腿之间的模样，无法克制自己，不由叫了起来。每天晚上，都有母亲看到子女的腹部呈现种种致命的迹象，就发出这样的号叫，并显出茫然的神色,每天晚上,都有手紧紧抓住里厄的手臂,都有徒费口舌的话急忙说出,还有匆忙中的许诺和哭泣,每天晚上,救护车的铃声都会引起恐慌,但跟任何痛苦一样都无济于事。经过这一系列情况相同的夜晚之后,里厄能够期待的,就只有一连串不断更新的相同场面。是的,鼠疫像抽象概念一样千篇一律。也许只有一个事物在变,那就是里厄自己。那天晚上,他在共和国塑像前产生了这种感觉,他看着朗贝尔消失其中的旅馆大门时,意识到自己心中已开始出现难以忍受的冷漠。

这几个令人疲惫不堪的星期过去之后,市民们仍在这暮色苍茫之时拥上条条街道转悠,在经历了这些日子之后,里厄于是看出,他已不再需要克制自己的同情之心。我们对同情感到厌倦,是在同情无济于事之时。大夫感到自己的心已慢慢封闭起来,但他却找到了这些精疲力竭的日子里唯一的安慰。他知道自己的任务会因此而变得容易完成。因此他对此感到高兴。他凌晨两点回家,他母亲见他用茫然的目光看她,心里感到难受,但她的难受,恰恰是里厄唯一能得到的温情。要跟抽象概念斗争,就得像他那样。但这种事怎么能使朗贝尔有所触动?抽象概念在朗贝尔看来跟他的幸福是水火不相容的。其实,里厄知道,这位记者在某种意义上并没有错。但他也知道,有时抽象概念显得比幸福更为重要,这时而且只有在这时才必须加以重视。朗贝尔以后发生的事就是这样,大夫详细了解到此事,是因为朗贝尔后来对他说出了真心话。他因此能在新的层面上继续这种沉闷的斗争,即每个人的个人幸福和涉及鼠疫的抽象概念之间的斗争,在这漫长的时期,这种斗争也就是本市的全部生活。

但在有些人看到抽象概念的地方,另一些人却看到了真实情况。鼠疫流行第一个月月底形势暗淡,是因为疫情明显反弹,而帕纳卢神甫又作了一次激情澎湃的讲道,这位耶稣会会士曾在米歇尔老头刚患病时帮助过他。帕纳卢神甫因经常在奥兰地理协会的学报上撰文而闻名,他在协会里是碑铭复原工作的权威。但他拥有比专家更广泛的听众,是因为他作了一系列讲座来谈论现代个人主义。他在作讲座时热情捍卫严格的天主教教义,这种教义既跟现代的放荡不羁大相径庭,也跟过去几个世纪的愚昧主义截然不同。在这种时候,他毫不犹豫地对听众说出严酷的现实。他由此声誉卓著。

然而,这个月将近月底时,本市教会当局决定以他们特有的方式来跟鼠疫斗争,即组织集体祈祷周活动①。这种公开表示虔诚的活动,最后在礼拜天举行庄严的弥撒,祈求曾染上鼠疫的圣人圣罗克②保佑。这时,大家请帕纳卢神甫讲话。

---

① 祈祷周是法国旧制度,在鼠疫流行期间由神职人员组织列队行进,以驱除瘟神,平息天主的愤怒。但在德国占领法国时期,维希政府的主教则在祈祷周发表演说,因为他们认为,法国战败是天主的惩罚,惩罚法国忘记了真正的道德,并使因无神论和"现代个人主义"而迷失的灵魂获得新生。
② 圣罗克(约1295—约1327),生于法国蒙彼利埃市。据说在前往罗马朝圣期间曾治愈鼠疫患者。后染上鼠疫,就独自待在森林之中,据说一位天使给他治疗,附近的一条狗给他带来面包,使他得以痊愈。他后来被误认为奸细,死于监狱。对他的崇拜兴盛于十五世纪,产生了许多圣罗克善会,后因鼠疫减少而被人淡忘。

半个月来,神甫已把他对圣奥古斯丁和非洲教会的研究工作①搁置一边,这种研究使他在修会中具有特殊地位。他生性满腔热情,果断地接受大家要他完成的任务。在这次讲道之前,市里早已在谈论此事,这次讲道是这一时期的历史中别具一格的重要事件。

祈祷周有许多群众参加。这不是因为奥兰的居民平时特别虔诚。譬如礼拜天上午,海水浴一直是弥撒的重要竞争对手。这也不是因为他们因突然皈依宗教而受到启迪。而是在一方面,因城市关闭、港口封锁,就无法再去洗海水浴,另一方面,他们这时的思想状态十分特殊,他们在内心深处并未接受他们遇到的这些突发事件,但显然清楚地感到已发生某种变化。然而,许多人仍然指望瘟疫即将结束,希望他们跟家人都能幸免于难。因此,他们尚未感到自己有任何义务。鼠疫在

---

① 奥古斯丁(354—430),古罗马基督教思想家,教父哲学的主要代表。北非希波主教。生于北非塔加斯特(今阿尔及利亚苏克阿赫腊斯)。青年时代加入摩尼教,研究占星学,阅读希腊哲学著作,同时过着放纵情欲的生活。三八三年前往罗马,开始阅读新柏拉图主义的著作,深受逻各斯学说的影响。次年前往米兰,师事米兰大主教安布罗斯,对过去的生活表示忏悔。三八七年在安布罗斯主持下受洗入教。三九五年接任希波(今阿尔及利亚安纳巴附近)主教。三九四至四〇〇年间写成《忏悔录》。他担任神职期间,罗马皇帝狄奥多西于三九二年下令以基督教正统派为国教,严禁异教,他不遗余力地维护基督教的正统信仰,和当地的摩尼教及基督教异端各派展开论战,逐步建立自己的神学体系。四一〇年罗马城为西哥特人攻陷,遭到严重破坏。四一三至四二六年间,他写了《上帝之城》,把他的神学观点应用于史学领域,提出历史事件是由天意决定的历史观。他的神学体系在五至十二世纪西欧基督教会内占有统治地位,成为早期经院哲学的组成部分。其他著作有《论恩宠与自由意志》《预定论》《论三位一体》以及《书信集》《讲道集》等。有趣的是,帕纳卢神甫的研究领域,也是加缪为获得大学第三阶段第一年结业证书的研究课题。

他们看来只是讨厌的来客,来了之后就会在有朝一日离去。他们害怕,但并未绝望,他们尚未把鼠疫看成他们的生活形式,他们还没有忘记瘟疫流行之前所过的生活,因为这样的时刻尚未到来。总之,他们在期待之中。在对待宗教时,就像对待其他许多问题那样,鼠疫使他们的思想变得十分特殊,可说是不冷不热,或者用两个字来形容,那就是"客观"。参加祈祷周活动的人,要是听到一个信徒对里厄大夫说的话,大多会觉得自己也会说这种话,譬如说:"不管怎样,这没有坏处。"塔鲁在笔记本里写下这样的话,说中国人在类似情况下会敲锣打鼓驱赶瘟神,然后又指出,根本无法知道,敲锣打鼓是否真的比预防措施更加有效。他只是作了补充,认为要解决这个问题,就得了解瘟神是否存在,而由于我们在这方面一无所知,我们可能有的种种看法就变得枯燥无味。

不管情况如何,祈祷周期间,本市的大教堂几乎总是挤满信徒。前几天,许多居民还待在教堂门廊前的棕榈园和石榴园里,倾听祈求和祈祷的声音像潮水般一直涌到各条街上。因有人带头进去,这些听众就陆续走进教堂,他们胆怯的声音就跟里面信徒的应答声混杂在一起。礼拜天,一大批人拥入正殿,连教堂前的广场上和台阶上也挤满了人。从前一天起,天上乌云密布,大雨滂沱。站在外面的人都撑起雨伞。教堂里飘浮着焚香和湿衣的气味,这时,帕纳卢神甫登上讲道台。

他中等身材,但身体壮实。他靠着讲道台的栏杆,粗大的双手抓住木栏,只见他身形厚实、漆黑,双颊红光满面,戴着一副钢丝边眼镜。他声音洪亮,充满热情,能传到远处,他说出一句慷慨激昂而又铿锵有力的话来责难听众:"弟兄们,你们在受苦受难,弟兄们,你们活该受罪。"听众一片骚动,一直传到广场。

从逻辑上看,他接下来说的话似乎不能跟这哀婉动人的开场白紧密相连。然而恰恰是后面说的话才使我们的同胞们知道,神甫巧妙的演说技巧一针见血,点出了他这次讲道的主题。果然,说完这句话后,帕纳卢神甫立刻引述了《出埃及记》中叙述埃及发生鼠疫的那段文字①,并说:"这灾祸第一次在历史上出现,是为了打击天主的敌人。法老违抗天意,鼠疫就让他屈膝。有史以来,天主降灾,狂妄自大和是非不分者全都跪倒在他脚下。请仔细考虑此事,并且跪下。"

外面雨下得越来越大,殿堂里一片寂静,暴雨击窗的声音使寂静更加突出,在这种气氛中,神甫说出了最后一句话,声音极其响亮,有几个听众在犹疑片刻之后,不由从椅子上滑下,跪倒在跪凳上。另一些听众认为值得效法,于是就接连传来椅子的嘎吱声,不一会儿听众全都跪了下来。帕纳卢神甫于是挺起身子,深深吸了口气,越来越抑扬顿挫地接着说:"如果说今天鼠疫跟你们有关,那是因为深思的时刻已经到来。义人不必对此害怕,但恶人理应发抖。在世界这座大粮仓里,无情的灾难会像连枷般②击打人类的麦子,直到麦秸上麦粒脱离。麦秸多,而麦粒少,被召的人多,而选上的人少③,

---

① 在《旧约·出埃及记》中,天主为迫使法老受奴役的以色列人离开,就十次降灾于埃及。因第十次降灾杀死所有新生儿(第12章),法老才作出让步。
② 原文为 fléau,原意为天主泄怒的工具,十二世纪起表示打麦的工具。
③ 耶稣打个比喻,说天国好比一个王,为他儿子娶亲设宴,派仆人去请被召的人来赴宴,他们却不肯来,就把他们都杀了。然后叫仆人到大路上把遇到的人都召来赴宴。最后就说了上面这句话。参见《新约·马太福音》第22章。

这灾难并非是天主所愿。这世界成为邪恶的渊薮,已为时过长,这世界依赖天主的宽容,已为时过长。只要后悔,就什么事都可以去干。而要后悔,每人都是行家里手。到时候,后悔之心肯定会有。而在此之前,最容易做到的则是放任自流,其他的事,仁慈的天主自有安排。现在,这种状况不能再持续下去。天主长期用慈悲的脸关心着本市居民,但已感到厌倦,在长久的期待中感到失望,已把目光从我们身上移开。我们失去了天主的灵光,就长期陷入鼠疫的黑暗!"

殿堂里有人像一匹急躁的马,喷出了鼻息。神甫在短暂停顿之后,声音更加低沉地接着说:"《圣徒传》①里说,翁贝托国王统治伦巴第②期间,意大利受到鼠疫的浩劫,幸存者的人数勉强足以埋葬死人,这场鼠疫在罗马和帕维亚特别猖獗。后来,一位善神显身,对手持打猎用长矛的恶神下达命令,命令他敲打一座座房屋,一座房屋被打了几次,就会有几个死人从里面抬出。"

说到这里,帕纳卢神甫朝广场的方向伸出他短短的双臂,仿佛指出摇曳的雨幕后面的一样东西。"弟兄们,"他铿锵有力地说,"现在我们各条街上进行的也是杀人的追捕。你们看,这鼠疫的瘟神,像明亮之星③那样漂亮,像恶魔那样闪闪

---

① 《圣徒传》系热那亚总主教瓦拉泽的雅科波(约1228—1298)的作品,介绍被罗马人迫害而殉教的基督教徒。这部作品于一二六〇年左右发表,并不断修改,直至作者去世。该书于一四七六年由拉丁文译成法文在里昂出版,作者名字法文化,为雅克·德·沃拉吉纳。
② 伦巴第现为意大利北部的区,当时的首府为帕维亚。
③ "明亮之星"在《旧约·以赛亚书》(第14章第12节)中指巴比伦王,在《新约·彼得后书》(第1章第19节)中指晨星。自中世纪起,明亮之星因在《以赛亚书》中被说成"坠落阴间"而指撒旦。

发光,他站在你们屋顶上空,右手举起红色长矛,左手指着你们中的一座房屋。此时此刻,他手指也许正指着你们的家门,长矛已在木门上敲响;此时此刻,鼠疫瘟神已走进你们家里,坐在你们的房间里等你们回去。他待在那里,耐心而又专注,像世上稳定的秩序那样确信无疑。他向你们伸出的手,人世间的任何力量,你们得要知道,即使是徒劳无益的人类科学,也无法使你们免受其打击。你们将在痛苦的打麦场上被打得血肉横飞,然后跟麦秸一起被扔掉。"

神甫在说下去时,更加充分地展现了这灾祸的悲惨景象。他提到巨大的长矛在城市上空舞动,任意往下戳去,举起来时已鲜血淋漓,最后把鲜血和人类的痛苦撒播开来,而"撒播是为了收获真理的种子"。

说完这长长的和谐复合句之后,帕纳卢神甫停了一下,只见他头发落到前额上,浑身颤抖,双手也随之跟扶着的讲道台一起颤抖,他接着说时声音更加低沉,但语气中带有谴责的意味:"是的,深思的时刻已到。你们以为只要礼拜天来朝拜天主,其他日子就可以逍遥自在。你们认为,跪拜几次就足以使天主不再责怪你们满不在乎的罪恶态度。但天主不喜欢这样不冷不热。这种若即若离的关系,不足以报答他的无限深情。他希望更经常见到你们,这是他爱你们的方式,说实话,这也是爱的唯一方式。正因为如此,他等待你们到来已等得厌烦,就让灾难降临你们身上,如同人类有史以来,灾难降临罪孽深重的所有城市那样。你们现在知道什么是罪恶,就像该隐父子①、洪水来临前的人们、所多玛和蛾摩拉②的居民、法老和约伯③以及所有受诅咒的人们知道的那样。自从这座城市把你们和灾难一起关在城墙内的那天起,你们就像上面这些人曾经做过的那样,在用新的目光来看待人和事物。你们现在终于知道,必须回到根本的问题上来。"

这时,一股潮湿的风刮进正殿,大蜡烛的火焰被吹到一边,发出轻微的噼啪声。蜡烛、咳嗽和喷嚏的浓烈气味,朝帕纳卢神甫扑面而来,神甫继续讲道,说得十分巧妙,备受听众赞赏,他用平静的声音说:"我知道,你们中有许多人恰恰在想,我说这番话用意何在。我是想让你们了解真实情况,并使你们感到庆幸,虽然我说了这些话。现在已不再是劝告和友爱之手能使你们向善的时候。今天,真实是一种命令。而拯救之路,要由红色长矛向你们指出,并把你们推向这条道路。弟兄们,天主的仁慈最终在这里显示出来,这种仁慈把善与恶、愤怒和怜悯以及瘟疫和拯救置于一切事物之中。这灾难即使伤害你们,却也使你们得以升华,并给你们指出道路。

---

① 据《圣经·旧约》,该隐是亚当和夏娃的长子。该隐种地,其弟亚伯牧羊。因耶和华看中了亚伯和他的供物,该隐嫉妒,把弟弟杀死。耶和华因此把他赶出伊甸园,并诅咒他的子孙。参见《旧约·创世记》第4章。
② 据《圣经·旧约》,所多玛和蛾摩拉是约旦河谷地的两座古城,因居民同性恋淫乱,耶和华用硫磺与火将其毁灭。参见《旧约·创世记》第19章。
③ 这里,帕纳卢说的话有点离谱。法老确实被天主严厉惩罚,属于应被诅咒之人,但约伯虽然富有,却为人正直、虔诚,并且有忍耐精神。天主派撒旦对他进行考验,夺取他的财产和女儿,让他身患溃疡,但他仍然对天主虔诚如初。参见《旧约·约伯记》。

"很久以前,阿比西尼亚①的基督教徒,把鼠疫看作上天赐予的获得永生的一种有效方法。没有患病者用鼠疫病人的被单裹在身上,以求必死无疑。当然啰,这种拯救灵魂的狂热并不值得效法。这种行为操之过急,令人遗憾,跟傲慢已相差无几。决不应该比天主更加操之过急,持久的秩序,已由天主一劳永逸地安排停当,以为能使这种秩序迅速变化的所作所为,都会导致走向异端。但是,这个例子至少会有教益。它使我们更加远见卓识,能一眼看出隐藏在痛苦深处的这道美妙的永生之光。这道光照亮了通向解脱的昏暗道路。它显示出上天的意志,即始终不渝地变恶为善。今天,这道光又通过这条充满死亡、忧虑和叫喊的道路,把我们引向必要的沉默,引向一切生命的本原。弟兄们,这就是我想给你们带来的巨大安慰,使你们从这里带走的不仅是谴责的话语,而且还有使你们心情平静的福音。"

大家感到,帕纳卢神甫已把话说完。外面,雨早已不下。天空雨意犹存,但已露出日头,更为清新的阳光洒落广场。街上传来说话和车辆行驶的声音,这是苏醒的城市在说话。听众们在轻微的嘈杂声中悄悄地收拾好随身携带的物品。但神甫又开口说话,他说在指出鼠疫源于天意以及这场灾难具有惩罚性之后,他已把话说完,不准备在谈论如此悲惨的问题时,用激动人心却又不合时宜的话来作为结束语。他感到大家想必已听得一清二楚。他只是提到,马赛在鼠疫大流行时,

---

① 阿比西尼亚原为古希腊对埃及以南地区的通称。十三世纪时是埃塞俄比亚地区建立的国家名称。埃塞俄比亚是最古老的基督教国家之一。

编年史作家马蒂厄·马雷①因过着无助而又无望的生活,就抱怨自己陷身于地狱之中。唉!马蒂厄·马雷真是瞎了眼!与此相反,帕纳卢神甫从未像今天这样感到,天主的救助和希望已赐予众人。他唯一的希望是,我们的同胞们尽管感到这些天的恐惧,听到垂死者的号叫,仍然向上天倾诉教徒的心声和爱慕之情。其余的事,天主自会作出安排。

---

① 马蒂厄·马雷(1665—1737),法国编年史作家。著有《摄政时期和路易十五统治时期回忆录》。

这次讲道是否对我们的同胞们产生了影响,现在还很难说。预审法官奥通先生对里厄大夫宣称,他认为帕纳卢神甫的讲道"肯定无可辩驳"。但并非所有人的看法都如此明确。只是这次讲道使某些人对一种此前模糊不清的想法有了清楚的了解,那就是他们因不知犯了什么罪而被判处一种难以想象的监禁。于是,有些人继续过自己的平淡生活,并设法适应这种监禁,另一些人恰恰相反,从此一心只想逃出这牢笼。

人们先是接受跟外界隔绝的状况,如同他们接受只会改变某些习惯的任何暂时的不便。但他们突然发现,他们置身于苍穹之下,开始感到夏日的煎熬,处于一种被非法监禁的状态,于是就模糊地感到,这种监禁已对他们的生命构成威胁,因此夜晚凉快之时,他们精力恢复,有时就会做出极端的行为。

首先,不管是否事出巧合,从这个星期天开始,本市出现的恐惧相当普遍而又深沉,使人不难看出,我们的同胞们真的开始意识到自己的处境。从这个角度看,本市的生活气氛已有所变化。但究竟是气氛变了还是心理状态变了,这就是问题的所在。

讲道后没过几天,里厄在前往市郊,跟格朗一起评论这件事时,在黑暗中撞在一个男人身上,这个人在他们前面摇摇晃晃,却不想往前走。就在这时,开得越来越迟的本市路灯突然亮了起来。他们身后的路灯从高处把这个人突然照亮,只见他两眼紧闭,无声地笑着。他脸色苍白,面孔笑得鼓起,脸上流着大滴汗珠。他们绕了过去。

"是个疯子。"格朗说。

里厄刚才抓住他的胳膊拉着他走,感到这个职员紧张得发抖。

"用不了多久,我们市里就只有疯子。"里厄说。

他疲倦时,就感到喉咙发干。

"我们去喝点东西。"

他们走进一家小咖啡馆,只有柜台上方的小灯亮着,顾客们在淡红色的昏暗光线下低声说话,看不出是由于什么原因。大夫感到意外的是,格朗在柜台上要了一杯烧酒,一饮而尽,并称自己海量。接着他就想出去。在外面,里厄感到夜里到处都在呻吟。路灯上方,在黑暗的天空中,某处响起低沉的呼啸,使他想起无形的灾难在不断搅动炎热的空气。

"还好,还好。"格朗说。

里厄心里在想,他这话是什么意思。

"还好,"对方说,"我有工作。"

"是的,"里厄说,"这有好处。"

里厄决定不去听那呼啸声,他问格朗对自己的工作是否满意。

"啊,我觉得自己没走歪路。"

"您还要搞很长时间?"

格朗显然兴奋起来,酒后的热情已在他声音中显露。

"我不知道,但问题不在这儿,大夫,不是这个问题,不是。"

在黑暗中,里厄猜出对方在挥舞手臂。他似乎准备说出突然来到嘴边的话,就滔滔不绝地讲了起来:

"您看得出,大夫,我梦寐以求的,是有朝一日我的手稿送到出版商手里,他看完后站起身来,对助手们说:'先生们,脱帽致敬!'"

他突然说出这话,使里厄感到意外。他觉得他的朋友在做脱帽的手势,把手举到头顶上,然后把手臂放下呈水平状。在上空,奇怪的呼啸声似乎越来越响。

"是的,"格朗说,"必须做到完美无缺。"

里厄虽说对文学界的惯例知之不多,却感到事情决不会如此简单,感到出版商在办公室里想必不会戴帽子。但实际上这种事也弄不清楚,里厄就情愿不说。他不由自主地倾听鼠疫引起的神秘喧哗。他们走近格朗居住的街区,这个街区地势较高,一阵微风吹来,他们感到凉快,这风同时也吹走了市里所有的嘈杂声。格朗仍在说话,但里厄并未完全听懂这老好人说的话。他只是听出,格朗说的作品已写了许多页,但为把作品写得尽善尽美,作者殚思竭虑,可说是苦不堪言。"整整几个夜晚、几个星期,就为了推敲一个字……有时只是为了一个连词。"说到这里,格朗停了下来,抓住大夫外衣上的一粒纽扣。他那牙齿不齐的嘴里,断断续续地说出了这些话:

"您得明白,大夫。在万不得已时,在'然而'和'而且'之间选择相当容易。但在'而且'和'另外'之间选择比较困难。在'接着'和'然后'之间选择就难度更大。但最困难的肯定是该不该用'而且'。"

"是的,"里厄说,"我明白。"

他又往前走。对方显得尴尬,重又追了上来。

"请原谅,"他含糊不清地说,"我不知道我今晚是怎么回事!"

里厄轻轻地拍了拍他的肩膀,并对他说愿意帮助他,说对他的故事会很感兴趣。格朗显得有点放心,到了他家门口,他犹疑片刻后请大夫上去坐坐。里厄表示同意。

在餐厅里,格朗请他坐在一张桌子前,桌上堆满了稿纸,稿纸上写的字很小,画有许多涂改的杠杠。

"是的,就是这个,"格朗看到里厄询问的目光,就这样说,"您是否想喝点什么?我有点酒。"

里厄谢绝了。他看着稿纸。

"您别看,"格朗说,"这是我写的第一个句子。我花了力气,花了很大的力气才写好。"

他也在看着所有这些稿纸,他的手显然不由得被其中一张稿纸所吸引,他把这张纸拿了起来,在没有灯罩的灯泡前照得像透明的那样。稿纸在他手里抖动。里厄发现这职员的额头上湿了。

"您坐下,"里厄说,"念给我听听。"

对方看了看他,并微微一笑,显得有点感激。

"好的,"他说,"我觉得我也想念。"

他等待片刻,但一直看着那张稿纸,然后坐了下来。与此同时,里厄在倾听一种模糊不清的嘈杂声,这种声音在市里仿佛在回答瘟疫的呼啸声。他在此时此刻特别敏感,对他脚下延伸的这座城市敏感,对城市所形成的封闭世界敏感,对城市在黑夜中压抑的可怕号叫敏感。这时,格朗的低沉声音响起:"在五月一个美丽的清晨,一位英姿飒爽的女骑士,跨一匹漂亮的阿拉桑牝马,穿过布洛涅林园①的条条花径。"接着再次沉默,同时传来这受苦的城市模糊不清的嘈杂声。这时格朗已放下稿纸,但仍然看着它。片刻之后,他抬起眼睛:

"您看写得怎样?"

里厄回答说,这样开头使他想知道下文。但对方兴奋地说,这样看并不正确。他用手掌拍了拍他那些稿纸。

"这只是个大致的轮廓。我把我想象中的景象完全表现出来之后,我的句子有了这种'一、二、三'、'一、二、三'驱马疾走的节奏之后,其余的写起来就会比较容易,特别是一开始就使人产生的美妙的幻觉,很可能使人说出:'脱帽致敬。'"

但要达到这种境界,他还有大量工作要做。他决不会同意把这个句子原封不动地送交印刷厂。因为,他虽说有时对这句子感到满意,却仍然看出它并未完全符合实际情况,并认为在某种程度上,它这种流畅或多或少有点像陈词滥调。这至少是格朗想要说的意思,这时,窗外传来人们奔跑的声音。里厄站起身来。

"您会看到我修改好的句子,"格朗说,在转身朝窗外看时又说,"但要等全都写完之后。"

但急促的脚步声再次传来。里厄已经下楼,他走到街上时,有两个男人在他面前经过。显然,他们是朝城门跑去。我们有些同胞确实已在炎热和鼠疫的夹击下昏了头,他们不禁想使用暴力,并企图蒙混过关,逃出城去。另一些人,如朗贝尔,也想要逃离这开始出现的惊惶失措的气氛,但想法更加执著而又灵活,虽然不能说更加成功。朗贝尔起初仍然走官方

---

① 布洛涅林园是巴黎西部的公园。

的门路。据他说,他一直认为,执著最终能取得一切胜利,而从某种观点来看,善于摆脱困境是干他这一行的要求。于是,他走访了大批官员,以及精明能干、万无一失的人。但这时情况特殊,这种能力对他们毫无用处。这些人大多对银行、出口、柑橘或酒类贸易有着确切而又精辟的看法,他们在诉讼或保险问题上有着不容置疑的知识,另外还有过硬的文凭,助人的诚意也显而易见。甚至可以说,这些人给人印象最深刻的就是这种助人的诚意。但在鼠疫的问题上,他们几乎是一无所知。

不过只要有机会,朗贝尔就对他们每个人诉说他的理由。他的基本论据总是说他是外地人,因此,对他的情况尤其应当加以考虑。通常,跟这位记者说话的人都愿意接受这个观点。但他们一般都会对他表示,有一些人的情况也是如此,因此,他的事并非像他想象的那样特殊。对此,朗贝尔可以回答说,这丝毫也没有改变他论据的基本内容,对方则对他回答说,这会使行政当局的困难有所改变,当局反对任何特殊照顾的措施,怕这种措施会开出令人十分厌恶的先例。根据朗贝尔对里厄大夫提出的分类方法,这样推理的人是形式主义者。除了这些人,还可以看到能说会道的人,他们让申请离去者放心,说这种情况不会长久,他们见对方要他们作出决定,就不吝其辞地给人出好主意,他们安慰朗贝尔,断言这只是暂时的烦恼。还有那些要人,请来访者留言概述自己的情况,并答应对这种情况作出决定后通知他;鼠目寸光者则向他推荐住房券或提供经济膳宿公寓的地址;照章办事者要他填写卡片,然后分类归档;忙忙碌碌者无奈地举起双臂;嫌麻烦者转过脸去不加理睬;最后是墨守成规者,人数众多,他们请朗贝尔去找另一办公室,或是让他去走另一门路。

这位记者到处走访,弄得疲惫不堪,他已对市政府或省政府有了恰如其分的了解,因为他经常坐在面料为仿皮漆布的长凳上等待,看着前面所贴的请人购买免税国库券或参加殖民军的大幅广告,经常走进一个个办公室,要猜出里面有哪几张脸,就像猜出拉板文件柜和档案架一样容易。正如朗贝尔略带苦涩地对里厄说的那样,好处是这一切使他看不到真实情况。他实际上已不去注意鼠疫的蔓延。再说,这样一天天就过得更快,而从整个城市的情况来看,可以说只要不死,每过一天,每个人就更加接近对他考验的结束。里厄只好承认这观点符合真实情况,但这种真实有点过于笼统。

在有的时候,朗贝尔曾产生希望。当时他收到省政府寄来的一份空白调查表,请他据实填写。表上要填写他的身份、家庭情况、过去和现在的经济来源,以及称之为履历的情况。他有一种印象,认为这是对可以被遣返原地的人们所作的情况调查。从一个办公室里得到的含糊不清的消息,证实了这种印象。他经过几次有针对性的走访之后,找到了寄来调查表的机关,机关里的人就对他说,收集这些情况是"以防万一"。

"防什么万一?"朗贝尔问。

于是,他们就对他明确地说,万一他得了鼠疫死亡,一方面可以通知他的家属,另一方面可以知道,医疗费用应由市里负担,还是可以请死者的亲属在以后付清。这显然说明,他并未跟等他回去的女人完全分开,因为社会还在关心他们。但这不能算是一种安慰。更值得注意的是,朗贝尔也因此发现,在灾情最严重的时候,一个办事处还能以何种方式继续办事,并像过去一样积极主动,但最高当局往往并不知情,而这样做的唯一理由是,该办事处是为办这类事而设立。

接下来的时期,对朗贝尔来说最容易过也最为困难。这是麻木不仁的时期。他跑遍了所有办事处,走了所有的门路,这方面的出路暂时全给堵住。于是,他去各家咖啡馆溜达。每天上午,他坐在一家咖啡馆的露天座上,面前放着一杯不冰冻的啤酒,读一份报纸,希望从报上看到瘟疫将要结束的某些迹象,他观看街上行人的面孔,看到他们愁眉不展的样子就厌烦地转过脸去,他朝对面各家商店的招牌和业已停止出售的名牌开胃酒广告看了无数次之后,就站起身来,在市里一条条黄色街道上闲逛。用孤独的散步走到咖啡馆,又从咖啡馆走到饭馆,他就这样消磨时间直至夜晚降临。正是在一天傍晚,里厄看到记者在一家咖啡馆门口犹豫不决,不知是否该进去。后来他似乎作出决定,走到大厅里坐了下来。在这个时候,咖啡馆因接到上级命令,尽量推迟开灯的时间。暮色如灰色流水涌入厅里,夕阳西下的天空呈玫瑰色,映照在窗玻璃上,大理石桌面在开始暗淡的光线下发出微弱的反光。在这空荡荡的厅里,朗贝尔仿佛是迷失的幽灵,里厄心里在想,这是他被遗弃的时刻。但这也是因禁在这座城市里的人都感到自己被遗弃的时刻,因此必须做点工作,使他们早日得救。里厄转身就走。

朗贝尔也会在火车站待上很长时间。车站的月台已禁止入内。但从外面可进入候车室,因为候车室的门都开着,有时天气炎热,一些乞丐就在候车室里安家,因为里面阴凉。朗贝尔来这里观看以前的火车时刻表、禁止吐痰的标牌以及乘警的规定。然后,他在一个角落里坐下。厅里很暗。一只生铁旧火炉已有几个月没有使用,周围的地上还留有一个个8字形的水渍。墙上贴有几张广告,宣传在邦多勒①或戛纳能过上自由自在的幸福生活。朗贝尔在此接触到一种可怕的自由,这种自由可在极度贫乏中看到。他当时思想中最难忍受的景象是巴黎的景象,至少他对里厄是这样说的。这景象中有古老的建筑和河流,有王宫②的鸽子、北站、先贤祠周围行人稀少的街区,还有他当时并不十分喜欢的市里其他几个地方,这时都萦绕在朗贝尔脑中,使他无法去做任何确切的事情。里厄只是认为,他在把这些景象看成他爱情的景象。有一天,朗贝尔对他说,他喜欢在凌晨四点醒来,并想念自己的城市,到这一天,大夫毫不困难地根据自身的经验看出,朗贝尔当时喜欢思念的是他留在那里的女人。这确实是他能在思想中占有她的时刻。在凌晨四点,人们一般什么事也不干,人们在睡觉,即使这一夜曾是对爱情不忠的夜晚。是的,这时人们在睡觉,这就可以使人安心,因为一颗不安的心,最大的欲望是时刻占有自己的心上人,而当她不在身边时,是让她沉浸在无梦的睡眠之中,到重逢之日才能醒来。

---

① 邦多勒是法国瓦尔省市镇,临地中海,是海水浴疗养地。
② 王宫是巴黎一建筑群,位于卢浮宫附近,一六三三年为黎塞留建造,称为红衣主教宫,一六四三年遗赠给国王,路易十四于一六六一年赐给奥尔良家族的亲王。

讲道后不久,炎热开始出现。时间已到六月底。礼拜天讲道那天下了场迟来的大雨,到第二天,夏天突然在天空中和房屋上方出现。先是刮起灼热的大风,刮了整整一天,把墙壁全都吹干。太阳如同纹丝不动。持续不断的热浪和光线,在白天大量涌入城市。除了拱廊街和套间之外,城里似乎到处都处于极其耀眼的光线之下。在街道的各个角落,太阳都在追逐我们的同胞,他们一旦停下,就会被它击中。这初夏的炎热,正好跟瘟疫死亡人数直线上升同时出现,每周约有七百人死亡,因此,市里顿时情绪沮丧。在市郊,在平坦的街道和带平台的房屋之间,已没有往日那样热闹,而在这个街区,以前大家都在家门口活动,现在大门全都紧闭,百叶窗也已关好,但无法知道,他们这样做是防御鼠疫还是防太阳晒。然而,从几幢房子里,还是传出呻吟的声音。以前,有这种事发生,就会看到一些好奇者在街上偷听。但经历了这种长时间的惊慌之后,似乎人人都已是铁石心肠,在行走时或生活中听到呻吟声,如同听到人类自然的言语。

城门口发生斗殴,宪兵只好动用武器,引起暗中骚动。肯定有人在斗殴中受伤,但市里谈论的是有人死亡,什么事都因炎热和恐惧而被夸大。不管怎样,事实是不满情绪在不断增长,我们的当局担心事态会变得极其严重,就认真考虑应采取的措施,以防止处于灾难之中的民众起来造反。各报都登载政府的法令，法令重申禁止出城，并称违令者会受牢狱之苦。一支支巡逻队跑遍全城。在空荡荡的晒得灼热的街上，往往先听到马路上响起马蹄声，然后看到骑警在两排紧闭的窗户之间经过。巡逻队过去后，沉闷而又多疑的寂静再次降临这座死亡威胁下的城市。有时响起几声枪响，一些特别行动队奉市政府的最新命令，负责枪杀狗和猫，因为这些动物会传播跳蚤。这种短促的枪声使市里的警戒气氛更加浓重。

在酷热和寂静之中，我们的同胞胆战心惊，任何事情都显得更加严重。天空的色彩和大地的气味是季节转换的标志，首次受到众人注目。每个人都惊恐万状，又心里明白，酷热会助长瘟疫蔓延，而与此同时，每个人也都看到，夏天已经来临。雨燕在傍晚天空中的叫声，在城市上空变得更加尖细。六月的黄昏使我们这个地区的天际显得开阔，而这种叫声已跟此时的黄昏无法般配。市场上已不再是花卉含苞待放，而是鲜花盛开，因此早市过后，花瓣撒遍布满灰尘的人行道。大家清楚地看到，春天疲惫不堪，她曾到处在万紫千红中大跳轮舞，显得光彩夺目，而现在却变得有气无力，即将在鼠疫和炎热的双重压力下慢慢咽气。在我们所有同胞看来，这夏日的天空，这一条条因蒙尘和烦恼而变得灰白的街道，也使人感到威胁，如同每天使市里心情沉重的上百个死者。烈日当空，人们想睡觉和度假的这些时刻，不再像以前那样能使人去水中戏耍或寻求肉体的愉悦。相反，这些时刻在封闭而又寂静的城市里显得沉闷。这些时刻已失去快乐的季节的古铜色光彩。鼠疫蔓延时的太阳晒掉了一切颜色，驱散了任何欢乐。

这正是疾病引起的一种巨大变化。我们的同胞们通常都兴高采烈地迎接夏季的到来。于是，城市向大海开放，让青年涌向海滩。今年夏天恰恰相反,近海已成禁区,人体已无权享受大海的乐趣。这样的条件下,又能做什么事情?仍然是塔鲁,向我们展现了我们当时的生活最真实的图像。当然啰,他注视着瘟疫蔓延的总体情况,确切地记载了瘟疫的一个转折点是由电台指出的,因为电台公布的死亡人数不再是每周几百人,而是每天九十二人、一百零七人和一百二十人。"各家报纸和当局都在跟鼠疫斗智。他们认为,这样鼠疫就少得了几分,因为每天一百三十这个数字要小于每周九百一十。"他还提到,瘟疫的景象有时哀婉动人,有时耸人听闻,譬如说有个妇女,在一个百叶窗紧闭的冷清街区,突然把窗子打开,大叫两声,然后重又把窗子关上,房间里再次漆黑一片。但他还作了记载,指出薄荷片已在药房销售一空,因为许多人口含薄荷片,以防止感染。

他也继续观察他爱看的那些人物。据说,那个戏弄猫咪的矮老头也活得凄惨。一天上午,几声枪响,正如塔鲁所写,几颗铅弹射出,把大部分猫咪打死,其他猫咪吓得逃离这条街道。当天,矮老头在惯常的时间走到阳台上,显得有点惊讶,就俯身观看,在街道的尽头寻找,并耐心等待。他的手轻轻敲着阳台的栏杆。他又等待了一段时间,撕了一些小纸片,就回到房间,过了一段时间又走了出来,然后他突然进去,并怒气冲冲地把落地窗关上。随后几天,同样的场景重复出现,但在矮老头脸上,可看到越来越明显的悲哀和不安。一星期后,塔鲁徒劳地等待矮老头每天的出现,阳台的落地窗固执地把不难理解的忧伤关在里面。"鼠疫流行期间,禁止向猫咪吐口水",这是笔记本上的结论。

另一方面,塔鲁晚上回到旅馆,肯定能在门厅里看到夜间值班员阴沉的面孔,只见他在厅里踱来踱去。此人不断对所有进来的人说,他对现在发生的事有先见之明。塔鲁承认曾听见他预言会有灾难降临,但提醒他说,他当时预言的是一次地震,于是,这位年老的守夜人就回答说:"啊!要是发生地震就好了!震这么一次,也就不会再有人谈起……对死人和活人做个统计,事情也就完了。可这种肮脏的疾病!你即使没有染上,心里也会得病。"

旅馆经理同样不堪忍受。起初,旅客无法离开本市,因城市封闭而滞留旅馆。但随着瘟疫蔓延,许多人渐渐退房,情愿借住朋友家里。上述原因,曾使旅馆的客房全都住满,但从此却使这些房间空关,因为不会再有新的旅客来到本市。塔鲁是绝无仅有的几位旅客之一,经理一有机会就对他指出,要是他没有去讨好最后几位顾客,他的旅馆早就关门大吉。他经常请塔鲁估计瘟疫会持续多长时间,塔鲁回答说:"据说寒冷会阻止这种疾病蔓延。"经理听了惊惶失措:"可这里从来没有真正冷过,先生。不管怎样,我们还得忍受好几个月。"另外,他可以肯定,旅客还会在很长一段时间里避开本市。这场鼠疫可把旅游业给毁了。

在餐厅里,猫头鹰般化身的奥通先生曾短期没有现身,现在又看到他露面,但身后只跟着两只听话的小狗。据了解,他妻子回去照顾并安葬亲生母亲,此时正在接受检疫隔离。

"我不喜欢这种做法,"经理对塔鲁说,"不管是否隔离,她都十分可疑,因此他们也都可疑。"

塔鲁对他指出,用这个观点来看,所有人全都可疑。但对方态度明确,对这个问题的看法坚定不移:

"不,先生,您和我都不可疑。是他们可疑。"

但奥通先生并未因这种小事而有所改变,这次鼠疫是白费了力气。他仍跟以前一样走进餐厅,自己坐下后才让孩子坐下,并总是对他们说些高雅而有恶意的话。只是小男孩模样变了。他跟姐姐一样身穿黑衣,背有点驼,活像是父亲的影子。守夜人不喜欢奥通先生,就对塔鲁说:

"啊!那个人嘛,他断气时也会衣冠楚楚。像这样,殡仪馆不需要化妆,他可以直接去那儿。"

对帕纳卢神甫的讲道,塔鲁也作了记载,但附有如下评论:"我理解这种讨人喜欢的热情。在灾难开始发生和结束时,总会有人说些漂亮话。在灾难开始时,习惯尚未丢失,而灾难结束时,习惯已经恢复。当大难临头时,大家才对现实及沉默习以为常。我们得要等待。"

塔鲁最后记载,他曾跟里厄大夫有过一次长谈,他只提到谈话收效甚佳,还顺便提到里厄老太太眼睛呈淡栗色,并就此作出奇怪的断言,认为如此善良的目光总会比鼠疫更强,他最后用相当长的篇幅来谈论里厄治疗的哮喘病老人。

他们谈话之后,塔鲁跟大夫一起去看望他。老头看到塔鲁来,冷笑着搓搓手。他坐在床上,背靠枕头,面前放着那两只盛鹰嘴豆的锅子。"啊!又来一个,"他看到塔鲁就说,"这是颠倒的世界,医生比病人还多。是因为这病传得快,嗯?神甫说得对,这是罪有应得。"第二天,塔鲁没有预先通知又去了他家。

根据塔鲁的笔记,哮喘病老人是服饰用品店老板,在五十岁时认为自己已干够了。他于是躺下不干,不再起来。其实他患哮喘病最好还是站立。他有一小笔年金收入,一直活到七十五岁,活得十分愉快。他看到表就觉得难受,实际上他家里一只表也没有。"买一只表,"他总是说,"很贵,又很蠢。"他计算时间,特别是用餐时间,即对他唯一重要的时间,就用这两只锅子,其中一只在他醒来时盛满鹰嘴豆。他把鹰嘴豆一粒粒放进另一只锅子,动作专心而有规律。他就这样用装满一锅豆来算出一天中的几个时间。"每装满十五锅,我就该吃饭了。这非常简单。"

另外,据他妻子说,他小时候就显示出他志向的某些征兆。他确实毫无兴趣可言,对工作、朋友、咖啡、音乐、女人和散步都不感兴趣。他从未走出城门,只有一次例外,那天他为家里的事必须前往阿尔及尔,但他在离奥兰最近的一个车站停了下来,不敢冒险去更远的地方。他于是乘第一列返回的火车回家。

塔鲁对他闭关自守的生活显出惊讶的样子,他为此作的解释大致是这样的,他说根据宗教,一个人前半生在走上坡路,后半生在走下坡路,而在走下坡路时,人过的一天天日子已不再属于他,在任何时刻都可能被夺走,因此,他在这些日子里做不成任何事情,最好什么事也不干。另外,他也不怕矛盾,因为他在不久后对塔鲁说,天主肯定不存在,因为如果存在,神甫们就毫无用处。但听到他后来的一些看法之后,塔鲁才知道,他这种哲学,跟他所在的教区经常向他募捐有着密切的关系。塔鲁对老人形象的描绘,以老人的一个愿望结束,这个愿望似乎出自他内心深处,他也多次跟对方说出:他希望能在期颐之年死去。

"他难道是圣人?"塔鲁心里在想。接着,他回答说:"是的,假如圣德是习惯的总和。"

但与此同时,塔鲁也对疫城的一天作了十分详细的描写,使我们对我们的同胞们在这个夏天的工作和生活有了确切的了解:"除了醉汉,没有人在笑,"塔鲁说,"而醉汉又笑得太多。"然后,他开始进行描述:

"清晨,微风吹遍街上还十分冷清的城市。这个时刻处于夜间死亡和白天垂危之间,鼠疫似乎在此刻暂不发力,缓一口气。店铺全都关着门。但有几家店铺门上挂着'鼠疫期间停止营业'的牌子,说明过一会儿它们不会跟其他店铺一样开门营业。报贩还在睡梦之中,没有叫卖当天的新闻,而背靠街角,像是在向路灯兜售报纸,姿势酷似梦游者。片刻之后,他们被首批有轨电车吵醒,就散布全城,伸出拿着报纸的手,报上'鼠疫'二字十分醒目。'秋天鼠疫是否仍会流行?'B教授回答说:'不会。''一百二十四人死亡,这是鼠疫流行第九十四天的总结。'

"虽然纸张供应越来越紧张,有些期刊只能减少篇幅,但仍有一家报纸创刊,名叫《瘟疫信使报》,其宗旨是'向我们的同胞十分客观地报道瘟疫加重或消退的情况,向他们提供关于瘟疫前景的最权威性证据,设立各个栏目,以支持所有准备与灾难作斗争的知名或无名人士,振作居民的士气,传达当局的指示,总之,汇集一切有诚意之士,以便跟袭击我们的病魔进行有效的斗争'。实际上,这家报纸在不久之后只限于刊登一些广告,以宣传预防鼠疫的新的特效药。

"将近上午六点,所有这些报纸开始在各家商店开门前一个多小时就在门口排队的人群中出售,然后在郊区开来的一辆辆挤满乘客的有轨电车里销售。有轨电车已成为唯一的交通工具,踏脚板上和栏杆边上都站满了人,因此电车开起来十分困难。然而,奇怪的是,所有乘客都尽可能背朝别人,以免相互传染。到站后,大批男女乘客一拥而下,急忙远离人群,以便独自活动。人们经常发生争吵,只因情绪不佳,而情绪不佳已成为一种慢性病。

"第一批有轨电车经过后,城市逐渐苏醒,第一批啤酒店随之开门,柜台上放着一块块牌子,写着'咖啡无货'、'自备白糖'等字样。各家店铺接着开门,各条街道热闹起来。与此同时,太阳渐渐升起,热气在七月的天空上慢慢涂抹着铅灰色。在这个时候,无所事事者在大道上游荡。大多数人似乎想用摆阔来驱除瘟神。每天上午将近十一点时,在主要交通干道上,都有青年男女招摇过市,他们身上的这种生活欲望,在巨大的灾难中越来越强烈地表现出来。如果瘟疫继续蔓延,道德观念也会淡薄。我们将会看到米兰人在墓边纵欲的场景在我们这里重演。

"中午十二点,各家饭馆都在瞬息间客满。没找到座位的顾客三五成群,很快就聚集在饭馆门口。天空因过热而开始暗淡无光。在巨大的篷帘下,这些就餐候选人站在烈日曝晒的街道旁边。饭馆顾客盈门,是因为饭馆可以在很大程度上解决食品供应紧张的问题。但它们却丝毫不能消除对疾病传染的忧虑。就餐者花费很多时间,耐心地把餐具擦了又擦。不久以前,有几家饭馆张贴告示:'此饭馆餐具经沸水消毒。'但后来渐渐不再做任何广告,因为顾客来吃饭是迫不得已。另外,顾客花钱是心甘情愿。点的是美酒或所谓的美酒,还要价钱最贵的加菜,这是挥金如土的开端。一家饭馆里似乎也出现过惊慌失措的场面,因为一位顾客感到身体不适,脸色随之苍白,就站起身来,跟跟跄跄地迅速走出门外。

"将近下午两点,市里渐渐变得几乎空无一人,此时此刻,寂静、灰尘、阳光和鼠疫在街上相遇。热浪沿着一幢幢灰色的高大房屋不断涌现。这几个小时是漫长的囚禁时间,在火烫的傍晚结束,而傍晚沉重地压在这座人口众多、声音嘈杂的城市之上。在天气刚转热的那几天里,也不知是什么原因,傍晚时到处冷冷清清。但现在,凉爽初现,即使并未给人带来希望,至少使人感到轻松。于是,大家都走到街上,用说话来排除忧虑,相互争吵或互表羡慕,在七月晚霞的映照下,市里到处是情侣和喧哗声,渐渐转入忐忑不安的夜晚。每天晚上,在各条大道上,有一位受神灵启示的老人,头戴毡帽,打大花结领结,穿过人群,反复在说'天主伟大,皈依他吧',但白费力气,大家恰恰相反,急忙去关心自己并不熟悉的事物,或者去关心在他们看来比皈依天主更为迫切的事情。起初,他们以为这种病跟其他疾病一样,宗教还有自己的地位。但他们一旦看到这种病严重之后,他们就想到寻欢作乐。于是,白天的满脸愁容,在尘土飞扬的灼热黄昏却变成失控的兴奋和拙劣的放荡,使大批市民为之欣喜若狂。

"我也跟他们一样。这算不了什么!死亡算不了什么,对人们和我来说都是这样。这种事件使他们有理由这样做。"

要求跟里厄面谈的是塔鲁,这事他在笔记本里提到。里厄等他来访的那天晚上,大夫正看着自己的母亲,她正静静地坐在餐厅角落里的一把椅子上。她不做家务时,就坐在那里打发日子。她双手合拢放在膝盖上等待着。里厄甚至不敢肯定,她是在等他回来。然而,他一旦出现,他母亲的脸上就有所变化。她一生勤劳所造就的沉静脸色,这时似乎变得生气勃勃。随后,她重又陷入沉默之中。那天晚上,她在窗前观看此刻已冷清的街道。照明的路灯已减少三分之二。要相隔很远的距离,才有一盏灯光暗淡的路灯在阴暗的城市中投下些许亮光。

"鼠疫流行期间,照明的路灯是否都要减少?"里厄老太太问。

"也许是这样。"

"但愿不要这样一直拖到冬天。这样就太凄凉了。"

"是的。"里厄说。

他看到母亲的目光正注视着他的前额。他知道,他最近几天既担忧又过于劳累,脸就瘦了下来。

"今天情况不好?"里厄老太太问。

"哦!跟平时一样。"

跟平时一样!这就是说,刚从巴黎运来的血清,看来疗效要比第一批差,而死亡人数却在增加。目前仍然不可能对鼠疫患者家属之外的人进行预防性血清注射。要普及血清注射，就得大批生产血清。腹股沟肿块大多不会自行溃破，仿佛它们已到了硬化期，病人因此极为痛苦。从前一天起，市里发现两例新型鼠疫。于是就有了肺鼠疫①。同一天，在一次开会时，疲惫不堪的医生们对晕头转向的省长提出要求，并获准采取新的措施，以防止口对口传染肺鼠疫。跟平时一样，大家仍然对此一无所知。

他看了看母亲。她漂亮的栗色眼睛使他回想起多年的温柔感情。

"你害怕吗，母亲？"

"在我这种年龄，已没有什么十分可怕的事了。"

"白天漫长，我却总是不能待在这儿。"

"只要知道你会回来，我等你没什么关系。你不在家，我就想你在干什么。你有她的消息？"

"是的，据她最近一份电报，一切都好。但我知道，她这样说是要让我放心。"

这时门铃响了。大夫朝母亲笑了笑，就去开门。在半明半暗的楼梯平台上，塔鲁活像一头灰衣大狗熊。里厄请客人坐在他的书桌前。他自己站在他的扶手椅后边。他们中间隔着书桌上的台灯，也是房间里唯一开着的灯。

"我知道，"塔鲁开门见山地说，"我跟您说话，不用拐弯抹角。"

里厄默默表示同意。

---

① 鼠疫有腺鼠疫和肺鼠疫之分，前者由跳蚤传给人，后者则通过呼吸和黏液在人与人之间相互传染，其症状跟加缪十分熟悉的疾病肺结核相似。

"再过半个月或一个月,您在这里就将毫无用武之地。您无法应付事态的发展。"

"不错。"里厄说。

"卫生防疫工作组织得很差。你们缺少人员,时间又太紧。"

里厄再次承认事实如此。

"我得知省里考虑建立一种民间卫生防疫组织,规定身体健康的男子都要参加通常的救护工作。"

"您消息十分灵通。但这已引起强烈不满,因此省长举棋不定。"

"为什么不征求志愿者呢?"

"征求过,但应征者寥寥无几。"

"这是通过官方渠道搞的,而且信心不是很足。他们缺少的是想象力。他们一直跟不上灾情发展的规模。还有他们想出的办法,用来治疗鼻炎还有点勉强。要是我们让他们这样干,他们准会完蛋,我们也跟他们一起送命。"

"有这种可能,"里厄说,"我应该说,他们也想到了囚犯,用来干所谓的粗活。"

"我更喜欢让自由人来干。"

"我也是。但又是为了什么?"

"我对判处死刑十分厌恶。"

里厄对塔鲁看了一眼:

"那怎么办?"

"于是,我有了个计划,要建立志愿者卫生防疫组织。请准许我来做这件事,我们别去管行政当局。另外,当局也已忙得焦头烂额。我的朋友几乎到处都有,他们将成为第一批骨干。当然啰,我也是其中一员。"

里厄说:

"当然,您料到我会愉快地同意。我们需要有人帮助,尤其是这一行。我负责让省政府同意这个想法。另外,他们也别无选择。但是……"

里厄考虑了一下。

"但是,这个工作可能有生命危险,这点您十分清楚。但不管怎样,我得提醒您。您是否仔细考虑过?"

塔鲁用那双灰色的眼睛看着他。

"您对帕纳卢神甫的讲道有何看法,大夫?"

这问题提得自然,里厄的回答也很自然。

"我在医院里生活的时间太长,不会喜欢集体惩罚的想法。但您知道,天主教徒有时会这样说,但从未真正有这种想法。他们的内心要优于他们的表象。"

"然而,您跟帕纳卢神甫一样,认为鼠疫有好的一面,认为它使人们睁开眼睛,使他们不得不去思考!"

大夫不耐烦地摇摇头。

"跟这个世上的所有疾病一样。但适用于这世上所有疾病的道理,也适用于鼠疫。这能使某些人思想提高。但看到鼠疫给人们带来的苦难和痛苦,只有疯子、瞎子或懦夫才会对瘟疫逆来顺受。"

里厄已稍稍提高嗓门。但塔鲁做了个手势,仿佛要他冷静。里厄不由显出微笑。

"是的,"里厄说时耸了耸肩,"但您没有回答我的问题。您是否仔细考虑过?"

塔鲁稍稍挪动身子,在扶手椅上坐得舒服点,并把脑袋伸到亮光之中。

"您是否相信天主,大夫?"

这问题也提得自然。但这次里厄犹豫不决。

"不相信,但这又能说明什么?我处在黑夜之中,想要看得一清二楚。很久以前,我已经不再认为这事独特。"

"这是否是您跟帕纳卢神甫的不同之处?"

"我不这样认为。帕纳卢神甫是学者。他看到死人的事不多,因此他总是以真理的名义说话。但最低级的乡村教士,为教区里的教徒施行临终圣事,听到过垂危者的呼吸,想法就跟我一样。他会先去照顾受苦受难的人,然后才表明苦难的好处。"

里厄站了起来,他的脸现在处于阴暗之中。

"我们就不谈此事,"他说,"既然您不愿回答问题。"

塔鲁微微一笑,但坐在扶手椅上没动。

"我是否能用提问来回答?"

大夫也微微一笑。

"您喜欢神秘,"他说,"那就提吧。"

"是这样,"塔鲁说,"既然您不相信天主,您自己的表现为何还如此富有献身精神?您的回答也许能帮助我回答您的问题。"

大夫仍处于阴暗之中,他说自己已回答了这个问题,说他如果相信万能的天主,他就不会再去给人治病,而是让天主去治病。然而,世上没有人相信有这样的天主,没有,即使自以为相信的帕纳卢神甫也不相信,因为没有人完全把自己交给天主,而至少在这方面,他里厄认为自己正走在通向真理的道路上,并在跟实际存在的造物进行斗争。

"啊!"塔鲁说,"这就是您对自己职业的看法?"

"大致如此。"大夫在回答时又回到亮光之中。

塔鲁轻轻地吹了声口哨,大夫看了他一眼。

"是的,"他说,"您是在想,这样未免骄傲自大。但我只有必须有的骄傲,请您相信。我不知道自己将来会怎样,也不知道这些事都结束之后会发生什么事。在目前,有的是病人,必须给他们治疗。以后呢,他们会进行思考,我也会。但现在最迫切的事是给他们治疗。我尽量保护他们,就是这样。"

"用来提防谁呢?"

里厄把身体转向窗子。他猜测远处的大海想必在天际处更加黑暗。他只是感到疲劳,同时在跟突然出现的不理智的愿望进行斗争,他想跟这个怪人深谈,因为他对此人有亲如手足的感觉。

"我对此一无所知。塔鲁,我对您发誓,我对此一无所知。我开始干这一行时,我可以说在工作时想法抽象,因为我需要干这一行,因为这跟其他行当一样是一种职位,是年轻人想要得到的一种职位。可能还因为对一个工人的儿子来说,得到这种职位特别困难。另外,也得看着别人死去。您是否知道,有些人不想死?一个女人在临终时叫喊'决不要死',您是否听到过?我可听到过。我当时发现,我对这种情况无法习惯。我那时年轻,我的厌恶似乎是针对这世界的秩序。从此之后,我变得谦虚。只是看到别人死去,我一直无法习惯。其他的事,我是一无所知。但毕竟……"

里厄不说了,又坐了下来。他感到口干。

"毕竟?"塔鲁轻轻地问。

"毕竟……"大夫接着说,但又犹疑起来,一面注视着塔鲁,"这种事,像您这样的人能够理解,对吗?但既然世界的秩序要用死亡来调整,那么,在天主看来,也许最好人们不要去相信他,而是竭尽全力去跟死亡作斗争,同时不要朝天主保持沉默的天空观望。"

"不错,"塔鲁表示赞同,"我可以理解。但您的胜利永远是暂时的,就是这样。"

里厄把脸一沉。

"永远,这我知道。这不是停止斗争的一个理由。"

"对,这不是一个理由。但我在想,这场鼠疫对您来说意味着什么。"

"是的,"里厄说,"接连不断的失败。"

塔鲁对大夫凝视片刻,然后站起身来,脚步沉重地朝房门走去,里厄跟随其后。他走到塔鲁身边,塔鲁似乎看着自己的脚,并对他说:

"这一切是谁教会您的,大夫?"

回答立即说出:

"是贫困。"

里厄把书房的门打开,他在走廊里对塔鲁说,他也要下楼,去看市郊的一个病人。塔鲁提出要陪他去,大夫同意了。在走廊尽头,他们遇到了里厄老太太,里厄给她介绍了塔鲁。

"是一位朋友。"他说。

"哦!"里厄老太太说,"我很高兴认识您。"

她走开后,塔鲁还转过身去看她。在楼梯平台上,按了按定时熄灯的开关,但灯不亮。楼梯上仍然漆黑一片。大夫心里在想,这是否是实行新的节电措施的结果。但无法知道。一段时间以来,在住宅里和市里,什么东西都毛病百出。也许

这只是因为所有门房以及我们的同胞们对什么事都漠不关心的缘故。但大夫没有时间深入思考,因为塔鲁的说话声已在他身后响起:

"还有一句话,大夫,哪怕您觉得滑稽可笑:您完全正确。"

里厄耸了耸肩,做这动作,在黑暗中只有他自己知道。

"我对此一无所知,真是这样。那您呢,您知道些什么?"

"哦!"对方毫不激动地说,"我要了解的事情不多。"

大夫停了下来,塔鲁的脚在他身后的一个梯级上滑了一下。塔鲁抓住里厄的肩膀才站稳。

"您是否认为自己对生活全都了解?"里厄问。

回答在黑暗中响起,声音仍然平静:

"是的。"

他们走到街上,看出时间已经很晚,也许已是十一点钟。市里一片寂静,只听到轻微的窸窣声。从很远的地方传来一辆救护车的铃声。他们上了车,里厄发动马达。

"明天,"里厄说,"您得到医院里来打预防针。但是,在开始做这件事之前,最后要说的是,您得知道,您只有三分之一的存活机会。"

"这样估计毫无意义,大夫,这点您跟我一样清楚。一百年前,一场鼠疫杀死了波斯一个城市的全部居民,只有洗死尸者幸存,而且此人始终在干这一行。"

"他保住了他三分之一的机会,就是这样,"里厄说时声音突然变得低沉,"不过,在这方面,我们确实还得从头学起。"

他们现已进入市郊。车灯照亮了一条条冷清的街道。他

们把车停下。里厄站在车前,问塔鲁是否要进去,塔鲁说要。天上的反光照亮了他们的脸。里厄突然友好地笑了起来:

"喂,塔鲁,"他说,"您做这件事的动机是什么?"

"我不知道,也许是我的道德观。"

"什么道德观?"

"理解。"

塔鲁朝那幢房子转过身去,在他们走进哮喘病老人家里之前,里厄没有再看到他的脸。

从第二天起,塔鲁开始工作,并成立第一支队伍,其他许多小队随之建立。

然而,叙述者无意夸大这些卫生防疫组织的重要性。确实,如果处于叙述者的地位,我们的许多同胞在今天也会夸大它们的作用。但叙述者还是认为,把高尚的行为看得过高,最终却是在对罪恶进行间接而有力的称颂。因为这样就会使人认为,这种高尚的行为如此可贵,只是因为十分罕见,因此促使人们行动的动力,往往是恶意和冷漠。而这种想法,叙述者无法苟同。人间的罪恶,几乎总是由愚昧无知造成,心善如不眼亮,也会造成巨大损害,就像心坏那样。人性本善而非恶,其实这并非是问题所在。但他们愚昧无知的程度不同,因此就有美德和恶行之分,而最令人难受的恶行是愚昧无知,以为自己无所不知,因而可以去杀人。杀人凶手的灵魂缺乏理智,而没有真知灼见,就不会有真正的善良和崇高的仁爱。

因此,在塔鲁的努力下创建的我们的卫生防疫组织,应该得到客观而又令人满意的评价。正因为如此,叙述者没有过多赞扬这种愿望和英雄主义,对这种英雄主义也只是赋予恰如其分的重视。但他将继续像历史学家那样来记载,当时的鼠疫如何使我们全体同胞具有一颗破碎而又苛求的心。

实际上,献身于卫生防疫组织的人们,也并没有如此卓著的功绩,因为他们知道,这是唯一要做的事,而不下决心这样做,在当时确实无法想象。这些组织使我们的同胞们对鼠疫有了进一步的认识,并使他们在一定程度上相信,既然这疾病已经出现,就应该去做必须做的事,以跟它进行斗争。由于鼠疫已成为某些人的职责,这疾病就显出其真实面貌,就是说它是大家的事情。

这样很好。但大家称赞小学教师,不是因为他把二加二等于四教给学生。大家会称赞他,也许是因为他选择了这美好的职业。因此我们要说,值得称赞的是,塔鲁和其他一些人作出了选择,去证明二加二等于四而不是相反,但我们也要说,他们有这种良好愿望跟小学教师一样,也跟与小学教师心地相同的所有人一样,而这些人的数目要比大家想象的来得多,这是人类的光荣,这至少也是叙述者的信念。另外,叙述者十分清楚地看到,有人会提出跟他不同的看法,认为这些人是在冒生命危险。但是,历史上总会出现这样的时刻,敢于说出二加二等于四的人会受到惩罚被处死。小学教师对此十分清楚。但问题不在于知道这种推理会受到奖励还是惩罚。问题在于知道二加二是否等于四。对于我们同胞中当时在冒生命危险的那些人来说,他们要确定的是,他们是否处于鼠疫的包围之中,他们是否必须跟鼠疫进行斗争。

当时,本市许多新的伦理学家竟然说,做任何事都不管用,因此必须屈膝投降。而塔鲁和里厄以及他们的朋友们,可能会作出这样或那样的回答,但他们总是知道,必须用这种或那种方式进行斗争,而不是屈膝投降。问题全在于使死亡和永别的人数尽量减少。为此只有一个办法,那就是跟鼠疫斗争。这个真理并不值得赞赏,只是合乎逻辑而已。

因此,老卡斯泰尔自然就满怀信心,用全副精力在当地就地取材生产血清。里厄和他都希望,用危害本市的细菌培养液生产的血清,疗效会比外面运来的血清更有针对性,因为那种细菌跟通常确定的鼠疫杆菌的形态略有不同。卡斯泰尔希望能尽快生产出他的首批血清。

也因为如此,毫无英雄气概的格朗,现在自然就负担起卫生防疫组织秘书处的工作。塔鲁组建的一部分小队,实际上已在从事居民稠密街区的防疫保健工作。他们试图在那里采取必要的卫生措施,统计有多少顶楼和地窖尚未进行消毒。另一部分小队跟随医生出诊,负责运送鼠疫患者,后来因缺乏专职人员,就开车运送病人和尸体。这一切都必须进行登记和统计,格朗接受了这个工作。

从这个角度看,叙述者认为,格朗比里厄或塔鲁更有代表性,可说是具有默默工作的美德,是推动卫生防疫工作的真正代表。他以自己特有的善良,毫不犹豫地同意干这件事。他只求在微不足道的工作中发挥作用。他年纪已老,无法胜任其他工作。他可以把十八点到二十点的时间奉献出来。里厄对他表示热情感谢,他却对此感到惊讶:"这事不是最难。发生鼠疫,就必须自卫,这是明摆着的事。啊!如果什么事都这样简单,那多好!"于是,他又谈起他的句子。有几次,在晚上,卡片工作完成之后,里厄就跟格朗说话。他们最后让塔鲁参加他们的谈话,格朗显然也越来越高兴跟这两位朋友说心里话。他们兴致勃勃地关心着格朗在鼠疫流行期间继续耐心在做的这件工作。他俩最终也从中感到一种精神上的松弛。

"那位女骑士怎么样啦?"塔鲁常常这样问。而格朗总是一成不变地回答"她在骑马疾走,她在骑马疾走",说时露出勉强的微笑。一天晚上,格朗说他已最终放弃"英姿飒爽"这个形容词,而用"苗条"来形容他的女骑士。"这样说更加具体。"他作了补充。还有一次,他把这样修改的第一句话念给他们俩听:"在五月一个美丽的清晨,一位苗条的女骑士,跨一匹漂亮的阿拉桑牝马,穿过布洛涅林园的条条花径。"

"是不是,"格朗说,"这样看起来更好?我更喜欢'在五月一个美丽的清晨',因为如写成'五月份',疾走的时间有点过长。"

接着,他显得十分关注"漂亮"这个形容词。据他说,这个词表现不出什么意思,他在找一个词,希望能立刻逼真地展现出他想象中的富丽牝马。"肥壮"不行,虽然具体,但略有贬义。他一时间曾想用"亮丽",但不大押韵。有一天晚上,他扬扬得意地宣布他找到了合适的词:"一匹黑色的阿拉桑牝马。"黑色含蓄地表示优雅,这也是他的说法。

"这样不行。"里厄说。

"为什么?"

"阿拉桑不是指马的品种,而是指毛色[①]。"

"什么颜色?"

"啊,反正不是黑色!"

格朗显得十分难受。

"谢谢,"他说,"幸好有您在这儿。您看,这真难。"

"您觉得'华丽'如何?"塔鲁问。

格朗看了看他。他在思考。

"不错,"他说,"不错!"

他脸上逐渐露出笑容。

---

① 原文为 alezane,出自西班牙语 alazan,指"红棕色"。

在那次议论后不久,他承认"花"这个字使他感到为难。由于他只熟悉奥兰和蒙特利马尔,他有时要问这两位朋友,布洛涅林园里小径开花时是怎样的情景。说老实话,在里厄或塔鲁的印象里,那里的小径从未变成过花径,但这位职员却对此深信不疑,他们就不由犹豫起来。他则对他们的犹豫不决感到惊讶。"只有艺术家才善于观察。"有一次,里厄大夫发现他十分兴奋。他已把"花径"改为"开满鲜花的小径"。他得意地搓着手。"这些花终于被看到,并闻到香味。脱帽致敬,先生们!"他得意扬扬地读出这个句子:"在五月一个美丽的清晨,一位苗条的女骑士,跨一匹华丽的红棕色牝马,穿过布洛涅林园的条条开满鲜花的小径。"但朗诵时,句子末尾表示属格的三个"的"字①听起来不舒服,格朗就有点结巴。他坐了下来,神态沮丧。接着,他请大夫准许他离开。他需要再考虑一下。

在这个时期,有件事到后来才知道,那就是他在办公室里显得心不在焉,一时间使人感到痛心,因为当时市政府人员减少,却要应付繁重的工作。他的工作因此受到影响,办公室主任对他严加指责,并提醒他说,他拿了工资就要完成工作,而他恰恰没把工作完成。"看来,"办公室主任说,"您在工作之余参加了志愿的卫生防疫工作。这跟我无关。跟我有关的是您的工作。在这危急关头,您要发挥作用,首先要做好自己的本职工作。否则的话,其他事都毫无用处。"

"他说得对。"格朗对里厄说。

---

① 在有性、数、格变化的语言中,属格表示所有和所属,法语中通常用 de(的)来表示。在格朗的句子的末尾,其实只有两个"的"字。

"是的,他说得对。"大夫表示同意。

"可我心不在焉,我不知道如何能把那句子的末尾写好。"

他曾想删除"布洛涅"这几个字,认为删除后大家也知道是那里的林园。但这样一来,句子就仿佛把实际上跟"小径"有关的词语跟"花"联系在一起了。他也曾考虑是否能写成:"开满鲜花的林园小径。"但他把"林园"置于名词和形容词之间,硬是要把它们分开,使他有芒刺在背的感觉。有几天晚上,他确实显得比里厄还要疲劳。

是的,他疲劳是因为他在聚精会神地推敲词语,但他仍继续在做卫生防疫组织所需要的累计和统计工作。每天晚上,他耐心地把卡片整理好,用曲线画出,逐渐把情况描述得尽量准确。他还经常到一家医院去找里厄,请大夫在一间办公室或医务室给他放一张桌子。他带着材料在桌前坐了下来,如同坐在市政府的办公桌前,并在因消毒剂和病人而气味浓重的空气里,挥动着纸张让字迹干燥。他试图老老实实地做人,不再去想他的女骑士,只是做必须去做的工作。

是的,如果说人们确实非要为自己树立他们称之为英雄的榜样和楷模,如果说这个故事里必须有一位英雄,那么,叙述者推荐的正是这位不爱抛头露面的微不足道的英雄,他只是稍有善良之心,并具有显然滑稽可笑的理想。这将使真理恢复其应有的面貌,使二加二等于四,把英雄主义永远置于他眼里的次要地位,而把追求幸福的高尚要求置于首位。这也将使这部编年史具有自己的特点,那就是叙述时怀有真实的感情,这种感情既没有不加掩饰的恶意,也不像戏里那样慷慨激昂得俗不可耐。

里厄大夫在报上看到或在广播里听到外界对这座疫城进行呼吁和鼓励时,至少持这种看法。其他地方通过空运和陆路送来了救援物资,与此同时,每天晚上还通过广播或报刊向这座孤城发来大量同情或赞赏的评论。每次听到史诗般或优秀学生颁奖大会上演说的那种语调,大夫就感到心烦意乱。当然啰,他知道这种关心并非是装腔作势。但这种关心只能用约定俗成的言语来表达,人们总是试图用这种言语来表达他们跟其他人休戚相关的感情。但这种言语并不适用于格朗每天所做的微小努力,也无法阐明格朗在鼠疫流行期间的作用。

有时在午夜时分,这座此时已人迹罕见的城市一片死寂,大夫在上床作短暂睡眠时把收音机打开。于是,从世界上各个角落,穿越几千公里的距离,传来陌生而又友好的声音,他们以并不灵活的方式试图说出他们的声援,而且确实这样说了,但同时也说明他们极其无奈,因为任何人都确实不能真正分担自己无法看到的痛苦。"奥兰!奥兰!"这呼唤穿洋过海传来,却毫无用处,里厄警觉地听着,也毫无用处,不久之后响起了高谈阔论,使一种本质上的区别更加明显,而这种区别使格朗和演说者如同陌路。"奥兰!是的,奥兰!啊,不是!"大夫在想,"一起相爱或一起去死,此外没有其他出路。他们离得实在太远。"

当瘟疫聚集所有力量准备朝本市猛扑并最终将其征服时，在鼠疫的流行达到顶峰之前，还需要叙述的正是像朗贝尔那样的最后一批人长时间所作的绝望而又枯燥的努力，目的是找回自己的幸福，并从鼠疫手里夺回他们的切身利益，他们捍卫这种利益，使其不受任何损害。这是他们拒绝接受可能受到的奴役的方法，虽说这种拒绝法显然并不比其他方法更为有效，但叙述者认为这种拒绝仍有其意义，它虽然有自负和矛盾之处，却同时也显示出我们每个人在当时都有的那种自豪感。

朗贝尔进行斗争，是为了使自己不被卷入鼠疫之中。他获悉确实无法通过合法手段出城之后，曾对里厄说，他决心采取其他手段。这位记者首先去找咖啡馆堂倌。咖啡馆堂倌总是消息灵通。但他最初询问的几个堂倌，只知道这种事会受到十分严厉的刑事处罚。有一次他甚至被看作煽动出城者。他在里厄家遇到科塔尔之后，事情才有了点眉目。那天，里厄和他又在谈这个记者在各个行政部门徒劳的奔走。几天之后，科塔尔在街上遇到朗贝尔，并对记者十分坦率，他现在待人处事都持这种态度。

"还是没门儿？"他问。

"是的，没门儿。"

"不能指望那些机关。它们决不会理解别人。"

"不错。我正在另想办法。很难。"

"啊!"科塔尔说,"我知道。"

他知道有一个团伙,他见朗贝尔感到惊讶,就解释说,他早就经常光顾奥兰的所有咖啡馆,在那里有一些朋友,因此知道有一个组织在从事这种交易。其实是科塔尔后来因入不敷出,也参与了配给商品的走私活动。他贩卖香烟和劣酒,这两种商品的价格不断上涨,他当时就发了笔小财。

"您很有把握?"朗贝尔问。

"是的,因为有人向我提过这种事。"

"那您没有加以利用?"

"您别怀疑,"科塔尔说时露出和善的神色,"我没有加以利用,是因为我不想出去。我有我的原因。"

他沉默片刻后又说:

"您不想知道我是什么原因?"

"我觉得,"朗贝尔说,"这跟我无关。"

"从一方面说,这确实跟您无关。但从另一方面说……总之,唯一明摆着的事,是自从我们这儿流行鼠疫以后,我在这里感觉好多了。"

对方听了他的话后问:

"跟这个组织怎么联系?"

"啊!"科塔尔说,"这可不容易。您跟我来。"

这时是下午四点。天气沉闷,市里烤得越来越热。所有商店都放下帘子。马路上没有行人。科塔尔和朗贝尔选择有拱廊的街道走,行走时很久没有说话。这是鼠疫隐身的时刻之一。这种寂静,色彩和人流死亡般消失,既可能是夏天的景象,也可能是瘟疫流行时的景象。大家都不知道空气沉闷是因为面临威胁，还是由于灰尘和灼热。必须观察和思考，才能跟鼠疫联系起来。因为鼠疫只能通过反面的迹象显现。譬如说，科塔尔跟鼠疫臭味相投，他对朗贝尔指出狗已销声匿迹，而在正常情况下，狗会侧卧在走廊口喘气，想找个凉快的地方却无法找到。

他们走到棕榈大道，穿过阅兵场，再朝海军街区下行。左边有一家涂绿色涂料的咖啡馆，门口斜撑着黄色粗帆布帘子。科塔尔和朗贝尔进去时擦了擦前额。他们在花园里用的折椅上坐了下来，坐在几张绿色铅皮桌前。店堂里空无一人。几只苍蝇飞时发出嗡嗡的声音。一只黄色鸟笼放在摆不平的柜台上，笼里的鹦鹉全身羽毛下垂，垂头丧气地停在栖架上。几幅表现战争场面的旧画挂在墙上，上面布满污垢和厚厚的蜘蛛网。在所有的铅皮桌上，都有在阴干的鸡粪，朗贝尔前面的桌上也有，他一直说不清这鸡粪来自何处，到后来才看到一个阴暗的角落里跳出一只漂亮的公鸡，跳出前还响起一阵嘈杂的声音。

这时的气温似乎还在上升。科塔尔脱掉外衣，在铅皮桌上敲了敲。一个矮小男子，全身仿佛都被很长的蓝围裙遮住，从里面走了出来，在很远的地方就看到科塔尔并跟他打招呼，走到面前时猛踢一脚把公鸡赶走，在咯咯的鸡叫声中问两位先生要点什么。科塔尔要了白葡萄酒，然后打听一个叫加西亚的人。据矮子说，已有好几天没看到他来咖啡馆了。

"您看他今晚会来吗？"

"唉！"对方说，"我又没有跟他形影不离！但您知道他来的时间？"

"是的，但这不是很重要。我只是有个朋友要介绍给他。"

堂倌在围裙上擦了擦潮湿的双手。

"啊!先生也做买卖?"

"是的。"科塔尔说。

矮子用鼻子吸了口气。

"那么,请今晚再来。我叫孩子去找他。"

出去时,朗贝尔问是在做什么买卖。

"当然是走私啰。他们把货物弄到城里,然后高价售出。"

"好,"朗贝尔说,"他们有同伙?"

"对。"

晚上,帘子已卷起,鹦鹉在笼子里学人说话,铅皮桌边都围坐着穿衬衫的男人。其中一人草帽往后戴,白衬衫敞开,露出焦土色的胸脯。见科塔尔进来就站了起来。他那晒黑的脸五官端正,小眼睛黑色,牙齿洁白,手上戴着两三只戒指,看上去三十岁左右。

"你们好,"他说,"我们到柜台上去喝酒。"

酒过三巡,他们都没有吭声。

"我们出去走走?"加西亚说。

他们朝港口方向往下走,加西亚问他们要他干什么。科塔尔对他说,他想把朗贝尔介绍给他,不完全是为了买卖,用他的话来说,是为了"要出去"。加西亚抽着烟,径直往前走。他提出一些问题,在谈到朗贝尔时称"他",仿佛没发现他就在眼前。

"要出去干吗?"

"他妻子在法国。"

"啊!"

他过了一会儿又问:

"他干的是哪一行?"

"记者。"

"干这一行的人话多。"

朗贝尔没做声。

"他是朋友。"科塔尔说。

他们默默地往前走。他们走到码头,那里的入口处设有大栅栏不能进去。他们就朝一家卖油炸沙丁鱼的小酒店走去,他们闻到了店里的油炸味。

"不管怎样,"加西亚做出结论,"这事不是由我管,而是拉乌尔在管。我得去找他。要找到可不容易。"

"啊!"科塔尔急忙问,"他躲起来了?"

加西亚没有回答。走到小酒店旁边,他停了下来,第一次朝朗贝尔转过身去。

"后天十一点,在海关营房的拐角处,在市里的高地上。"

他显出要走的样子,但又朝他们俩转过身去。

"这可要付钱。"他说。

这是在敲定。

"那当然。"朗贝尔表示同意。

过了一会儿,记者向科塔尔表示感谢。

"哦! 不用谢,"对方高兴地说,"我很高兴为您效劳。另外,您是记者,我以后一定会得到您的报答。"

两天之后,朗贝尔和科塔尔沿着一条条没有树荫的大街往上走,朝市里的高地走去。海关营房部分已改成医务室,大门前聚集着一些人,他们是想来看望病人,但无法获准,或者想来打听消息,但消息每小时都在变化。不管怎样,有人聚集,就会有许多人来来往往,因此可以认为,加西亚和朗贝尔决定在此约会,不会不考虑到这种情况。

"真奇怪,"科塔尔说,"您非要走。总的来说,发生的事非常有趣。"

"我可不这样看。"朗贝尔回答说。

"哦!当然啰,会有点危险。但在鼠疫流行前,也有同样的危险,如在穿过车辆多的十字路口时。"

这时,里厄的汽车在他们旁边停了下来。开车的是塔鲁,里厄似乎半睡半醒。他醒了过来,以便给他们作介绍。

"我们认识,"塔鲁说,"我们住在同一家旅馆。"

他提出要开车把朗贝尔送到市里。

"不用了,我们在这儿有约会。"

里厄对朗贝尔看了一眼。

"是的。"朗贝尔说。

"啊!"科塔尔感到惊讶,"大夫也知道?"

"预审法官来了。"塔鲁看着科塔尔以引起对方注意。

科塔尔脸色骤变。奥通先生确实在沿街往下走,迈着有力而有节奏的步伐朝他们走来。他步伐匀称。他在这一小批人面前走过时脱下帽子。

"您好,法官先生!"塔鲁说。

法官也向车里的两个人问好,随后他看着站在后面的科塔尔和朗贝尔,表情严肃地向他们点头问好。塔鲁向他介绍了年金收入者和记者。法官朝天空观看片刻,叹了口气说,这段时间真是十分悲惨。

"有人对我说,塔鲁先生,您在负责执行流行病预防措施。我不太赞成你们的做法。大夫,您是否认为这疾病还会蔓延?"

里厄说但愿不会,法官反复说,总得抱这种希望,上天的意图无法摸透。塔鲁问他,发生的事情是否增加了他的工作量。

"恰恰相反,我们所说的普通法①案件有了减少。我现在只需要处理严重违反新法规的案件的预审工作。老的法律从未像现在这样得到遵守。"

"这是因为,"塔鲁说,"相比之下,老法律似乎更好,情况就必然这样。"

法官不再像刚才眼望天空时那样神色迷惘。他神色冷淡地审视了塔鲁。

"这又有什么用呢?"他说,"重要的不是法律,而是判决。我们对此无能为力。"

"这个人,"科塔尔见法官走了,就说,"是头号敌人。"

汽车启动。

过了一会儿,朗贝尔和科塔尔看到加西亚来了。他朝他们走来时并没有打招呼,只是用一句话代替问好:"得要等待。"

他们周围有一群人,其中大多是妇女,都在一片寂静中等待。几乎所有女人都提着篮子,都徒劳地希望自己的篮子能送到患病的亲人手里,而更加荒唐的想法,则是希望她们的亲人能享用这些食品。大门由武装哨兵把守,不时有一声怪叫

----

① 普通法即习惯法,指英美法系中表现为习惯与判例、通行于全国的法律。因为具有全国通行、普遍适用的意思,故称。

从营房穿过院子传到大门口。于是,人群中就有一些神色不安的脸转向医务室。

这三个人正在观看这种景象,听到背后响起"你们好",声音清晰而又低沉,就转过身去。尽管天热,拉乌尔仍穿得衣冠楚楚。他高大、强壮,身穿深色双排扣西装,头戴卷边毡帽。他脸色十分苍白。拉乌尔眼睛棕色,嘴巴紧闭,说话迅速而又明确:

"我们往下走进城,"他说,"加西亚,你可以走了。"

加西亚点了支香烟,让他们离去。他们走得很快,朗贝尔和科塔尔跟随着拉乌尔的步伐,他们走在拉乌尔的左右两边。

"加西亚都跟我说了,"他说,"这事能办到。不管怎样,您得花一万法郎。"

朗贝尔回答说没问题。

"明天,您跟我一起在海军部的西班牙饭馆吃午饭。"

朗贝尔说就这样定了,拉乌尔跟他握手时首次露出笑容。拉乌尔走后,科塔尔表示抱歉。他第二天没空,另外,朗贝尔也不再需要他帮忙。

第二天,记者走进西班牙饭馆,所有人都转过头来看他走过。这阴暗的地下室,位于一条被太阳晒干的黄色小街下面,大多数顾客是长得像西班牙人的男子。拉乌尔坐在店堂里面的一张桌边,对记者做了个手势,朗贝尔马上朝他走去,好奇的表情立刻从那些人脸上消失,他们重又吃起盘子里的饭菜。拉乌尔那张桌旁还坐着一个又高又瘦的男子,此人胡子拉碴,肩膀极宽,面如马脸,头发稀少。他细长的手臂上布满黑毛,从袖子卷起的衬衫里露出。朗贝尔被介绍给他时,他点头三次。拉乌尔没说他的名字,谈到他时只是称他为"我们的朋友"。

"我们的朋友觉得有可能帮您的忙。他将让您……"

拉乌尔没说下去,因为女招待过来问朗贝尔要点什么菜。

"他将让您跟我们的两个朋友接上头,这两个朋友再介绍您跟我们买通的卫兵认识。但这样问题还没有全部解决。还得由卫兵来判断有利的时机。最简易的办法是您在一个卫兵家里住几夜,这个卫兵的家是在城门附近。但在此之前,我们的朋友应该让您进行必要的接触。等事情全都安排好之后,您就把钱付给他。"

这个朋友又点了一次马头,一面不断把西红柿和甜椒做的凉拌生菜切碎后大口吃下。然后,他开口说话,说时略带西班牙口音。他对朗贝尔提出,第三天上午八点在大教堂门廊里见面。

"还要等两天。"朗贝尔指出。

"这是因为这事不容易办,"拉乌尔说,"得要找到那些人。"

马头又点了一次,朗贝尔同意时并不热情。在午饭的其余时间里,大家都在寻找话题。但在朗贝尔发现马脸是足球运动员后,谈话就变得十分容易。他自己也常踢足球。于是,大家谈起法国足球甲级联赛①、英国职业球队的才华和 W 战术②。午饭结束时,马脸已变得十分活跃,他用"你"来称呼朗

---

① 法国足球甲级联赛始于一九三二年九月十一日,有二十支职业球队参加。
② W 战术亦称 WM 战术,即使用三个主前锋和两个内锋,形成 W,后面两个中场队员和三个后卫,形成 M。这个战术在二十世纪三十年代至四十年代为主流战术,五十年代初逐渐被抛弃。法国球队最早于二十世纪三十年代初采用这个战术。

贝尔,以便使对方相信,球队里的最佳位置莫过于前卫。"你知道,"他说,"前卫就是输送进球的机会。而输送进球的机会,这才是足球……"朗贝尔同意这种看法,虽说他一直在踢中锋。他们的讨论只是被收音机的广播所打断,电台先是反复播送低音演奏的抒情乐曲,然后播音员宣布,昨天鼠疫死亡人数为一百三十七人。店堂里谁也没有作出反应。马面人耸了耸肩,站起身来。拉乌尔和朗贝尔也随之站了起来。

临走时,前卫有力地跟朗贝尔握手道别。

"我叫贡萨莱斯。"

这两天的时间,朗贝尔觉得极其漫长。他来到里厄家里,对大夫详细说出自己活动的情况。然后,他陪里厄去一个病人家里出诊。走到一个可疑病人的家门口后,他跟大夫道别。走廊里响起奔跑和说话的声音:有人通知病人家属,说大夫已到。

"我希望塔鲁不要迟到。"里厄低声说。

他显得疲倦。

"瘟疫蔓延得太快了?"朗贝尔问。

里厄说不是这事,统计曲线的上升甚至有所缓慢。只是跟鼠疫斗争的办法不够多。

"我们缺少物力,"他说,"在世界上所有军队里,一般都用人力来弥补物力的不足。但我们也缺少人力。"

"已从外地来了一些医生和防疫人员。"

"是的,"里厄说,"来了十位医生和一百来个防疫人员。看起来人很多。按现在的疫情,勉强可以应付。如果瘟疫蔓延,这些人就不够用了。"

里厄倾听屋子里的声音,然后对朗贝尔微微一笑。

"不错,"他说,"您应该赶紧把事情办成。"

朗贝尔的脸上一时间显得阴郁。

"您知道,"他说时声音低沉,"我不是因为这点才想走。"

里厄回答说,这点他知道,但朗贝尔继续说:

"我觉得我不是懦夫,至少在大部分时间是这样。我曾经有过亲身体会。只是有些想法我无法忍受。"

大夫从正面看了看他。

"您一定会跟她重逢。"他说。

"也许会,但我无法忍受一种想法,那就是这种情况将持续下去,在这段时间里她会衰老。到三十岁,人就开始衰老,必须利用一切机会。我不知道您是否能理解。"

里厄低声说,他觉得自己理解,这时塔鲁到了,显得很兴奋。

"我刚去请帕纳卢神甫加入我们的队伍。"

"结果呢?"大夫问。

"他考虑了一下,就说同意。"

"我很高兴,"大夫说,"我高兴的是得知他本人比他讲道更好。"

"大家都是这样,"塔鲁说,"只是要给他们机会。"

他微微一笑,对里厄眨了眨眼睛。

"在生活中,给人提供机会可是我要做的事。"

"请原谅,"朗贝尔说,"我得走了。"

在约定的星期四,朗贝尔来到大教堂的门廊里,时间是八点差五分。空气还相当凉快。天上飘动着的几朵又小又圆的白云,即将被上升的热气一下子吞没。淡淡的潮气在已被晒干的草坪上升起。太阳在东面的房屋后面,只晒热了广场上全身镀金的贞德塑像的头盔。自鸣钟敲了八下。朗贝尔在空荡荡的门廊里走了几步。教堂里传出唱圣诗的模糊声音,同时传来地窖的陈酒味和焚香的香味。突然间,唱诗声消失。十来个矮小的黑影从教堂里出来,快步往城里走去。朗贝尔开始等得不耐烦了。另一些黑影登上大台阶朝门廊走来。他点了支烟,但立刻想到这里也许不准抽烟。

八点一刻,大教堂里的管风琴开始弹起低沉的乐曲。朗贝尔走进阴暗的拱廊。片刻之后他才看到,刚才在他面前走过的那些黑影现在在中殿里。他们都聚集在一个角落,前面有一座临时祭台,台上刚安放上本市一家雕刻室赶制出来的圣罗克①塑像。那些黑影跪在那里,都像是缩成一团,隐没在阴暗之中,如同一个个凝固的影子,只是比他们浮动其中的烟雾稍为厚实。在他们上方,管风琴无休止地变换着曲调。

朗贝尔走出教堂时,贡萨莱斯已经走到台阶下面,并往市里走去。

"我以为你已经走了,"他对记者说,"这很正常。"

他解释说,他跟几个朋友另有约会,在离此不远的地方,时间是八点差十分。他等了二十分钟,但没有等到。"肯定是有事不能来。干我们这行,不会总是称心如意。"

他提出在第二天同一时间再次约会,在阵亡将士纪念碑前。朗贝尔叹了口气,把毡帽向后一推。

"这没什么关系,"贡萨莱斯笑着得出结论,"你只要想想,要进行各种配合,要多次进攻和传球,才能踢进一个球。"

"当然啰,"朗贝尔又说,"但一场球只持续一个半小时。"

---

① 参见本书第167页注②。

奥兰的阵亡将士纪念碑,坐落在唯一能看到大海的地方,这是俯瞰港口的悬崖边距离不长的一个散步处。第二天,朗贝尔首先来到约会地点,仔细阅读阵亡将士名单。几分钟后,两个男子走到近前,十分冷淡地看了他一眼,然后走到散步处的栏杆旁,仿佛在全神贯注地观赏空荡荡的码头。他们俩身材相同,都身穿蓝色长裤和短袖海魂衫。记者稍稍走远,然后坐在长凳上,以便从容不迫地观察他们。他于是发现,他们的年纪肯定不会超过二十岁。这时,他看到贡萨莱斯朝他走来,并向他表示道歉。

"那是我们的两个朋友。"他说,并把记者带到两个青年跟前,说出他们的名字,即马塞尔和路易。从正面看,他们十分相像,朗贝尔认为他们是兄弟。

"好吧,"贡萨莱斯说,"现在大家都已认识。得把事情安排好。"

马塞尔或是路易当时说,他们在两天之后开始值班,为期一个星期,必须找到最合适的日子。他们四个人把守西门,其他两个是职业军人。决不能让他们涉及此事。他们不可靠,再说,这样会增加费用。但在有几天晚上,这两个同事要去他们熟悉的一家酒吧的后厅,消磨夜晚的部分时间。马塞尔或是路易就建议朗贝尔住到他们在城门附近的家里,等待别人叫他。这样出城就易如反掌。但必须迅速行事,因为不久前就开始传说要在城外加设岗哨。

朗贝尔表示同意,他剩下的香烟不多,但还是拿出几支请他们抽。两个青年中还没有说过话的那个就问贡萨莱斯,费用问题是否已经解决,他们是否可以预支些钱。

"不行,"贡萨莱斯说,"没必要这样,他是朋友。费用在出去时付清。"

大家说好再次约会。贡萨莱斯提议两天后去西班牙饭馆吃晚饭。然后从那里到这两个哨兵的家里去。

"第一夜,"他对朗贝尔说,"我跟你做伴。"

第二天,朗贝尔上楼回房间时,在旅馆的楼梯上跟塔鲁迎面相遇。

"我要去找里厄,"塔鲁对他说,"您愿意去吗?"

"我总是吃不准是否会打扰他。"朗贝尔犹豫片刻之后说。

"我觉得不会,他常常对我谈起您。"

记者考虑了一下。

"您听好,"他说,"晚饭后你们要是有点空,即使晚一点儿也行,请你们俩都到旅馆的酒吧来。"

"这取决于他和鼠疫。"塔鲁说。

晚上十一点,里厄和塔鲁还是走进了那间窄小的酒吧。三十来人挤在一起,说话的声音都很响。他们俩来自寂静的鼠疫之城,感到有点惊讶,不由停下脚步。他们看到这里还在卖烧酒,才明白顾客为何十分兴奋。朗贝尔待在柜台的一端,坐在高凳上跟他们打招呼。他们在朗贝尔左右两边坐下,塔鲁平静地把旁边一个喧哗的顾客推开。

"你们不怕喝烧酒?"

"不怕,"塔鲁说,"恰恰相反。"

里厄闻了闻杯里苦涩的药草味。这样嘈杂的地方很难谈话,但朗贝尔仿佛在专心喝酒。大夫还无法看出他是否醉了。他们所在的狭小酒吧里放有两张桌子,一张桌边坐着一个海军军官,两个胳膊都搂着一个女人,这时在对一个红脸胖子讲述埃及发生的一次斑疹伤寒瘟疫。"有一些集中营,"他说,"是为当地土著所设,搭了帐篷给病人住,周围设岗哨防疫线,如有家属想偷偷把土方药送进去,哨兵就会朝他们开枪。这样做冷酷无情,但十分正确。"另一张桌旁坐着几个优雅的青年,他们的谈话令人无法理解,并消失在置于高处的电唱机播放的《圣詹姆斯医院》①的节拍之中。

"您满意吗?"里厄提高嗓门问。

"这事快成了,"朗贝尔说,"也许在这个星期之内。"

"很遗憾。"塔鲁大声叫喊。

"为什么?"

塔鲁看了看里厄。

"噢!"里厄说,"塔鲁说这话,是因为他认为您留在这里对我们会有用处。可您想走的愿望,我实在是太理解了。"

塔鲁又请大家喝了一杯。朗贝尔从高凳上下来,第一次对他正视。

"我在哪方面会对你们有用?"

"是这样,"塔鲁说时慢慢把手伸向酒杯,"在我们卫生防疫队里有用。"

朗贝尔又显出他惯常的倔强思考的神情,然后重新坐到高凳上。

"在您看来,这些卫生防疫队没用?"塔鲁喝了口酒后说,并注视朗贝尔。

"非常有用。"记者说,并喝了一口。

---

① 《圣詹姆斯医院》(1928)是美国黑人小号演奏家、歌唱家路易斯·阿姆斯特朗(1901—1971)的著名爵士乐曲。

里厄发现他的手在抖。他觉得可以肯定,记者是完全醉了。

第二天,朗贝尔第二次走进西班牙饭馆,在一小帮人中间走过,这些人把椅子搬到门口,品味着热气开始退去的绿荫中金色的黄昏。他们在抽烟,烟味呛人。餐馆里面,几乎空无一人。朗贝尔在最里面的一张桌子旁坐了下来,他跟贡萨莱斯第一次见面,就坐在那里。他对女服务员说他要等人。这时是十九点三十分。门口那些人渐渐回到餐厅并坐了下来。开始给他们上菜,拱顶扁圆的餐厅里于是充满刀叉碰撞声和低沉的谈话声。二十点,朗贝尔仍在等待。灯亮了。几个新来的顾客在他的桌旁坐了下来。他点了晚餐的菜。二十点三十分,他吃完晚饭,但仍未看到贡萨莱斯来,也没有看到那两个青年来。他抽了几支香烟。餐厅里的顾客逐渐离开。外面,夜幕降临得十分迅速。一阵暖风从海上吹来,把落地窗帘微微掀起。到了二十一点,朗贝尔发现餐厅里已空无一人,女服务员在惊讶地看着他。他买了单,走了出去。饭馆对面的一家咖啡馆还开着。朗贝尔在柜台前坐了下来,并注视饭馆门口。二十一点三十分,他朝自己的旅馆走去,徒劳地在想如何能找到没留下地址的贡萨莱斯,他想到这些门路都得重新走起,不由感到心慌意乱。

此时此刻,在一辆辆救护车瞬息即逝的夜晚,他正如后来对里厄大夫所说的那样,发现他在这段时间里已在某种程度上把妻子忘掉,以便全神贯注地在把他和妻子隔开的城墙上寻找一个通道。但也在此时此刻,所有的道路虽说再次被堵住,他却在自己欲望的中央重新把她找了回来,他突然感到五内俱裂,就朝自己的旅馆狂奔,以逃避这种痛苦的煎熬,但痛苦却附在他身上,使他头痛难熬。

第二天一大早,他仍去看望里厄,询问如何能找到科塔尔。

"我现在还能做的事,"他说,"就是重新跟那个团伙接上头。"

"您明天晚上来,"里厄说,"塔鲁要我去邀请科塔尔,我不知是为了什么。他十点钟到。您十点半来。"

第二天,科塔尔来到大夫家时,塔鲁和里厄正在谈论大夫的医院里发生的一起意外治愈的病例。

"十个中一个。他运气好。"塔鲁说。

"啊!好,"科塔尔说,"这不是鼠疫。"

他们对他肯定地说,得的正是这种病。

"既然他的病治好了,那就不可能是鼠疫。你们跟我一样清楚,鼠疫是不治之症。"

"通常是这样,"里厄说,"但稍加坚持,也会出现意外情况。"

科塔尔笑了。

"看来不是这样。你们今晚是否听到了公布的数字?"

塔鲁一直心怀善意地看着这个年金收入者,这时说他知道数字,并说情况严重,但这又能说明什么?这说明必须采取更加特殊的措施。

"唉!你们已经采取了嘛。"

"是的,但每个人都必须对自己采取这种措施。"

科塔尔没有听懂塔鲁的话,就看着他。塔鲁说,没有采取行动的人还太多,瘟疫是每个人的事,每个人都应该尽自己的义务。志愿防疫队的大门向所有人敞开。

"这是个主意,"科塔尔说,"但不会有任何用处。鼠疫太厉害了。"

"我们把一切办法都试过之后,"塔鲁耐心地说,"才会知道是否厉害。"

在这段时间里,里厄一直在写字台上抄写卡片。塔鲁一直看着年金收入者,只见他坐在椅子上焦躁不安。

"您为什么不来跟我们一起干,科塔尔先生?"

对方像被触犯似的站了起来,手里拿着他的圆帽:

"这不是我干的行当。"

接着,他用虚张声势的口气说:

"另外,我在鼠疫流行时过得不错,我看不出我为什么要参加遏制鼠疫的工作。"

塔鲁拍了拍前额,仿佛顿时恍然大悟:

"啊!不错,我忘了,如果没有这事,您已经被捕了。"

科塔尔吓了一跳,就用手抓住椅子,仿佛会跌倒似的。里厄不再抄写,用严肃而又关心的神色看着他。

"这事是谁告诉您的?"年金收入者叫了起来。

塔鲁显出意外的样子,并说:

"是您呀。至少大夫和我是这样理解的。"

科塔尔顿时勃然大怒,说话含糊不清,使人无法理解。

"您不要激动,"塔鲁又说,"大夫和我都不会去揭发您的。您的事跟我们无关。另外,警察嘛,我们从来就不喜欢。好了,您坐下吧。"

年金收入者看了看椅子,犹豫片刻后坐了下来。过了一会儿,他叹了口气。

"这是件老掉牙的事,"他承认,"他们又给搬出来了。我还以为给忘了呢。但其中有人说了出来。他们就把我叫了去,并要我在调查结束前随时听候传唤。我知道他们最终会把我逮捕。"

"这事严重吗?"塔鲁问。

"这要看您怎么说了。不管怎样,这不是凶杀案。"

"要坐牢还是服苦役?"

科塔尔显得萎靡不振。

"坐牢嘛,算是我运气……"

但片刻之后,他又抖起精神说:

"这是个错误。所有人都会犯错。我无法忍受一种想法,那就是会因这事被抓走,会离开我的屋子,要放弃我的习惯,并且要跟我熟悉的人都分开。"

"啊!"塔鲁问,"您要上吊自杀,就是因为这事?"

"是的,当然愚蠢。"

这时里厄第一次开口说话,他对科塔尔说,他理解他的担心,但这些问题也许都会得到解决。

"哦!从目前来看,我知道我没什么可害怕的。"

"我看,"塔鲁说,"你不会参加我们的防疫队。"

科塔尔用手转动帽子,他抬头朝塔鲁观看,目光游移不定:

"您别怨恨我。"

"当然不会,"塔鲁微笑着说,"但您至少不要故意传播细菌。"

科塔尔声称,他不希望发生鼠疫,说鼠疫就这样发生了,并说这疾病使他目前生意兴隆,这可不是他的错。朗贝尔来到门口时,年金收入者作了补充,语气铿锵有力:

"另外,我在想,你们肯定会瞎忙一阵。"

朗贝尔得知科塔尔不知道贡萨莱斯的地址,但还是可以返回小咖啡馆。他们约好第二天见面。见里厄想要了解这方面的情况,朗贝尔就请他和塔鲁在周末夜晚到他房间去找他,什么时候去都行。

早上,科塔尔和朗贝尔去了小咖啡馆,给加西亚留了话,约他在晚上见面,如有事不能来,则改在第二天。晚上,他们没有等到他。第二天,加西亚在那儿。他默默地听了朗贝尔说的事情经过。他不了解此事,但他知道,有些街区已实行二十四小时全区封锁,以核查户口。贡萨莱斯和那两个青年可能无法通过路障。但他只能帮他们跟拉乌尔重新取得联系。当然啰,这事要到两天之后才能办成。

"我看,"朗贝尔说,"一切都得从头开始。"

第三天,拉乌尔在一条街的街角证实了加西亚的假设:地势低的街区都已被封锁。必须重新跟贡萨莱斯接上头。两天后,朗贝尔跟这个足球运动员共进午餐。

"真蠢,"贡萨莱斯说,"当时就该商定再次见面的办法。"

这也是朗贝尔的看法。

"明天上午,我们到那两个小伙子家里去,想办法把事情都安排好。"

第二天,那两个小伙子不在家。他们就留了话,约定第二天中午在高中广场见面。朗贝尔回到旅馆,其表情使塔鲁感到惊讶,塔鲁是在下午遇到他的。

"事情不顺利?"塔鲁问他。

"老是要从头开始。"朗贝尔说。

他再次提出邀请:

"请你们晚上来。"

晚上,这两个人走进朗贝尔的房间时,他正躺在床上。他从床上起来,在准备好的杯子里倒了酒。里厄拿了他那杯,问他是否进展顺利。记者说他又重新转了一圈,事情进展到同样的程度,他很快就要最后一次赴约。他喝了口酒,作了补充:

"当然啰,他们是不会来的。"

"不能把这事看成一种规律。"塔鲁说。

"你们还不明白。"朗贝尔回答时耸了耸肩。

"什么?"

"鼠疫。"

"啊!"里厄说。

"不,你们不明白,这就是要从头开始。"

朗贝尔走到房间的一个角落,打开一台小型留声机。

"这是什么唱片?"塔鲁问,"我听起来熟悉。"

朗贝尔回答说,是《圣詹姆斯医院》。

唱片放到一半,就听到远处响起两声枪响。

"打一条狗或一个逃跑者。"塔鲁说。

片刻之后,唱片放完,传来救护车清晰的呼叫声,这声音越来越响,在旅馆房间的窗户下经过后变轻,最后完全消失。

"这张唱片不大有趣,"朗贝尔说,"另外,我今天已听了整整十遍。"

"您就这么喜欢这唱片?"

"不是,但我只有这张。"

过了一会儿,朗贝尔说:

"我要对你们说,这是要重新开始。"

他向里厄询问防疫队的工作情况。这时有五个队在工作。希望还能成立一些队伍。记者已坐在床上,仿佛在关注自己的指甲。里厄仔细观察了他那蜷缩在床边的矮小、粗壮的身材。他突然发现朗贝尔在看着他。

"您知道,大夫,"他说,"我曾经常想到你们的组织。我没有跟你们一起干,是因为我有自己的理由。尽管如此,我觉得我这个人能够赴汤蹈火。我参加过西班牙内战①。"

"站在哪一边?"塔鲁问。

"站在战败者一边。但从此之后,我作了些思考。"

"思考什么?"塔鲁问。

"勇气。现在我知道人可以做出丰功伟绩。但如果没有崇高的感情,人就不会使我感兴趣。"

"我们感到,人无所不能。"塔鲁说。

"不,人不能长期痛苦或幸福。因此人无法做出任何有价值的事。"

朗贝尔看着他们,然后说:

"喂,塔鲁,您能为爱情去死?"

"我不知道,但我觉得现在不能。"

"是这样。您能为一种观念去死,这是显而易见的。而

---

① 指一九三六年至一九三九年西班牙人民反对国内反革命叛乱和外国武装干涉的民族民主革命战争。一九三六年二月,西班牙国会选举,人民阵线获胜,成立联合政府。君主派、大地主、资本家、高级僧侣、长枪会党徒及反动军官等阴谋制造叛乱。同年七月首先由佛朗哥等利用驻摩洛哥防军发动,并迅速蔓延。德、意法西斯积极参与,帮助将叛军从摩洛哥运至西班牙。国际进步力量积极支持西班牙政府,组织国际纵队与西班牙人民并肩作战。一九三九年三月二十八日马德里陷落,共和政府倾覆,开始了佛朗哥的独裁统治。

我呢，我对于为一种观念去死的人已经感到厌倦。我不相信英雄主义，我知道这不难做到，我已得知这是要杀人的。我感兴趣的是，人活着或死去，都要为了自己的心爱之物。"

里厄专心听了记者的话。他一直看着朗贝尔，这时用温柔的口气说：

"人不是一种观念，朗贝尔。"

记者从床上跳了下来，激动得面孔通红。

"这是一种观念，人在脱离了爱情之后，就是一种鼠目寸光的观念。而我们恰恰不能再有爱情。我们得听天由命，大夫。我们要等待能有爱情的时刻到来，如果真的没有这种可能，我们就等待大家得救的时刻到来，而不要去冒充英雄。我嘛，其他的事我就不去想了。"

里厄站起身来，突然显出厌倦的神色。

"您说得对，朗贝尔，说得完全正确，我无论如何也不会让您放弃您要干的事，我觉得您做得对，是件好事。但我也必须对您说：所有这些事都不是英雄主义。而是真心诚意。这个观念会令人发笑，但跟鼠疫斗争的唯一办法是真心诚意。"

"真心诚意是什么？"朗贝尔说时突然神色严肃。

"我不知道它通常是指什么。但从我来说，我知道这是指做好我的本职工作。"

"啊！"朗贝尔气愤地说，"我不知道我的本职工作是什么。我选择爱情也许确实错了。"

里厄对他正视。

"不，"他铿锵有力地说，"您没有错。"

朗贝尔看着他们，显出沉思的样子。

"你们俩，我看你们做这些事不会失去任何东西。走正路比较容易。"

里厄把杯中的酒喝干。

"走吧,"他说,"我们还有事。"

他走了出去。

塔鲁跟随其后,但在出去时仿佛改变了主意,转过身来对记者说:

"您是否知道,里厄的妻子在离这儿几百公里的疗养院里?"

朗贝尔露出惊讶的神色,但塔鲁已经走了。

第二天凌晨,朗贝尔给大夫打了电话:

"在我有办法离开这座城市之前,您是否能让我跟你们一起工作?"

对方沉默片刻,然后说:

"行,朗贝尔。谢谢您。"

三

这样,在一星期的时间里,鼠疫的囚徒们尽其所能进行挣扎。看得出来,他们中有些人就像朗贝尔,显然认为自己仍像自由人那样行动,以为他们还能作出选择。但在实际上,我们可以在这时即八月中旬说,鼠疫已席卷一切。这时已没有个人命运可言,只有集体的事情,即鼠疫和众人的共同感觉。最深刻的感觉是分离和放逐之感,以及因此产生的恐惧和反抗。正因为如此,叙述者认为,在炎热和疫情达到顶峰之时,应该举例说明我们活着的同胞的暴力行为、埋葬死者的情况以及分离的情人们的痛苦。

那年六七月间刮起了风,在疫城刮了好几天。奥兰的居民对风特别惧怕,因为该市建在高原,风不会遇到任何天然屏障,就进入各条街上逞威。市里已有好几个月滴雨未下,因此涂上了一层灰浆,这时全被风吹得剥落下来。风吹得尘土和纸片如波涛掀起,击打在已经稀少的散步者的腿上。可看到他们弯着腰在街上疾行,用手帕或手把嘴捂住。到了晚上,以前大家聚在一起,把一天的时间尽量延长,因为每天都可能是自己的末日,但现在却会遇到一小群人,他们急忙回家或进入咖啡馆,因此,在几天时间里,在这段日子里来得更早的黄昏时分,街上全都空荡荡的,只有风发出持续不断的呜咽声。从波涌涛起但永远无法看到的大海,升起一股海藻和海盐的气味。这座空荡荡的城市,被尘土染成白色,充满海洋的气味和狂风的呼啸声,像一座痛苦的岛屿在那里呻吟。

在此之前,鼠疫的牺牲品在边缘街区要大大多于市中心,因为那里居民更多,但居住条件却更差。但现在鼠疫似乎突然临近商业区,并在那里安顿下来。居民们责怪风把传染性细菌吹来。"风把事情都搅乱了。"旅馆经理说。但不管怎样,市中心的街区居民都知道,现在该轮到他们了,因为他们在夜里越来越多地听到救护车的铃声在近旁响起,说明鼠疫正在他们窗下无精打采、毫无热情地进行召唤。

在市内,有人想把疫情特别严重的某些街区隔离开来,只允许必须外出的工作者出入。长住在那里的居民肯定会认为这个措施是在对他们故意刁难,不管怎样,他们在相比之下会把其他街区的居民看作自由人。而其他街区的居民,在困难的时刻却会感到安慰,因为他们想到其他居民不如他们自由。"总有人不如我自由。"这话概括了当时唯一可能存在的希望。

大约在这段时间里,火灾更加频繁,特别在西城门附近的娱乐街区。据了解,是一些检疫隔离结束后回来的人干的,这些人因亲人死亡、痛苦万分而精神失常,就放火烧毁自己的房屋,幻想以此来消灭鼠疫。大家竭力制止这种行为,因为火灾频繁,再加上风大,会使整个街区经常处于危险之中。当局在说明对房屋进行消毒就足以排除传染的危险却无法令人信服之后,就只好颁布十分严厉的刑罚,以惩罚那些无辜的纵火犯。毫无疑问,那些不幸的人望而却步,不是因为想到会坐牢,而是因为所有居民全都相信坐牢就等于被判死刑,因为统计显示,市牢狱里的死亡率极高。当然啰,这种看法并非毫无根据。由于显而易见的原因,鼠疫似乎特别热衷于过集体生活的人,如士兵、修道士或囚犯。有些囚犯虽说单独监禁,但监狱仍是个集体单位,很好的证明是,在本市监狱里,看守和囚犯一样,都会得这种病。在鼠疫的高傲目光看来,监狱里的所有人,从典狱长直至最低微的囚犯,都已被判死刑,这在监狱里也许是第一次做到绝对公平。

当局徒劳地试图在这种一律平等的情况下推行等级制度,想要给因公死亡的监狱看守授勋,但徒劳无益。因戒严令已颁布,监狱看守在某种程度上可被视为征召入伍的军人,因此他们就在死后被授予军功章。但即使囚犯们没有提出任何异议,军界对此事也并无好感,并正确指出,这样会在公众的思想中造成令人遗憾的混乱。上峰同意了他们的要求,并认为最简单的办法是对死亡的监狱看守授予抗疫奖章。但对以前被授予军功章的看守,现已覆水难收,无法把他们的军功章收回,而军界继续坚持己见。另一方面,抗疫奖章也有其不足之处,不能起到授予军功章时的激励作用,因为在鼠疫流行期间,得到这种奖章可说是家常便饭。结果是各方都不满意。

另外,监狱的管理不可能像教会那样,更不能像军队那样。市里仅有的两所修道院的修道士,确实都已分散各处,并临时住在虔诚信徒家中。同样,每当情况允许,一些人数少的连队便离开军营,驻扎在学校或公用建筑之中。因此,这疾病从表面上看迫使居民像被围困的市民那样团结一致,同时却破坏了传统的团结,使个人重新处于孤独的状态。混乱因此而产生。

不难想到,所有这些情况,再加上大风,就使某些人的思想里也燃起大火。各个城门在夜里又受到袭击,而且多次发生,但这次的袭击者是武装小队。发生了交火,有人受伤,有几个人逃出城外。岗哨的守卫得到了加强,逃跑的企图迅速被制止。但是,这种企图足以在市里掀起一股动乱之风,产生了一些暴力的场面。一些房屋因卫生状况不佳而焚烧或关闭,并且遭到了抢劫。老实说,很难认为这些行为是有预谋的。在大多数情况下,一个突然出现的机会使一些原来的正人君子做出受人谴责的行为,而这种行为又立即被人仿效。这样就出现了一些狂徒,他们在痛苦得发呆的房屋主人面前冲进了燃烧的房屋。看到房屋主人对此无动于衷,许多围观者也跟着冲了进去,于是,在这条阴暗的街道上,在火光的映照下,可看到因行将熄灭的火光以及扛在肩上的物件或家具而变形的黑影向四处逃窜。这些意外事故迫使当局把瘟疫状态视同戒严,并执行相应的法律。两个偷盗犯被枪决,但是否能对其他人产生震慑作用,却令人怀疑,因为死了这么多人,这两起处决并未引人注目:这只是沧海一粟。实际上,类似场面经常出现,但当局似乎不想干预。唯一使所有居民印象深刻的措施是宵禁。从晚上十一点起,本市一片漆黑,成了一座石头城。

月光下,只见城里一排排灰白色墙壁和一条条笔直街道,从未有黑色树影,也从未听到过一个散步者的脚步声和一条狗的叫声。这时,这座寂静的大城市只是毫无生气的巨大立方体的组合物,在这些立方体之间,只有已被遗忘的慈善家或永远被封闭在青铜里的古代伟人默无一言的塑像,还试图用他们石头或铁质的假面来展现古人已黯然失色的形象。这些平庸的偶像在漆黑的天空下装腔作势,俯瞰着死气沉沉的十字路口,只是冷漠的粗人,展现我们所在的静止不动的世界,至少表明这世界的最后状态,即一座大公墓,鼠疫、石头和黑夜会最终在其中使声音消失殆尽。

但黑夜也存在于所有人的心中，而人们转述的关于丧葬的真实情况如同传奇故事，并不是为了使我们的同胞们放心。因为丧葬的情况还是得说说，叙述者因此而表示抱歉。他清楚地感到有人会在这方面对他进行指责，而他辩解的唯一理由，是那段时间里一直有丧葬的事情，而且可以说他跟所有的同胞一样，是被迫关心丧葬事宜。不管怎样，这不是因为他对这类仪式有兴趣，恰恰相反，他更喜欢跟活人交往，举个例子，他更喜欢洗海水浴。但总而言之，海水浴已被取消，而活人的社会也整天害怕会被迫对死人的社会甘拜下风。这是一目了然的事。当然啰，我们总可以设法视而不见，蒙上眼睛，拒绝承认，但明显的事实具有强大的力量，最终一定会席卷一切。你喜爱的人需要埋葬之日，你又有什么办法拒绝埋葬？

那么，我们的葬礼最初的特点就是迅速！所有的手续全都简化，总的来说，盛大的葬礼已都取消。病人死在远离家属的地方，惯常的夜间守灵受到禁止，因此，晚上死的人独自过夜，白天死的人则立即埋葬。家属当然得到通知，但在大多数情况下，家属如曾在病人身边生活，都在接受检疫隔离，因此无法前往。如果家属不是跟死者同住，他们就在指定的时间即前往公墓的时间到达，这时遗体已擦洗干净后入殓。

我们假设这道手续是在里厄经管的临时性医院进行。这所学校在主楼后面有一个出口。堆放杂物的大房间朝向走廊，里面放着一口口棺材。在走廊里，死者家属可看到唯一一口已盖棺的棺材。于是就立即办理最重要的手续，那就是请家长在文件上签字。然后把装有遗体的棺材抬到车上，有时是真正的灵柩车,有时则是改装的大型救护车。家属都乘上一辆尚能获准运行的出租车,于是,两辆汽车通过市郊街区的街道飞快地到达公墓。在城门口,守卫的宪兵把车子拦下,在官方颁发的通行证上盖上钢印,没有这张通行证,就无法得到我们的同胞们所说的最后归宿。然后,宪兵们闪在一旁,两辆汽车开到方形墓地旁边停下,那里有许多墓穴等待填满。一位神甫在此迎候遗体,因为教堂里的追思仪式已被取消。棺材在祈祷声中从车里抬出,用绳子捆好,拖了过去,滑到穴里,碰到穴底,神甫于是挥动圣水刷洒下圣水,而第一铲土已在棺盖上跳起。救护车已稍稍提前开走,以便喷洒消毒药水,而在一铲铲土落下的声音越来越低沉时,家属们一个个钻进出租车。一刻钟后,家属回到家中。

就这样,事情确实以最快的速度进行,而风险却缩减至最小。也许至少在开始时,家庭天生的感情显然因此而受到伤害。但是,在鼠疫流行期间,这种情况无法加以考虑:为了效率,一切都已被牺牲了。另外,在开始时,居民们确实在精神上因这些做法而感到痛苦,因为希望安葬得体面的愿望比大家想象的更为普遍,但幸好在不久之后,食物供应成了棘手的问题,居民们的注意力转到眼前要操心的事情。他们要吃饭,忙于排队、走门路、办手续,就没有时间去考虑周围的人如何死去,他们自己有朝一日又如何死去。因此,这种物质上的困难本应是坏事一桩,后来却反倒成了好事。如果瘟疫像大家看到的那样停止蔓延,一切都会变得尽善尽美。

当时,棺材已更加稀少,裹尸布和公墓的穴位也都匮乏。这样就必须加以考虑。仍然是为了效率,最简单的办法显然是分组举行葬礼,如有必要,就增加车辆从医院开往公墓的次数。至于里厄的医院，当时有五口棺材。一旦放入遗体，救护车就全都运走。到了公墓，棺材出空，铁青色的尸体被置于担架上，送到临时停尸房里等候。棺材被喷洒灭菌溶剂后运回医院，于是，这种工作又重新开始，需要做几次就做几次。这工作组织良好，省长对此十分满意。他甚至对里厄说，总而言之，这样比黑人拉装运死尸的大车要好，在叙述过去鼠疫流行的编年史中曾有这样的记载。

"是的，"里厄说，"同样是埋葬，但我们做了卡片。进步不容置疑。"

尽管当局取得了这些成绩，但现在这些手续的特点却令人不快，省政府因此被迫不准死者家属参加葬礼。只允许他们来到公墓门口，而且这还不是官方的正式许可。因为涉及最后的埋葬仪式，情况已稍有变化。公墓尽头有一块长满乳香黄连木的空地，上面挖了两个大坑。一个是男尸坑，另一个是女尸坑。从这个角度来看，当局尊重社会习俗，只是过了很长时间以后，因形势所迫，这最后一点廉耻之心才消失殆尽，于是就顾不得体面，把男男女女全都埋在一个坑里。幸好这最后的混乱只是这灾难最后时刻的标志。在我们现在所说的那段时间里，是男女分坑埋葬，而且省政府十分坚持这种做法。在每个坑底，都有厚厚一层生石灰在冒烟、沸腾。坑边的生石灰堆积如山，溢出的气泡在流动的空气中噼啪作响。救护车运到之后，担架一个接着一个抬了过来，然后让一个个赤裸而又微微弯曲的尸体滑到坑底，基本上都并排躺着，这时，给他们盖上一层生石灰，然后盖上泥土，但只盖到一定高度，以便给后来的宿主留下位置。第二天，死者家属被请来在登记簿上签名，这说明人跟狗有区别，任何时候都可核查。

要完成所有这些工作,就需要人手,而人手总是即将不足。这些护士和掘墓人,开始时是政府聘用,后来是临时雇用,其中许多人都死于鼠疫。不管如何预防,总有一天都会被传染。但仔细想来,最令人惊讶的却是在瘟疫流行期间,一直不缺少干这一行的人手。危急时期是在鼠疫达到高峰之前不久出现的,里厄大夫就有充分理由感到不安。无论是干部还是他所说的粗活都缺少人手。然而,从鼠疫真正在全市流行开始,它肆虐的结果却反而带来诸多方便,因为它把经济生活全都打乱,因此造成大量失业。在大多数情况下,这些失业者不能被聘为干部,但干粗活却十分容易。从这时起,贫困显然总是压倒恐惧,尤其因为劳动的报酬跟工作的危险程度是成正比。各个卫生机关都有一张求职名单,职位一有空缺,前几名求职者会立刻得到通知,他们就一定前来报到,除非在此期间他们也腾出了他们在这世上的位子。省长长期来一直犹豫不决,不知是否应该使用有期或无期徒刑的犯人来干这种工作,现在既然情况如此,他就不必再采用这特殊办法。只要有失业者,他就认为可以等到以后再说。

因此,在八月底以前,我们的同胞们总算能勉强被送到他们最后的归宿,虽说不够体面,但至少井井有条,当局也因此觉得尽到了自己的义务。但是,必须把接下来发生的事稍稍提前叙述,才能说出最后必须采取的办法。从八月份起疫情实际保持的水平来看,死者的累计人数大大超过我们小型公墓的接纳能力。拆除部分围墙,把死者葬在附近的地里,但还是解决不了问题,因此得要尽快找到其他办法。起先决定在夜间埋葬,这样可以不必考虑某些忌讳。救护车里的尸体就可以越堆越多。宵禁之后仍违反规定留在外围街区的某些闲逛者(或是因职业需要而去那里的人们)，有时会看到一辆辆长长的白色救护车疾驰而过，在夜间空荡荡的街上发出沉闷的铃声。一具具尸体被急忙扔进坑里。尸体还在坑里晃动，一铲铲生石灰就已压在他们脸上，泥土覆盖其上，把他们的姓名一起埋掉，而这些坑也越挖越深。

但在不久之后，不得不在别处寻找，还要扩大地方。省政府一声令下，永久出租的墓地当即被征用，挖出的尸体遗骸全部被送进焚尸炉焚化。死于鼠疫的人，很快也只好送去火化。但这时得要使用位于城市东部城门外的旧焚尸炉。守卫的岗哨移到更远的地方，市政府一位职员的建议大大方便了当局的工作，他提出利用以前在海边峭壁上行驶、现已弃用的有轨电车来运尸体。为此，电车的机车和拖车内部进行了改装，把座位全部拆除，并改道通向焚尸炉，焚尸炉因此成了终点站。

在整个夏末，如同秋雨连绵之时，每天深夜时分，都能看到一列列不载乘客的奇特有轨电车摇摇晃晃地在海边峭壁上驶过。居民们最终知道这是怎么回事。虽说巡逻队禁止人们走上峭壁，仍然时常有一群群人钻到俯瞰大海的悬岩之间，在电车经过时把鲜花扔进拖车。于是，在夏夜还能听到载有鲜花和死尸的电车颠簸行驶的声音。

清晨将临时，在头几天还是有一种奇臭的浓雾弥漫在本市东部街区。医生们一致认为，这种雾气虽说气味难闻，但对任何人都无害处。但这些街区的居民却立即威胁说要离开这些地区，他们确信鼠疫会自天而降袭击他们，于是，当局只好采用一种复杂的管道系统使雾气改变方向，居民们也就安下心来。只是在大风劲吹的日子，一股来自东面的隐约臭味才使他们想起，他们是处于一种新的环境之中，鼠疫的烈焰每晚都在吞噬其贡品。

这就是瘟疫最严重的后果。但幸好疫情到后来并未加重,因为可以认为,我们那些机关的精明能干,省政府的种种安排,乃至焚尸炉的焚化能力,也许已无法满足当前的需要。里厄知道,当时已考虑过使用抛尸大海那样迫不得已的办法,他可以轻而易举地想象出蓝色海水溅起的巨大而又可怕的浪花。他也知道,如果统计数字继续增加,任何组织不管如何出色,都会一筹莫展,人们会不顾省政府禁令,死在尸体堆里,并在街上腐烂,市民会在公共场所看到,垂死者紧紧抓住活人不放,既怀有合乎情理的仇恨,又抱有愚昧无知的希望。

不管怎样,这种明显的事实或惧怕,使我们的同胞们保持着自己被流放和分离的感觉。在这方面,叙述者十分清楚,他感到十分遗憾的是,无法在此报道真正惊心动魄的事情,譬如说可在老故事中听到的鼓舞人心的英雄人物或光彩夺目的壮举。这是因为任何事情都要比灾祸惊心动魄,而由于持续时间长久,巨大的灾难都十分单调。在经历过巨大灾难的人们的记忆之中,鼠疫流行的那些可怕的日子,并不像壮观而又残酷的大火,而是像所经之处踩坏一切而又不停的践踏。

不,鼠疫跟里厄大夫在瘟疫开始流行时曾萦绕脑中的激动人心的巨大画面毫无相像之处。鼠疫起初像一种谨慎而又无可指摘的行政管理,而且运行良好。因此,顺便说一句,为了不歪曲任何事实,尤其是为了不违背自己的想法,叙述者倾向于客观描写。他几乎不想因艺术效果而作出任何改动,除非要达到使叙述大致连贯而提出的基本需要。正是这种客观性才使他现在要说,如果说这个时期最大的痛苦即最为普遍和最为沉重的痛苦是分离,如果说必须在思想上重新描写鼠疫流行的这一阶段,那么,仍然千真万确的是,这种痛苦本身在当时已不再哀婉动人。

我们的同胞们,至少是那些因这种分离而忍受极大痛苦的人们,是否已对这种情况感到习惯?说他们已经习惯,这并不完全正确。更加确切的说法是,他们在精神上和肉体上都饱受形销骨立之苦。鼠疫流行初期,他们还清楚地记得他们失去的亲人的模样,并十分怀念。但是,即使他们清楚地记得心上人的音容笑貌,记得他们事后才感到他幸福的某一天,他们也难以想象出他们在思念他时,他会在那从此远在天边的地方做些什么。总之,在此时此刻,他们记忆犹新,却缺乏想象力。在鼠疫流行的第二阶段,他们连记忆也都丧失。这并不是因为他们忘记了这张脸,而是因为——这其实是一回事儿——这张脸已不再由血肉构成,他们也不能在自己的体内感觉到它的存在。他们在前几个星期里想要抱怨,对他们投怀送抱的是些虚无缥缈的影子,而他们在后来发现,那些影子会变得更加虚幻,连记忆中保留的一点色彩也消失殆尽。在分离了如此长的时间之后,他们无法再想象出他们亲历的那种耳鬓厮磨之情,也想象不出怎么会有一个人曾在他们身边生活,而他们当时随时可以用手对他抚摸。

从这个角度来看,他们已处于鼠疫的管辖之中,这种管辖越差劲就越有效。我们中间已无人再有崇高感情。所有人的感情都十分单一。"这一切该结束了。"我们的同胞们这样说,是因为在灾害发生期间,希望集体的苦难结束是十分正常的事,也因为他们确实有这种希望。但这些话说出时毫无热情可言,也没有最初的那种激情,只有我们仍然清楚的几条软弱无力的理由。前几个星期的那种满腔激情,已被沮丧情绪所取代,这种沮丧不能被误认为逆来顺受,但仍然是一种暂时的认可。

我们的同胞们已经按部就班,可说是适应环境,因为他们不能不这样做。当然啰,他们仍显出不幸和痛苦的姿态,但他们不再感到刺骨之痛。另外,譬如说里厄大夫,他认为这正是不幸,认为对绝望习以为常比绝望还要糟糕。以前,分离的人们并不是真的不幸,在他们的痛苦中还有一线亮光,但现在这亮光已经消失。如今,可看到他们在街角、咖啡馆或朋友家里,平静而又漫不经心,眼睛里显出无聊的神色,有了他们这些人,整个城市如同候车室一般。而有职业的人,干工作按照鼠疫的步调,小心翼翼而又不动声色。所有人都谦虚谨慎。分离者首次没有显出逆来顺受的样子,不管是谈论不在眼前的亲人,使用众人的言语,还是从瘟疫统计的角度来看待他们的别离。在此之前,他们坚决反对把自己的痛苦和集体的不幸混为一谈,但现在他们已接受这种混淆。他们失去了记忆和希望,就栖身于现时之中。实际上,在他们看来,一切都是现在。还得要说,鼠疫已使所有人失去了恋爱乃至交友的能力。因为恋爱要求有可盼的未来,而对我们来说却只有现时可言。

当然啰,这一切并非都完全如此。因为即使所有分离者都已陷入这种状况,也还应该作一补充,那就是他们并非都同时达到这种地步,而且一旦处于这种新的状况,这些病人也会灵光闪现,会突然恢复清醒,因此会更加敏感,并感到更加痛苦。在这种情况下必须有消遣的时刻,使他们可以制订出某个计划,意味着鼠疫会停止流行。必须使他们突然因某种圣迹出现而觉得自己被一种莫名其妙的嫉妒所刺伤。另一些人也会突然有一种新生的感觉,感到自己不再麻木不仁,那是在一星期里的某几天,自然是星期天以及星期六下午,因为亲人过去在这里时,这两天用于进行某些活动。或是在傍晚时分,他们会有某种伤感,这样他们就得到提醒,不过提醒并非总是确定无疑,那就是提醒他们即将恢复记忆。傍晚时分对信徒来说是反省的时间,这时对囚犯或流放者却痛苦难忍,因为他们只有空虚可以反省。这时,他们会在片刻间如同悬在空中,然后又变得迟钝,并把自己禁闭在鼠疫之中。

我们已经看出,这就是放弃他们纯属私人的东西。在鼠疫流行初期,他们因一些他们十分看重的小事而感到惊讶,却对其他人的生死漠然置之,因此他们只有自己职业生涯的体验,现在恰恰相反,他们感兴趣的只是其他人感兴趣的事情,他们只有众人的想法,他们的爱情在他们看来已变成极其抽象的形象。他们已完全听任鼠疫的摆布,因此有时在睡梦中只有这样的希望,并在无意中发现自己有这种想法:"腹股沟淋巴结炎,但愿尽快消失!"但他们实际上是在睡觉,而整个这段时期也只是漫长的睡眠。本市充满看似醒着却已睡着的人,他们真正逃脱自己的命运,只有很少几次,那是在夜里,他们的伤口从表面上看已经愈合,这时又突然裂开。他们惊醒过来,就漫不经心地触摸又痒又痛的伤口边缘,在刹那间突然感到痛苦如旧,同时见到所爱之人惊慌失措的面容。清晨,他们又回到灾祸之中,也就是回到墨守成规的生活之中。

有人会问,这些分离者像什么样子?很简单,他们什么也不像。或者像你们喜欢说的那样,他们像大家一样,模样十分普通。他们分享着本市的平静和孩子般的烦躁不安。他们不再显示出批判意识,同时却显得冷静。譬如说我们可以看到,他们中最聪明的那些人,装得像大家一样,在报纸上或无线电广播里寻找理由,以相信鼠疫的流行很快就会结束,并显然抱有子虚乌有的希望,或是感到毫无根据的恐惧,因为读到了一个记者在无聊得哈欠连天时偶然写出的评论。在其他方面,他们喝啤酒或照顾病人,要么闲得无所事事,要么忙得精疲力竭,他们整理卡片或放放唱片,相互之间并无高下之分。换句话说,他们已不再作任何选择。鼠疫已取消价值判断。这点可从人们的生活方式中看出:已经没有人再去注意购买的衣服或食品的质量。大家对什么东西都一概接受。

最后可以说,那些分离者已失去起初拥有的特权。他们已失去爱情的自私心理,以及由此获得的好处。至少是现在,情况已经明朗,灾难跟人人有关。我们都听到城门口响起的阵阵枪声,那里钢戳的声音敲出了我们是生是死,还有一场场火灾和一张张卡片,恐怖的气氛和履行的手续,都预示着毫不体面却又登记在册的死亡,而且是在可怕的烟雾和救护车平静的铃声之中,我们吃的都是流放的面包,在不知不觉中等待着同样激动人心的团聚和太平。我们的爱情也许仍然存在,但只是毫无用武之地,变成沉重的负担,在我们身上死气沉沉,像犯了杀人罪或判了刑那样无可作为。这爱情只是一种没有前途的忍耐和执著的等待。从这个观点来看,我们有些同胞的态度,使人想起本市各处食品店门口所排的长队。同样的顺从,同样的忍耐,既遥遥无期,又不抱幻想。只是在涉及分离时,要把这种感觉提升千倍,因为这是另一种会吞噬一切的饥渴。

不管怎样,如果有人想对本市分离者所处的精神状态有确切的了解,就得再次回顾那些持久不变、布满灰尘的金色傍晚,只见暮色降临这座无树的城市,而男男女女则涌到条条街头。因为奇怪的是,这时在仍然沐浴着阳光的露天座旁响起的,已不再是通常构成城市言语的汽车和机器的轰鸣声,而只是十分嘈杂的脚步声和低沉的说话声,是几千双鞋子痛苦的移动声,这声音因瘟疫在沉重的天空中呼啸而变得节奏分明,总之,这是持续不断而又沉闷的脚步声,它逐渐充满全城,一天天晚上过去,使盲目的执著发出最忠实、最忧郁的声音,于是,这种执著在我们心中取代了爱情。

四

在九月份和十月份,鼠疫始终控制着在其淫威下退缩的这座城市。既然是停步不前,在没完没了地过去的一个个星期里,几十万人仍然如此。薄雾、炎热和雨水在天空中相继出现。一群群静静的椋鸟和斑鸠从南方飞来,在高空中飞过,但绕过本市,仿佛帕纳卢所说的连枷,即在房屋上方舞动时呼呼作响的木制古怪工具,把这些鸟赶到一边。十月初,一阵阵暴雨冲刷了条条街道。在此期间,没有任何重大事件发生,只有这普遍的停滞不前。

里厄及其朋友们于是发现,他们已疲劳到这种程度。事实上,卫生防疫队成员已无法忍受这种疲劳。里厄大夫发现此事,是因为他看到他的朋友们和他身上滋长着一种奇特的冷漠态度。譬如说,这些人在此前十分关心有关鼠疫的所有消息,现在却对此不闻不问。朗贝尔已临时受命担任不久前设在他下榻的旅馆里一间检疫隔离室的负责人,他对在那里接受观察的人数了如指掌。他也了解紧急撤离法的细枝末节,这种撤离法,他是为突然显示疫病征兆的人而制定的。检疫隔离者注射血清后的效验数据则铭刻在他脑中。但他无法说出每周的鼠疫死亡人数,实际上也不知道疫情是增是减。不管怎样,他仍然抱有出城的希望。

至于其他人,他们日夜致力于自己的工作,既不看报也不听广播。如果有人对他们宣布一个防疫成果,他们就装出感兴趣的样子,但他们实际上在听时无动于衷、漫不经心,使人想起大战时的战士也是如此,他们在修筑工事时累得精疲力竭,只是尽量不在日常工作中出差错,而不再指望决战或停战的日子到来。

格朗继续在进行因鼠疫流行而需要的统计,但肯定无法指出其总体结果。他跟显然能刻苦耐劳的塔鲁、朗贝尔和里厄相反,从未有过良好的身体。然而,他除了在市政府任助理之外,还兼任里厄的秘书,在夜里则要做自己的工作。因此,可以看到他总是处于疲惫的状态,这种状态得以维持,是由于两三个固定的想法,如鼠疫流行结束后可以整天休假,至少一个星期,于是就可以认认真真地以"脱帽致敬"的方式来干他目前在做的工作。他有时也会突然动情,在这种时候,他会主动对里厄谈起让娜,心里在想,她此时此刻会在哪里,她如看报,是否会想起他。有一天,里厄出乎意料地跟他谈起自己的妻子,口气十分平淡,而在此之前,他从未谈过此事。他妻子发来的一份份电报总是叫他放心,但他不知是否应该相信,就决定给妻子在治疗的那家疗养院的主任医生发电报询问。回电说,女病人病情加重,但保证想方设法扼制病情恶化。他一直把这个消息埋在心里,他自己也说不清楚,要不是因为疲倦,他怎么会把这消息告诉格朗。这位职员在对他谈起让娜之后,询问他妻子的情况,里厄就作了回答。"您知道,"格朗说,"这种病现在完全可以治好。"里厄表示同意,但只是说,他开始感到分离的时间长了,否则他也许可以帮助妻子战胜疾病,而如今她想必感到十分孤独。然后他就不说了,只是含糊其词地回答了格朗提出的问题。

其他人也处于同样的状态。塔鲁的忍耐力较强,但他的笔记表明,他的好奇心虽说仍要追根究底,却已不再多种多样。确实,在这段时间里,他显然只对科塔尔感兴趣。他下榻的旅馆改成检疫隔离医院之后,他最终搬到里厄家居住,晚上,他在那里几乎不去听格朗或大夫所说的统计结果。他会立即把话题转到他平时关心的奥兰市的生活细节上去。

至于卡斯泰尔,有一天他向大夫宣称血清已经制成,他们决定首先在奥通先生的小儿子身上进行试验,这孩子刚被送进医院,里厄认为他的病似乎无法医治,里厄在向老朋友通报最近的统计数字时,发现对方已在他的扶手椅里沉睡不醒。这张脸平时神色温和、嘲讽,显出永葆青春的样子,这时突然显得自然,一丝唾液挂在微微张开的嘴边,使人看出他已衰老。里厄感到喉咙哽咽。

在感情如此脆弱之时,里厄才看出自己的疲劳。他的敏感在不知不觉中显现出来。这种敏感在大多数时间里受到束缚,变得冷酷无情,但不时显露出来,使他激动得无法克制。他唯一的防御法是藏身于铁石心肠之中,把自身形成的情结收紧。他清楚地知道,这是继续干下去的良好办法。对其他事情,他不抱很大的幻想,他的疲劳则使他尚存的幻想全都消失。因为他知道,在一个他不知会如何结束的时期里,他的角色不再是给人治病,而是作出诊断。发现、看出、描述、登记然后判定不治之症,这就是他的任务。一些病人的妻子会抓住他的手腕号叫:"大夫,救救他的命!"但是,他在那里并非为了救人一命,而是为了下令隔离。他于是在那些人脸上看到了仇恨,但仇恨又有何用?"您没有心肝!"有人在某一天对他说。不,他心肠好。正因为如此,他才能忍受这每天二十小时的工作,却看到为活着而出生的人一个个死去。正因为如此,他才每天这样工作。今后,他这点好心肠,刚好能使他去做这些事。但这点好心肠,又如何能救人一命?

不,他整天提供的不是救援,而是情况。当然啰,这不能称之为男子汉的职业。然而,在这惊恐万状、大量死亡的人群中间,到底谁还有闲暇去从事男子汉的职业?有疲劳还算幸运。如果里厄精神更加饱满,这种到处传布的死亡气息,也许会使他多愁善感。但一个人如果一天只睡四个小时,此人就不会多愁善感。人看待事物,总是按照其本来面目,也就是按照公正的原则,即丑恶而又可笑的公正原则。其他人,那些患不治之症者,也有同样的感觉。在鼠疫流行之前,大家都把他看作救星。他能用三粒药丸和一个注射器把问题全都解决,人们抓住他的胳膊,沿着条条走廊带他进去。这实在叫人高兴,但有危险。现在恰恰相反,他去时带着几名士兵,得用枪托敲门,病人家属才会开门。他们真想把他带到死亡之中,真想把整个人类跟他们一起带到死亡之中。啊!确实如此,人们不能离开其他人,他跟那些不幸的人一样精神空虚,他也应当得到心惊肉跳的怜悯,他在离开他们之后,就听凭这种怜悯在心中滋长。

在这几个极其漫长的星期里,里厄大夫心里激动的种种想法,至少跟他作为分离者的想法交织在一起。他也看到这些想法在他朋友们的脸上反映出来。但是,所有继续跟瘟疫进行这种斗争的人渐渐感到的疲劳,最危险的结果并非在于对外界发生的事情和其他人的情绪漠不关心,而是在于他们自己放任自流、心不在焉。因为他们当时有一种倾向,那就是不想去做任何并非绝对必要、在他们看来总是无法做到的事。因此,这些人就越来越忽视他们制定的卫生规则,忘记他们必须遵守的对自身多次消毒的某些规定,有时不采取预防传染的措施就跑到肺鼠疫患者的身边,因为他们是在最后一刻接到通知前往感染者的家里,他们在赶去前就觉得十分疲劳,没有精力再回到某处去给自己滴注必要的预防药物。这就是真正的危险,因为正是跟鼠疫进行的斗争,使他们最容易染上鼠疫。总之,他们是在碰运气,而运气并非是人人都有。

然而,本市却有一人,看上去既不疲劳也不灰心,而且一直显出心满意足的乐天派形象。此人是科塔尔。他继续跟其他人保持着若即若离的关系。但他看中了塔鲁,只要塔鲁有空,他就去看他,这一方面是因为塔鲁十分了解他的情况,另一方面是因为塔鲁始终诚心诚意地接待这个矮小的年金收入者。这是个持久不变的奇迹,塔鲁虽说工作繁忙,却总是和蔼可亲,对人关心。有几天晚上他疲惫不堪,但第二天却重又精神焕发。"跟他嘛,"科塔尔曾对朗贝尔说,"还可以谈谈,因为他是个男子汉。你总是能被对方理解。"

因此,塔鲁在那个时期的日记,渐渐集中到科塔尔这个人身上。塔鲁试图对科塔尔的反应和想法作一概述,依据的是科塔尔对他说的话,以及他对这些话的理解。这段概述以"科塔尔和鼠疫的关系"为标题,在笔记本里占据好几页的篇幅,叙述者认为有必要在此作一介绍。塔鲁对这个矮小的年金收入者总的看法,可以概述为:"这是个地位在提高的人物。"另外从表面上看,他在提高地位时心情愉快。他对事态的发展并未感到不满。他有时在塔鲁面前表达他内心深处的想法,用的是这种评语:"当然啰,情况没有好转。但至少大家都在一条船上。"

"当然啰,"塔鲁作了补充,"他跟其他人一样受到威胁,确切地说,他跟其他人一起受到威胁。另外,我可以肯定,他并未真正想到他可能会染上鼠疫。他赖以生活的似乎是一种想法,这种想法也不是十分愚蠢,那就是一个人在身患大病或内心忧虑之时,就不会同时有其他任何疾病或忧虑。'您是否注意到,'他对我说,'一个人不会同时身患多种疾病。假如您患有一种重病或不治之症,如严重的癌症或肺结核,您就决不会染上鼠疫或斑疹伤寒,不可能染上。另外,这是不可能的,因为您从未见到过一个癌症患者死于车祸。'这种想法不管是否正确,都使科塔尔情绪良好。他唯一不希望出现的事,那就是跟其他人分开。他情愿跟大家一起被围困,而不愿独自当囚犯。鼠疫流行之后,就不再有秘密调查、档案、卡片、密令和立即逮捕。确切地说,就不再有警察局、新老罪行和罪犯,只有被判死刑的病人,在等待着毫无法律依据的特赦,这其中也有警察。"因此,仍根据塔鲁的解释,科塔尔有充分的理由,他在看待我们同胞们忧虑和惊慌的表现时,完全可以用带有宽容和理解的满意目光,并用一句话来表达:"你们仍然说吧,这种滋味我在你们之前就已领教过。"

"我曾徒劳地对他说,不跟其他人分开的唯一办法,就是问心无愧,他恶狠狠地看了我一眼,并对我说:'那么,照这种说法,人和人决不会在一起啰。'接着又说:'您可以这样说,这可是我对您说的。让人们聚在一起的唯一办法,还是给他们送去鼠疫。您就看看自己周围。'实际上,我清楚地知道他说的意思,也知道今天的生活在他看来是多么舒服。他怎么会看不出周围的反应跟他以前的反应相同?譬如说,每个人都企图跟大家在一起;有时人们热心地给一个迷路者指路,有时人们却对此人显得不耐烦;人们急忙前往豪华饭馆,到了那里并久久地待着就感到心满意足;每天人们乱糟糟地拥到电影院门口排队,剧院和舞厅全都客满,人们如汹涌的潮水涌到所有公共场所;大家都怕跟别人接触,但对人类的热情如饥似渴,又使男人们互相接近,胳膊肘靠在一起,男性和女性也走在一起。这一切,科塔尔在他们之前就已体验过了。女人除外,因为他这副嘴脸……我在想,他感到要去找妓女时,就克制住自己,以免给人以不良印象,以免以后坏他的事。

"总之,鼠疫使他一帆风顺。他是不甘寂寞的孤独者,鼠疫把他变成了同谋。因为他显然是个同谋,而且是乐不可支的同谋。他对看到的一切都会加以鼓动,譬如说那些惊慌失措的人的迷信、无缘无故的恐惧和一触即发的怒气;他们想尽量少谈鼠疫却又谈个不停的这种怪癖;他们在得知这种病始于头疼之后,稍有头疼就惊慌失措、脸色发白;最后是他们敏感得容易发怒,而且反复无常,竟把别人的遗忘当作冒犯,丢失短裤的一粒纽扣也会十分伤心。"

塔鲁常常跟科塔尔一起在晚上外出。他后来在笔记本里讲述,他们如何在傍晚或夜里进入这阴暗的人群,摩肩接踵,被淹没在黑白相间、不时有一盏路灯投下罕见亮光的人群之中,并伴随这人群去寻欢作乐、取得温暖,以抵御鼠疫的寒冷。科塔尔在几个月前到公共场所寻求的奢侈和豪华的生活,他梦寐以求却又无法得到的放荡不羁的生活,现在全体市民都在追求。这时物价在无法扼制地全面上涨,而人们却挥金如土,花的钱比以往任何时候都要多,在大多数人缺少生活必需品时,人们却从未像现在那样对奢侈品大量消费。可以看到,无所事事之人的各种游乐和赌博大量增加,而无所事事其实只是失业所致。塔鲁和科塔尔有时长时间尾随一对情侣,在过去，这种情侣竭力掩盖两人的关系，而现在，他们却紧紧依偎在一起，堂而皇之地穿越全市，他们情深意切，沉浸在二人世界之中，就对周围的人群视而不见。科塔尔动情地说："啊，真是快活的一对！"他大声说话，喜笑颜开，他们周围是狂热的群众，扔下的小费数目可观、声音响亮，他们眼前则是眉来眼去、打情骂俏。

然而，塔鲁认为，科塔尔的这种态度并没有很多恶意。他说"这种滋味我在他们之前就已领教"，是想表明他的不幸，而不是他的得意。"我觉得，"塔鲁说，"他开始喜爱那些囚禁在天空下和城墙里的人。譬如说，只要有可能，他就会主动对他们解释，说这事并不是那么可怕。他曾对我说：'您会听到他们说：鼠疫过去后，我要做这事，鼠疫过去后，我要做那事……他们不是安安稳稳地过日子，却在自寻烦恼。他们甚至不知道自己的优势。我难道能说：被捕之后，我要做这事？被捕是开始，而不是结束。而鼠疫呢……您想听听我的看法？他们不幸，是因为他们没有听其自然。我不是在乱说。'"

"他确实不是在乱说，"塔鲁作了补充，"他对奥兰居民的矛盾心理作了恰如其分的评论，他们深切地感到他们互相接近需要有热情，但同时又因他们之间互不信任而无法真正热情起来。大家十分清楚，对邻居不能相信，邻居会在你不知情时把鼠疫传给你，会乘你不防备时让你染上这疾病。当你有过科塔尔的经历，看到你想交友的人中可能有告密者，你就会理解这种感觉。你会对有些人十分同情，他们抱着一种想法生活，认为鼠疫随时会把他们一把抓住，也许它正准备这样去做，而他们却还在为自己仍然安然无恙而感到高兴。虽然有这种可能，科塔尔依然在恐怖的气氛中悠然自得。但因为他在他们之前曾有过所有这些感受,因此我认为,对因这种捉摸不定而受到的折磨,他不会跟他们有完全相同的感受。总之,我们还没有死于鼠疫,跟我们这些人在一起,他清楚地感到,他的自由和生命每天都有濒临毁灭的危险。但他曾在恐怖气氛中生活,因此他认为其他人也来尝尝恐怖的滋味实属正常。确切地说,他这时感到,恐怖并非像他独自一人时那样是一种沉重负担。但他这样想就错了,在这方面,他也比其他人更难被人理解。但不管怎样,正是在这方面,他与其他人相比,更值得我们去理解他。"

最后,塔鲁在笔记本里的记述以一段叙事结束,这段叙事表明,科塔尔和鼠疫患者同时具有一种奇特心理。这段叙述可以大致展现当时令人难以忍受的气氛,因此叙述者对此予以重视。

他们到市歌剧院去观看《俄尔甫斯与欧律狄克》①,是科塔尔邀请塔鲁去看的。这个剧团是在春天鼠疫发生时来到本市演出。剧团被疫病堵在城里后,只好跟本市歌剧院商定,每星期重演该剧一次。因此,几个月来,每逢星期五,本市歌剧院里就响起俄尔甫斯音调优美的抱怨和欧律狄克毫无用处的呼喊。然而,这演出继续受到公众的青睐,剧场一直收入可观。科塔尔和塔鲁坐在正厅上方的包厢里,正厅里坐满了我们同胞中的优雅之士。进来的那些观众显然都竭力想引起别

---

① 《俄尔甫斯与欧律狄克》是德国作曲家格鲁克(1714—1787)的三幕歌剧,一七六二年十月五日在维也纳首演,一七七四年在巴黎首演。俄尔甫斯是希腊神话中的诗人和歌手,善弹竖琴。他曾随伊阿宋觅取金羊毛,借助音乐战胜困难。妻子欧律狄克死后,他追到阴间,冥后普西芬尼为其音乐感动,答应他把妻子带回人间,条件是他在路上不得回顾。将近地面时,他回头看妻子是否跟随,致使欧律狄克重坠阴间。

人注意。在幕布前耀眼的灯光下,在乐师们悄悄地调音时,一个个身影清晰地显现出来,从一排走到另一排,优雅地躬身施礼。在高雅的低声交谈中,人们又恢复了自信,而在几小时前,他们走在本市阴暗街道上时还缺乏自信。衣冠楚楚会把鼠疫赶走。

在第一幕中,俄尔甫斯的抱怨一直十分流畅,几个穿长裙的女士开始优雅地评论他的不幸,这时爱情用小咏叹调唱出。全场观众对此显出谨慎的热情。观众几乎没有发现,俄尔甫斯在第二幕的唱段里加上原来没有的颤音,并悲哀得有点过分,用眼泪来博得冥王的同情。他不由自主地做出的某些不连贯的动作,连大方之家也认为是别具一格,使歌唱家的表演更为出色。

第三幕俄尔甫斯和欧律狄克的大二重唱时(即欧律狄克离开她爱人而死去之时),剧场观众才显得有点意外。仿佛歌唱家等待的就是观众的这种反应,或者确切地说,仿佛正厅里发出的嘈杂声使歌唱家证实了自己的感觉,他选择这一时刻,身穿古装把双臂和双腿分开,滑稽可笑地朝台前的脚灯走去,在羊棚的布景中间倒在地上,这种布景一向被认为不合时宜,但在观众看来却第一次显得不合时宜,而且极其不合时宜。因为与此同时,乐队停止演奏,正厅里的观众站起身来,开始慢慢离开剧场,起初默不作声,如同做完礼拜走出教堂,或像跟遗体告别后走出灵堂,女士们整好裙子,低着头出去,男士们挽着女伴,不让她们碰到可折叠的加座。但人群的移动渐渐加快,低语变成了惊呼,人群顿时拥向出口,挤作一团,最后叫喊着相互推搡。科塔尔和塔鲁这时才站起身来,两人看到的是他们当时生活的一幅画面:鼠疫在舞台上以四肢趴在地上的演员的丑陋形象出现,而在剧场里,一切奢侈品都已毫无用处,如被人遗忘的扇子,以及坐椅红色面料上拖下的花边。

朗贝尔九月初一直在里厄身边认真工作。他只请了一天假,那天他要跟贡萨莱斯和那两个青年在男子高级中学门前见面。

那天中午,贡萨莱斯和记者看到那两个青年笑着走到中学门前。他们说,上次不走运,但这种事应该想到。不管怎样,这星期不是他们值班。因此得耐心等到下个星期。到那时再重新作出安排。朗贝尔说,这话不错。贡萨莱斯于是提出下星期一见面。但这次要让朗贝尔住在马塞尔和路易的家里。"你和我约个时间见面。如果我没去,你就直接去他们家。有人会把他们家的地址告诉你。"但马塞尔或路易这时说,最简单的办法是立刻把这位朋友带到他们家里。只要他不挑剔,家里有足够四个人吃的东西。这样,他也就知道了地址。贡萨莱斯说,这个主意很好,他们就朝港口往下走去。

马塞尔和路易住在海军区尽头,靠近通往峭壁的山口。那是一幢西班牙式小屋,墙壁厚实,配有上漆的木制外板窗,屋内有几间空无一物的阴暗房间。桌上放着米饭,是这两个青年的母亲端来的,她是西班牙老太太,满脸皱纹,面带微笑。贡萨莱斯感到惊讶,因为市里已大米缺乏。马塞尔说:"在山口旁总有办法。"朗贝尔边吃边喝,贡萨莱斯说他真的是朋友,而记者在此刻却只是在想他还得待一个星期。

实际上,他得等两个星期,因为值班已改为两星期换一次班,以减少值班的班次。在这半个月里,朗贝尔不断拼命工作,可说是闭着眼睛在干,从清晨一直干到深夜。他到深夜才躺下睡觉,而且睡得很熟。他以前无所事事,现在干得精疲力竭,几乎没有精力再遐想联翩。他很少谈到他将要出走之事。只有一件事值得一提:一星期后,他告诉大夫,前一天夜里,他第一次喝醉酒。走出酒吧后,他突然感到腹股沟肿胀,双臂在腋窝周围活动困难。他觉得是染上了鼠疫。他当时唯一能作出的反应——他后来跟里厄一样认为这种反应并不理智——就是跑到本市高处,在一个从来看不到大海却能看到广阔天空的小地方,也就是在城墙上方大声呼唤自己的妻子。回到住处之后,他没有发现自己身上有感染的任何征兆,因此对这次突然产生的冲动并不是十分满意。里厄说,他非常理解人会作出这种反应。"不管怎样,"他说,"人有时会有这种愿望。"

"奥通先生在今天上午对我谈起了您,"里厄在朗贝尔要离开时突然说,"他问我是否跟您认识。他对我说:'您劝劝他,别跟那帮走私贩子经常来往。他正引起别人注意。'"

"这话是什么意思?"

"这话的意思是您必须赶紧去办。"

"谢谢。"朗贝尔握住大夫的手说。

走到门口,他突然转过身来。里厄发现,自鼠疫开始流行以来,他第一次在微笑。

"那您为什么不阻止我离开这里?您有办法这样做。"

里厄用习惯的动作摇摇头,并说这是朗贝尔的事,说朗贝尔选择了幸福,他里厄没有理由加以反对。他感到自己在这件事情上无法判断孰好孰坏。

"在这种情况下,又为什么要叫我赶快办理?"

这时里厄也笑了。

"这也许是因为我也想为幸福出点力吧。"

第二天,他们不再谈任何事情,只是一起工作。下一个星期,朗贝尔最终住进了那幢西班牙式小屋。他们在公用的房间里给他放了一张床。由于那两个青年不回家吃饭,那家人又请他尽量不要出门,因此他大多数时间独自一人待着,或者跟西班牙老太太聊天。她是个干瘪老太太,但很勤劳,她身穿黑衣,布满皱纹的脸呈棕色,一头白发十分干净。她沉默寡言,只是在看着朗贝尔时两眼露出微笑。

有时候,她问他是否怕把鼠疫传给妻子。他觉得有这种危险,但可能性很小,而留在本市,他们就有可能永远分离。

"她人好吗?"老太太微笑着问。

"很好。"

"漂亮吗?"

"我觉得漂亮。"

"啊,"她说,"是为了这个。"

朗贝尔沉思起来。当然是为了这个,但又不可能仅仅为了这个。

"您不相信仁慈的天主?"老太太问,她每天早晨都去望弥撒。朗贝尔承认他不相信,于是老太太又说,是为了这个。

"得跟她团聚,您做得对。否则您还有什么呢?"

其他时间,朗贝尔就沿着粗涂灰泥的光秃秃的墙壁转悠,抚摸钉在墙上的一面面扇子,或者数数垂在台毯边缘的羊毛球有多少。晚上,两个青年回家。他们说话不多,只是说现在还不是时候。晚饭后,马塞尔弹吉他,他们就喝茴香酒。朗贝尔显出沉思的样子。

星期三,马塞尔回家时说:"时间定在明天午夜。你做好准备。"跟他们一起值班的两个人,一个染上了鼠疫,另一个平时跟前者同住一个房间,这时在接受隔离观察。因此,在两三天时间里,只有马塞尔和路易二人当班。当天夜里,他们去把最后的一些小事安排好。第二天,就有可能要走。朗贝尔表示感谢。老太太问:"您满意吗?"他说满意,但心里在想别的事情。

第二天,天气闷热、潮湿,叫人透不过气来。鼠疫的情况不妙。但西班牙老太太仍然十分平静。"这世上在造孽,"她说,"那就非得要这样!"朗贝尔跟马塞尔和路易一样赤着膊。但不管他做什么事,汗水都会在他双肩之间和胸脯上流出来。百叶窗关着,屋里半明半暗,这使他们的上身呈棕色,如同涂了一层油漆。朗贝尔在转悠,没有说话。下午四点,他突然穿好衣服,说要出去。

"注意,"马塞尔说,"时间定在午夜。一切都已准备就绪。"

朗贝尔去了大夫家里。里厄的母亲对朗贝尔说,他可以在本市高地的医院里找到里厄。在医院的岗哨前,同样的人群在那里转来转去。"请你们走开!"一个眼如金鱼的中士说。那些人走开了,但仍在转来转去。"什么也等不到的。"中士说,他的汗水已湿透外衣。这也是那些人的看法,但他们仍然待着,虽然热得要命。朗贝尔向中士出示了通行证,中士给他指出塔鲁的办公室。办公室的门朝向院子。他跟从办公室里出来的帕纳卢神甫迎面相遇。

在一间肮脏的白色小房间里,散发出药味和潮湿的被褥味,塔鲁坐在黑色木制办公桌后面,衬衫袖子卷起,用手帕在擦肘弯上的汗水。

"又来了?"他说。

"是的,我想跟里厄谈谈。"

"他在大厅里。但如果这问题没有他也能解决,那就更好。"

"为什么?"

"他太累了。我自己能办的事,就不去找他。"

朗贝尔看着塔鲁。他瘦了。他疲劳得两眼昏花,面容憔悴。他宽厚的肩膀塌了下来。有人敲门,一个男护士走了进来,戴着白口罩。他把一叠病历卡放到塔鲁的办公桌上,只是用因口罩而变得沉闷的声音说了"六个"二字,然后走了出去。塔鲁看了看记者,并把病历卡摊成扇形给他看。

"病历卡好看,是吗?啊,不,这是昨夜死的病人。"

他额头皱起,重新把病历卡叠好。

"我们剩下的事,就只有做报表了。"

塔鲁站了起来,把身体靠在办公桌上。

"您就要走了?"

"今天午夜。"

塔鲁说,这消息他听了高兴,并请朗贝尔保重。

"您这是真心话?"

塔鲁耸了耸肩:

"我这个年纪的人,只会说真心话。撒谎太累。"

"塔鲁,"记者说,"我想见大夫。请原谅。"

"我知道。他比我更有人情味。我们走吧。"

"并不是这事。"朗贝尔说时有点尴尬。但他没说下去。

塔鲁看了看他,并突然对他微笑。

他们沿着一条狭窄的走廊走,走廊的墙壁漆成浅绿色,显出玻璃水族缸般的光线。在快要走到两扇玻璃门前时,他们看到门后有几个人影动作奇特。塔鲁让朗贝尔走进一个小厅,厅里的墙上全是壁橱。他打开一个壁橱,从消毒器里取出两只脱脂纱布口罩,把一只递给朗贝尔,请他戴上。记者问戴了能否有点用处,塔鲁回答说没用,但可以让别人放心。

他们推开玻璃门。里面是一间大厅,虽说天气炎热,却仍然窗户紧闭。墙壁上方都装有换气装置,在嗡嗡作响,螺旋形风叶搅动着两排灰色病床上方浑浊而又过热的空气。到处都传来低沉或尖叫般的呻吟声,形成一种单调的抱怨。几个身穿白大褂的男子,在刺眼的光线下慢吞吞地走来走去,光线是由装有铁栅栏的天窗里进来的。朗贝尔在这大厅的酷热中感到难受,他好不容易才认出里厄,只见大夫正俯身站在一个呻吟的病人前面。大夫在切开病人的腹股沟,两个女护士站在床的两边,把病人的两腿分开。里厄直起身子之后,让手术器械掉在一个助手递过来的盘子里,一动不动地站立片刻,看着这个正在接受包扎的病人。

"有什么消息?"他问走到身边的塔鲁。

"帕纳卢同意接替朗贝尔在检疫隔离院的工作。他已经做了很多事。剩下的事是要在朗贝尔走后重新组织第三调查组。"

里厄点头表示同意。

"卡斯泰尔已做出第一批制剂。他提出进行一次试验。"

"啊!"里厄说,"这很好。"

"最后,朗贝尔来了。"

里厄转过身来。他看到记者,口罩上方露出的眼睛就眯缝起来。

"您来这儿干吗?"他说,"您应该到别处去。"

塔鲁说,走的时间定在今天午夜。朗贝尔作了补充:"原则上如此。"

每当他们中有人说话,这个人的纱布口罩就鼓了起来,蒙在嘴巴上的地方随之变得潮湿。因此谈话显得有点虚幻,仿佛是雕像在交谈。

"我想跟您谈谈。"朗贝尔说。

"您要是愿意,我们就一起出去。您在塔鲁的办公室里等我。"

片刻之后,朗贝尔和里厄坐在大夫的汽车后座。塔鲁开车。

"汽油快没了,"塔鲁在启动车子时说,"明天我们得步行。"

"大夫,"朗贝尔说,"我不走了,我想跟你们待在一起。"

塔鲁不动声色。他继续开车。里厄似乎仍然疲劳,尚未恢复。

"那她呢?"他声音低沉地说。

朗贝尔说自己又进行了思考,并说他仍然保持自己的看法,但他如果走了,他会感到羞耻。这对他喜爱的留在那里的心上人会有影响。但这时里厄直起身子,口气坚决地说,这样做很愚蠢,并说想要幸福并不可耻。

"是的,"朗贝尔说,"但独自一人幸福,就是可耻的行为。"

塔鲁在此前一直默不作声,这时没有回过头来看他们,只是指出,如果朗贝尔想跟大家有难同当,他也许就再也没有时间去享受幸福的乐趣。必须在两者中作出选择。

"问题不在这儿,"朗贝尔说,"我一直认为我在这个城市是外人,我跟你们毫无关系。但现在我看见了这些事,我知道我就是这里的人,不管我是否愿意。这件事跟我们大家都有关系。"

没有人回答,朗贝尔显出不耐烦的样子。

"另外,这点你们一清二楚!否则你们在这家医院里干什么?你们是否已作出选择,已放弃幸福?"

塔鲁和里厄都还没有回答。大家沉默良久,直至汽车快开到里厄的家。朗贝尔再次提出他最后那个问题,而且更加铿锵有力。只有里厄朝他转过脸来。他使劲挺直身子。

"请原谅,朗贝尔,"他说,"但我说不清楚。既然您愿意,那就跟我们一起干。"

汽车突然往旁边一闪,他就不说了。后来,他凝视前方,又开了口:

"在这个世上,没有任何东西可以让你放弃自己的心爱之物。然而,我也放弃了,但不知是什么原因。"

他又让身子倒在靠垫上。

"这是个事实,就是这样,"他气馁地说,"我们把这事记下来,并从中得出结论。"

"什么结论?"朗贝尔问。

"啊!"里厄说,"人不能既治病又知道结果。那么,我们就尽快给人治病。这是当务之急。"

午夜,塔鲁和里厄给朗贝尔画了他负责调查的那个街区的地图,这时塔鲁看了看表。他抬起头来,正好跟朗贝尔的目光相遇。

"您通知他们了?"

记者把眼睛转开。

"我已写了纸条叫人送去,"他吃力地说,"是在我来看你们之前。"

卡斯泰尔研制的血清,在十月底进行了试验。实际上,这是里厄的最后希望。如果试验再次失败,大夫确信本市会受到病魔的任意摆布,瘟疫的危害可能还会延长好几个月,或者会莫名其妙地停止流行。

在卡斯泰尔来看望里厄的前一天,奥通先生的儿子已经病倒,全家都得接受检疫隔离。孩子的母亲不久前结束隔离,现在又得第二次隔离。这位法官遵纪守法,看到儿子的身上出现病征之后,立刻派人把里厄大夫请来。里厄来时,孩子的父母站在床脚边。他们的小女儿已被送走。他们的儿子正处于衰竭时期,这时听任大夫检查,没有发出呻吟。大夫抬起头来,遇到法官的目光,在法官后面,孩子的母亲脸色苍白,只见她用手帕捂住嘴,睁大眼睛注视着大夫的一举一动。

"是这种病,对吗?"法官用冷淡的声音说。

"是的。"里厄回答时又看了孩子一眼。

孩子的母亲把眼睛睁得更大,但她仍然没有说话。法官也不吭声,然后他用更低沉的声音说:

"那么,大夫,我们应当照章办事。"

里厄避免去看孩子的母亲,她仍用手帕捂着嘴。

"这事很快就能办妥,"他犹豫不决地说,"只要我能打个电话。"

奥通先生说他立刻带他去。但大夫转身朝着法官的妻子说：

"我很遗憾。您得准备一些衣物。您知道是怎么回事。"

奥通太太显得目瞪口呆。她看着地上。

"是的，"她点点头说，"我这就去准备。"

在离开奥通夫妇之前，里厄不禁问他们有什么要求。法官的妻子仍然默默地看着他。但法官这次把眼睛转开。

"没有，"他说，然后欲言又止，"但请您救救我的孩子。"

检疫隔离在开始时只是一种形式，但经过里厄和朗贝尔的组织之后，却变得十分严格。尤其是他们要求同一个家庭的成员必须始终相互隔离。如果家里有一人在不知不觉中染上了瘟疫，就决不能让瘟疫有大量传染的机会。里厄把这些理由向法官作了解释，法官认为十分正确。然而，他妻子和他竟这样面面相觑，大夫感到这种分离已使他们惊慌失措。奥通太太及其小女儿可以住进朗贝尔主管的设在旅馆里的检疫隔离室。但这时预审法官已无处可住，只好住在省政府正在市体育场用帐篷搭建的隔离营，帐篷由道政管理处提供。里厄对此表示歉意，但奥通先生说，规章制度前人人平等，因此理应服从。

至于那孩子，他被送到临时性医院的病房，病房原来是教室，里面放有十张病床。大约在二十小时之后，里厄认为孩子的病已无法医治。小小的身体听任传染病吞噬，丝毫也没有反应。几个小小的腹股沟肿块十分疼痛，才刚刚形成，使孩子瘦弱的四肢关节无法活动。他已提前被病魔制服。因此，里厄想在他身上试验卡斯泰尔研制的血清。当天晚上晚饭之后，他进行了长时间的接种，但孩子没有一点反应。第二天黎明时分,大家都来到孩子的身边,以对这次决定性的试验作出判断。

孩子已摆脱麻木状态,在被子里抽搐着翻来翻去。大夫、卡斯泰尔和塔鲁自凌晨四点以来一直待在孩子身边,逐步观察病情的发展或停顿。在床头边,塔鲁魁梧的身体把背微微弯曲。在床脚边,里厄站着,卡斯泰尔坐在他身边看一本旧书,显得十分平静。在以前是小学的这间教室里,天渐渐亮了起来,其他人也陆续到来。帕纳卢首先来到,他站在床的另一边,跟塔鲁相对,背靠在墙上。他脸上显出痛苦的表情,这几天他全力以赴,十分疲劳,在充血的前额上刻下道道皱纹。约瑟夫·格朗也来了。时间是七点,这位职员对他气喘吁吁表示抱歉。他只能待一会儿,也许有人已知道一些确切的情况。里厄没有说话,给他指了指那孩子,只见孩子闭着眼睛,脸已变样,拼命咬紧牙关,身体纹丝不动,脑袋枕在没有枕套的长枕头上,左右来回转动着。天色最后大亮,教室里仍留在原处的黑板上,可看到以前写过的方程式的字迹,这时朗贝尔来了。他把身子靠在邻床的床脚边上,拿出一包香烟。但对孩子看了一眼之后,他又把那包香烟放进口袋。

卡斯泰尔仍然坐着,他从眼镜上方看着里厄:

"您是否有他父亲的消息?"

"没有,"里厄说,"他父亲在隔离营。"

大夫用力抓紧病床架的横档,孩子在床上呻吟。他两眼紧盯着病孩,只见孩子的身子突然变得僵直,牙关重又咬紧,腰部有点挺直,四肢慢慢分开。这孩子赤裸的身体,盖有军用毛毯,这时散发出羊毛和汗酸的气味。孩子的身体渐渐松弛,四肢重又收缩到床的中央,他仍然闭着眼、不吭声,但呼吸显得更为急促。里厄跟塔鲁的目光不期而遇,塔鲁随即把眼睛转到一边。

他们已见到过一些孩子死去,因为几个月以来,恐怖的鼠疫并不选择打击对象,但他们还从未像这天清晨那样,时刻在注视着孩子受到的痛苦。当然啰,这些无辜的孩子忍受的痛苦,在他们看来一直是真正令人愤慨的事。但至少在此之前,他们可以说只是抽象地感到愤慨,因为他们从未在这样长的时间里亲眼目睹一个无辜的孩子奄奄一息。

正在此时,孩子如同腹部被咬,身体重又蜷缩,同时低声呻吟。他这样蜷缩着,时间有好几秒钟,身体因一阵阵寒战和痉挛而抖动,仿佛他脆弱的骨架在鼠疫刮起的狂风中弯曲,并在高烧的反复袭击中断裂。狂风过后,他稍微松弛下来,热度仿佛退去,如同把气喘吁吁的孩子抛弃在潮湿而又发臭的沙滩上,在那里休息,已经像死去一般。这时,热浪第三次击中孩子,并把他身子微微抬起,孩子随即蜷缩成一团,因害怕火烧般的酷热而退缩到床的里边,他热得拼命摇头,把毯子掀开。大滴大滴的眼泪从他红肿的眼皮下涌出,流到铅灰色的脸上,在这阵发作之后,他精疲力竭,缩起他那骨瘦如柴的双腿和在四十八小时内肉已消失殆尽的双臂,孩子在这张乱七八糟的床上摆出奇形怪状的姿势,如同钉在十字架上的耶稣。

塔鲁俯下身子,用粗笨的手擦去孩子脸上的泪水和汗水。片刻之前,卡斯泰尔已把书本合上,并看着病孩。他开始说话,但不得不咳嗽一声才把这句话说完,因为他的声音突然走调:

"早上孩子的病痛没有减轻①,是吗,里厄?"

里厄说是的,但孩子坚持的时间比平时更长。帕纳卢似乎有点沮丧,把身子靠在墙上,这时用低沉的声音说:

"如果孩子非死不可,他痛苦的时间就会更长。"

里厄突然朝他转过身去,他开口想要说话,但没有说出,显然在竭力克制自己,并又把目光转到孩子身上。

阳光充满病房。在其他五张床上,一些身体在摆动、呻吟,但全都小心谨慎,仿佛是商量好的。唯一叫喊的人,在病房另一端定时发出轻轻的叫声,听上去像是表示惊讶而不是痛苦。看来,即使是病人也不像开始时那样害怕。现在,他们对这种疾病抱有一种默许的态度。只有这孩子还在拼命挣扎。里厄不时给孩子按脉,不过没有必要,这主要是为了摆脱因无能为力而静止不动的状态,处于这种状态,他只要闭上眼睛,就会感到孩子的烦躁跟他血液的翻腾混杂在一起。于是,他跟这受尽折磨的孩子混为一体,想要使出自己尚未消耗的全部力量,让孩子能坚持下去。但是,他们两颗心的跳动在一分钟协调之后就又失调,孩子跟他脱离,他的努力落了空,于是,他放开这细小的手腕,又回到原来的地方。

在用石灰粉刷过的墙上,阳光由粉红色变成黄色。在玻璃窗外,炎热的上午开始响起爆裂的声音。大家几乎没有听到格朗在离开时说他会回来。人人都在等待。孩子一直闭着眼睛,似乎有点平静下来。他双手已成爪子状,轻轻地抓着床的两侧。他又把手举了起来,抓着膝盖旁边的毯

---

① 原文为 rémission,指热度减退,疼痛暂时减轻,但里厄凭经验认为这是不良征兆。

子,孩子突然弯曲双腿,让大腿贴近肚子,然后就不动了。这时,他第一次睁开眼睛,看了看站在他面前的里厄。他的脸现在像灰土一般,凹陷处的嘴巴张开,几乎与此同时,发出唯一一声拖长的叫喊,这叫声因呼吸而略有变化,突然使病房中充满单调、刺耳的抗议,这抗议不大像由人发出,却仿佛同时出自众人之口。里厄咬紧牙关,塔鲁把身子转到一边。朗贝尔走到床前,站在卡斯泰尔身边,只见老大夫把摊开在膝盖上的书本合上。帕纳卢看了看孩子的嘴,嘴里因患病而全是污垢,发出了各种年龄的人都会发出的叫声。神甫不由跪倒在地,大家听到他的话觉得并不意外,他在不知是谁发出的持续的抱怨声中,用有点低沉但十分清晰的声音说:"我的天主,请救救这孩子。"

但孩子继续在叫喊,他周围的病人全都骚动起来。在病房另一头不断叫喊的那个病人,这时加快了抱怨的节奏,最后竟大叫起来,而其他病人的呻吟声也越来越响。于是,抽噎声在病房里如潮水般汹涌,压过了帕纳卢的祷告声,里厄则紧紧抓住床架上的横档,闭上眼睛,感到极其疲劳和厌恶。

他睁开眼睛时,看到塔鲁站在他身边。

"我必须离开,"里厄说,"看到他们,我已无法忍受。"

但其他病人突然间都不发出声音。大夫这才发现孩子的叫声已变得微弱,而且越来越弱,刚刚消失。在孩子周围,抱怨声重又响起,但声音低沉,如同刚才结束的这场斗争在远处的回声。这斗争已经结束。卡斯泰尔已走到床的另一边,说孩子完了。孩子张着嘴,但没有发出声音,躺在凌乱不堪的被窝里,身体突然间缩小,脸上还留有泪水。

帕纳卢走到床边,做了个祝福的手势,然后拿起长袍,从中间的过道出去。

"是否需要再试一次?"塔鲁问卡斯泰尔。

老大夫摇摇头。

"也许还需要,"他勉强笑着说,"他毕竟挺了很长时间。"

但里厄已在朝病房外走去,他走得飞快,显得十分冲动,因此当他走到帕纳卢前面时,神甫伸手把他拉住:

"别这样,大夫。"神甫对他说。

里厄仍十分冲动,这时转过身来,粗暴地对神甫说:

"啊!那孩子至少是无辜的,您十分清楚!"

然后,他转过身去,在帕纳卢之前走出病房的门,来到小学院子深处。他走到布满尘土的小树中间,在一条长凳上坐了下来,擦了擦已流到眼睛里的汗水。他想再叫喊一声,以解开使他内心压抑的死结。热气慢慢从榕树树枝之间往下沉。早晨的蓝天迅速蒙上一层微白的热气,使空气变得闷热。里厄坐在长凳上听其自然。他看着树枝和天空,呼吸渐渐顺畅,逐渐从疲劳中恢复过来。

"刚才跟我说话,为什么这样怒气冲冲?"他后面有人说话,"我也一样,觉得这景象难以忍受。"

里厄朝帕纳卢转过身去。

"不错,"他说,"请原谅我。但疲劳是疯狂的一种形式。在这座城市里,有些时候我感到只想反抗。"

"这我理解,"帕纳卢低声说,"这种事令人愤慨,因为它超过了我们的忍受能力。但也许我们应该去爱我们无法理解的事情。"

里厄突然站了起来。他看着帕纳卢,看时使出浑身力气,怀着他全部的激情,然后摇了摇头。

281

"不,神甫,我对爱的看法不同。我到死也不会去爱让孩子们受尽折磨的这个天主的创造物。"

帕纳卢的脸上微微显出震惊的神色。

"啊！大夫,"他伤心地说,"我刚刚明白,什么是人们所说的宽容。"

但里厄已重又坐到长凳上。他再次感到疲劳,回答时语气就比较温和:

"这正是我缺少的东西,这我知道。但我不想跟您讨论这个问题。我们一起工作是为了一件共同的事,这件事跟渎神和敬神都没有关系。唯有这件事才重要。"

帕纳卢在里厄身边坐了下来。他显得激动。

"是的,"他说,"是的,您也是在为拯救人类而工作。"

里厄尽量露出微笑。

"拯救人类,用这话说我是言过其实。我没有这种雄心壮志。我关心的是人的健康,首先是人的健康。"

帕纳卢犹豫不决。

"大夫。"他说。

但他没说下去。他的额头上也开始汗如雨下。他低声说了声"再见",他站起来时眼睛发亮。他刚要离开,正在思考的里厄也站起身来,并朝他走了一步。

"再次请您原谅我,"里厄说,"我决不会再这样发火。"

帕纳卢伸出了手,忧伤地说:

"但我并没有把您说服！"

"这又有什么关系?"里厄说,"我恨的是死亡和疾病,您十分清楚。不管您是否愿意,我们在一起是为了忍受死亡和疾病,并且跟它们斗争。"

里厄握住帕纳卢的手。

"您看,"他说,但没有朝神甫看,"现在连天主也不能把我们分开了。"

自参加卫生防疫组织以来,帕纳卢没有离开过医院和鼠疫流行的地方。在抢救人员中间,他置身于他觉得自己应该加入的行列,也就是在第一线工作。死亡的情景他见过不少。虽说他注射过血清,按理说有免疫力,但他对自己可能会死也不无忧虑。从表面上看,他总是显得十分镇静。那天他长时间看到一个孩子慢慢死去,从此之后他似乎变了样。他脸上的表情越来越紧张。一天他微笑着对里厄说,他正在写一篇简短的论文,题为《神甫是否能请医生看病?》,大夫感到,这件事似乎比帕纳卢说的更为重要。里厄表示想要拜读此文,帕纳卢就对他说,他将在男教徒望弥撒时讲一次道,届时至少会阐述自己的某些观点。

"我希望您能来,大夫,您会对讲道的主题感兴趣。"

神甫第二次讲道那天在刮大风。说实话,跟第一次讲道时相比,这次一排排听道者显得稀稀拉拉。这是因为这种讲道对我们同胞们来说已无新意可言。在本市情况艰难之时,"新意"这两个字已失去意义。另外,大多数人在尚未完全放弃参加宗教仪式之时,或是参加宗教仪式而私生活却极不道德之时,会用一些毫无理智的迷信来代替平时的宗教活动。他们喜欢佩戴护身圣牌或圣罗克护身符,而不愿去望弥撒。

我们可以以我们同胞们滥用预言的习惯为例。其实,在春天人们曾期待鼠疫的流行会随时结束，但没有人想到要去问别人，瘟疫到底会流行多长时间，因为大家都确信瘟疫即将结束。但随着时间一天天过去，人们开始担心这灾祸真的会无限期延续下去，而与此同时，瘟疫停止流行成为众望所归。于是，人们相互传递占星术士或天主教圣徒的各种预言。本市的印刷厂老板很快就看出对预言的这种迷恋有利可图，就大量印发流传的预言。他们发现公众的这种好奇心可说是贪得无厌，就派人到市里的各家图书馆寻找野史提供的这类证据，并在本市发行。如在史书中找不到预言，他们就向一些记者约稿，这些记者在这方面表现出的能力，至少可以跟他们在过去几个世纪中的楷模媲美。

在这些预言中，有些预言甚至在各家报纸上连载，而读者阅读的热情，并不亚于没有疫情时对言情小说的阅读。有些预言的依据是稀奇古怪的计算，计算中考虑的是鼠疫流行年份的千位数、死亡人数和持续的月份数。另一些预言对历次鼠疫大流行进行比较，找出其共同之处（在预言中称之为常数），并通过奇特的计算，自以为从中得出跟当今鼠疫有关的教益。但公众最为欢迎的预言，无疑是用《启示录》①式的言语来预告将要发生的一系列事件，其中每一事件都可能在本市应验，对这些事件的复杂性可作出种种解释。于是，诺斯特

---

① 《启示录》是《圣经·新约》最后一卷，传为使徒约翰被放逐于拨摩岛时所作。分为三个组成部分：第一部分为序言和写给小亚细亚等七个教会的信；第二部分为世界末日的五组景象；第三部分为基督终将战胜魔鬼。此书是《圣经·新约》中唯一的启示文学作品。书中大量采用异象、象征和寓言，在讲到未来事件时尤其如此。

拉达穆斯①和圣女奥迪尔②成了人们天天求教的对象,而且求教的结果总是十分圆满。另外,所有预言的共同之处,是最终会使人感到宽慰。只有鼠疫并非如此。

于是,这种迷信就代替了我们同胞们的宗教信仰,因此帕纳卢讲道的教堂,座位只有四分之三坐满。讲道那天晚上,里厄到达时,一股股风从门口两扇自动关闭的门里吹进教堂,在听众之间自由吹拂。这座寒冷、寂静的教堂里,听道者全是男教徒,里厄在他们中间坐了下来,看到神甫登上讲道台。神甫开始讲道,语气比第一次讲道时温柔、审慎,听众多次发现他说话时有几分犹豫。更奇怪的是,他不再说"你们",而是说"我们"。

然而,他的声音渐渐变得坚定。他先是提到,好几个月以来,鼠疫在我们中间流行,现在我们对它有了更加清楚的了解,因为我们多次看到它坐在我们桌旁或我们喜爱的人们的床边,看到它在我们身边行走,在我们工作的地方等待我们的到来,因此在现在,我们也许更加能够接受它不断对我们说的话,而在我们初次感到意外之时,它的话我们可能没能很好地听取。帕纳卢神甫在同一个教堂讲道时已经说过的话仍然正确,至少他对此确信无疑。但也有可能像我们大家都会遇到的情况那样,他现在因这些

---

① 诺斯特拉达穆斯(1503—1566),法国占星术士、医生。约于一五四七年开始说预言,一五五五年出版预言集《世纪连绵》。由于一些预言似乎应验,名声流传甚广。法王亨利二世之妻卡特琳·德·美第奇曾请他为其子女占卜。一五六〇年,查理九世即位,任命他为侍从医官。一七八一年,天主教会禁书目录部谴责他的预言。
② 奥迪尔(约660—约720),阿尔萨斯修女。阿尔萨斯圣奥迪尔山上霍亨堡修道院创建者。她的传记写于十世纪,有传说成分。她是阿尔萨斯公爵之女,据说生来目盲,即将被处死时,为母亲所救,后来又奇迹般复明,为此在该地建造修道院。是阿尔萨斯的主保圣人。

话而懊悔得捶胸不已,因为他当时想到和说出这些话时,并未怀有慈悲之心。然而,有一点仍然毫无疑问,那就是任何事物总有可取之处。最残酷的考验,对天主教徒来说仍然有好处。而天主教徒在这种情况下应该寻求的正是自己的好处,并应该知道这好处是什么,如何才能得到。

这时,里厄周围的人们看来都舒舒服服地坐在两个靠手之间的长凳上,而且坐得尽可能舒适。教堂门口一扇软垫隔音门在轻轻地摆动。有人离开座位去把门关严。里厄被这些声音分心,几乎没听到接着讲道的帕纳卢在说些什么。神甫说的大致意思是,没必要去弄清鼠疫流行的景象为何如此可怕,但要知道从中能汲取什么教训。里厄听得模糊不清,认为神甫的意思是说,任何事情都无须解释。他注意力开始集中,是因为帕纳卢大声地说,在天主看来,有些事情可以解释,但另一些事却无法解释。当然有善与恶,通常要解释这两者的区别十分容易。但要深入到恶的内部,困难就开始产生。譬如说,从表面上看,恶有必要和不必要之分。有下地狱的唐璜①,也有一个孩子的死亡。因为如果说这个放荡的色鬼暴卒是罪有应得,那么这孩子受苦就无法理解。实际上,这世上最重要的事,莫过于一个孩子的痛苦和这种痛苦带来的恐惧,以及从中找出的原因。在生活的其他方面,天主给我们提供了一切方便,所以在此之前,宗教并无价值可言。在这里恰恰相反,天主把我们逼得走投无路。我们现在被鼠疫的围墙围困其中,我们必须在围墙死亡的阴影下去获取好处。帕纳卢

---

① 唐璜是中世纪西班牙传说中的青年贵族,欧洲许多文学作品中的主人公。最初以否定宗教的禁欲道德的形象出现,后发展为极端个人主义的典型,风流放荡,好色如命。

神甫不惜利用如拾草芥的有利条件来跨越这堵墙。他原可以轻而易举地说,孩子将得到天国的永福,可以补偿他所受的痛苦,但实际上,他却对此一无所知。其实谁又能说,永恒的福乐能补偿人间一时所受的痛苦?这样说的人肯定是天主教徒,因为我主耶稣的四肢和灵魂就曾受到过痛苦。不,神甫仍会被逼得走投无路,因为他完全接受这种磔刑般的痛苦,因为他面对着一个孩子的痛苦。他接着毫不畏惧地对那天的听道者说:"我的弟兄们,这时刻已经到来。必须相信一切或否定一切。但在你们之中,又有谁敢否定一切?"

里厄只是依稀想到,神甫的话跟异端邪说相差无几,但这时神甫已铿锵有力地接着说下去,以宣称这种命令、这种须无条件接受的要求,就是赐予天主教徒的恩惠。这也是天主教徒的德行。神甫知道,他将要谈论的德行中有些过分的东西,会使许多人感到刺耳,因为他们通常接受的道德更加宽容,更符合传统的习惯。但鼠疫时期的宗教不可能跟平时的宗教一模一样,如果说天主会容许乃至希望人的灵魂在幸福的时期得到安息和快乐,他也会希望人的灵魂在极其痛苦时有极端的表现。今天,天主赐予他所创造的人的恩惠,是把他们置于这种灾难之中,使他们必须重新找到并接受这种至高无上的德行,那就是要么全都相信,要么全都不信。

在上一个世纪,有一位世俗作家自以为揭开了教会的秘密,断言并不存在炼狱[1]。他言下之意是说没有权宜之计,只

---

[1] 炼狱是天主教和部分东正教会的教义。谓世人生前犯有未经宽恕的轻罪,或已蒙宽恕的重罪及各种恶习,而无须下地狱者,其灵魂在升入天堂前,必须先经净化过程,这种专供涤罪净化的场所称为炼狱。在炼狱中必须暂时受苦,待所有罪过炼净,做完补赎,才可进入天堂。

有天堂和地狱,因此人根据生前所作的选择,死后只能升天堂得永生,或是下地狱受永罚。但帕纳卢认为这是一种异端邪说,只能出自于一个不信教的人的灵魂。因为炼狱确实存在。但也许在有些时期,对这炼狱不应指望过多,在有些时期,轻罪无从谈起。任何罪孽都会置人于死地,任何冷漠的态度都是在犯罪。要么都有罪,要么都无罪。

帕纳卢停了下来,里厄此刻更清楚地听到门外抱怨般的风声,外面的风似乎刮得更加厉害。就在这时,神甫说,他所说的全盘接受的品德,不能按平时大家赋予该词的狭义来理解,并说这不是一般的逆来顺受,甚至也不是勉为其难的谦让,而是受辱者心甘情愿的一种屈辱。当然啰,看到一个孩子的痛苦,会使人在思想上和心里感到耻辱。但正因为如此,我们才必须投身于痛苦之中。但正因为如此——帕纳卢对听众肯定地说,他要说的话是不会轻易说出口的——才必须想到要受到痛苦,因为痛苦是天主之所愿。因此,只有天主教徒才会不惜一切,并在所有出口都关闭之时,在这重要选择的道路上一走到底。他会选择相信一切,以便不至于落到否定一切的地步。由于善良的妇女们此刻在各所教堂里得知,形成腹股沟淋巴结肿块是人体排除传染毒液的自然管道,她们就说"天主,请让我身上长出腹股沟淋巴结肿块",天主教徒就会把自己交由天主的意愿处理,即使对主的意愿并不理解。我们不能说"那事我理解,但这事我无法接受",而必须跳到摆在我们面前的"无法接受"的事物内部,而且恰恰是为了作出我们的选择。孩子们的痛苦是我们苦涩的面包,但如没有这块面包,我们的灵魂就会因缺乏精神食粮而饿死。

帕纳卢神甫停顿之时,一般都会响起低低的嘈杂声,这时嘈杂声刚刚响起,讲道者就出人意料地接着说下去,而且说得铿锵有力,同时装出替听众设身处地提出问题:究竟该怎么办?他猜想大家会说出"宿命论"这三个可怕的字。那么,只要人们允许他在这三个字前加上形容词"积极的",他就不会被这三个字吓退。当然啰,还要说一遍,不应该去模仿他上次谈到的阿比西尼亚的基督教徒①。甚至不应该去仿效波斯的鼠疫患者,这些人把自己的褴褛衣衫扔向基督教徒组成的卫生防疫队,一面大声祈求上天把鼠疫传给这些想要制服天主赐予的灾难的离经叛道者。但反过来,也不应该模仿开罗的修道士,他们在上世纪瘟疫流行期间,在举行送圣体仪式时用镊子夹圣体饼,以避免接触信徒们又潮又热的嘴,因为嘴里可能有病菌潜伏。波斯的鼠疫患者和上述修道士都犯有罪孽。因为前者认为一个孩子的痛苦微不足道,而后者恰恰相反,使人类对痛苦的惧怕到处可见。在这两种情况下,问题都被掩盖。他们都对天主的声音置若罔闻。但还有其他例子,帕纳卢也想举出。据马赛大鼠疫的纪事作者记载,赎俘会②修道院的八十一名修道士中,只有四人幸免于难。但这四人中有三人逃之夭夭。纪事作家们是这样说的,他们的职业也只要求他们说这么多。但读到这些记载时,帕纳卢神甫的思想全

---

① 参见本书第 174 页。
② 赎俘会是供奉圣母的重要修会之一,创建于十三世纪的西班牙。当时,西班牙大部分地区处于撒拉逊人的统治之下,他们关押许多基督教徒,想迫使其放弃自己的宗教信仰。一二一八年八月一日,基督教教士佩德罗·诺拉斯科(1189—1256)据说见到圣母显身,第二天得知哲学教授雷蒙·德·雷纳福尔(1175—1275)和阿拉贡国王詹姆士一世(1213—1276)也曾见到。根据国王指定,诺拉斯科创建并领导赎俘会,并表示自己愿作为人质,以救出被关押的基督教徒。

都集中到唯一留下的那位修道士身上,虽说他看到了七十七具尸体,特别是有那三位教友逃跑的例子。这时,神甫用拳头敲着讲道台的边缘,大声地说:"弟兄们,我们必须像留下的修道士那样!"

问题不在于对预防措施采取拒绝的态度,这种措施是一个社会在灾害降临时的混乱中维持一种明智的秩序。不应该去听那些道学家的话,他们说必须屈膝投降并放弃一切。我们应该做的,只是开始在黑暗中摸索前进,并尽量做些好事。而其他的事,即使是孩子们的死亡,也应该听天由命,让天主作出安排,而不要去寻求个人的帮助。

说到这里,帕纳卢神甫提及马赛鼠疫流行期间贝尔森斯主教①的高大形象。他提到,在瘟疫将近结束时,这位主教做了他该做的一切,认为已毫无办法可想,就带好食粮,把自己关在屋里,并叫人在屋子周围建造围墙;居民一直把他视为偶像,这时就像人在极其痛苦时那样,产生逆反心理,对他怒不可遏,把尸体堆在他屋子周围,想让他染上瘟疫,甚至把死尸扔进墙里,想让他必死无疑。这样,主教最后表现懦弱,以为自己已跟死亡的世界断绝关系,而死人却从天而降,落到他头上。我们也是这样,应当相信在鼠疫的大海中,不存在避难之

---

① 贝尔森斯(1671—1755),法国高级神职人员。马赛鼠疫流行期间(1720—1721)任马赛主教。有些人说他表现得像英雄,另一些人则说他并不勇敢。但他对鼠疫患者一直十分关心,为驱除邪魔,曾登上阿库尔教堂的钟楼,夏多布里昂在《墓畔回忆录》中作了描写:"当瘟疫流传速度开始减慢时,德·贝尔森斯率领教士们登上阿库尔教堂的钟楼,俯瞰马赛,广阔的农村、港口和大海,他像罗马教皇给城市居民祝圣那样,祈求降福。还有什么比这只手更勇敢、更纯洁的手能让上天的恩惠降临到这些不幸的人们身上呢?"(参见中译本下卷,王南方等译,花城出版社,2003年,第281页)

岛。不，这中间并没有安全地带。必须接受这令人愤慨的事实，因为我们必须作出选择，要么恨天主，要么爱天主。但谁又敢作出选择去恨天主呢？

"弟兄们，"帕纳卢最后宣称他已得出结论，"对天主的爱是一种艰难的爱。要有这种爱，就得有彻底的忘我精神，就得无视个人的安危。但只有这种爱才能消除孩子们的痛苦和死亡，不管怎样，只有这种爱才能使死亡变得必不可少，因为死亡无法理解，就只好要求死亡。这就是难以接受的教训，我想跟你们共同汲取。这就是信仰，在人们看来残酷，在天主看来却作用巨大，因此必须要去亲近。这种可怕的形象，我们必须与其相同。到了这种最高境界，一切都将融为一体，不分高下，真理就会从表面的不公正中涌现。因此，在法国南方的许多教堂里，那些鼠疫受害者已在祭坛的石板下安眠了几个世纪，一些教士在他们的坟墓上面讲道，而他们宣扬的精神，正从这包括孩子们在内的骨灰中涌现。"

里厄走出教堂时，一阵狂风从半开着的门里吹进教堂，吹到教徒们的脸上。风吹进教堂的是雨水的气息和潮湿的人行道的清香，教徒们尚未走出教堂就能猜出城市的模样。一位年老教士和一位年轻助祭此刻走在里厄大夫前面，这时好不容易才按住自己的帽子。尽管风大，年老的那位仍在不断评论这次讲道。他十分钦佩帕纳卢的口才，但对神甫流露出的大胆思想感到担心。他认为这次讲道要表明的主要是忧虑而不是力量，但在帕纳卢那样的年纪，一位教士不应该感到忧虑。年轻的助祭低头挡风时肯定地说，他跟这位神甫经常来往，对其思想演变了如指掌，并说神甫写的论文可能会大胆得多，肯定不会得到教会的出版许可。

"他的想法到底是什么?"老教士问。

他们已走到教堂门前的广场,风在他们周围呼啸,打断了年轻助祭的话。他在能说话时只是说:

"一位教士请医生看病,这就有矛盾。"

里厄对塔鲁转述了帕纳卢的话,塔鲁听了对大夫说,他认识的一位神甫,在战争中不信教了,因为他发现一个青年两眼都给人挖掉了。

"帕纳卢说得对,"塔鲁说,"无辜者两眼被人挖掉,一个教徒应该不再信教,或者听任别人把自己两眼挖掉。帕纳卢不愿放弃信仰,他一定会坚持到底。这就是他想说的意思。"

塔鲁的这种看法,对后来发生的种种不幸事件,以及帕纳卢在这些事件中做出的使他身边的人无法理解的表现,是否能稍加澄清?大家以后自会作出判断。

讲道后过了几天,帕纳卢果然忙于搬家。当时,疫情的发展在本市掀起一股搬家之风。塔鲁只好离开旅馆住到里厄家中,同样,神甫也只好放弃修会分配给他的套间,住进一位老太太家里,老太太常去教堂,这时尚未染上鼠疫。在搬家时,神甫感到更加疲劳和焦虑不安。因此他不再受到房东老太太的尊敬。老太太曾对他热情赞扬圣女奥迪尔的预言,而神甫却对她显得有点不耐烦,这想必是因为他疲劳的缘故。后来他希望老太太至少别对他冷淡,但不管他作出何种努力,他都未能如愿以偿。他已给她留下不良印象。因此,每天晚上,在回到他那放满针钩花边织物的房间之前,他总是会看到女房东背朝他坐在客厅里,同时听到她没转过身来就冷冷地说出"晚安,神甫"。就在情况相同的一天晚上,他上床睡觉时感到头疼,体内隐伏了好几天的热度,这时像狂澜般在他手腕和

293

太阳穴冲出。

后来发生的事,女房东说了之后才为人所知。第二天早晨,她跟平时一样起得很早。过了一段时间,她仍没有看到神甫走出房间,感到奇怪,她犹豫良久之后,才决定去敲他的房门。她看到神甫虽说一夜未眠,却还躺在床上。他因压抑而感到难受,面孔显得比平时更红。用老太太的话来说,她彬彬有礼地提出是否派人去请医生,但她的提议遭到粗暴拒绝,她认为这种态度令人遗憾。她只能退出房间。过了一会儿,神甫按了铃,让人把她请来。他对刚才脾气暴躁表示道歉,并对她说不可能染上鼠疫,他没有鼠疫的任何症状,这只是暂时的疲劳。老太太持重地对他回答说,她的提议并非是出于这种担心,说她并非在考虑自身的安全,因为她的安全掌握在天主手中,她想到的只是神甫的健康,她认为自己对此负有部分责任。神甫不再吭声,女房东据说想完全尽到自己的义务,就再次提议派人去请医生。神甫再次拒绝,但作了一些解释,老太太觉得含糊不清。她认为自己只听懂了一点,而这点在她看来恰恰无法理解,那就是神甫拒绝请医生看病,是因为这跟他的原则不符。她由此得出结论,认为高烧使她的房客思想混乱,她就只是给他送去药茶。

她仍旧决定切实履行当时的情况要求她承担的义务,每隔两小时去看望病人。她感到最为惊讶的是,神甫白天一直处于烦躁不安的状态。他把被单掀开后又重新盖上,不断用手抚摸湿漉漉的前额,常常坐起来想要咳嗽,但又咳不出痰来,声音嘶哑并带痰声,就像硬是要把痰挖出来。这时,他好像无法把堵在喉咙里的棉花团取出。这样一阵阵发作之后,他仰面倒在床上,所有迹象都表明他已精疲力竭。最后,他又稍稍直起身子,并在短时间里凝视前方,目光比此前焦躁不安时更为强烈。但老太太仍在犹豫,不知是否该请医生,不知请医生是否会使病人不快。这可能只是高烧突然发作,虽说看起来发作得十分可怕。

然而,到了下午,她想跟神甫说话,得到的回答却模糊不清。她又提议去请医生。但这时神甫坐了起来,有点喘不过气来,他回答得十分清楚,说他不想请医生来看病。这时,女房东决定等到第二天早晨,如果神甫的病情没有好转,她就去打电话,拨的是朗斯多克情报所每天在广播里重复十几次的电话号码。她始终履行自己的义务,就想在夜里去看望她的房客并照料他。到了晚上,她给他喝了刚熬好的药茶之后,想躺一会儿,但到第二天天亮时才醒过来。她立即跑到病人的房间。

神甫躺在床上一动不动。昨天他还脸色通红,这时已十分苍白,因脸型依然饱满,因此这脸色更加引人注目。神甫正凝视着挂在床上面的一盏彩色玻璃珠串吊灯。他见老太太进来,就朝她转过头去。据女房东说,他整夜受尽折磨,这时似乎已无力作出反应。她问他身体情况如何。她听到他说话时的声音冷淡得出奇,他说他身体不好,但不需要请医生,只要把他送到医院并照章办事就行了。老太太吓得要命,连忙去打电话。

里厄在中午时赶到。听了女房东的叙述,他只是回答说,帕纳卢做得对,但已为时过晚。神甫看到里厄时神色同样冷淡。里厄给他作了检查,感到意外,因为他没有发现淋巴腺鼠疫或肺鼠疫的任何主要症状,只是发现肺部肿胀,有压抑感。不管怎样,他脉搏微弱,总体上病情非常严重,生存的希望已

295

十分渺茫。

"您没有这种疾病的任何主要症状,"他对帕纳卢说,"但实际上有疑问,我应该对您隔离。"

神甫微微一笑,笑得奇特,仿佛表示礼貌,但没有做声。里厄出去打电话,然后回到房间。他看着神甫。

"我会待在您的身边。"他温和地对神甫说。

神甫显得活跃起来,把眼睛转向大夫,目光里似乎又显出某种热情。然后,他吃力地开口说话,但听不出他说话时是否忧伤。

"谢谢,"他说,"但教士没有朋友。他们已把一切托付给天主。"

他请人把放在床头的十字架递给他,拿到后就转身去看这十字架。

在医院里,帕纳卢没有开过口。他如同一个物件,任人摆布,听任医生对他进行各种治疗,但一直没有把手中的十字架放下。然而,神甫的病情依然难以确定。里厄的思想里依然在怀疑。这是鼠疫,又不是鼠疫。另外,一段时间以来,鼠疫使医生难以诊断出来,并似乎以此为乐。但从帕纳卢的病情来看,后来发生的事将会表明,这种难以诊断并不重要。

热度升高了。咳嗽声越来越嘶哑,整天折磨着病人。到了晚上,他终于咳出了那块堵住他喉咙的棉花团。棉花团呈红色。在嘈杂的高烧之中,帕纳卢的目光始终冷淡,第二天早上,发现他已死去,半个身子悬在床外,眼睛已毫无表情。他病历卡上写着:"病情可疑。"

那年的万圣节①跟往年不同。当然啰,天气跟时令相符。这天气突然发生变化,秋老虎一下子转为凉爽天气。跟往年一样,现在是冷风不断吹拂。云大片大片地从地平线一端飞驰到另一端,使一座座房屋蒙上阴影,而等一片片云移开之后,十一月天空中的金色冷光重又落到这些房屋之上。第一批雨衣已经上市。但大家发现,闪闪发光的上胶雨衣,数量之多出人意料。其实各家报纸曾经作过报道,说两百年前南方大鼠疫流行期间,医生们身穿油布衣服以免染上疫病。各家商店借此机会推销库存的过时服装,而每个人则希望身穿这种服装而具有免疫力。

但是,季节变化的这些征兆,都不能使人忘记公墓已冷冷清清的事实。往年这个时候,有轨电车里充满菊花的清香,妇女们成群结队地前往亲人们安葬的墓地,把鲜花置于他们墓前。在这一天,大家都想以此作出补偿,因为在这一个个漫长的月份中,死者毕竟孤身独处,被人遗忘。但这一年,谁也不愿再去想念死者。确切地说,对死者已想念得太多。现在的问题不再是怀着些许惋惜和十分忧伤的心情去给死者扫墓。死者也不再是被遗忘的孤魂,需要亲人每年一次来解释对他

---

① 万圣节为天主教节日,亦译"诸圣瞻礼节"或"诸圣日"。据称初期仅为纪念有名的殉道者,以后逐步扩大到一切有名和无名的圣徒。天主教会该节日为十一月一日。

们冷落的原因。他们是闯入活人生活中的死鬼，活人想要忘记他们。正因为如此，这一年万圣节，可说是被人回避。据科塔尔说——塔鲁看出他的话越来越尖刻——现在每天都是万圣节。

真的，鼠疫的欢快之火，在焚尸炉里越烧越旺。一天天过去，鼠疫死亡人数确实没有增加。但鼠疫似乎舒适地高居于顶峰之上，每天杀死的人数如同称职的公务员那样准确无误。总之，据权威人士的看法，这是良好征兆。在疫情图表上，曲线先是不断上升，然后长时间平移，这在里夏尔大夫看来十分令人宽慰。他说："这图表说明情况不错，而且好得很。"他认为疫情已达到他所说的稳定状态。从此之后，疫情只会下降。他把这种情况归功于卡斯泰尔新研制的血清，这种血清确实刚取得几次意想不到的成功。对此，老卡斯泰尔并未加以否认，但他认为实际上无法作出任何预测，因为瘟疫史表明，疫情会出现意想不到的反弹。省政府长时间来一直想使公众的情绪稳定下来，但又因鼠疫而无法做到，就准备召集医生开会，请他们就这个问题写出报告，但这时里夏尔大夫也被鼠疫夺去生命，而且恰恰是在疫情稳定之时。

这个例子肯定令人震惊，但毕竟不能说明任何问题，省政府得知后，态度变得悲观失望，而且跟最初采取乐观态度同样轻率。卡斯泰尔只是竭尽全力，精心研制他的血清。不管怎样，公共场所都已改成医院或检疫隔离所，省政府大楼之所以还没有改，是因为总得有个开会的地方。但总的说来，由于这段时间疫情相对稳定，里厄所作的安排还应付自如。医生和护理人员的工作十分劳累，这时已不必付出更大的努力。他们只需要继续按部就班地进行这种可说是超出常人能力的工作。肺鼠疫的形式已经出现,现在本市各个角落大量蔓延,仿佛肺里的大火因风而起,并越烧越旺。病人大口吐血,命丧黄泉就要快得多。现在,感染的危险非常之大,是由于瘟疫的这种新的形式。其实,在这一点上,专家们的意见一直是相互矛盾。但为了更加安全起见,卫生防疫人员仍然戴着消毒纱布口罩来呼吸。不管怎样,初看起来,疫病似乎在蔓延。但是,由于腺鼠疫的病例减少,总数仍然持平。

然而,我们也有其他方面的忧虑,那是因为食品紧缺与日俱增。投机倒把乘机大发其财,投机商高价出售一般市场上紧缺的主要食品。贫困家庭因此处于十分困难的境地,富裕人家却几乎是应有尽有。鼠疫可说是恪尽职守,公正无私,对大家一视同仁,原可以使我们同胞们感到更加平等,但由于自私行为常常产生影响,鼠疫却使人们心中感到更不平等。当然啰,剩下的就只有在死亡面前的无懈可击的平等,但这种平等,谁也不愿意享受。穷人们因此饱尝挨饿之苦,就更加怀旧,不由想到邻近的城市和乡村,想到那里生活自由,面包不贵。既然在这里不能让他们吃饱,他们就理所当然地感到,本应让他们离开这里。因此,最终流传起一句口号:"要么给面包,要么给新鲜空气。"这口号有时会在墙上看到,有时会在省长经过时喊出。这讽刺性口号成为几次示威游行的信号,虽说游行很快被镇压下去,但其严重性却是有目共睹。

当然啰,各家报纸都服从接到的命令,不惜一切代价宣扬乐观主义。在这些报纸上,说到当前形势的特点,那就是居民们表现出"沉着和冷静的动人典范"。然而,在一个封闭的城市里,没有可以保守的秘密,谁也不会去相信全体居民作出的这种"典范"。要对报上所说的沉着和冷静有个确切的概念,只需要走进一个检疫隔离所或者当局建立的一个隔离营。当时,叙述者恰好被叫到别处,不了解那些地方的情况。因此,他只能在此引述塔鲁的见证。

塔鲁确实在笔记本里记载了他和朗贝尔一起去参观设在市体育场的一个隔离营的情况。体育场的位置靠近城门口,一边是有轨电车行驶的街道,另一边是一片空地,空地一直延伸到市区所在的高地边缘。体育场通常围有水泥高墙,只要在四个大门设置岗哨,就很难逃到外面。同样,高墙也阻挡了外面的好奇者,使他们不能进去打扰接受检疫隔离的不幸之人。相反,这些不幸的人虽然看不到驶过的有轨电车,却能整天听到电车的声音,并在电车的嘈杂声更响时,猜出是办公室上下班的时间。他们因此知道,他们被排斥在外的生活仍然在过,而且在离他们几米远的地方,并知道水泥墙把这世界一分为二,相互陌生,如同是在两个不同的星球之上。

塔鲁和朗贝尔定在一个星期天下午前往市体育场。他们由足球运动员贡萨莱斯陪同前往,朗贝尔找到了他,并使他最终同意负责轮班看管体育场。朗贝尔将把他介绍给检疫隔离营主管。贡萨莱斯跟朗贝尔和塔鲁见面时对他们两人说,在鼠疫流行之前,这正是他穿着球衣准备开始比赛的时候。现在,体育场都已被征用,比赛已不可能进行,他感到无所事事,看上去也是这副模样。这是他同意负责看管体育场的原因之一,条件是只在周末做这个工作。那天天气阴晴相间,贡萨莱斯抬头观看时遗憾地指出,这天气不下雨又不热,最适合踢一场过瘾的足球比赛。他竭力回忆起更衣室里擦松节油的气味,摇摇晃晃的看台,黄褐色球场上颜色鲜艳的球衫,中场休息时喝的柠檬汁或冰镇汽水,这汽水喝到发干的喉咙里,有无数凉针刺喉的感觉。塔鲁还记下了一件事,那就是他们一路上走过郊区一条条坑坑洼洼的街道,这个足球运动员不停地踢着他见到的石块。他要把石块直接踢进阴沟洞里,踢进时就说:"一比零。"他抽完一支香烟,把烟蒂往前吐出后总要设法用脚接住。在体育场附近,一群踢球的孩子把球朝他们三人踢过来,贡萨莱斯急忙过去,把球准确地踢还给那些孩子。

他们终于走进体育场。看台上全是人。但球场上搭了好几百个红色帐篷,远处就能看到帐篷里的卧具和包裹。看台仍保持原样,是为了让被隔离者能在那里避暑或躲雨。只是他们得在太阳落山时回到帐篷里去。看台下面的一间间淋浴室已经过改造,还有运动员更衣室,现已改成办公室和医务室。被隔离者大部分在看台上。其他人在球场边上走来走去。有几个人蹲在他们帐篷的入口处,心不在焉地扫视任何事物。看台上,有许多人躺着,似乎是在期待。

"他们白天干什么?"塔鲁问朗贝尔。

"什么也不干。"

确实,几乎所有人都摇晃着胳膊,手里空无一物。这么大一群人聚在那里,却静得出奇。

朗贝尔说:

"最初几天,这里的人都话不投机。时间长了,他们的话就越来越少。"

根据塔鲁的记载,他理解他们的心情,起初看到他们挤在自己的帐篷里,不是听苍蝇嗡嗡在飞,就是在自己身上搔痒,看到有人愿意听他们说话,他们就大叫大嚷,以表达他们的愤怒或恐惧。但自从隔离营里住的人过多之后,愿意听别人说话的人就越来越少。因此他们就只好一声不吭,相互猜疑。

确实有一种猜疑,从灰色却又明亮的天空降落到这红色的隔离营里。

是的,他们都显出猜疑的神色。既然他们已跟其他人隔离开来,他们这样就并非没有道理,他们脸上的神色,就像在寻找自己的理由并感到害怕的人们。塔鲁观察的那些人,全都目光茫然,全都显出痛苦的神色,因跟他们原来的生活完全隔绝而痛苦。由于他们不可能总是想到死亡,他们就什么也不想。他们是在度假。"但最糟糕的是,"塔鲁这样写,"他们已被人遗忘,而且他们心里明白。他们的熟人把他们忘记,是因为在考虑其他事情,这完全可以理解。而喜爱他们的人也已把他们忘记,因为这些人疲于奔命,想方设法要让他们走出隔离营。他们成天在想让被隔离者出去这件事,就不再去想要弄出去的那些人。这也很正常。大家最后发现,谁也不可能真正想到别人,即使情况极其不幸。因为真正想到一个人,就是每一分钟都在想这个人,而且不会因任何事情而分心,无论是家务事还是在飞的苍蝇,无论是吃饭还是身上发痒。但总会有苍蝇,身上也总会发痒。因此,这日子确实是不好过。这点他们都十分清楚。"

隔离营主管又朝他们三人走来,并对他们说,有一位奥通先生要见他们。他把贡萨莱斯带到他的办公室,然后把塔鲁和朗贝尔带到看台的一个角落,刚才坐在一旁的奥通先生站起身来迎接他们。他的穿着跟以前一样,仍戴着硬领。塔鲁只是发现,他两鬓的头发竖得比以前高得多,一只鞋的鞋带没系好。这位法官显得疲倦,谈话时一次也没有正视对方。他说很高兴见到他们,并请他们感谢里厄大夫为他所做的事。

其他人都不吭声。

"我希望,"法官过了一会儿说,"菲利普没有受太大的苦。"

这是塔鲁第一次听到他说出自己儿子的名字,并看出情况已有了某种变化。这时太阳渐渐落山,阳光从两朵云之间斜照到看台里,把他们三个人的脸照成金黄。

"没有,"塔鲁说,"没有,他真的没有受苦。"

他们离开时,法官仍然看着阳光射来的那边。

他们去向贡萨莱斯告别,后者正在研究轮班值勤表。这位运动员笑着跟他们握手。

"我至少又找到了更衣室,"他说,"还是在那儿。"

片刻之后,主管送塔鲁和朗贝尔出去,听到看台上响起巨大的劈啪声。接着,时世太平时用来宣布球赛结果或介绍球队的高音喇叭,这时用发飆的声音通知说,被隔离者应该回到各自的帐篷,以便分发晚餐。这些人慢吞吞地离开看台,拖着脚步回到帐篷。等他们都安顿好之后,两辆火车站里可见到的小型电瓶车,开到两个帐篷中间,车上装着几只大锅。他们伸出手臂,两只长柄勺伸进两只锅子,把捞出的食品放进两只饭盒。电瓶车开走了,到下一个帐篷前分发晚餐。

"这样很科学。"塔鲁对主管说。

"是的,"主管握着他们的手得意地说,"是很科学。"

这时暮色苍茫,但天色已变得晴朗。隔离营沐浴在柔和而又清凉的光线之中。在宁静的傍晚,到处响起匙子和碟子的嘈杂声。几只蝙蝠在帐篷上空飞过,并突然消失。围墙外面,一辆有轨电车开到道岔上时发出嘎吱的声响。

"可怜的法官,"塔鲁在走出大门时低声说,"得替他想想办法。但要怎么帮助一位法官?"

303

本市还有好几座隔离营，但叙述者没有亲眼目睹，为谨慎起见，就不能多说。但他能说的是，这些隔离营的存在，从那里传来的人的气味，黄昏时高音喇叭的巨大声响，神秘的围墙，以及对这些被排斥在外的地方的惧怕，都成了我们同胞们沉重的精神负担，大家也因此而更加惊恐不安。跟当局发生的事故和冲突剧增。

但到十一月底，早晨已变得十分寒冷。大雨如洪水般冲刷路面，天空如被洗过一般，万里无云，而街上路面则闪闪发亮。软弱无力的太阳，每天早晨都向本市散发出明亮而又冰冷的光芒。傍晚时分则相反，空气又变得暖和。塔鲁就决定在这个时候跟里厄大夫谈心。

有一天，将近晚上十点，在度过漫长而又疲劳的一天之后，塔鲁陪同里厄到哮喘病老人家里出诊。在这老街区的房屋上空，闪烁着柔和的光芒。微风无声无息地在一个个阴暗的十字路口穿过。这两个男人来自安静的街道，现在却得听老人唠唠叨叨。老人告诉他们说，有些人并不同意上面的做法，说油水总是落到同样一些人手里，还说瓦罐不离井边碎[1]，他最后搓着手说，可能会大闹一场。大夫给老人看病时，老人不断在评论时事。

---

[1] 法国谚语，意思是：经常涉险，终难幸免。

他们听到屋顶上有人走动。老太太见塔鲁显出关注的神色,就对他们解释说,有些女邻居待在上面的平台上。他们还得知,平台上能看到优美的景色,每幢房屋的平台往往跟邻居的平台相通,这个街区的妇女足不出户就能相互串门。

"是的,"老人说,"你们上去看看。上面空气很好。"

他们发现平台上空无一人,上面放着三把椅子。在平台一边,在目力所及之处,只能看到一个个平台最后靠在岩石般的阴暗巨物上,他们认出那里是第一个山丘。在另一边,目光从几条街道和看不见的港口上方越过,就落到海天一色、波浪隐约可见的地平线上。比他们所知的悬崖更远的地方,他们不知来自何处的亮光定时显现:那是航道上的灯塔,自春季以来,仍在为改道驶向其他港口的船只发出信号。风吹天净,天色发亮,皎洁的星星闪闪发光,灯塔的遥远微光不时掺杂于星光之中,犹如一掠而过的灰烬。微风吹来芳香和石头的气味。周围是万籁俱寂。

"天气真舒服,"里厄坐下时说,"仿佛鼠疫从未来过这儿。"

塔鲁背朝着他,眺望大海。

"是的,"塔鲁在片刻后说,"天气真舒服。"

他过来坐在里厄旁边,仔细地看了看大夫。微光在天上三次重现。一阵餐具的碰撞声从街道深处一直传到他们耳边。屋里有一扇门砰的一声关上。

"里厄,"塔鲁用十分自然的声音说,"您从未想打听我是什么人?您把我当朋友看待?"

"是的,"大夫回答说,"我是把您当朋友看待。但以前我们一直没有时间。"

305

"好,我这就放心了。您是否愿意在这时共叙友情?"

里厄没有回答,只是对他微微一笑。

"那么,就这样……"

几条街道开外处,一辆汽车似在潮湿的路面上滑行良久。车开走了,然后是远处传来模糊的惊叫声,再次打破寂静。后来,这两人周围又静了下来,天空和星星仿佛在往下压。塔鲁已站了起来,坐在平台的栏杆上,面朝仍躺在椅子里的里厄。只见他魁梧的身影,显现在天空的背景上。他讲了很长时间,他讲话的大致内容如下:

"简而言之,里厄,我在来到这座城市和得知这次瘟疫以前,早已在忍受鼠疫的痛苦。我就像大家一样,这样说就够了。但有些人却不知道这种状况,或者是安于这种状况,另一些人知道这种状况,并想要摆脱这种状况。而我一直想摆脱这种状况。

"我年轻时,带着天真无邪的思想生活,也就是完全没有思想。我不是那种焦虑不安的人,我开始踏进社会时过得相当不错。我一切顺利,聪明能干,女人都对我十分青睐,即使时有忧虑,也会迅速消失。有一天,我开始进行思索。现在……

"我应该对您说,我当时不像您那样穷。我父亲是代理检察长,是个有地位的人。然而,他不摆架子,因为他生性善良。我母亲纯朴、低调,我一直爱她,但我现在觉得最好不要谈她。我父亲对我十分关爱,我甚至觉得他在设法了解我。他有外遇,这点我现在可以肯定,但我丝毫没有因此而感到气愤。他在这方面的表现无可挑剔,从未使人反感。简要地说,他的见解不是十分独特,现在他已去世,我才看出他在世时即使不像圣人,也不是坏人。他介于两者之间,就是这样,对他这种人,别人会有一种恰如其分的亲切感,并会一直保持下去。

"但他有一个特点:《谢克斯火车时刻表》是他爱读的书。这并不是因为他经常出去旅游,他只是在假期去布列塔尼旅游,他在那里有一幢小别墅。但他可以对你准确地说出从巴黎到柏林的列车所有出发和到达的时间,从里昂到华沙中途换车的所有时间,以及你选择的各个首都之间的准确距离。您是否能说出从布里扬松①到沙莫尼②怎么乘车?即使火车站站长也会弄不清楚。我父亲却不会弄错。他几乎每天晚上都做这种练习,以丰富这方面的知识,他也因此而感到自豪。我觉得这非常有趣,经常向他提出问题,我在《谢克斯火车时刻表》中核实了他的回答,看到他没有弄错,感到十分高兴。这些小小的练习使我们父子俩更加亲近,因为我自愿充当他的听众,他对我的好意也十分领情。至于我,我认为我在火车时刻表方面的特长,并不亚于其他方面的特长。

"我这样说扯得太远,有可能把这个正人君子拔得过高。因为说到底,他对我作出的决心,只起到间接的影响。他最多只是给我提供一个机会。我十七岁时,父亲请我去听他讲话。那是重罪法庭审理的一起重大案件,他当然想借此机会大显身手。我现在还觉得,他当时指望借助于这种能激发年轻人想象力的庭审,来促使我从事他选择的职业。我同意去听,因为这样会让我父亲高兴,同时也因为我很想看到和听到他如

---

① 布里扬松是法国上阿尔卑斯省专区首府。
② 即沙莫尼蒙勃朗,法国上萨瓦省城市,位于勃朗峰山麓。

何扮演另一角色,就是跟他在家里不同的角色。我没有其他任何想法。我一直认为,庭审跟七月十四日国庆阅兵或颁奖仪式一样正常和不可避免。我当时对庭审的概念十分抽象,并没有感到局促不安。

"然而,那天只给我留下一个印象,那就是罪犯的形象。我现在觉得他确实有罪,是什么罪并不重要。那男子三十来岁,身材矮小,头发红棕,样子可怜,他看来决定招认一切罪行,并对他过去犯的罪和他即将受到的惩罚有出自内心的惧怕,因此过了几分钟之后,我的目光只盯着他一个人看。他活像一只猫头鹰,被过于强烈的光线照得心惊胆战。他领带的领结不正。他只啃一只手的指甲,是右手……总之,我不想多讲,您知道他当时活着。

"但是,我当时突然意识到这点,而在此之前,我想到他,只是把他简单地归为'被告'一类。我现在不能说我当时忘记了我的父亲,但当时我的肚子仿佛被什么东西束紧,因此就不去注意其他事情,只注意这个被告。我几乎什么也不去听,我感到有人想杀死这个活人,于是,一种强烈的本能如浪涛一般,盲目而又固执地把我推到他那边。我真正清醒过来,是在我父亲宣读公诉状的时候。

"我父亲身穿红袍,完全变了个人,既不善良也不亲切,他嘴里的长句蠢蠢欲动,像蛇一般不断蹿出。我知道,他要求处死这个人,是以社会的名义,他甚至要求砍下他的脑袋。他确实只是说:'这人头应该落地。'但总而言之,这些话并没有很大差别。这实质上是一回事儿,因为他已得到这个脑袋。只是并非由他去执行。我关注这个案件,一直听到结束,我唯独对这个不幸的人有了一种极其亲近的感觉,这样深沉的感觉,我父亲是决不会有的。然而,按照惯例,他得在处决犯人时到场,处决犯人,美其名曰犯人的最后时刻,其实应该称之为最卑鄙的谋杀。

"从那天起,我看到那本《谢克斯火车时刻表》就会极其厌恶。从那天起,我开始怀着厌恶的心情来关注司法、死刑和处决,并十分惊讶地发现,我父亲曾多次到场观看谋杀,而且正是在他早起的那些日子。是的,他在这种时候都会把闹钟开好。我不敢说给我母亲听,但我对她观察得更加仔细,并看出我父母之间已没有感情,我母亲过着一种清心寡欲的生活。因此我就原谅了她,就像我当时说的那样。后来我得知,什么事也不需要对她原谅,因为她婚前生活一直贫穷,而贫穷使她学会了逆来顺受。

"您一定在等我说出:我于是立刻离家出走。没有,我留了下来,待了好几个月,有将近一年的时间。但我心里痛苦。有一天晚上,父亲要找闹钟,因为他第二天要早起。我一夜没有睡着。第二天他回来时,我已经走了。我们长话短说,我父亲曾派人去找我,我也去看了他,我没有作任何解释,只是平静地对他说,如果他非要我回家,我就自杀。他最后同意了,因为他生性温和,但对我发表了议论,说想过自由自在的生活十分愚蠢(他这样理解我的行为,我也没有对他反驳),对我百般叮嘱,并忍住了真诚的眼泪。后来,过了很久之后,我定期回去看望母亲,同时也见到了他。我现在觉得,有这种接触,他也就心满意足了。至于我,我对他没有怨恨,只是心里有点伤心。父亲去世后,我把母亲接来一起住,如果她没有去世,她现在仍跟我住在一起。

"我花很长时间来叙说我踏进社会的经过,是因为这确实是一切的开端。我现在会说得简短些。我在十八岁时离开了富裕的生活环境,过着贫穷的生活。我干过无数行当来谋生。我干得还算不错。但我关心的还是死刑。我要跟红棕色头发的猫头鹰算清一笔账。结果我搞了大家所说的政治。我不想成为鼠疫患者,就是这样。我曾认为,我所生活的社会建筑在死刑的基础之上,我跟社会斗争,就是在跟谋杀作斗争。我曾经是这样看的,其他人也是这样对我说的,总之,这看法基本正确。于是,我就跟我所喜爱的人们站在一起,我也一直喜爱他们。我在他们中间待了很长时间,在欧洲,所有国家的斗争我都参加过。这事就不多说了。

"当然啰,我知道,我们有时也宣判死刑。但他们对我说,这几个人非死不可,这样产生的世界,就不会再有任何人被杀。这从某种意义上说是对的,不过,我也许不能坚持这种真理。有一点可以肯定,那就是我犹豫不决。但我当时在想那猫头鹰,因此能这样继续下去。直到我看到一次处决(那是在匈牙利),我童年时有过的眩晕,使我成年人的眼睛发黑。

"您从来没有看到过枪毙人的情景?当然没有,观众一般都受到邀请,群众也事先经过挑选。结果是您只是在木版画和书本上见到。布条蒙眼,木柱捆人,远处有几个士兵。啊,并非如此!恰恰相反,行刑队是在离犯人一米五远的地方,您知道吗?犯人往前走两步,他胸口就会顶住枪口,您知道吗?这样近的距离,行刑队员的枪口又都对准犯人的心脏部位,他们一起射出的大颗子弹,可以在犯人的胸口打出个大窟窿,可伸进一个拳头,您知道吗?不,这些事您不知道,因为这些细节无人会谈起。对于鼠疫患者来说,人的睡眠要比生命更为神圣不可侵犯。我们不应该妨碍正直的人们睡觉。否则就是趣味低级,而趣味在于不要固执,这点谁都知道。但我从那时起就一直睡不好觉,低级趣味一直留在我嘴里,我也一直固执,就是说仍在想那些事。

"我于是明白,在那些漫长的年月里,我至少一直是鼠疫患者,而我却恰恰以为自己在一心一意跟鼠疫作斗争。我得知我曾间接赞同几千人的死亡,得知我甚至促使了他们的死亡,因为我认为一些行动和原则正确,而这些行动和原则却不可避免地导致了他们的死亡。其他人似乎并未因此而感到难受,或者他们至少从来不主动谈起这些事。我可是喉咙哽塞,说不出话来。我跟他们在一起,却十分孤独。我有时说出自己的顾虑,他们就对我说,必须考虑到问题的关键,他们对我举出种种动人的理由,目的是要我忍气吞声。但我回答说,那些大鼠疫患者,就是身穿红袍的人,也会在这种情况下说出种种令人信服的理由,并说我如果同意小鼠疫患者提出的不可抗拒的理由和必要的手段,我就不能否定大鼠疫患者的理由。他们对我指出,承认穿红袍的人有理的好办法,是让他们独自掌握判刑的权力。但我心里在想,如果让步一次,那就得一再让步。我觉得历史证实了我的看法,今天大家都在比谁杀人最多。他们都在疯狂地杀人,他们也只能这样。

"我自己关心的事,不管怎样说,并不是讲讲道理而已。那是红棕色头发的猫头鹰,是那件卑鄙的事情,几张又脏又臭的嘴巴,向一个戴着镣铐的人宣布他将要去死,并作好一切安排让他去死,而在死前,让他每夜都像垂死挣扎那样,等待着睁开眼睛被人杀死的那天到来。我关心的事,是胸口的窟窿。我心里在想,在目前,至少我是这样,我决不会举出一个理由,哪怕是一个理由,您要听好,来为这种令人恶心的屠杀辩解。是的,我现在没有把这个问题看得更加清楚,我选择了这种盲目而又顽固的态度。

"从此之后,我的看法一直未变。我早已感到羞愧,我羞愧得要死,因为我也杀过人,虽说是间接杀人,虽说是出于善良的愿望。随着时间的推移,我只是看到,今天,一些人即使比其他人善良,也难免要去杀人,或听任别人去杀人,因为这符合他们的生活逻辑,也因为在这个世界上,我们的一举一动都可能使别人死亡。是的,我仍然感到羞愧,我知道了这点,那就是我们都处于鼠疫之中,我于是不再感到安宁。我今天还在寻求这种安宁,做法是竭力理解所有的人,希望不要成为任何人的死敌。我现在只知道,该做什么就做什么,以便不再成为鼠疫患者,知道只有这样才能得到安宁,或者得不到安宁却能平静地死去。人们只有这样才能感到安慰,他们即使不能得到拯救,至少能尽量少受痛苦,有时甚至会有些许快乐。因此,我决定不再去做杀人的事,不再去为杀人辩解,不管是以直接或间接的方式去做,也不管理由是否充分。

"也正因为如此,这场瘟疫并没有使我学到任何东西,我只知道要跟您并肩战斗,跟瘟疫作斗争。我根据可靠的知识得知(是的,里厄,我对生活有全面的了解,这点您十分清楚),鼠疫嘛,每个人身上都有,因为没有人,是的,世上没有人不受其害。我知道,得要不断管好自己,以免在稍不留神时,把气呼到别人脸上,并把鼠疫传染给这个人。只有细菌是天然产生。其余东西,如健康、正直和纯洁,可以说都是意志作用的产物,而意志永远不应该停止作用。正直的人,几乎不把疫病传给别人,也最不会走神。必须有意志,还要精神集中,才能永不走神。是的,里厄,当鼠疫患者十分疲劳。但不想当鼠疫患者更加疲劳。因此,所有人都显得疲劳,因为在今天,所有人都有点像鼠疫患者。但正因为如此,有几个人不想再当鼠疫患者,就感到极其疲劳,只有死亡才能使他们摆脱这种疲劳。

"从现在起,我知道自己对这个世界来说已毫无价值,自从我不想再杀人那一刻起,我已经对我自己判处终生流放。历史将由其他人来创造。我也知道,我对这些人的判断不能光看表面。我缺少一种才能,不能成为合乎情理的杀人者。因此这不是优点。但现在,我愿意以本来面貌出现,我已学会谦虚。我只是说,在这世上有灾祸和受害者,必须尽可能不要站在灾祸一边。这种看法,您也许会感到有点单纯,我不知道这看法是否单纯,但我知道这看法正确。我听到过许多道理,这些道理差点儿把我弄得晕头转向,也确实使其他人晕头转向,使他们同意去杀人,也使我明白,人们的不幸是因为他们说不清楚。我于是决定说话和行动都要一清二楚,以便能走上正道。因此,我就说有灾祸和受害者,并不再多说一句。如果我因说这话而成为灾祸,至少我并非心甘情愿。我试图成为无辜的杀人者。您可以看出,这并非野心勃勃。

"当然啰,还得有第三种人,这种人是真正的医生,但这种医生十分罕见,想必也很难遇到。因此,我决定在任何情况下都站在受害者一边,以限制损失。在受害者当中,我至少能设法知道如何达到第三种人的境界,也就是得到安宁。"

谈话结束时,塔鲁摆动着双腿,用脚轻轻地在平台上敲着。一阵沉默之后,大夫微微挺直身子,问塔鲁是否知道通向安宁之路。

"知道,是同情。"

救护车的两次铃声在远处响起。刚才还模糊不清的呼叫声,集中到本市边缘地区,就在岩石山冈附近。同时可听到一种类似爆炸的声音。然后又是一片寂静。里厄看到灯塔两次闪光。风似乎刮得更大,同时,海上吹来的一股风带来了盐味。现在可以清楚地听到波涛击打悬崖的低沉声音。

"总之,"塔鲁直率地说,"我关心的是如何成为圣人。"

"但您不信天主。"

"正是。也许会有不信天主的圣人,这是我今天唯一遇到的具体问题。"

突然,在叫声响起的地方,出现一大片微弱亮光,一阵模糊不清的嘈杂声,随风传到他们两人耳边。亮光随即暗了下去,在远处那些平台的边缘,只剩下淡淡的红光。一次风声暂息,可清楚地听到人的叫声,接着是一阵枪声和人群的喧哗声。塔鲁已站起身来倾听。这时已听不到任何声音。

"城门口又打起来了。"

"现在已打完了。"里厄说。

塔鲁低声说,这永远打不完,并说还会有受害者,因为这很正常。

"也许是这样,"大夫回答说,"但您知道,我感到自己更能跟失败者同舟共济,而不是跟圣人。我觉得自己不喜欢英雄主义和圣人之道。我感兴趣的是做个男子汉。"

"对,我们目标相同,但我不像您那样雄心勃勃。"

里厄以为塔鲁在开玩笑,就看了他一眼。但在夜空模糊的微光下,他看到的是一张忧郁而又严肃的脸。又起风了,里厄感到皮肤上暖洋洋的。塔鲁打起精神说：

"您是否知道,为了友谊,我们该做些什么?"

"做您想做的事。"里厄说。

"洗个海水浴。即使对未来的圣人来说,这也是一种高雅的乐趣。"

里厄微微一笑。

"我们有通行证,可以到防波堤上去。总之,只是在鼠疫中生活,那就太蠢了。当然啰,一个人应该为受害者进行斗争。但如除此之外一无所爱,他斗争又有何用?"

"对,"里厄说,"我们走吧。"

过了一会儿,汽车停在港口的栅栏旁边。这时月亮已经升起。乳白色天空到处投下苍白的阴影。他们后面是本市鳞次栉比的建筑,从那里吹来一股带病毒的热风,促使他们朝海边走去。他们向一个卫兵出示了通行证,卫兵对他们仔细检查,看了很长时间才放行。他们通过之后,在酒味和鱼腥味中间穿过堆满木桶的土堤,然后朝防波堤走去。快到防波堤时,他们闻到碘和海藻的气味,说明大海就在眼前。接着,他们听到大海的声音。

大海在防波堤的巨大石基脚下发出轻轻的呼啸声,他们登上石基,只见大海如丝绒般厚实,跟兽毛一样柔软、光滑。他们在岩石上坐下,面向大海。海水涨起后又慢慢退下。这种大海的平静呼吸,使海面油亮的波光时现时隐。在他们前面,黑夜无边无际。里厄感到,手指下的岩石凸凹不平,心里充满奇特的幸福感。他转身朝着塔鲁,从朋友平静而又严肃的脸上看出同样的幸福感,有幸福感,但并未忘记任何事情,连谋杀也没有忘记。

他们脱掉衣服。里厄首先跳到水里。他一开始感到水冷,浮上水面后感到海水温热。做了几次蛙泳动作之后,他才知道,那天晚上海水温热,是因为秋天的海水吸收了陆地在前几个月储存的热量。他用有规律的动作游着。他双脚拍打水面,在身后掀起翻滚的浪花,海水沿着他的胳膊往后流,流到他双腿时如同黏在腿上。只听见扑通一声,他知道塔鲁也已跳到水里。他翻身躺在水上,一动不动,脸朝挂着月亮和群星的天空。他长长地吸了口气。然后,他越来越清楚地听到击水的声音,这声音在寂静和孤独的夜晚特别响亮。塔鲁游了过来,很快就听到他的呼吸声。里厄翻过身来,游到他朋友身边,以同样的速度往前游。塔鲁游得比他有力,他得要加快速度。在几分钟时间里,他们以相同的速度,用相同的力量往前游,他们独自远离尘世,最终摆脱这座城市和鼠疫。里厄首先停了下来,慢慢地往回游,他们只有在短时间内游进一股冰冷的水流。他们受到大海的这种出其不意的袭击,就一声不吭地加快了游泳的速度。

他们穿好衣服后,又一声不吭地回去。但他们有了同样的心情,对这个夜晚的回忆使他们感到温馨。他们在远处看到鼠疫的哨兵,里厄知道塔鲁跟他一样在想,疫病刚才把他们忘记,这可是好事,并认为现在得重新开始。

不错,现在得重新开始,鼠疫把任何人忘记的时间都不会太久。在十二月,鼠疫开始在我们同胞们的胸腔里烧了起来,使焚尸炉烧得亮堂,使隔离营里挤满两手空空、无事可干的人影,总之,它以耐心而又时断时续的步履不断向前推进。当局曾指望天气寒冷的日子到来,使瘟疫停滞不前,然而,它度过了初冬的严寒,却并未停住脚步。还必须等待。但人要是等得太久,就不会再等下去,于是,我们全市就生活在前途无望之中。

至于大夫,他曾有过的安宁和友谊的短暂时刻不再重现。市里又设立一家医院,里厄就只有跟病人面对面交谈的机会。但他发现,在瘟疫流行的这一阶段,鼠疫越来越多地以肺鼠疫的形式出现,但病人似乎可以说是在给医生帮忙。他们不再像瘟疫开始流行时那样沮丧或发狂,看来对自己的利益所在有了比较正确的认识,因此,他们主动要求得到对治病最为有益的东西。他们不断要求喝水,都希望得到热情的照料。大夫虽说跟以前一样疲劳,但在这种情况下却感到不像以前那样孤独。

将近十二月底,里厄接到预审法官奥通先生从隔离营写来的一封信。信上说他检疫隔离的时间已过,但隔离营行政部门没找到他入营时间的材料,因此仍错误地把他关在营里。他妻子出隔离病房已有一段时间,曾到省政府提出申诉,但那里对她态度不好,并对她说,这种事从未出过差错。里厄请朗贝尔出面干预,几天之后,他见奥通先生前来看他。原来确实出了差错,里厄为此有点生气。但奥通先生虽说人已消瘦,却举起一只软弱无力的手,并字斟句酌地说:大家都会出错。大夫只是觉得,情况已有所变化。

"您打算做什么,法官先生?您那些案卷在等待您去处理。"里厄说。

"啊,不,"法官说,"我想请假。"

"确实,您应该休息。"

"不是这个意思。我想回隔离营。"

里厄感到惊讶。

"但您已出营!"

"我刚才没说清楚。有人对我说,这个营里的管理人员中有志愿者。"

法官转了转他那圆滚滚的眼睛,并想把一绺翘起的头发捋平……

"您知道,我在那边会有事可干。另外,说起来也荒唐,我在那里会感到跟我的小儿子离得更近。"

里厄看着他。这双毫无表情的严厉眼睛,不可能突然显出温柔的目光。但它们已变得浑浊,失去了原有的金属般的光泽。

"当然啰,"里厄说,"既然您愿意,这事我会去办。"

大夫真的把这事办妥,在圣诞节前,疫城的生活又恢复原状。塔鲁仍然神色平静,到处进行有效的工作。朗贝尔告诉大夫,他依靠两个年轻卫兵的帮助,已跟妻子建立秘密通信渠道。他每隔一段时间就会收到一封信。他建议里厄也利用他的通信渠道,里厄表示同意。好几个月来他第一次写信,但困难极大。有一种言语他已失去。信发了出去。回信迟迟不见。而科塔尔却兴旺发达,投机倒把的小买卖使他发了财。至于格朗,在节日期间他毫无进展。

那年的圣诞节其实是地狱节,而不是福音节。商店里可说空无一物,灯光也不亮,橱窗里都是假冒巧克力或空盒子,有轨电车里的乘客脸色阴沉,丝毫也没有往年圣诞节的景象。往年这个节日,不管富翁还是穷人,家家都欢聚一堂,而在今年,只有少数特权者,才能在肮脏不堪的店铺后间,用高价购买某些冷冷清清、毫不体面的乐趣。一座座教堂里全是抱怨之声,而不是感恩礼拜。在这座忧郁、冰冷的城市里,有几个孩子在奔跑,他们还不知道自己正受到威胁。但没有人敢向他们提起,过去的天主背着礼物而来,跟人类的痛苦一样古老,却像年轻人的希望一样新奇。大家的心里只能留住一个十分古老、十分暗淡的希望,而正是这个希望,才使人们不至于听任自己走上死路,这希望只是非要活下去不可。

前一天晚上,格朗没来赴约。里厄感到不安,第二天一清早就去他家,但他不在家。大家都得到了这个令人不安的消息。将近十一点时,朗贝尔来医院告诉大夫,说他远远地看到格朗在各条街上游荡,而且脸都变了样。后来他就没了格朗的踪影。大夫和塔鲁乘汽车去找他。

中午天气寒冷,里厄下了车,远远地看到格朗几乎是贴在橱窗上,橱窗里全是粗糙的木雕玩具。只见这位老公务员脸上不停地流着眼泪。这眼泪使里厄大惊失色,因为他知道这眼泪为何流出,因为他也感到自己的眼泪即将夺眶而出。他想起这个不幸的人是在圣诞节礼品店前订下终身,想起让娜当时往后一仰靠在他身上,说她很高兴①。这时,让娜清脆的声音,又从遥远年代回到了疫病肆虐时格朗的耳边,肯定是这么回事。里厄知道,这哭泣的老人此刻在想什么,他也跟格朗一样在想,这个世界没有爱情,就如同死亡的世界,知道总会有这样的时刻,那时人们会对监狱、工作和勇气感到厌倦,而想得到伊人的面容和温馨、美妙的心情。

这时,他已在玻璃上看到大夫。他转过身来,仍然在哭,他背靠橱窗,看着大夫过来。

"啊!大夫,啊,大夫。"他说。

里厄说不出话来,就点头表示同情。他也跟格朗一样苦恼。他此刻心如刀割,是因为怒不可遏,一个人看到所有人都受到痛苦,都会这样气愤。

"是啊,格朗。"他说。

"我希望有时间能给她写封信,让她知道……使她能幸福得毫无内疚……"

里厄有点粗暴,拉着格朗往前走。格朗可说是让他拖着走,仍在低声说话,说时断断续续。

"这事拖得实在太久。我想任其自流,这毫无办法。啊!大夫!我看起来这样平静。但我总是得作出极大的努力,才能勉强保持平常状态。而现在,我可受不了啦。"

他停下脚步,手脚都在发抖,眼睛活像疯子。里厄抓住他一只手。手热得滚烫。

"您应该回去。"

但格朗挣脱大夫的手,跑了几步,然后停了下来,他张开

---

① 参见本书第 158 页。

双臂,前后摇晃起来。他在原地转了一圈,然后倒在冰凉的人行道上,脸上全是仍在流出的泪水。行人们突然驻足,在远处观望,不敢走近一步。里厄把老人抱了起来。

现在,格朗躺在自己床上,呼吸十分困难:肺部已受到感染。里厄在思考。这个职员没有家室,把他送走又有何用?那就由他和塔鲁两人来治疗……

格朗把头埋在枕头窝里,他脸色发青,两眼无神。他死死盯着塔鲁在壁炉里点燃的小火,那是一只木箱的碎片在烧。"情况不妙。"他在说。他火烧般的肺部发出一种奇特的声音,在他说话时一直在劈啪作响。里厄叫他不要说话,并说他的病会好的。病人的脸上显出奇特的微笑,笑里带有温柔的表情。他用力眨了眨眼。"我要是病好了,大夫,那就脱帽致敬!"但他随即进入衰竭状态。

几小时之后,里厄和塔鲁再来看他,见他半坐在床上,里厄从他脸上看出他受到煎熬的病情正在恶化,感到十分害怕。但他似乎比刚才清醒,见到他们后,立即用异常低沉的声音,请他们把他放在一只抽屉里的手稿拿给他。塔鲁把手稿交给他,他看也没看就把稿纸抱在怀里,然后他把它们递给大夫,用手势请他念一下。那手稿只有短短的五十来页。里厄翻阅了一下才知道,每页稿纸上写的都是同样的句子,但经过修改、增补或删减。不断出现的是:五月、女骑士、林中小径。但以各种不同的方式排列。手稿上还作了一些注释,有时奇长无比,也有不同的写法。但在最后一页的末尾有一句话,字写得十分工整,从墨水迹看是不久前写的:"亲爱的让娜,今天是圣诞节……"在这句话前面,字迹十分工整地写着那个句子的最后修改稿。格朗说:"您念一下。"里厄就念了。

"在五月一个美丽的清晨,一位身材苗条的女骑士,跨一匹华丽的红棕色牝马,在花丛中穿过布洛涅林园的条条小径①……"

"是不是应该这样?"老人声音十分激动地说。

里厄没有抬起眼睛看他。

"啊!"格朗焦躁不安地说,"我很清楚,美丽,美丽,这两个字用得不确切。"

里厄握住病人放在被子上的手。

"算了吧,大夫,我不会有时间了……"

他的胸脯吃力地起伏着,突然喊了一声:

"把它们烧掉!"

大夫犹豫不决,但格朗又把这命令说了一遍,声音吓人而又痛苦,里厄只好把稿纸都扔进即将熄灭的火里。房间很快就被照亮,短暂的热气使房间变得暖和。大夫回到病人身边,只见病人已把背朝向他,脸几乎贴在墙壁上。塔鲁望着窗外,仿佛跟眼前的场景无关。里厄给病人注射血清后对朋友说,格朗活不过今夜。塔鲁提出要留下来照顾病人。大夫表示同意。

那天夜里,格朗即将死去的想法,一直在里厄脑中萦绕。但第二天早上,里厄看到格朗坐在床上,在跟塔鲁说话。高烧已退。只有全身疲乏的症状。

"啊! 大夫,"职员说道,"我昨天错了。但我会重起炉灶。我全都记得,您会看到……"

"我们等着瞧吧。"里厄对塔鲁说。

① 参见本书第 179、180 页和第 206 页。

但到中午,并未发生任何变化。到晚上,可以认为格朗已脱离危险。里厄对这种起死回生感到莫名其妙。

然而,几乎就在这段时间里,有人给里厄送来一个女病人,他认为病人已无法救治,因此病人送到医院后,他立刻命人将其隔离。那姑娘一直在说胡话,所有症状都说明她患有肺鼠疫。但到第二天早上,热度退了下去。大夫认为这跟格朗的情况一样,病情在早上暂时缓解,根据经验,他认为这是不良征兆。然而,到了中午,热度并未回升。到晚上也只是升高几分,到第二天早上,热度全都退了。那姑娘虽说身体虚弱,却能在床上自由呼吸。里厄对塔鲁说,她脱离危险纯属反常。但在那个星期里,有四个相同的病例出现在里厄的医院里。

那一周的周末,哮喘病老人见里厄和塔鲁来看他,显得十分激动。

"这下可好了,"他说,"它们又出来了。"

"是什么?"

"啊,是老鼠!"

从四月份起,死老鼠一只也没有发现过。

"是不是又会重新开始?"塔鲁问里厄。

老人搓着手。

"得看到它们奔跑!这让人高兴。"

他看到过两只活的老鼠从临街的门走进他家里。一些邻居也曾对他说,他们家也是,又见到了老鼠。从一些人家的屋梁上,又响起好几个月没有听到的嘈杂声。里厄等待着每周初统计总数的发表。统计数字表明,疫情在减退。

五

虽说这次疫病的突然减退出人意料,但我们同胞们并未急于庆幸。这几个月刚刚过去,虽然使他们更希望得到解脱,但却使他们学会了谨慎,他们已习以为常,越来越不指望瘟疫将会结束。然而,这新的情况挂在所有人的嘴上,而在人们的心里,产生了不敢明言的强烈希望。其他一切都置于次要地位。新的鼠疫受害者,跟这个异乎寻常的事实相比,简直是微不足道,那就是死亡数字已下降。有一种迹象,即健康的时代,人们虽说没有公开指望,但已在暗中等待,那就是从这时起,我们的同胞们虽然装出不在乎的样子,却已乐于谈论鼠疫结束后如何重新安排自己的生活。

大家一致认为,过去的舒适生活不可能一下子就恢复,并认为破坏要比重建容易。人们只是认为,食品供应会有所好转,并认为这样一来就不必再为一日三餐操心。但实际上,在这些无足轻重的议论之中,却同时会有一种毫不理智的希望脱缰而出,以致我们的同胞们有时也会有所感觉,并急忙断言说,不管怎样,解脱并非明天就能实现。

确实,鼠疫并未在第二天停止流行,但从表面上看,它减退的速度要比人们合理的期望快得多。一月份头几天,寒冷持续的时间非同寻常,本市上空仿佛跟结冰一般。然而天空却显出从未有过的蔚蓝。在几天时间里,灿烂而又冰冷的天空,使本市整天沐浴在阳光之中。在这纯净的空气中,鼠疫在三周内接连退缩,在它排成行列的越来越少的尸体中显得精疲力竭。在短短一段时间里,它几乎失去了用几个月时间才积蓄起来的全部力量。看到它放弃了本已选定的猎物,如格朗或里厄医院里的姑娘,看到它在某些街区恣意妄为两三天,却同时在另一些街区完全销声匿迹,看到它星期一大肆杀人,星期三却把病人几乎全部放过,看到它如此气喘吁吁或急忙行事,大家就会说,它因烦躁和厌倦的情绪而方寸大乱,并说它在失去自我控制的同时,也失去了它精确而又高超的效率,而这正是它以前力量之所在。卡斯泰尔的血清突然获得一系列疗效,而他以前从未获得过这样的成功。医生们采取的每项措施,以前全都无效,现在却突然一一奏效。现在似乎轮到鼠疫受人围捕,而它突然衰弱,则使过去一直用来与其对抗的迟钝力量变得有力。只是在有的时候,疫病会使劲顶住,并盲目地发力夺走三四个有希望治好的病人的生命。他们在鼠疫流行时不走运,他们是在很有希望治愈时被鼠疫杀死。法官奥通就是如此,检疫隔离营只好把他从那里撤出,塔鲁也确实说他不走运,但大家不知是指法官的死亡还是指他的生活。

但从总体上说,疫病的传染是在全线退却,省政府的公报先是暗中流露出微弱的希望,最终却在公众的思想中确认一种信心,那就是胜利已经取得,疫病正在放弃它所有的阵地。实际上,还难以确定这是胜利。只是必须看到,疫病似乎已像来时那样离去。对付疫病的战略并未改变,虽说在昨天行之无效,今天却显得成绩喜人。人们只有一种印象,那就是鼠疫是自我衰竭,也许它退出是因为所有的目的都已达到。可以说,它扮演的角色已经演完。

但也有人会说,市里并未有任何变化。各条街道白天仍然静悄悄,到晚上挤满同样的人群,大多数人穿着大衣,围着围巾。电影院和咖啡馆依然生意兴隆。但仔细观察后就能发现,人们的脸显得更加轻松,有时还挂着微笑。这时就能想起,在此之前,街上无人微笑。实际上,几个月来一直把本市团团围住的厚实帷幕,刚刚出现一丝裂缝,因此在每星期一,人人都能从无线电广播的新闻中听出,这裂缝在逐渐扩大,最终即将能使大家自由呼吸。但这种宽慰仍表现得十分消极,还没有坦率地表达出来。不过,在几个月前,如得知火车开出或轮船进港,或得知汽车即将重新获准通行,就会将信将疑,而在一月中旬宣布这些事情,却丝毫不会使人感到意外。这当然是微不足道的小事。但这种细小的差别,实际上却说明我们的同胞们在希望的道路上已取得巨大进展。另外还可以说,一旦本市居民能够抱有微弱的希望,鼠疫的统治实际上已经结束。

但在整个一月份里,仍然有这样的情况,即我们同胞们的反应十分矛盾。确切地说,他们有时兴奋有时沮丧。因此,我们得记下新近发生的几次逃跑的企图,而在当时,疫情统计数字令人非常满意。这使当局感到非常意外,岗哨的卫兵也十分惊讶,因为大多数逃跑者都得以逃出城外。但实际上,这些人当时逃跑,是受到正常感情的驱使。其中有些人是因为鼠疫在他们心里扎下怀疑的深根,而他们又无法摆脱。他们已不再抱有希望。即使鼠疫的时期已一去不复返,他们仍然按瘟疫流行时的规律生活。他们已落后于形势。另一些人恰恰相反,他们主要属于一种群体,这些人此前一直跟他们喜爱的人分离,经过长时间的禁闭和沮丧之后,一股希望之风刮起,使他们变得狂热而又急躁,并因此无法控制自己。他们感到惶恐不安,是因为想到,他们可能会在即将团聚之前死去,不能再见到心爱的人,这长期的痛苦也就得不到补偿。在几个月的时间里,他们虽然被囚禁和流放,却仍在暗中顽强坚持和等待,然而,初现的希望却轻而易举地摧毁了恐惧和绝望都无法毁坏的东西。他们像疯子那样往前冲去,是为了赶在鼠疫前头,因为他们不能再跟随鼠疫的步伐走到尽头。

但与此同时,一些乐观的迹象也自发流露出来。为此,可看到物价明显下降。从纯经济学的观点来看,这种降价无法解释。各种困难依然存在,在城门口仍要办理检疫隔离手续,食品供应远未好转。因此可看到一种纯属精神状态的现象,仿佛鼠疫的减退到处都反映出来。与此同时,乐观的情绪也在一些人中产生,这些人以前过着集体生活,疫病使他们只好分开居住。本市两座修道院重新开办,集体生活得以恢复。军人也是如此,现又重新回到空关的营房,重新过起驻防部队的正常生活。这些小事却是重要征兆。

一月二十五日以前,市民们一直处于这种暗自激动的状态。在那个星期,死亡统计数字大幅下降,经与医学委员会商议,省政府宣称,可认为瘟疫已得到控制。公报中又说,确实是为谨慎起见,市民也会赞同,城门还要关闭两个星期,防疫措施还要维持一个月。在此期间,一旦发现鼠疫有卷土重来的迹象,"就应该维持现状,有关措施也随之延长"。但大家都一致认为,这些补充是官样文章,因此,在一月二十五日晚上,全城都沉浸在欢乐之中。为了给全市的欢庆助兴,省长下令恢复健康时期的灯光照明。在寒冷而又洁净的天空下,我们的同胞们面带笑容,成群结队地在灯光通明的条条街道上拥来拥去。

当然啰,许多房屋的百叶窗仍然紧闭,有些家庭默默地度过了这个夜晚,而另一些家庭则在欢快的叫声中度过。然而,在那些沉浸在哀伤中的人们中间,有许多人也感到十分宽慰,可能是因为终于不必担心其他亲人会被夺去生命,也可能是因为不必再为自身的安全忧心忡忡。但是,有些家庭跟这种普遍的欢乐毫不相干,无疑是因为在这个时候,家里有病人患鼠疫住院,而其他人则在检疫隔离或待在家里,等待着这场灾难真正远离他们,就像远离其他家庭那样。这些家庭肯定抱有希望,但他们把希望储存起来,在真正有权利用之前,他们决不会从这希望中吸取力量。而这种等待,这种静静的守夜,介于垂死和欢乐之间,在全市欢庆的气氛中使他们感到格外痛苦。

但是,这些例外情况丝毫没有败坏其他人满意的心情。当然,鼠疫的流行尚未结束,对此,它还会作出证明。然而,在众人的思想里,列车已提前几个星期鸣响汽笛开出,行进在一望无尽的铁道上,轮船已在光亮的海面上破浪前进。到第二天,大家的头脑也许会冷静下来,疑虑也会重新产生。但在此时此刻,全市都动了起来,离开那些封闭、阴暗和静止不动的地方,即它打下石基的地方,并最终带着幸存者走了。那天晚上,塔鲁和里厄,朗贝尔和其他人,都走在人群中间,感到脚下并未踩到大地。塔鲁和里厄早已离开大道,却仍听到欢快的声音跟随其后,当时,他们走在僻静的小街上,看到旁边有些百叶窗紧闭。由于疲劳,他们无法把百叶窗后仍然存在的痛苦,跟稍远处条条街道上的欢乐区分开来。解脱已近在眼前,但却是既有欢笑又有眼泪。

一时间,嘈杂声更加响亮、更加欢快,塔鲁就停下脚步。

在阴暗的马路上,一条黑影轻快地在跑。那是一只猫,是春天以来见到的第一只猫。它在马路中间停留片刻,犹豫不决,舔了舔爪子,用爪子在右耳上迅速挠了一下,然后又静静地跑了起来,消失在黑夜之中。塔鲁微微一笑。那矮老头见了准会高兴。

这时，鼠疫仿佛已经离去，回到它不为人知的巢穴，即它悄悄出来的巢穴，但正在这时，本市至少有一人因鼠疫而感到沮丧，此人就是科塔尔，依据是塔鲁笔记本的记载。

说实话，这些笔记本的记载变得相当古怪，是在统计数字开始下降之后。也许是因为疲劳，字迹变得难以辨认，而且主题常常变换得过快。另外，这些笔记第一次变得不够客观，取而代之的是个人的看法。因此，在用很长的篇幅叙述科塔尔的情况时，插了一小段玩猫老头的事。据塔鲁说，鼠疫流行时，他一直对此人十分尊重，而在瘟疫结束后，此人仍会使他感兴趣，这是因为此人曾在以前使他感兴趣，也因为可惜的是，此人不能再使他感兴趣，虽说这并非是因为他塔鲁缺乏诚意。他曾设法找到他。在一月二十五日那个晚上之后过了几天，他曾来到那条小街的街角上。那些猫待在老地方，在阳光照到的地方取暖，仿佛前来赴约。但在老人平时出现的时刻，百叶窗仍旧紧闭。在其后几天里，塔鲁再也没有看到这些百叶窗开过。他因此得出奇特的结论，认为小老头是在生气或是已经死去，如果他在生气，那是因为他认为自己有道理，认为是鼠疫害了他，如果他已经死去，那就应该想一想，就像对哮喘病老人那样，他是否是圣人。塔鲁觉得不是圣人，但认为这老人的情况可得出一种"启示"。笔记本里指出："也许，人只能达到接近圣人的水平。在这种情况下，做一个谦虚而又仁慈的撒旦,就应该心满意足。"

笔记本里,其他许多评论仍然跟对科塔尔的看法混杂在一起,这些评论常常分散各处,有些涉及格朗,说他现在康复阶段,但已重新投入工作,仿佛什么事也没有发生过,另一些则涉及里厄大夫的母亲。塔鲁现住在里厄家里,因此有时能跟老太太谈话,这些谈话、老太太的态度、微笑及其对鼠疫的看法,都作了详细的记载。塔鲁特别强调里厄老太太低调,她说任何事都用简单句,以及她对一扇窗子偏爱,那窗子朝向宁静的街道,每天傍晚,她就坐在窗前,微微挺直身子,双手安稳,目光关注,直到暮色进入房间,把她变成黑影,处于灰色的光线之中,而灰色光线则渐渐暗淡,跟她那不动的身影融为一体。塔鲁还说,她从一个房间走到另一个房间脚步轻盈,说她善良,这种善良,她虽说从未在塔鲁面前明显地表现出来,但塔鲁可以在她的言行中隐约看出,最后还说到一个事实,那就是他认为老太太无须思考就能弄懂一切,她虽然说话不多,又处于阴影之中,却能应付任何亮光,即使是鼠疫般的强光也能对付。但写到这里,塔鲁的字迹开始歪歪扭扭,显得十分奇怪。下面几行字难以辨认,而仿佛是在再次说明字迹歪歪扭扭的原因,最后几句话首次涉及他的私事:"我母亲就是这样,我喜欢她这样低调,我一直想见到的是她。在八年前,我现在不能说她当时已经去世。她只是露面比平时略少,但当我回头一看,她已经不在那儿。"

现在得回过头来谈谈科塔尔。统计数字下降以来,科塔尔曾多次以各种借口去看望里厄。但实际上,他每次都是请里厄对瘟疫流行情况进行预测。"您是否认为瘟疫会这样停下来,就是不打招呼突然停止?"他对此表示怀疑,至少他是这样说的。但他不断提出同样的问题,似乎说明他信心不足。一月中旬,里厄的回答相当乐观。但这种回答,科塔尔每次听了都不高兴,而是产生因日而异的反应,他从情绪不佳变成情绪沮丧。后来,大夫只好对他说,虽然统计数字表明情况好转,但现在最好不要欢呼胜利。

"换句话说,"科塔尔指出,"现在还一无所知,这家伙随时会卷土重来?"

"是的,就像治愈的速度也可能加快。"

这种捉摸不定的状况,使所有人都感到不安,却显然使科塔尔松了口气,他当着塔鲁的面,跟自己街区的商店老板们谈话,竭力宣传里厄的看法。确实,他这样做毫不费力。因为对最初胜利的狂喜之后,许多人的思想里又产生了怀疑,这种怀疑持续的时间,比省政府的公告引起的激动更长。科塔尔看到这种不安,不由放下心来。但跟其他几次一样,他也会泄气。"是的,"他对塔鲁说,"他们最终会打开城门。您会看到,他们都会让我完蛋!"

一月二十五日以前,大家都发现他性格变化多端。他曾长时间设法跟街区居民和朋友们和睦相处,却在其后几天里整天跟他们吵吵闹闹。至少从表面上看,他这时退出社交场合,并在转眼之间过起离群索居的生活。大家不再看到他去饭馆和剧院,他也不再去他喜欢的咖啡馆。不过,他似乎并未恢复他在瘟疫流行前所过的默默无闻而有节制的生活。他整天关在自己的套间里,一日三餐请邻近的一家饭馆送来。只是到了晚上,他才悄悄出去购买生活必需品,而在走出商店之后,就急忙走进一条条僻静的街道。塔鲁如在那时遇到他,只能从他嘴里听到几个单音节词。后来,大家发现他突然又喜欢跟人交往,对鼠疫大谈特谈,请每个人都发表意见,他每天晚上又欣然出没于人流之中。

省政府发布公告那天,科塔尔完全从人群中销声匿迹。两天后,塔鲁遇到他时他正在街上游荡。科塔尔请塔鲁陪他走到郊区。塔鲁感到那天工作特别累,就犹豫不决。但对方非要他一起去。科塔尔显得十分烦躁,做的手势乱七八糟,说话很快,声音又响。他问塔鲁是否认为省政府公告真的表示鼠疫已经结束。当然啰,塔鲁认为,一份政府公告不足以使一场灾祸停止,但大家会合情合理地认为,瘟疫即将结束,除非发生意外。

"是的,"科塔尔说,"除非发生意外。意外总会有的。"

塔鲁对他指出,省政府也已预料到会有意外情况,因此规定两周之后才打开城门。

"省政府做得对,"科塔尔说,神色依然阴郁、烦躁,"因为照目前情况来看,省政府有可能在空口说白话。"

塔鲁觉得也有这种可能,但他认为,最好还是先打开城门,恢复正常生活。

"就算这样,"科塔尔对他说,"就算这样,但你说的恢复正常生活是指什么?"

"指电影院放映新的电影。"塔鲁笑着说。

但科塔尔没有笑。他想知道,是否可以认为鼠疫不会使本市发生任何变化,是否一切都会像以前那样重新开始,就是仿佛什么事也没有发生过。塔鲁认为,鼠疫会使本市发生变化,又不会使本市发生变化,认为我们的同胞们最强烈的愿望,当然现在是将来也是做到仿佛什么事也没有发生过,并认为由此可见,从某种角度看,不会发生丝毫变化,但从另一种角度看,大家不会把什么事都忘掉,即使有必要的毅力也做不到,因此鼠疫会留下一些痕迹,至少是在人们的心灵之中。这矮小的年金收入者直截了当地说,他对心灵不感兴趣,心灵是他最后才关心的问题。他感兴趣的是了解行政组织是否会有改变,譬如说,所有的办事机构是否会像以前那样运转。塔鲁只得承认,他对此一无所知。据他说,应该认为,这些办事机构的工作在瘟疫流行期间受到干扰,重新启动时会有点困难。还可以认为,大量新问题将会出现,至少必须对以前的办事机构进行改组。

"啊!"科塔尔说,"有这种可能,确实,大家都应该重新开始。"

他们俩漫步走到科塔尔的住宅附近。科塔尔活跃起来,尽量装出乐观的样子。他想象本市会开始新的生活,同时消除过去的一切,以便从零开始。

"好,"塔鲁说,"总之,您的事也会顺利解决。可以说,新的生活即将开始。"

他们走到门前,握了握手。

"您说得对,"科塔尔说时显得越来越激动,"从零开始,会是件好事。"

这时,从阴暗的走廊里突然走出两个男子。塔鲁勉强听到他的同伴问那两个家伙想干什么。那两个人像是西装革履的公务员,问科塔尔是否真的名叫科塔尔,后者发出声音低沉的惊叫,转身就跑,顿时消失在黑夜之中,那两人和塔鲁都来不及作出任何反应。惊讶之余,塔鲁问那两人想干什么。他们显得谨慎而有礼貌,并说是想了解情况,然后就从容不迫地朝科塔尔逃跑的方向走去。

回家之后,塔鲁记下了这一幕,并立即提到他很疲劳(字迹可以充分证明这点)。他作了补充,说他还有许多事要做,但他不能因此而不做好思想准备,他心里在想,他是否真的已做好这种准备。他最后回答说——塔鲁的笔记也到此结束——在白天和黑夜,一个人总会有一个时刻是懦夫,他害怕的只是这个时刻。

到第三天,就是开放城门前几天,里厄大夫在中午回到家里,心里在想他等待的电报是否到了。虽说那几天他跟鼠疫肆虐时一样劳累,但对最终解脱的期待却使他疲劳顿消。他现在抱有希望,并因此而乐滋滋的。人不能总是凝神专注、神经紧张,能在感情流露之时,把跟鼠疫斗争时集中起来的这股劲最终松弛下来,是一种幸福。如果期待的电报也能传来佳音,里厄就可以重新开始。他认为大家都会重新开始。

他在门房前走过。新来的门房把脸贴在玻璃窗上朝他微笑。上楼梯时,里厄仿佛又看到门房那张因疲劳和缺食而变得苍白的脸。

是的,他可以重新开始,只要这非同寻常的生活结束,还要有点运气……但他把家门打开时,他母亲就迎上前来告诉他,说塔鲁先生身体不适。塔鲁早上起来,但未能走出门外,就又躺在床上。里厄老太太感到担心。

"也许没什么关系吧。"她儿子说。

塔鲁直挺挺地躺在床上,他那沉甸甸的脑袋陷在长枕头里,身上虽盖着厚厚的毯子,却仍能看出他胸脯结实。他在发烧,感到头疼。他对里厄说,他的症状模糊不清,也有可能是鼠疫。

"不,现在还丝毫不能确定。"里厄给他作了检查后说。

但塔鲁渴得要命。在走廊里,大夫对母亲说,这可能是鼠疫开始发病。

"哦!"她说,"这不可能,不会在现在!"

她接着又说:

"我们把他留下,贝尔纳。"

里厄考虑了一下。

"我无权这么做,"他说,"但城门就要开了。我想,你要是不在这儿,这是我将自己行使的第一个权利。"

"贝尔纳,"她说,"你把我们俩都留下。你十分清楚,我刚才又打过防疫针了。"

大夫说,塔鲁也打过防疫针,但他也许因为疲劳,所以没去注射最后一次血清,并忘了采取某些预防措施。

这时,里厄已走进书房。他回到房间后,塔鲁看到他拿着几只装血清的大安瓿。

"啊!是这种病。"塔鲁说。

"不,是预防措施。"

塔鲁没有回答,只是伸出手臂,他接受了这漫长的注射,这种注射,他自己也曾对其他病人做过。

"我们到今晚再看。"里厄说,他正面看了看塔鲁。

"那隔离呢,里厄?"

"现在还完全不能肯定你患了鼠疫。"

塔鲁竭力笑了笑。

"给人注射血清,却不下令隔离,我还是第一次看到。"

里厄转过身去:

"您由我母亲和我来照顾。您在这儿更舒服。"

塔鲁没有吭声,大夫正在整理安瓿,等塔鲁开口说话再转过身去。最后,他走到床边。病人看着他。他的脸显得疲乏,但灰色的眼睛依然平静。里厄对他笑了笑。

"您睡得着就睡吧。我待一会儿再来看您。"

他走到门口,听到塔鲁在叫他。他又回到塔鲁跟前。

但塔鲁似乎在作思想斗争,不想说出他要说的话。

"里厄,"他最后说了出来,"得把一切都告诉我,我要知道。"

"我答应您。"

对方在微笑,那张宽阔的脸有点扭曲。

"谢谢。我不想死,我要斗争。但即使我输了,我也希望有好的结局。"

里厄俯下身子,抱住他的肩膀。

"不,"大夫说,"要做圣人,就得活着。您斗争吧!"

在上午,早晨的寒冷已有所缓解,但下午却下起了暴雨和冰雹。傍晚时分,天空稍稍转晴,冷得更加刺骨。里厄晚上回到家里。他没脱大衣就走进朋友的房间。他母亲在织毛衣。塔鲁似乎没挪动过,但他因高烧而发白的嘴唇,说明他正在坚持斗争。

"怎么样?"大夫问。

塔鲁耸了耸他那露在外面的宽厚肩膀。

"就这样,"他说,"我输了。"

大夫朝他俯下身子。一串串淋巴结已在滚烫的皮肤下出现,他胸部似乎响起地下炼铁炉般的种种噪音。奇怪的是,塔鲁显出两种鼠疫的症状。里厄直起身子说,血清还没有发挥全部作用。这时,塔鲁想说些话,但一阵高热传到他的喉咙,把他的话给压了下去。

吃过晚饭,里厄和母亲在病人身边坐了下来。夜晚在塔鲁斗争时降临，里厄知道，跟瘟神的这场硬仗，将会一直打到黎明。塔鲁最精良的武器，不是他结实的肩膀和宽阔的胸脯，而是里厄刚才在注射时使其流出的血液，是这血液中比灵魂还要隐秘的东西，这东西任何科学都无法解释清楚。他只能眼看着朋友进行斗争。他要做的事，是让脓肿成熟，是给病人打补针，几个月来的反复失败，使他懂得应看重这些措施的效果。实际上，他唯一的任务是给偶然性提供产生的条件，而这种偶然的成功常常只能由人来促成。必须使偶然性成为现实。因为里厄面对的是瘟神的一张脸，这张脸使他迷惑不解。这瘟神再一次设法挫败对付它的战略，它出现在人们以为它不会出现的地方，并从它仿佛已安置的地方溜走。它再一次设法让人吃惊。

塔鲁在斗争，他纹丝不动。夜里，在病魔一次次袭击下，他一次也没有焦躁不安，而只是用壮实的身体和沉默不语来进行斗争。他一次也没有说过话，并用这种方式表明，他已不能分心。里厄只是从朋友的眼神中了解斗争的各个阶段，这眼睛时开时闭；眼皮紧闭护住眼球，或者反而松开，目光凝视一物，或是回到大夫及其母亲身上。每次大夫跟这目光相遇，塔鲁就微微一笑，但十分吃力。

有时，街上会响起急促的脚步声。他们仿佛是听到远处的雷声越来越近而逃跑，这雷声最终变成充满街道的水声：又下雨了，雨里夹带冰雹，噼里啪啦地打在人行道上。大幅挂帷在窗前如波浪般起伏。里厄站在房间暗处，注意力一度被雨声吸引，这时又转眼看着床头灯光下的塔鲁。他母亲在织毛衣，不时抬头仔细观看病人。大夫现已做完他该做的事。雨后，房间里静了下来，只是充满一场无形的听不见战斗的厮杀声。大夫因没有睡觉而感到难受,这时在想象中听到寂静之余的一种有规律的轻微呼啸声,在瘟疫流行期间,他一直听到这种声音。他对母亲做了个手势,叫她去睡觉。她摇头表示不去,她的眼睛更加亮堂,然后,她仔细观看她编织针头处没有把握的一针。里厄起身给病人喝水,然后又坐了下来。

一些行人见阵雨暂停,就在人行道上快步行走。他们的脚步声渐渐减少、远去。大夫第一次看出,那天深夜散步者众多,却听不见救护车的铃声,这跟鼠疫流行以前已十分相像。这是摆脱鼠疫之夜。疫病似乎被寒冷、灯火和人群驱赶,已从本市黑暗的深处逃出,躲在这温暖的房间里,向塔鲁死气沉沉的身体作最后的冲刺。灾祸已不在本市天空中捣乱。但它在这个房间沉闷的空气中轻轻呼啸。里厄在几个小时以来听到的就是它的声音。必须等待这声音消失,等待鼠疫宣告失败。

将近黎明时,里厄朝母亲俯下身子:

"你得去睡一会儿,到八点钟好来接替我。睡前要滴注药水。"

里厄老太太站起身来,把毛线活放好,然后走到床边。塔鲁已在不久前闭上眼睛。汗水使他的头发卷成环形,贴在他坚强的前额上。里厄老太太叹了口气,病人随即睁开眼睛。他看到那张温柔的脸朝他俯下,于是,在高烧的热浪冲击下,他那倔强的微笑再次出现。但他眼睛立即闭上。母亲走后,里厄坐到她刚才坐的扶手椅上。这时,街上夜深人静,鸦雀无声。房间里开始感到清晨的寒冷。

大夫打起盹来,但黎明时开来的第一辆车,使他从半睡半醒中完全醒来。他打了个寒战,看到塔鲁,知道斗争已经暂停,病人也已睡着。马车的铁木车轮还在远处滚动。从窗口

343

看,天色还是一片漆黑。大夫走到床前,塔鲁用毫无表情的眼睛看着他,仿佛还在睡梦之中。

"您睡过了,是吗?"里厄问。

"是的。"

"您呼吸是否舒畅些?"

"有点舒畅。这能说明什么问题?"

里厄没有吭声,但在片刻之后说:

"不,塔鲁,这不能说明任何问题。您跟我一样,知道这是早晨的暂时缓解。"

塔鲁表示同意。

"谢谢,"他说,"请您始终对我回答得确切。"

里厄在床脚边坐了下来。他感到身边病人的腿又长又硬,就像死人。塔鲁的呼吸更加粗重。

"热度又要上升了,是吗,里厄?"他气喘吁吁地问。

"是的,但要到中午,我们才能肯定。"

塔鲁闭上眼睛,似乎在养精蓄锐。他脸上显出一种厌倦的神色。他等待着热度上升,而热度已在他体内某处蠢动。他睁开眼睛时,目光暗淡无神。只是在看到里厄朝他俯下身子时,他的目光才亮了起来。

"您喝吧。"里厄说。

塔鲁喝完,头又往后倒下。

"时间真长。"他说。

里厄抓住他的手臂,但塔鲁把目光转开,不再有任何反应。突然,热度显然涌上他的额头,仿佛冲破了他体内的某个堤坝。塔鲁的目光又转向大夫,大夫把脸凑过去鼓励他。塔鲁还试图露出微笑,但笑容已无法冲出咬紧的牙关和被一层白沫封住的嘴唇。在他僵硬的脸上,眼睛仍闪耀着勇敢的光芒。

七点钟,里厄老太太走进房间。里厄回到书房去给医院打电话,安排别人替他的班。他还决定推迟门诊时间,在书房的沙发上躺一会儿,但过一会儿就站了起来,回到房间。塔鲁的脑袋这时转向里厄老太太。他看着这矮小的身影,躬身坐在他旁边一张椅子上,双手合十搁在大腿上。里厄老太太见他出神地望着她,就把一个手指放在嘴唇上,然后站起来把床头灯关掉。但从窗帘后面,阳光迅速渗入房间,不久之后,病人的面容从黑暗中显现出来,里厄老太太才看到他仍在看着她。她朝他俯下身子,把他的枕头放好,然后直起身子,一时间把手放在他潮湿、卷曲的头发上。她于是听到低沉的声音,仿佛来自远处,这声音对她说"谢谢",并说现在一切都好。她又坐下时,塔鲁已闭上眼睛,但他虽然嘴唇紧闭,疲乏的脸上仿佛又显出笑容。

到了中午,热度升到最高。一阵阵咳嗽,如同要把他五脏六腑都咳出来,咳得病人身体震动,他这时才开始吐血。淋巴结已停止肿胀,但并未消退,硬得像拧在关节上的螺帽,里厄认为已不可能把它们切开。在一阵阵高烧和咳嗽的间歇,塔鲁有时还看着两位朋友。但不久之后,他眼睛睁开的次数越来越少,而照在他被病魔蹂躏的脸部的阳光,则变得越来越苍白。高烧如暴风雨一般,使他的身体不时抽搐般惊跳,清醒的时刻也越来越少,塔鲁在这场暴风雨中渐渐随波逐流。里厄看到,他面前只是一张毫无生气、失去微笑的面具。这个躯体曾跟他十分亲近,现在已被病魔的长矛刺穿,受到非人的病痛煎熬,被天上的仇恨之风吹得扭曲,在他眼前沉入鼠疫的海洋之中,而他却无法救助遇难的朋友。他只能待在岸边,两手空空,心如刀割,没有武器,毫无办法,再次对这种灾难束手无策。最后,他流出无能为力的眼泪,使他未能看到塔鲁突然朝墙壁转过身去,在低沉的呻吟中死去,仿佛体内的一根主弦在某处断裂。

那天夜晚没有斗争,只有寂静。在这与世隔绝的房间里,里厄感到,在这具现已穿好衣服的尸体上方,有一种令人惊讶的平静,在许多天以前的一个夜晚,在有人冲击城门之后,在凌驾于鼠疫之上的那一排平台上曾有过这种平静。在那个时候,他已经想到过这种沉静,在他只好任其死去的一些病人的床上出现。到处都是同样的暂停,同样庄严的间歇,总是战斗之后同样的宁静,这可是战败的沉静。但现在这种笼罩着他朋友的沉静,却静得悄无声息,跟条条街上和这座已摆脱鼠疫的城市的沉静融为一体,因此里厄清楚地感到,这是最后一次失败,是战争结束前的失败,这失败使和平成为无法治愈的痛苦。大夫不知道塔鲁最终是否获得安宁,但至少在此时此刻,他觉得自己知道,对他来说将永远不会再有安宁,对失去儿子的母亲或埋葬朋友的男人来说,也永远不会再有停战的时刻。

外面,夜晚依旧寒冷,星星在明朗、严寒的天空中如同冻结一般。在这若明若暗的房间里,可感到玻璃窗上寒气逼人,如极地之夜那样在凄厉地呼啸。床边坐着里厄老太太,姿势仍像平时那样,她右侧被床头灯照亮。里厄在房间中央,远离灯光,坐在扶手椅上等待。他想到自己的妻子,但每次都打消了这种念头。

夜幕开始降临,行人的脚步声在寒夜中清楚地响起。

"你一切都安排好了?"里厄老太太问。

"是的,我已打了电话。"

他们又继续默默地守灵。里厄老太太不时看看儿子。他看到母亲的目光,就对她微微一笑。夜晚熟悉的声音在街上接二连三地响起。虽然还没有正式批准,许多车辆已重新在街上行驶。车辆在马路上飞驰,络绎不绝地开来开去。有说话声、呼唤声,然后又静了下来,出现一匹马的蹄声,两辆有轨电车转弯时嘎吱作响,模糊的嘈杂声响起,接着又是夜晚呼啸的风声。

"贝尔纳。"

"嗯。"

"你累吗?"

"不累。"

他知道母亲在想什么,知道她这是在疼爱他。但他也知道,爱一个人算不了什么,或者至少知道,爱总是不够强烈,不会有自己的表达方法。因此,他母亲和他将会永远默默地相爱。而她或他自己也会死去,但他们在一生中都无法进一步倾诉母子之爱。同样,他曾在塔鲁身边生活,塔鲁今晚去世,他们就无法再真正享受他们的友谊。塔鲁输了,正如他自己所说。但他里厄,他又赢了什么?他赢得的只是对鼠疫的了解和回忆,对友谊的了解和回忆,以及对温情的了解和有朝一日会有的回忆。人能在鼠疫和生活的两种赌博中赢得的东西,只有认识和回忆。这也许就是塔鲁所说的"赢了"!

又有一辆汽车驶过,里厄老太太在椅子上动了一下。里厄对她微微一笑。她对他说她不累,但接着又说:

"你应该到那里的山区去休息。"

"当然要去,妈妈。"

是的,他会去那里休息。干吗不去呢?这也将是去回忆的一个借口。如果这就意味着赢了,那么,只带着自己的认识和回忆去生活,却失去了自己所希望的东西,将会十分难受。塔鲁以前的生活也许就是如此,他已意识到,没有幻想的生活是多么枯燥无味。没有希望就得不到安宁,塔鲁认为人无权判处别人死刑,但他也知道,任何人都会情不自禁地去判处别人死刑,知道连受害者有时也会成为刽子手,因此他一直生活在痛苦和矛盾之中,他也从未有过希望。是否正因为如此,他才想当圣人,并通过为别人效劳而获得安宁?实际上,里厄对此一无所知,而这事也并不重要。塔鲁将留在他记忆中的形象,只有他双手紧握方向盘为他开车的形象,或是现在一动不动地躺在这里的魁梧身躯的形象。一种生活的热情和一种死亡的形象,这就是认识。

也许正因为如此,里厄大夫在第二天早上收到他妻子去世的消息时十分平静。他当时在书房里。他母亲几乎是跑来把电报交给他,然后又出去把小费付给送电报的人。她回来时,他儿子手上还拿着打开的电报。她看了看他,但他仍然执意观看窗外,只见壮丽的早晨在港口呈现。

"贝尔纳。"里厄太太说。

大夫漫不经心地看了看她。

"电报说什么?"她问。

"是这件事,"大夫承认,"是在一星期前。"

里厄老太太把头转向窗户。大夫默无一言。然后,他劝母亲别哭,说他早已料到,但这毕竟难受。只是他在说这话时知道,他痛苦并不是意外的事。几个月来,尤其是这两天以来,他一直感到同样的伤痛。

本市城门终于开放,是在二月一个美丽的早晨,时间是黎明时分,本市居民、各家报纸、广播电台和省政府的公报,都对此表示祝贺。因此,叙述者认为,必须记载城门开放后的欢乐时刻,虽然他跟有些人一样,无法全身投入这欢庆的行列。

盛大的欢庆活动在白天和夜晚举行。与此同时,一列列火车开始在车站冒烟,远航的轮船已朝本市港口驶来,它们以各自的方式表明,对所有因分离而叫苦不迭的人来说,这一天是他们大团圆的日子。

至此就不难想象,我们同胞中这么多人的分离之苦,已苦到何种地步。白天进入本市的一列列火车,跟开出的列车一样满载旅客。在暂缓撤销禁令的两个星期里,大家都预订了这一天的车票,因为他们都担心省政府会在最后一刻取消恢复通车的决定。有些旅客在即将到达本市时,还没有完全摆脱恐惧心理,因为他们虽说对亲人的命运有大致的了解,却对其他人和本市的情况一无所知,认为本市的面貌一定十分可怕。但是,这些人确实有这种看法,只是因为他们在这段时间里并未受到爱情的煎熬。

那些多情的人其实有着固定不变的想法。对他们来说,只有一件事起了变化:在他们流亡在外的几个月里,他们想让时间迅速流逝,而在看到我们这座城市时,他们热切希望时间过得更快,然而,一旦火车开始刹车准备进站停下,他们却希

349

望时间放慢脚步并停止不动。由于他们在这几个月里失去了爱情生活,他们对这段时间的感觉既模糊又敏锐,因此他们模糊地要求得到一种补偿,希望欢乐的时间过得更慢,会比等待的时间长一倍。而在房间里或站台上等候他们到来的人们——就像朗贝尔,他妻子在几星期前就已得到通知,并做好动身前来本市的准备——也同样急如星火,惶惶不可终日。因为这种爱情或温情,几个月来已被鼠疫变成抽象概念,因此,朗贝尔惶恐不安地等待着,在血肉之躯的亲人身上检验这种感情,因为亲人曾是这种感情的支柱。

朗贝尔希望自己跟鼠疫流行初期那样,会一口气冲到城外,跑去跟自己的心上人相聚。但他知道,他已不可能变成这样。他变了,鼠疫已使他变得心不在焉,他竭尽全力想要消除这种状态,但这种心不在焉却仍然存在于他身上,如同隐秘的焦虑不安。从某种意义上说,他感到鼠疫结束得过于突然,他毫无思想准备。幸福迅速到来,形势的发展超出预料。朗贝尔知道,一切都将一下子交还给他,知道这欢乐如同滚烫的食物,其美味无法品尝出来。

此外,大家都或多或少地像他那样意识到这点,所以应该谈谈大家的情况。在这火车站的站台上,他们的私人生活重新开始,但他们用目光和微笑相互致意时,仍感到他们是一个集体。然而,他们一旦看到冒烟的火车,他们的流放感就立刻消失在骤雨般模糊不清而又令人眩晕的欢乐之中。在这火车站站台上,遥遥无期的分离往往在此开始,但在火车停下后,这种分离也就立刻在此结束,这时,他们的手臂在狂喜中急忙合拢,把他们已忘记其形状的血肉之躯紧紧地抱在怀里。朗贝尔还没有看清楚朝他跑来的身影,她就已扑到他怀里。他伸出双臂抱住她,让她的脑袋依偎在他身上,但他只能看到这熟悉的头发,他任凭眼泪流出,却不知道流泪是因为现在的幸福,还是因为压抑过久的痛苦,但他至少可以肯定,眼泪使他无法核实,靠在他肩膀上的这张脸,是否是他曾朝思暮想的脸,还是一个陌生女人的脸。他待会儿就会知道,他怀疑得是否对。但在此时此刻,他想跟周围的人一样,显出相信的样子,认为鼠疫会降临和消失,但人却不会因此而变心。

于是,他们一对对依偎着回到家里,对周围的世界视而不见,似乎已战胜鼠疫,并忘记一切苦难,也忘记同车来的其他人,那些人没有找到任何亲人,准备回家去证实他们的担心,他们长期没有收到亲人的音讯,心里已经有这种担心。那些人现在只有新痛与其相伴,而另一些人此刻正在想念死去的亲人,对这两种人来说,情况完全不同,他们与死者分离的感觉,已达到登峰造极的地步。这些人不管是母亲、丈夫、妻子还是情人,都已没有欢乐可言,因为他们的亲人现已埋在无名的群葬墓穴,或混杂在一大堆骨灰之中,对他们来说,鼠疫依然存在。

但谁又会去想到这些孤独的人?中午,太阳驱散了清晨起就在空中与其较量的寒气,向本市不断倾注固定的光波。这一天仿佛停顿下来。山冈顶上要塞里的一门门大炮,不断在纹丝不动的天空中轰鸣。全市市民都跑到街上,庆祝这激动人心的时刻,这时,痛苦的时间已经结束,但遗忘的时间尚未开始。

各个广场上都有人在跳舞。转眼之间,街上车辆剧增,汽车增多,在拥挤不堪的街上行驶艰难。整个下午,本市钟声齐鸣。钟声响彻金色阳光照耀的蔚蓝天空。各个教堂里确实都在做感恩礼拜。但与此同时，娱乐场所也挤满了人，咖啡馆不顾以后的生意，把最后一批白酒卖给顾客。柜台前挤着一群人，个个都极其兴奋，其中有许多对男女搂抱在一起，在大庭广众下毫无顾忌。大家都又叫又笑。他们在这几个月里把消耗缓慢的生命储存起来，这一天就把这生命尽情消耗，因为这是他们幸存之日。到第二天，小心谨慎的生活才会开始。此时此刻，出身各不相同的人们聚在一起称兄道弟。死亡未能真正实现人人平等，解脱的欢乐却做到了这点，至少在几个小时中如此。

但这种平庸无奇的热情并不能说明一切问题，傍晚时分跟朗贝尔一起拥上街头的人们，往往以平静的态度来掩盖更加微妙的幸福。许多夫妇和家庭，确实显出安详的神色在散步。而实际上，其中大部分人都在对他们受过苦的地方进行微妙的朝拜。这是在向新来乍到的人指出鼠疫留下的明显或隐蔽的痕迹，指出其历史遗迹。在有些情况下，人们只是装作向导，装出见多识广、经历过鼠疫，在谈论危险时并不提及恐惧。这种乐趣并无害处。但在另一些情况下，却是更加动人心弦的路线，一个情夫不由回忆起焦虑不安的柔情，会对他的女伴说："在这个地方，我当时真想跟你睡觉，但你却不在这儿。"这些热情的游客能在这时辨认出来：他们走在一片嘈杂声中，一对对在那里窃窃私语，畅诉衷曲。他们比十字街头的乐队更出色地表现出真正的解脱。因为这一对对男女心醉神迷，紧紧地依偎在一起，他们说话不多，却在这嘈杂声中显示出对人不公的幸福，并扬扬得意地肯定鼠疫已经结束，恐怖已经过去。他们不顾明显的事实，心平气和地否认我们曾生活在疯狂的世界之中，在那里，杀一个人就像打死苍蝇一样司空见惯,他们还否认确定无疑的野蛮行为,否认有预谋的疯狂举动,否认对现有的社会秩序肆意破坏的监禁,否认使存活的人个个目瞪口呆的死人气味,他们最后否认我们曾被吓得心惊肉跳,因为在我们之中,每天都有一部分人的尸体要堆在焚尸炉里烧成浓烟,而另一部分人则戴着无能为力和胆战心惊的枷锁,等待着死亡的来临。

总之,这就是里厄大夫亲眼所见,他在黄昏时分独自前往市郊,处于钟声、炮声、乐曲声和震耳欲聋的叫声之中。他继续行医,因为病人没有休假。美丽的霞光照耀本市,能闻到过去常有的烤肉和茴香酒的香味。在他周围一张张笑脸仰望天空。男男女女,手挽着手,脸色绯红,心情激动,发出情欲的呼唤。是的,鼠疫结束了,恐惧也随之消失,这些挽着的手臂确实说明,鼠疫曾是流放和分离的根源。

几个月来,里厄第一次确切地看出,所有行人的脸上那亲如一家的神色是怎么回事。他现在只要看看自己周围就能明白。鼠疫结束时,这些人都生活贫困,缺衣少食,最终穿上他们早已扮演的角色即移民的服装,首先是他们的脸,现在是他们的衣着,都说明他们远离故乡。从鼠疫使城门关闭时起,他们一直在分离状态下生活,他们与世隔绝,失去了能使人忘却一切的人间温暖。在本市的每个角落,这些男人和女人都曾在不同程度上希望团聚,这种团聚,对每个人来说性质并不相同,但对所有人来说却都是不可能的事情。大多数人曾竭尽全力向远方的亲人呼喊,希望找回肉体的温暖、柔情或习惯。有些人往往在不知不觉中因失去人们的友情而痛苦,他们无法再通过信件、火车、轮船等通常的途径跟友人交往。还有些人数量较少,也许塔鲁属于此类,他们曾希望重新获得某种东西,这种东西他们无法确定,却是在他们看来唯一想得到的东西。这东西没有其他名称,因此有时他们称之为安宁。

里厄仍在走着。他越往前走,他周围的人就越多,喧闹声越来越响,他感到自己想去的市郊仿佛在随之后退。他逐渐融入到这吵吵嚷嚷的巨大群体之中,他越来越理解他们的叫喊,因为这也代表了他的叫喊。是的,大家都曾一起痛苦,既有肉体上的痛苦又有精神上的痛苦,痛苦是因为难以忍受的无聊,是因为无法补救的分离,是因为不能满足的渴望。在这些堆积如山的尸体中,在救护车的铃声中,在对通常所说的命运发出的警告中,在挥之不去的恐惧和他们内心的激烈反抗中,一种巨大的声音不停地传布,并对这些惊恐万状的人发出警告,对他们说必须返回他们真正的故乡。对他们所有人来说,真正的故乡位于这座窒息的城市的城墙之外。这故乡是在山冈上芬芳的荆棘丛中,是在大海里,是在自由的地方和爱情的力量之中。他们是想回到故乡,回到幸福的地方,而对其他一切,他们不屑一顾。

至于这种流放和团聚的愿望会有什么意义,里厄却一无所知。他仍然走着,到处被人挤来挤去,也有人对他招呼询问,他渐渐走到一条条不太拥挤的街上,心里在想,这些事是否有意义并不重要,但只要看到什么事才符合人们的希望。

他从此知道,什么事符合人们的希望,而且在刚进入市郊几乎空无一人的街道后,对这点看得更加清楚。有些人看重他们那些微不足道的事情,只想回到他们的爱窝里,这些人有时也会如愿以偿。当然啰,他们中一些人仍在本市孤独地行走,因为这些人失去了他们期待重逢的亲人。还有些人十分幸运,没有像另一些人那样受到两次分离之苦,后面这些人在瘟疫之前，没能一下子建立爱情关系，后来盲目追求了好几年才勉强跟心上人结合，谁知结果却使这对情人变成冤家。这些人像里厄一样，轻率地把希望寄托在时间上，结果他们的分离竟成永别。但另一些人像朗贝尔那样，大夫在那天上午离开他时对他说："勇敢些，现在应该是胜利的时候。"这些人毫不犹豫地找到了他们以为已失去的亲人。他们至少会在一段时间里幸福。他们现在知道，如果这世上还有能永远向往并能在有时得到的东西，那就是人间温情。

相反，有些人想超越人类，去寻求他们也想象不出的东西，那么，他们就全都找不到答案。塔鲁似乎找到了他所说的那种难以找到的安宁，但他只是在死亡时找到，而在那时，这种安宁对他已毫无用处。还有些人，里厄在一幢幢房屋门口看到，他们在夕阳的照耀下紧紧地抱在一起，热情洋溢地相互注视，他们如愿以偿，得到了他们想要的东西，那是因为他们要求得到的是唯一取决于他们自己的东西。里厄在转入格朗和科塔尔居住的街道时心里在想，这些人只求生活在众人中间，并满足于他们可怜而又脆弱的爱情，对于他们，至少应该不时用欢乐来加以奖赏。

这部纪事即将结束。现在贝尔纳·里厄大夫应该承认自己是本书作者。但是,在叙述本书最后几个事件之前,他至少想要说明撰写本书的原因,并让读者知道,他一贯坚持使用客观见证的调子。在鼠疫流行期间,他的职业使他能接触到大多数同胞,并了解到他们的感受。因此,他具有十分良好的条件,能报道自己的所见所闻。但他希望以适当的谨慎态度来做此事。总之,他尽可能对他并未亲眼目睹的事情不加记述,尽可能不把子虚乌有的想法强加在跟他一起和鼠疫斗争的战友们身上,尽可能只使用因偶然事件或不幸事件而落到他手里的资料。

他是在为某种罪行作证,因此他像善良的证人该做的那样有所保留。但与此同时,他又受良心的驱使,断然站在受害者一边,并想跟人们即他的同胞们一样确信无疑,相信他们唯一全都相信的事,那就是爱、痛苦和流放。因此,他的同胞们的种种苦恼,也就是他的苦恼,他们的种种境况,也就是他的境况。

要当忠实的见证人,他应该主要记载各种行为、文件和传闻。而他个人想说的话、他的期待和经受的种种考验,他都应该避而不谈。他使用了这方面的材料,只是为了理解或使读者理解他的同胞们,只是为了使他们在大部分时间里产生的模糊感觉,能尽可能确切地表达出来。说实话,这种理智的努力,并未使他感到为难。有时,他想用自己的心里话直接跟千百个鼠疫患者进行交流,但想到自己的种种痛苦同时又是其他人的痛苦,想到这世上的痛苦往往由个人独自承受,这种患难与共的情况无疑是一件好事,于是,他就闭口不谈自己的事。确实,他应该替大家说话。

但是,我们的同胞中至少有一人,是里厄大夫不能替他说话的。塔鲁有一天曾跟里厄说起此人:"他唯一真正的罪行,是在心底里赞成将儿童和成人置于死地的事物。其他的事我都能理解,但这件事,我只能在不得已的情况下原谅他。"本书确实应该以此人作为结尾,他心中愚昧无知,也就是十分孤独。

里厄大夫走出像过节般热闹的条条大街,刚转入格朗和科塔尔居住的街道,就被一排警察拦住去路。他对此感到意外。远处节日般的喧闹声,使这个街区显得十分寂静,而在他的想象之中,这街区也是冷落而又寂静。他出示了证件。

"不能过去,大夫,"警察说,"有个疯子在朝人群开枪。但请您待在这儿,您可以帮忙。"

这时,里厄看到格朗朝他走来。格朗也对情况一无所知。警察不让他过去,他听说开枪的人是在他住的那幢房屋里。从远处可看到那房屋的正面,被夕阳热气全无的余光照成金黄。房屋周围是一大片空地,一直延伸到对面的人行道上。在马路中央,可以清楚地看到一顶帽子和一条脏布片。里厄和格朗远远望去,只见街道的另一端也站着一排警察,跟不让他们过去的这排警察平行,该街区的几个居民在远处那排警察后面迅速走来走去。他们仔细观看,又看到一些警察手里拿着手枪,蹲在那幢房子对面的一些楼房门后。那幢房子的百叶窗全都关着。只有三楼的一扇百叶窗似乎半开半闭。街上鸦雀无声。只能听到市中心断断续续地传来的乐声。

一时间,那幢房屋对面的一幢楼房里,响起手枪射击的"砰、砰"两声,半开的百叶窗随即被打破。接着又恢复寂静。里厄经历了白天的喧闹,远处的这种景象使他感到有点虚幻。

"那是科塔尔的窗户,"格朗突然十分激动地说,"但科塔尔已经消失。"

"干吗要开枪?"里厄问警察。

"我们要分散他的注意力。我们在等一辆车,车上带有必要的装备,因为只要有人想从大门进入那幢屋子,他就朝这个人开枪。已经有一个警察被击中。"

"他为什么要开枪?"

"不知道。当时大家在街上玩。听到第一声枪响,他们弄不清是怎么回事。第二声枪响时,有些人叫了起来,有个人受了伤,大家都逃走了。那个人疯了!"

寂静恢复之后,时间似乎过得很慢。突然间,他们看到一条狗从街道另一边窜了出来,那是里厄在很久以来见到的第一条狗,是一条肮脏的猎犬[1],想必此前一直被主人藏着,只见它沿墙小跑。跑到大门旁边,它犹豫不决,就蹲在地上,然后翻过身子去咬身上的跳蚤。警察吹了好几声哨子叫唤它。它抬起头,然后决定慢慢地穿过马路,去闻闻那顶帽子。就在这时,一颗手枪子弹从三楼射出,那条狗像烙饼那样翻倒在地,四条腿拼命挣扎,最后侧身倒下,但抽搐了很长时间。作为还击,从对面大门后面射出五六颗子弹,把那扇百叶窗打得

---

[1] 参见本书《局外人》第 19 页注①。

更加破烂。随后又恢复平静。阳光稍稍落下,阴影开始移近科塔尔的窗户。轻轻的刹车声在大夫身后的街上响起。

"他们来了。"警察说。

几个警察背朝外下了车,手里拿着绳索、一把梯子和两个用油布包着的长方形物体。他们走进一条环绕这群房屋的街道,就在格朗居住的房屋对面。片刻之后,人们不如说是猜到而不是看到那些房屋的大门里一阵骚动。然后大家开始等待。那条狗不再动弹,但现已躺在阴暗的血泊之中。

突然间,一阵冲锋枪射击声从警察们占据的一幢幢屋子的窗口响起。在射击声中,那扇仍在被瞄准的百叶窗,简直像树叶般一片片掉落下来,一个黑洞于是露出,里厄和格朗站在原处,无法看清里面的任何东西。射击停止后,第二阵冲锋枪声响起,是在较远的一幢屋子里从另一个角度进行射击。子弹无疑打进了那个窗框,因为其中一颗子弹打下了砖头的碎片。与此同时,三名警察跑着穿过马路,冲进大门。其他三名警察也几乎立刻冲了进去,于是冲锋枪射击停止。大家又开始等待。那屋子里响起两声爆炸声,如同远处传来。接着传来一阵嘈杂声,只见一个矮小男子从屋里出来,与其说是拖出来的,不如说是给抱出来的,此人没穿外衣,在不停地叫喊。如同奇迹出现一般,街上关闭的百叶窗全都打开,窗口挤满了看热闹的人,同时,一群人走出一幢幢屋子,在警戒线后面挤来挤去。一时间,可看到那矮小男子在马路中央,双脚终于着地,胳膊仍被警察反剪。他在叫喊。一名警察走到他跟前,狠狠地打了他两拳,打得从容不迫而又专心致志。

"是科塔尔,"格朗含糊不清地说,"他疯了。"

科塔尔倒在地上。只见那警察又对这躺在地上的家伙迅速踢了一脚。接着,一群人吵吵嚷嚷,朝大夫及其老朋友走了过来。

"你们走开!"那警察说。

里厄见那群人在他面前走过,就把目光转开。

格朗和大夫在晚霞的余晖中离去。这件事仿佛使街区从沉睡的麻木状态苏醒过来,一些偏僻的街道重又挤满了喧闹而又欢腾的人群。格朗走到自己屋前,跟大夫道别。他要去工作。但在上楼前,他对大夫说,他已给让娜写了信,说他现在很高兴。另外,他重写了那个句子,并说:"我已把形容词全都删除。"

他调皮地笑着,一面脱下帽子,毕恭毕敬地行了个礼。但里厄在想科塔尔,他朝哮喘病老人家里走去时,那警察两拳打在科塔尔脸上的沉闷声音,一直在他耳边回响。也许想到罪犯比想到死人更加难受。

里厄来到老病人家里时,黑夜已吞噬整个天空。他在房间里能听到远处欢庆自由的嘈杂声,老头脾气没变,仍在把鹰嘴豆从一个锅里放到另一个锅里。

"他们做得对,是应该玩乐,"他说,"得要有苦有乐,才能成其为世界。大夫,您的同事现在怎么样啦?"

一阵阵爆炸声传到他们耳边,但不是在打仗,是孩子们在放鞭炮。

"他死了。"大夫说时用听诊器在听他呼噜呼噜作响的胸部。

"啊!"老头说时有点发愣。

"是患了鼠疫。"里厄作了补充。

"是呀,"老头过了一会儿承认,"优秀人才活不长。这就是生活。他头脑清楚,知道自己想要什么。"

"您为什么要这样说?"大夫把听诊器放好时说。

"我是信口开河。他不说废话。总之,我喜欢他。就是这样。其他人说:'这是鼠疫,我们经历了鼠疫。'他们差一点儿就想要求给他们授勋。但鼠疫又意味着什么?这是生活,就是这样。"

"您要经常做熏蒸疗法。"

"哦!您一点儿也不必担心。我的命可长着呢,我会看到他们全都死光。我可有活命的办法。"

远处的欢呼声仿佛是对他的回答。大夫在房间中央停了下来。

"我要是去平台,不会打扰您吧?"

"不会!您想到上面去看看他们,嗯?您喜欢就去吧。但那些人永远是一个样。"

里厄朝楼梯走去。

"您说说,大夫,他们要为死于鼠疫的人立纪念碑,真是这样?"

"报上是这样说的。是一座石碑或一块纪念碑。"

"我早就知道会这样。还会有人发表演讲。"

老头笑得喘不过气来。

"我在这儿就听到他们在说:'我们那些死者……'然后他们去吃东西。"

这时里厄已走上楼梯。一幢幢房屋上方,巨大而又寒冷的天空中星星闪烁,而在山冈附近,星星仿佛像燧石般坚硬。这天夜晚跟他上次和塔鲁一起在这平台上度过的夜晚并未有很大区别,那时他们到这里是为了忘却鼠疫。但今天悬崖下

361

面的大海,比那时更加喧闹。空气纹丝不动而又轻盈,已除去暖和的秋风带来的咸味。然而,城市的喧闹,却一直击打着平台的墙角,发出波涛般的声响。但这一夜是解脱之夜,而不是反抗之夜。远处,一片暗红色的亮光说明,那是灯火辉煌的条条大道和一个个广场。在现已被解放的夜晚,欲望如脱缰之马,其吼声一直传到里厄耳边。

从阴暗的港口升起第一批政府欢庆的礼花。全市民众看到后发出长时间低沉的欢呼。科塔尔、塔鲁,还有里厄曾爱过但已失去的所有男子以及他的妻子,这些人无论死去或犯罪,都已被他忘掉。那老头说得对,那些人永远是一个样。但不变的是他们的力量和无辜,而正是在这里,里厄忘掉了一切痛苦,感到自己又跟他们待在一起。这时,叫喊声越来越响,叫喊的时间越来越长,一直传到平台脚下,并在那里久久回响,而天空中升起的彩色烟花也越来越多,里厄大夫于是决心把叙事写到这里结束,他叙述这些事是因为不愿保持沉默,是要为鼠疫患者提供有利的证明,是为了至少能留下一个记录,使后人知道这些人受到的不公正待遇和暴行,也是为了如实告诉人们在这场灾难中学到的东西,那就是在人的身上,值得称赞的优点总是多于应该蔑视的缺点。

但是,他知道,这部纪事记叙的不可能是最后的胜利。它只能是对人们当时必须做的事情的见证,这种事情,也许以后所有的人都必须去做,那就是尽管有个人的痛苦,也要反抗恐怖的灾难及其不断逞凶的武器,而人们不能成为圣人,也不能容忍灾祸横行,就努力当好医生。

里厄倾听市里响起的欢乐叫声,同时也在回忆,想起这种欢乐一直受到威胁。因为他知道的事,这欢乐的人群却并不知道，他知道可在书中看到，鼠疫杆菌永远不会死亡也不会消失，知道它们能在家具和内衣里休眠几十年，知道它们在房间、地窖、箱子、手帕和废纸里耐心等待，并知道也许会有那么一天，为了给人们带来灾难并教训人们，鼠疫会再次唤醒老鼠，并让它们死于一座幸福的城市。

"外国文学名著丛书"书目

第 一 辑

书 名	作 者	译 者
伊索寓言	〔古希腊〕伊索	周作人
源氏物语	〔日〕紫式部	丰子恺
堂吉诃德	〔西班牙〕塞万提斯	杨 绛
泰戈尔诗选	〔印度〕泰戈尔	冰 心 石 真
坎特伯雷故事	〔英〕杰弗雷·乔叟	方 重
失乐园	〔英〕约翰·弥尔顿	朱维之
格列佛游记	〔英〕斯威夫特	张 健
傲慢与偏见	〔英〕简·奥斯丁	王科一
雪莱抒情诗选	〔英〕雪莱	查良铮
瓦尔登湖	〔美〕亨利·戴维·梭罗	徐 迟
欧·亨利短篇小说选	〔美〕欧·亨利	王永年
特利斯当与伊瑟	〔法〕贝迪耶	罗新璋
巨人传	〔法〕拉伯雷	鲍文蔚
忏悔录	〔法〕卢梭	范希衡 等
欧也妮·葛朗台 高老头	〔法〕巴尔扎克	傅 雷
雨果诗选	〔法〕雨果	程曾厚
巴黎圣母院	〔法〕雨果	陈敬容
包法利夫人	〔法〕福楼拜	李健吾
叶甫盖尼·奥涅金	〔俄〕普希金	智 量
死魂灵	〔俄〕果戈理	满 涛 许庆道

书　名	作　者	译　者
当代英雄	〔俄〕莱蒙托夫	草　婴
猎人笔记	〔俄〕屠格涅夫	丰子恺
白痴	〔俄〕陀思妥耶夫斯基	南　江
列夫·托尔斯泰中短篇小说选	〔俄〕列夫·托尔斯泰	草　婴
怎么办？	〔俄〕车尔尼雪夫斯基	蒋　路
高尔基短篇小说选	〔苏联〕高尔基	巴　金　等
浮士德	〔德〕歌德	绿　原
易卜生戏剧四种	〔挪〕易卜生	潘家洵
鲵鱼之乱	〔捷〕卡·恰佩克	贝　京
金人	〔匈〕约卡伊·莫尔	柯　青

第　二　辑

荷马史诗·伊利亚特	〔古希腊〕荷马	罗念生　王焕生
荷马史诗·奥德赛	〔古希腊〕荷马	王焕生
十日谈	〔意大利〕薄伽丘	王永年
莎士比亚悲剧五种	〔英〕威廉·莎士比亚	朱生豪
多情客游记	〔英〕劳伦斯·斯特恩	石永礼
唐璜	〔英〕拜伦	查良铮
大卫·科波菲尔	〔英〕查尔斯·狄更斯	庄绎传
简·爱	〔英〕夏洛蒂·勃朗特	吴钧燮
呼啸山庄	〔英〕爱米丽·勃朗特	张　玲　张　扬
德伯家的苔丝	〔英〕托马斯·哈代	张谷若
海浪　达洛维太太	〔英〕弗吉尼亚·吴尔夫	吴钧燮　谷启楠
哈克贝利·费恩历险记	〔美〕马克·吐温	张友松
一位女士的画像	〔美〕亨利·詹姆斯	项星耀
喧哗与骚动	〔美〕威廉·福克纳	李文俊
永别了武器	〔美〕欧内斯特·海明威	于晓红

书名	作者	译者
波斯人信札	〔法〕孟德斯鸠	罗大冈
伏尔泰小说选	〔法〕伏尔泰	傅 雷
红与黑	〔法〕司汤达	张冠尧
幻灭	〔法〕巴尔扎克	傅 雷
莫泊桑中短篇小说选	〔法〕莫泊桑	张英伦
文字生涯	〔法〕让-保尔·萨特	沈志明
局外人 鼠疫	〔法〕加缪	徐和瑾
契诃夫小说选	〔俄〕契诃夫	汝 龙
布宁中短篇小说选	〔俄〕布宁	陈 馥
一个人的遭遇	〔苏联〕肖洛霍夫	草 婴
少年维特的烦恼	〔德〕歌德	杨武能
德国,一个冬天的童话	〔德〕海涅	冯 至
绿衣亨利	〔瑞士〕戈特弗里德·凯勒	田德望
斯特林堡小说戏剧选	〔瑞典〕斯特林堡	李之义
城堡	〔奥地利〕卡夫卡	高年生

第 三 辑

埃斯库罗斯悲剧二种	〔古希腊〕埃斯库罗斯	罗念生
索福克勒斯悲剧二种	〔古希腊〕索福克勒斯	罗念生
欧里庇得斯悲剧二种	〔古希腊〕欧里庇得斯	罗念生
神曲	〔意大利〕但丁	田德望
西班牙流浪汉小说选	〔西班牙〕克维多 等	杨 绛 等
阿拉伯古代诗选	〔阿拉伯〕乌姆鲁勒·盖斯 等	仲跻昆
列王纪选	〔波斯〕菲尔多西	张鸿年
蕾莉与马杰农	〔波斯〕内扎米	卢 永
莎士比亚喜剧五种	〔英〕威廉·莎士比亚	方 平
鲁滨孙飘流记	〔英〕笛福	徐霞村

书　名	作　者	译　者
彭斯诗选	〔英〕彭斯	王佐良
艾凡赫	〔英〕沃尔特·司各特	项星耀
名利场	〔英〕萨克雷	杨　必
人性的枷锁	〔英〕威廉·萨默塞特·毛姆	叶　尊
儿子与情人	〔英〕D. H. 劳伦斯	陈良廷　刘文澜
杰克·伦敦小说选	〔美〕杰克·伦敦	万　紫　等
了不起的盖茨比	〔美〕菲茨杰拉德	姚乃强
木工小史	〔法〕乔治·桑	齐　香
恶之花　巴黎的忧郁	〔法〕波德莱尔	钱春绮
萌芽	〔法〕左拉	黎　柯
前夜　父与子	〔俄〕屠格涅夫	丽　尼　巴　金
卡拉马佐夫兄弟	〔俄〕陀思妥耶夫斯基	耿济之
安娜·卡列宁娜	〔俄〕列夫·托尔斯泰	周　扬　谢素台
茨维塔耶娃诗选	〔俄〕茨维塔耶娃	刘文飞
德国诗选	〔德〕歌德　等	钱春绮
安徒生童话选	〔丹麦〕安徒生	叶君健
外祖母	〔捷〕鲍·聂姆佐娃	吴　琦
好兵帅克历险记	〔捷〕雅·哈谢克	星　灿
我是猫	〔日〕夏目漱石	阎小妹
罗生门	〔日〕芥川龙之介	文洁若

第 四 辑

一千零一夜		纳　训
培根随笔集	〔英〕培根	曹明伦
拜伦诗选	〔英〕拜伦	查良铮
黑暗的心　吉姆爷	〔英〕约瑟夫·康拉德	黄雨石　熊　蕾
福尔赛世家	〔英〕高尔斯华绥	周煦良

书 名	作 者	译 者
月亮与六便士	〔英〕威廉·萨默塞特·毛姆	谷启楠
萧伯纳戏剧三种	〔爱尔兰〕萧伯纳	潘家洵 等
红字 七个尖角顶的宅第	〔美〕纳撒尼尔·霍桑	胡允桓
汤姆叔叔的小屋	〔美〕斯陀夫人	王家湘
白鲸	〔美〕赫尔曼·梅尔维尔	成 时
马克·吐温中短篇小说选	〔美〕马克·吐温	叶冬心
老人与海	〔美〕欧内斯特·海明威	陈良廷 等
愤怒的葡萄	〔美〕斯坦贝克	胡仲持
蒙田随笔集	〔法〕蒙田	梁宗岱 黄建华
悲惨世界	〔法〕雨果	李 丹 方 于
九三年	〔法〕雨果	郑永慧
梅里美中短篇小说选	〔法〕梅里美	张冠尧
情感教育	〔法〕福楼拜	王文融
茶花女	〔法〕小仲马	王振孙
都德小说选	〔法〕都德	刘 方 陆秉慧
一生	〔法〕莫泊桑	盛澄华
普希金诗选	〔俄〕普希金	高 莽 等
莱蒙托夫诗选	〔俄〕莱蒙托夫	余 振 顾蕴璞
罗亭 贵族之家	〔俄〕屠格涅夫	陆 蠡 丽 尼
日瓦戈医生	〔苏联〕帕斯捷尔纳克	张秉衡
大师和玛格丽特	〔苏联〕布尔加科夫	钱 诚
茨威格中短篇小说选	〔奥地利〕斯·茨威格	张玉书 等
玩偶	〔波兰〕普鲁斯	张振辉
万叶集精选	〔日〕大伴家持	钱稻孙
人间失格	〔日〕太宰治	魏大海

第 五 辑

书 名	作 者	译 者
泪与笑 先知	〔黎巴嫩〕纪伯伦	冰 心 等
华兹华斯 柯尔律治诗选	〔英〕华兹华斯 柯尔律治	杨德豫
济慈诗选	〔英〕约翰·济慈	屠 岸
汤姆·索亚历险记	〔美〕马克·吐温	张友松
大街	〔美〕辛克莱·路易斯	潘庆舲
田园三部曲	〔法〕乔治·桑	罗 旭 等
金钱	〔法〕左拉	金满成
果戈理小说戏剧选	〔俄〕果戈理	满 涛
奥勃洛莫夫	〔俄〕冈察洛夫	陈 馥
谁在俄罗斯能过好日子	〔俄〕涅克拉索夫	飞 白
亚·奥斯特洛夫斯基戏剧六种	〔俄〕亚·奥斯特洛夫斯基	姜椿芳 等
复活	〔俄〕列夫·托尔斯泰	草 婴
静静的顿河	〔苏联〕肖洛霍夫	金 人
谢甫琴科诗选	〔乌克兰〕谢甫琴科	戈宝权 任溶溶
维廉·麦斯特的学习时代	〔德〕歌德	冯 至 姚可崑
叔本华随笔集	〔德〕叔本华	绿 原
艾菲·布里斯特	〔德〕台奥多尔·冯塔纳	韩世钟
豪普特曼戏剧三种	〔德〕豪普特曼	章鹏高 等
铁皮鼓	〔德〕君特·格拉斯	胡其鼎
加西亚·洛尔卡诗选	〔西班牙〕加西亚·洛尔卡	赵振江
你往何处去	〔波兰〕亨利克·显克维奇	张振辉
显克维奇中短篇小说选	〔波兰〕亨利克·显克维奇	林洪亮
裴多菲诗选	〔匈〕裴多菲	孙 用
轭下	〔保〕伐佐夫	施蛰存

书　名	作　者	译　者
卡勒瓦拉(上下)	〔芬兰〕埃利亚斯·隆洛德	孙　用
破戒	〔日〕岛崎藤村	陈德文
戈拉	〔印度〕泰戈尔	刘寿康